한국중편소설

Korean mid-length novel

인간의 그물

KB194418

월간『한국소설』
300호 기념

한국중편소설
Korean mid-length novel

인간의 그물

사단법인 | 한국소설가협회

본지는 잡지윤리실천요강을 준수합니다.
이 책은 한국문화예술위원회의 문예진흥기금을 보조받아 발간되었습니다.

소설전문지

한국중편소설
Korean mid-length novel

월간 『한국소설』
300호 기념

권비영
김두수
김재찬
김홍신
백정희
양희옥
전기수
황인규

중편소설은 단순히 길이로만 말하자면 장편소설과 단편소설의 중간적인 길이를 지니고 있다. 200자 원고지 180매 이상 500매 이내를 중편으로 분류할 수 있지만 요즘은 200매 내외의 중편소설이 가장 많다. 중편소설은 단편소설이 지닌 섬광 같은 효과와 장편소설이 추구하는 장중한 서사의 의미를 추구한다고 볼 수 있으나 장편소설이나 단편소설에 비해 작가나 독자가 선호한다고 보기는 어렵다.

작가는 단편에 다 담지 못하는 서사를 담으려고 하지만, 단편 정도의 서사를 원고 매수만 늘려 중편으로 한다면 당연히 독자는 실망할 것이다. 단편이 주는 긴장과 선선한 감각과 거리가 있다고 느낄 수밖에 없다. 장편의 서사를 중편에 억지로 욱여넣은 인상을 준다면 그 또한 독자에게 실망만 안겨 줄 뿐이다. 단편과 장편이 구사할 수 없는 중간적인 독특한 소설 장르가 중편소설이지만 잘 쓰기는 어렵다.

사단법인 한국소설가협회 기관지인『한국소설』에 매호 중편소설 한두 편이 실리고 있었으나『한국소설』은 순수 단편만 묶었으면 하는 회원들의 요청이 꾸준히 있었다. 하여 2024년 3월호부터 단편만 묶어 발행하고 있다.

문단에서도 중편소설을 게재해 주는 매체들이 점점 줄어 들어가고 신춘문예에서도 한두 곳 정도 이외에는 중편소설을 모집하지 않고 있다. 이런 사태가 계속되면 중편소설이라는 장르는 소멸할지도 모른다. 중편소설은 단편소설보다 더 복잡한 얼개로 엮여 있고 주제 의식도 폭넓게 담을 수 있으며 더 깊은 호흡으로 당대를 거시적으로 조명한다. 실험적으로 중편소설만 묶어 책을 엮기로 했다.

중편소설의 독창성을 살리고 중편소설을 선호하는 독자층을 확보하고자 하는 간절한 마음을 담아 중편소설집 『인간의 그물』을 펴낸다.

한국소설가협회 편집국

중편소설

위드 with | 권비영

1. 느닷없이

은행나무가 아름답게 늘어선 그 길은 한 백여 미터쯤 이어졌다. 은행잎
은 어느새 노란 빛으로 변해가고 있었다. 순영은 두 손을 움켜쥐었다. 아
들은 무심한 듯 운전을 했고, 며느리는 애써 밝은 얼굴로 순영을 돌아보
았다.

　－어머니, 괜찮으시죠?

　－으응, 괜찮아.

　－여기가 아주 유명한 곳이에요. 시설도 좋고 직원들도 친절하다고 소
문이 났어요.

늑진한 사탕을 발라놓은 것처럼 끈적끈적한 며느리의 목소리가 귓전에
닿았다. 순영은 아부하듯 부드러운 목소리로 말했다.

　－아주 아름다운 곳이구나. 이런 곳을 알아보느라 애썼다.

말을 하고 나니 목이 말랐다. 곁에 둔 가방에서 물병을 꺼내 벌컥벌컥
마셨다. 며느리가 또 한마디를 얹었다.

−어머니, 물 너무 많이 마시지 마세요. 그러다 실수라도 하시면….

며느리는 아주 조심스럽게, 그러나 지적하듯 말했다. 그 말에 또 주먹이 불끈 쥐어졌다. 그러나 순영의 입에서 나오는 소리는 여전히 부드러웠다.

−아직 괜찮아. 걱정하지 마라.

정신이 말짱한 것이 축복인지 저주인지 아직은 알 수 없다. 치매라고는 해도 아직 살아가는 데 큰 지장은 없다. 다만 깜빡깜빡할 뿐이다. 가스 불을 켜두고 냄비 올려놓고 깜빡, 냉장고에 핸드폰 넣어두고 깜빡, 청소한다고 청소기 돌리다가 냉장고 청소를 한다든가, 슈퍼 갔다가 지갑 없어 돌아 나오고, 그러다 생각 없이 산책을 하기도 하고….

그거야 젊은 것들도 가끔 그러지 않는가. 단어가 잘 생각나지 않아서 버벅거리고, 무엇을 하다가 그 일을 잊고 딴 일을 하기도 하고…. 다들 그런다 했다. 더구나 나이 60을 넘으면 무람없이 그런다 했다. 그런데 그런 실수들이 모여 순영은 어느새 치매 노인이 돼버린 것이다.

가장 치명적인 실수는 가스 불을 켜두고 TV를 보다가 잠이 들어서 주방에 불을 낸 일이다.

−조금만 늦었으면 큰불 날 뻔했어요.

하긴 그랬다. 순간, 깜빡한 것이 싱크대 상부장 한쪽이 불에 타서 시커멓게 그을어 있었다. 순영은 며느리를 제대로 쳐다보지 못 했다. 어찌 상부장까지 불이 붙었는지는 모르겠다. 양은 냄비가 까맣게 타서 애초에 검은색인 것처럼 변했고 그 안에 담겼던 김치찌개는 숯덩이를 담아놓은 듯했다. 하지만 그것이 순영이 양로원으로 들어가야 하는 이유가 되는지는 몰랐다. 내쳐 켜둔 TV에서는 연일 늘어나는 코로나 환자에 대한 소식이 넘쳐나고 있었다. 작금의 관심사는 오로지 '코로나'였다.

냄비를 태운 그 일이 있고 난 며칠 후, 며느리는 순영을 데리고 병원으로 갔다. 감기 기운이 좀 있었고 입맛이 없어서 며칠 밥을 제대로 먹지 못 했다. 그래서 어지러웠고 손발이 떨렸으며, 걸을 때 조금 비틀거렸고, 혈색이 좀 좋지 않았다. 영양제 링거를 한 병 맞고 감기약이나 처방받아 오면 될 거라고 믿었다.

　ー요즘 자주 깜빡깜빡 하세요. 큰 불을 내실 뻔도 했어요.

　의사에게 고자질하는 아이처럼 며느리는 아주 차분한 목소리로 말했다. 민망한 건 순영이었다.

　의사가 너그럽게 웃으며 말했다.

　ー허허, 저도 깜빡깜빡 합니다.

　의사의 말이 끝나기도 전에 며느리가 톡 끼어들었다.

　ー혹시 깜빡깜빡하시는 게 치매 초기증상이 아닐까 싶어서요.

　며느리가 의사의 눈을 바라보며 또박또박 말했다. 의사는 청진기로 진찰을 하고 혀와 눈을 까뒤집어 보았다.

　ー감기 기운이 있으시네요.

　감기? 그건 그녀가 몇십 년을 끼고 사는 질병이다. 사흘들이로 잔기침을 달고 살고 콧물을 흘린다. 그건 의사가 하는 말이 아니라도 이미 알고 있는 고질병이다. 뒤에 서 있던 며느리가 의사 앞으로 나서며 말했다.

　ー저…선생님, 그래서 온 김에 치매 검사를 받아보았으면 좋겠어요.

　순영은 자신의 귀를 의심했다. 치매 검사? 너무도 낯선 단어였다. 순영은 반사적으로 며느리를 돌아보았다. 며느리는 아주 인정스런 눈길로 의사를 바라보고 있었다.

　ー치매 검사요?

　의사도 안경을 올려 쓰며 며느리를 올려다보았다.

　ー네. 아무도 없을 때 집에 혼자 계시다 무슨 일이라도 생길까 봐 걱정되어서요.

며느리의 말투는 아주 조신하고 인정스러웠다.

−그러시다면 한 번 검사해 보죠. 연세도 있으시니.

의사는 순영을 바라보았다. 순영의 눈에 일렁이는 불안감을 읽어낸 의사가 말했다.

−요즘은 젊은 사람들도 치매 검사를 받습니다. 괜찮을 겁니다.

순영은 애써 입꼬리를 올리며 웃었다. 의사의 말이 이어졌다.

−치매의 증상은 뇌 손상의 결과로 나타나기 때문에 뇌의 손상 부위가 어디냐에 따라 다른 증상이 나타납니다. 전두엽이 손상되면 판단력이나 성격에 이상이 오고, 두정엽이 손상되면 시간, 공간, 계산 능력이 떨어지고, 측두엽이 손상되면 기억이나 언어 능력이 떨어집니다. 또 후두엽이 손상되면 시각 능력에 이상이 옵니다. 며느님이 원하시니 일단 검사를 해 봅시다.

의사는 의학서를 외우듯이 거침없이 말하고 순영을 빤히 쳐다보았다. 그러더니 문진표를 내밀었다. 기분이 몹시 나빴지만 순영은 웃는 얼굴로 문진표를 받아 작성했다. 손이 바들바들 떨렸다.

−MRI도 찍어보고 싶어요.

곁에서 순영의 행동을 찬찬히 살펴보던 며느리가 아주 나지막한 목소리로 말했다. 순간, 문진표를 작성하던 순영은 며느리의 머리채라도 쥐어뜯고 싶다는 생각이 불쑥 들었다. 의사가 고개를 끄덕이며 담당 간호사를 불렀다.

−따라오세요.

간호사가 순영을 한번 훑어보고는 사무적인 말투로 말했다. 며느리가 순영의 손을 잡고 찬찬히 밖으로 이끌었다. 여전히 다정하고 인정스런 목소리가 건너왔다.

−어머니, 너무 걱정 마셔요. 혹시나 해서 검사해 보는 거여요.

혹시나. 그래, 순영은 고개를 끄덕였다. 그러나 며느리를 바라보지는 않았다. 대신 가방을 움켜쥐었다. 자신도 모르게 손에 힘이 들어갔다. 결과는 무참했다. 인지기능 저하. 치매 초기 단계….

–어머니, 제가 바쁘잖아요, 어머니를 케어할 수 없어서 죄송해요, 어머니가 집에 혼자 계시면 또 무슨 사고를 내지나 않을까 해서 제가 불안해요. 그러니 일을 제대로 할 수가 없어요, 그러니 당분간이라도….

며느리는 분명 그렇게 말했다. 당분간.

아들은 운전을 하면서 백미러로 순영을 살폈다. 괜찮으냐는 표정이었다. 아들의 시선을 외면한 채 시선을 멀리 던졌다, 문득 예나가 보고 싶었다. 고 이쁜 것,

잠이 쏟아졌다. 멀리, 아주 멀리 떠나는 기분이 들었다. 눈앞에 떨어지는 노란 은행나무 잎이 마치 나비처럼 팔랑거렸다. 순영도 나비처럼 날아서 멀리 가고 싶었다. 인생살이에, 느닷없이 닥치는 일에 대해서는 조금 몽상적인 생각을 하는 것이 나을 것 같았다.

2. 희망요양원

–다 왔어요, 어머님.

며느리 목소리에 잠이 깼다. 며느리의 목소리는 언제나 현실을 직시하게 해주었다. 친절하고 다정하고 예의바른 목소리. 그러나 따뜻하다는 느낌은 없었다. 은행나무가 끝나는 자리에서 차가 멈추고 며느리가 먼저 내렸다. 그러고는 순영이 내리는 것을 부축해 주었다.

–그, 그래.

순영은 엉덩이를 들며 운전석에 있는 아들을 바라보았다. 아들은 내릴

생각이 없는 것처럼 그냥 먼 데를 바라보고 있었다.

－어머니, 얼른 내리세요.

며느리가 재촉했다. 순영은 서둘러 차에서 내렸다. 자꾸 먼 데를 바라보는 아들이 마음에 걸렸다. 순영은 아들의 손을 잡고 나직하게 말했다.

－에미 뭐라고 하지 마라. 나도 여기가 더 편하고 좋을 것 같구나. 친구들도 있을 것 같고. 살림 안 해도 되고.

목소리가 좀 갈라졌다. 얼른 헛기침을 하며 며느리가 기다리는 쪽으로 걸음을 옮겼다. 며느리 옆에 한 여자가 상냥하게 웃고 서 있었다.

－어서 오세요, 여사님. 저는 희망요양원 원장 박주선입니다. 이제부터 제 어머니처럼 잘 모시겠습니다.

여자가 다가와 순영의 손을 잡았다. 손이 아주 따듯했다.

숲속에 자리한 3층 건물은 언뜻 따듯해 보였다. 붉은 벽돌 탓일 수도 있다고 생각했다. 건물 입구에 큼직하게 〈희망요양원〉이란 현판이 걸려 있었다.

－아무 염려 안 하셔도 됩니다. 제 어머니처럼 모시겠습니다.

원장은 아주 부드러운 표정으로 며느리를 쳐다봤다.

－그러잖아도 이곳이 아주 평판이 좋더군요.

며느리도 상냥하게 웃으며 원장의 눈빛을 마주했다.

－들어가시죠. 가서서 계실 방도 보시구요. 불편한 것 없나 살펴보시구요.

원장이 앞서서 걸었다. 순영은 얼른 뒤따랐다. 얼른 아들 내외를 등지고 싶었다.

순영이 머물 방은 2층 끝방이었다. 다행히 서쪽으로 난 창이 넓어 푸른 숲이 그대로 보였다. 숨통이 트이는 듯했다. 그녀는 방으로 들어서자

마자 창밖부터 살폈다. 푸르른 숲 사이로 좀비처럼 흐느적거리며 다니는 늙은 여자 몇이 보였다. 결코 보고 싶지 않은 풍경이었다. 우울했다.

─인사부터 하시죠.

원장이 그리 말했다. 그러고 보니 세 명의 여자가 순영을 바라보고 있었다. 순영은 고개를 숙여 인사했다.

─차순영입니다.

─아, 네. 저는 홍매자입니다, 저기는 안지현 교수님. 저기는 오방주 여사.

그 중 조금 젊어 보이는 홍매자라는 여자는 해죽해죽 웃으며 나름 방식구들을 소개했다. 선입견일까, 웃는 모습이 정상으로 보이지 않았다.

─아, 네….

순영은 잠시 헷갈렸다. 네 명이 한 방에? 순영의 표정을 읽은 원장이 서둘러 말했다.

─아, 어머니, 오방주 어머니는 옆방에 계십니다. 새 입소자가 오신다니까 인사하러 들르신 거구요. 어머니 자리는 가장 밖이 잘 보이는 자리입니다.

원장은 여전히 상냥하고 친절했다.

─죄송해요, 어머니. 제가 잘 모셔야 하는데… 어머니가 집에 계시면 또 무슨 사고가 나지나 않을까 해서 제가 불안해요. 그러니 일을 제대로 할 수가 없어요.

며느리는 미리 준비해놓은 것처럼 같은 말을 되풀이했다.

─아니다. 좋은 데 찾느라고 고생했다.

순영은 며느리의 등을 툭툭 두드려주며 애써 웃어 보였다. 연기자가 될걸 그랬다. 순영은 분명 소질이 있다.

─토요일마다 올게요, 어머니.

며느리가 눈물을 찍어내며 울먹였다. 저 애도 연기를 하면 잘 할 것이다.'토요일마다'라는 말이 이명처럼 울렸다. 순영은 며느리를 돌려세워 문밖으로 나왔다.

─고생했다, 어서 가서 쉬어라.

순영은 며느리의 등을 밀었다. 아들은 저 먼 데다 시선을 둔 채 말이 없었다. 아들의 마음인들 편할까, 그 생각을 하니 마음이 짠했다.

─피곤하구나. 어서 가거라. 좀 쉬어야겠다.

또 거짓말이다. 눈물이 나는데도 애써 웃으며 피곤한 표정을 지어본다.

아들은 자꾸 뒤돌아보았다. 순영은 그들이 사라지자 벽에 기대어 눈을 감았다. 갑자기 무엇에 얻어맞고 정신을 잃은 듯 아무것도 보이지 않았다. 암전….

3. 거짓말

─정신이 좀 드세요?

누군가의 목소리에 눈을 떴다. 걱정스럽게 순영을 내려다보고 있는 이는 요양보호사였다. 정유진. 노란 명찰에 까만 글씨로 박힌 이름이 선명했다.

─아, 예. 그런데 내가 정신을 잃었소?

─아드님 보내놓고 쓰러지셨어요.

아, 아들…. 입속으로 그 말을 읊조리다가 민망한 생각이 들었다.

─그, 그랬어요? 아마 긴장이 풀어져서 그럴 거요.

애써 변명하는 자신이 우스웠다.

─그럴 만도 하시지요, 여기 오시는 어르신들 대부분 첫날은 정신줄을 놓으십데다. 충격이 크신 탓이지요. 금이야 옥이야 키우던 자식들한테

버림받는다는 생각들을 하시니….

요양보호사 정유진의 표정은 조금 우울해 보였다.

―아, 그래요….

순영은 어정쩡하게 대꾸했다.

―이제 각자도생해야 하는 겁니다. 마음 단단하게 잡수세요.

그렇게 말하는 여자는 맞은편 자리에 앉아 있었다. 순영을 힐끗 쳐다보고는 무덤덤한 표정을 지었다. 여자는 오십쯤 되어 보였다. 그 말을 어떤 의미로 하는지 물어보고 싶었다.

각자도생이라….

순영은 그 말을 곱씹었다. 여자는 순영에게 툭, 한 마디 던지고는 보던 책을 다시 들여다보았다. 겉으로 보아선 병원에 있을 이유가 없는 여자 같았다. 어쩌다 여기에 들어오게 됐는지 몹시 궁금했지만 일부러 물어보고 싶은 생각은 없었다. 가만히 있어도 요양원 내의 다반사를 다 알게 될 터였다.

세 명이 있을 방은 좁지도 너르지도 않았다. 벽과 마주해 낡은 TV가 한 대 걸려 있고 각자의 침대 옆에 3단짜리 서랍장이 하나씩 놓여 있었다.

―뭐하시던 분이우?

한 여자가 불쑥 한마디 던지고 호기심 어린 눈으로 순영을 살폈다. 깡마른 몸매에 짧은 파마머리를 한, 입실할 때 보았던 여자였다.

―홍매 씨, 그런 거 묻지 말랬지?

책을 들여다보던 여자가 한마디 하자 짧은 파마머리의 눈매에 풀기가 사라졌다. 그리고는 고개를 끄덕이며 복종의 눈빛을 보냈다.

―예예, 교수님.

책 보는 여자의 명령에 따르는 걸 보면 병실 안의 서열이 정해진 모양이었다. 요양보호사 정유진은 그런 데는 관심이 없다는 듯이 바닥에 소독제를 뿌리고 서랍장과 창틀을 건성건성 닦고 나갔다. 갑자기 피곤이 몰려왔다.

순영은 비스듬히 누워 창이 보이는 쪽으로 몸을 돌렸다. 예나의 얼굴이 창문에 흐리게 보였다. 허상인 걸 알면서도 미소가 지어졌다. 토요일이면 올 테지.

토요일에 오겠다고 한 예나는 오지 않았다. 대신 아들에게서 전화가 왔다.

—엄마, 예나 어미가 코로나에 걸린 것 같아요. 그제 PCR 검사 받았는데 오후나 돼야 결과가 나온대요.

—아이고, 어쩌다.

—학교 선생 중에 환자가 있었나 봐요. 요즘 확진자가 너무 많아졌어요.

—에미가 확진되면 그럼 예나는 어쩌냐?

—제가 휴가를 내야죠 뭐. 예나 데리고 면회 한 번 갈게요.

—그래그래, 내 걱정은 말고 너희들이나 조심하거라.

여태 면회를 한 번도 오지 않았던 것에 대해서는 서운한 마음이 들었지만, 코로나에 확진되면 자가 격리를 해야 한다니 측은한 마음도 들었다. 어느 사이 이 소도시에도 코로나 환자가 천 명에 가까워지고 있다는 소식이 들렸다. 불안했다. 하지만 멍하니 앉아서 지내는 하루하루가 너무 지루했다.

—요 앞에 숲길 산책이라도 다녀오세요, 그렇게 꼼짝 안 하고 계시면 나중에 걷지도 못하세요.

요양보호사 정유진이 친절하게 말해 주었지만 순영은 조금도 움직일 생각이 없었다.

―그래도 걸으셔야 해요.

자신을 안지현이라고 소개한 여자는 그렇게 말하고 보던 책을 덮으며 TV를 켰다. 이 도시의 확진자 972명. 또 코로나 소식이었다. 등골이 오싹했다.

―교수님, 며칠 전만 해도 이 도시는 절대 천 명을 넘지 않을 거라고 시장이 나와서 얘기했잖아요. 그런데 3층에도 코로나 확진자가 생겼대요. 큰일 났어요. 312호에 계신 어르신 두 분이 확진되셔서 병원으로 긴급 호송되고 방마다 PCR 검사한다고 난리 났어요. 2층도 다 해야 할 걸요.

밖으로 나갔던 요양보호사 정유진이 호들갑을 떨며 다시 들어섰다.

―3층에 어떤 영감이 걸렸대?

홍매자가 호기심 어린 눈으로 물었다.

―그건 아직 모르겠어요. 3층 담당한테 듣고는 너무 놀라서 바로 오는 바람에….

정유진이 미안하다는 듯 눈을 찡긋하며 콧잔등을 긁더니 바로 뒤돌아서 나가버렸다.

―하긴 여기라고 코로나가 피해가겠어요? 온 나라가 시끄러운데?

안지현이 한숨을 내쉬며 습관처럼 책을 펼쳤다. 사실, 순영이 요양원에 들어오기 전부터 도시 곳곳에서 코로나 환자가 늘어났다. 처음엔 유행성 독감이나 호흡기 질환이려니 했다. 번지는 그 속도와 급격하게 늘어나는 환자 수를 보면서 몹시 불안했지만 그러다 말겠지 했다.

――이제 우리 셋이 가족입니다. 가족들이 버려서 생긴 가족.

안지현이 문득 책을 덮으며 순영을 물끄러미 바라보다 말했다. 안경을 벗어 책 위에 얹어두고 침대를 내려오더니 생각난 듯이 악수를 청했다. 순영은 안지현이 내민 손을 잡지도 않고 발끈했다.

―무슨 말을 그렇게 해요? 나는 곧 나가요.

안지현이 순영의 말을 냉정하게 잘랐다.

－다들 그렇게 말하고 들어옵니다. 당분간만 있는 거라고. 곧 나갈 거라고. 하지만 그런 사람은 못 봤어요.

안지현의 말에 시퍼런 강물이 흘렀다.

그때 방송이 울렸다.

－2층 각 호실에 계시는 분들은 지금 1층 사무실로 내려와 PCR 검사 받으시기 바랍니다. 다시 한번 알립니다. 보건소에서 나오셔서 PCR 검사를 실시하고 있으니 속히 내려오시기 바랍니다.

－우리 방은 207호!

홍매자가 벌떡 일어서더니 가장 먼저 방에서 나갔다. 안지현도 몸을 일으켰다. 1층 강당에는 어제부터 우주인들이 와 있었다. TV 화면에서나 보았던, 하얀 옷으로 무장한 사람들을 이곳 사람들은 그리 불렀다. 눈도 코도 보이지 않는 하얀 옷을 입은 사람들의 모습이 마치 외계인이 나오는 영화 속 한 장면처럼 느껴졌다. 재난영화에서도 그런 장면을 보았던가.

강당의 긴 줄 끝에 섰다. 홍매자가 불안한지 두 손을 싹싹 비벼대며 조바심을 치고 있었다.

－왜 그래?

－콧구멍에다 사정없이 면봉을 찔러 넣네요.

우거지상을 하고 서서는 불안하게 다리를 떠는 홍매자가 측은했다. 비쩍 마른 몸이 더 그런 생각이 들게 했다. 홍매자 뒤로 안지현이 미동도 없이 서 있었는데 무슨 생각을 하는지 고개를 숙인 채 말이 없었다. 표정도 없어 어찌 보면 마네킹 같은 느낌도 들었다.

－좀 바짝 바짝 앞으로 가요. 넋이 빠졌나. 왜 그렇게 멍하게 서 있어? 새파랗게 젊은 것이!

안지현 뒤에 서 있던 노인이 벌컥 화를 내며 삿대질을 해댔다. 새파랗게 젊은 것. 안지현은 미안하다는 표정도, 화를 내는 표정도 아닌 멍한 표정으로 희미하게 웃다 조금 앞으로 걸음을 옮겼다.

　-저 여자가 진짜 박사여?

　뒤에서 소곤거리는 소리가 들려왔다.

　-그렇대.

　-그런데 어쩌다 여길 들여왔대요?

　-사연이 있겠지.

　-남편도 있다며?

　-남편도 박사라더라. 근데 성질은 더러운가 봐요. 무슨 일인지 남편한 테 골프채로 죽을 만큼 맞고 나서 저렇게 됐대요.

　-그래요? 뭔 사연일까?

　-알 수 없지, 말도 안 하고 책만 들여다보고 있으니 아마도 여기가….

　그 말을 하는 노인은 머리를 향해 손가락을 돌돌 말아서 흔들어 보였다.

　-또라이?

　그들의 말을 유심히 듣던 순영은 곧 고개를 돌렸다. 주변의 분위기와는 다르게 홀로 딴 세계에 있는 듯한 안지현이 안쓰러웠다.

　-아이구, 왜 이리 속도가 늦어? 도대체 뭐하는 겨?

　수다를 떨던 노인이 화를 벌컥 내며 소리를 질렀다. 간호사들이 부지런 히 움직이는데도 검사 대상이 대부분 노인이다 보니 진행 속도가 몹시 느 렸다.

　-검사 결과는 내일 나옵니다. 통보해드리겠습니다.

　저녁때가 되어서야 검사를 다 마친 간호사가 홀가분한 음성으로 소리 쳤다.

　-도대체 이놈의 코로나는 어쩌다 생긴 겨? 언제 끝나는 겨? 단방에 해

결 할 수 있는 방법은 못 찾는 거?

엄한 데다 화를 내는 노인을 아무도 뭐라 하지 않았다. 모두 같은 마음일 수 있었다.

―쉽게 안 끝나요. 코로나19는 사스, 메르스보다 치사율은 낮지만 전염력은 비교할 수 없을 만큼 진화했거든요. 팬데믹은 반드시라고 해도 좋을 정도로 항상 인포데믹 정보(information)와 펜데믹(pandemic)의 합성어로, 잘못된 정보가 유행병만큼이나 빠른 속도로 번지는 것을 의미한다.

을 동반하거든요.

안지현이 노인에게 대답하듯 중얼거렸다. 노인들이 알아들을 수 없다는 듯 고개를 갸웃했다. 멀뚱한 얼굴로 서로를 바라보다가 저녁 식사 안내방송이 나오자 우르르 식당으로 몰려갔다.

―정보통신 기술이 발전한 시대에 인포데믹의 파급력은 대단해졌죠. 따뜻한 물을 마시면 코로나19를 예방할 수 있다고 믿는 가짜 의료정보나, 코로나는 중국이 개발한 생화학무기가 유출된 것이라는 음모론이 급속도로 번지는 때문이죠. 그럼에도 우리는 아는 게 별로 없어요. 우리가 할 수 있는 것은 고립, 격리, 동선 조사밖에 없어요. 우리는 진화하는 감염병을 이길 수 없어요. 여기는 커다란 무덤이에요. 천 명이 넘지 않을 거라는 건 거짓말이 될 거여요.

안지현이 묘한 웃음을 지으며 식당으로 몰려가는 노인들을 향해 혼잣말처럼 조용조용 지껄이고 있었다. 음의 고저도 없이, 마치 기계음처럼 흘러나오는 그녀의 말은 그런 모습을 지켜보던 입소자들에게 폭력보다 더한 공포를 느끼게 했다.

―저 이는 여기가 아니라 정신병원으로 가야 하는 거 아니우?

뒤쪽에 서서 그 말을 하던 노인은, 안지현이 홱 돌아서 노려보자 걸음아 나 살려라 하고 줄행랑을 놓았다. 순영은 일련의 상황을 보면서 안지현이 가지고 있을 상처에 대해 궁금증이 일었다.

다행히 PCR 검사는 3층 노인 한 분만 빼고는 모두 음성으로 나와서 요양원이 폐쇄되는 일은 생기지 않았다. 그날 저녁 뉴스에서, 이 도시의 코로나 환자가 1,100명이라고 발표했다.

–어? 거짓말이 이겼네.

누군가, 혼잣말처럼 중얼거렸다.

4. 철책 그 너머에

시간이 지나도 요양원 생활은 적응이 되지 않았다. 모르는 사람들과 잘 어울리지도 않던 성격이라 순영은 몹시 불편했다. 잘 때 이를 부득부득 가는 홍매자에, 불면증인지 스탠드를 켜고 밤새 책을 보는 안지현에, 시도 때도 없이 들락거리는 오방주에…. 밤잠을 깊이 못 자서인지 낮 시간에는 비몽사몽 졸거나 넋이 나간 듯 혼몽했다. 이곳에 얼마나 더 있어야 하는 것일까, 원장에게 물어보았지만 애매하게 웃으며 하는 말은 대답이 아니었다.

–여기가 공기도 좋고 편하시잖아요.

–난 여기 들어올 이유가 없어요.

불쑥 짜증이 일었다.

–여사님은 치매 초기 증세라 쉬러 오신 거여요, 며느님이 바쁘시니까 여사님을 돌볼 수 없어서….

원장의 말투는 며느리와 닮아있었다. 초록은 동색이라 했는데, 입원비 내는 며느리 편일 걸 뻔히 알면서 뭘 물어보나 싶어 한숨이 터졌다.

–들어온 후 진맥 한번 한 적 없잖아요!

24

순영의 말은 까칠했다.

　－요양원은 노인복지법과 노인장기요양보험을 적용받기 때문에 의사가 상주하지 않는 대신, 요양보호사들이 근무합니다. 때문에 의료적인 처치 보다는 개인위생 관리나 식사, 산책 등 입소한 환자들의 생활을 돌보고 건강관리를 돕는 것에 좀 더 중점을 둡니다. 따라서 요양원은 치료 공간 이라기 보다 생활공간으로 보는 것이 맞습니다.

　원장은 마치 외워두었던 구절을 읽듯이 상냥하게 말했다. 말이 통할 거 라는 기대는 접는 게 좋을 것 같았다.

　잘 가꾸어진 정원을 따라 건물 뒤쪽으로 가면 산으로 이어지는 길이 나 왔다. 요양원 뒤쪽으로 펼쳐진 그 숲길을 따라 조금 더 걸어가면 생각지 도 않은 철책이 둘러쳐져 있었다. 철책 그 너머로는 생각지도 않던 공동 묘지가 보였다. 그 앞에 다다르면 절로 걸음이 멈추어졌다. 철책으로 막 아놓아 그 앞에 서면 가슴이 더 답답해졌다. 순영은 그 앞에서 가슴을 툭 툭 치다가 돌아섰다.

　막힌 그 길까지 산책이 가능한 시간은 한 시간 남짓이었다. 그 정도면 노인들로서는 적당한 운동시간일 수 있었다. 하지만 순영은 막혀있다는 사실에 머리까지 아팠다. 가슴을 툭툭 치다가 머리를 두드리다가, 그러 다 별수 없이 돌아섰다. 요양원을 그 자리에 지은 것은 공동묘지 근처라 땅값이 싸기 때문이라는 이야기도 들었다. 그럴듯했다. 요양원은 굳이 비싼 땅에 지을 필요가 없는 시설일 수도 있다. 아니 비싼 땅에 지은 요 양원도 있긴 하다. 의사와 간호사가 상주하고 여러 가지 고급 운동기구 가 구비돼 있고 영화관과 수영장까지 갖추어진 고급 요양원, 그런 덴 요 양원이라고 부르지 않고 무슨 무슨 타운이라거나 무슨 하우스라고 말했 다. 하지만 순영의 처지로는 언감생심 갈 수도 없으며, 아들의 처지로도 제 어미를 그런 곳에 모실 수 있는 형편이 아니다. 발품 팔아 가며 어미를 위해 쓸 수 있는 돈에 비해 쾌적한 장소를 찾은 것이 기껏 희망요양원인 것이다. 아니다.'기껏'이라는 표현을 쓰면 안 된다. 사실 그것만으로도 감사해야 한다. 가난한 시절에 부모 노릇 제대로 못한 거에 비하면 서운한 마음도 스르르 풀렸다.

요양원 안에는 수용 노인들을 위한 학습시설이나 놀이치료 시설도 있다. 가벼운 운동으로 몸을 풀 수 있는 체육시설도 있다. 하지만 순영은 그런 데서 바보처럼 앉아 있는 게 너무 싫었다. 안지현도 그랬다. 그녀도 그런 데는 가지 않았다. 그녀는 늘 같은 자세로 앉아 책만 들여다보고 있을 뿐이다. 말은 별로 없었지만 한 일주일 같이 지내다 보니 동질감 같은 게 생겼다. 뭔가 이야기를 하면 통할 것 같은 느낌도 들었다.
  ─여사님은 치매 때문에 들어오셨댔죠?
  그녀는 순영을 여사님이라 불렀다. 그런 호칭이 낯설었다.
  ─아, 예.
  ─검사는 다 해보고 들어오셨나요?
  ─예, 며느리가 날 병원에 데리고 가서 이것저것 검사를 합디다.
  ─혹시 쿠퍼만 갱년기지수 검사도 해 보셨어요?
  ─뭐, 쿠,,쿠 뭐라고요?
  ─쿠퍼만.
  ─모르겠어요, 그냥 하라는 대로만 해서….
  순영이 쭈물거렸다. 실제로 어떤 검사를 했는지 기억도 나지 않았다.
  ─그럼 한번 해보실래요? 저한테 그 검사표가 있거든요.
  안지현은 전에 없이 친절한 표정으로 순영에게 말을 걸었다.
  ─심심한데 나도 해보면 안 돼, 언니?
  홍매자가 또 끼어들었다. 언니랬다가 박사님이랬다가, 그녀가 하는 말을 들으면 순영도 헛갈렸다.

―너도 해보든지.

그녀는 머리맡에 놓인 가방에서 뭔가가 적힌 종이를 꺼내 순영에게 내밀었다.

〈쿠퍼만 갱년기지수〉라고 적힌 아래에는 11가지 문항이 적혀 있었다. 각 문항마다 4단계로 상태를 구분해 놓았는데 살펴보니 대부분 심한 정도에 해당됐다.

홍조나 얼굴에 화끈거림이 있습니까? 라는 질문 아래로 '없다, 약간, 보통, 심함.'의 선택번호가 있다. 그 중 해당되는 하나를 고르면 되는 것이다.

불면증과 우울증, 관절통, 두통, 가슴 두근거림, 어지러움, 피로감. 질건조, 분비물 감소…. 그 어느 것 하나 '없다'가 없었다.

―신경질 나게 이런 걸 왜 해요?

한참 만에, 홍매자가 신경질을 내며 종이를 내던졌다. 그 말에 안지현이 흐흐 웃었다.

―절망을 확인하는 거지, 그래야 새로운 희망을 품을 수 있거든.

―뭔 소린지 모르겠네. 폐경 지난 지가 언젠데 분비물 타령이야….에이, 재미없어.

홍매자 딴에는 뭔가 좋은 결과를 기대했던 모양이었다. 순영은 이미 짐작했던 모든 것을 확인한 셈이었다. 며느리의 등살에 못 이겨 가본 병원에서의 억지 검사가 아니라 스스로 확인해보는 검사가 자신의 현 상태를 냉혹하게 보여주고 있는 거라고 생각하니 차라리 마음이 편했다.

―우울하네요.

말은 그렇게 나왔다.

―그러실 것 없어요. 자연스런 소멸 과정의 확인인 거죠. 우리가 천년

만년 살 거는 아니잖아요. 내 상황을 직시하면 새로운 희망을 찾을 수 있거든요.

잠시 침묵이 흘렀다. 이미 알고 있는 사실을 확인하고 나니 무덤덤했다. 하지만 마음속에선 서늘한 바람이 휘몰려다니고 있었다. 안지현은 순영이 별 대꾸가 없자 헤드셋을 썼다. 음악을 들으려는 모양이었다. 그건 세상과의 차단장치일지도 모른다는 생각이 들었다.

순영은 슬그머니 일어나 밖으로 나왔다. 갈 수 있는 곳은 지극히 한정적이었다. 다람쥐 쳇바퀴 도는 기분이었다. 요양원 건물 뒤쪽을 한 바퀴 돌고 멀거니 무덤 있는 쪽을 바라보았다. 동그랗게 몸을 말고 있는 고슴도치 같은 무덤들이 다 제각각의 사연을 암호처럼 품고 있는 것 같았다. 우울감이 또 몰려왔다. 아, 언제나 이곳을 빠져나갈 수 있을까…. 그 결정권자는 분명 며느리일 것이다.

2층으로 올라와 대형 TV가 설치된 방으로 들어섰다. 마침 뉴스를 하고 있었다. 여전히, 코로나 환자가 엄청난 기세로 늘어나고 있다는 뉴스였다. 이제는 듣기도 지겨울 지경이었다. 하루하루 사는 게 살얼음 위를 걷는 듯한 느낌이 들었다. 그러다 얇은 얼음판이 무너지면? 죽는 것이다!

문득 철책 너머엔 뭐가 있을까? 무덤만 있을까? 그런 생각이 들자 그 철책을 넘어가 보고 싶다는 생각이 들었다.

소등된 후 사위는 고요했다. 밖에서 들어오는 희미한 불빛조차 어둠에 먹혀버린 듯 먹먹했다. 순영은 눈을 감은 채 어둠에 익숙해지려 노력했다. 하나, 둘, 셋, 넷….

-주무세요?

안지현의 목소리였다.

―아니요, 잠이 안 오네요. 불면증인지….

어둠 속에서, 두 사람 사이를 말만 건너다니고 있었다. 잠시 침묵이 흐르다가 안지현이 불쑥 말했다.

―사랑으로 결혼하는 사람이 얼마나 될까요?

뜬금없이, 사랑 타령이라니. 불이 꺼진 방안이라 그런 말이 쉽게 나왔을지도 모른다. 사랑이라는 말이 꽤 오래전 유물처럼 느껴졌다. 밖에서 새어 들어오는 달빛에 겨우 형체만 알아볼 수 있는 상황인데도 안지현의 슬픈 얼굴이 보이는 듯했다.

―그거야 눈이 멀어 있을 때이거나, 눈을 감고 있을 때에 가능한 거겠죠.

불현듯 3년 전 교통사고로 이승을 하직한 남편의 얼굴이 떠올랐다. 진정 그를 사랑해서 결혼했던가?

―전 계산 속이 앞선 결혼을 했어요.

어둠 속에서 안지현의 축축한 목소리가 들려왔다.

―음, 그랬군요. 그래서 불행했나요?

―그래서 불행했을 거여요.

―혹시 사랑하는 남자가 있었나요?

순영의 말에 안지현이 대답하지 않았다. 그 텅 빈 공간을 홍매자의 코 고는 소리가 매웠다. 한참 만에 안지현의 목소리가 다시 울려 나왔다.

―사랑이었는지는 모르지만 …계산이 앞서지 않았던 남자이긴 했어요.

―그랬군요, 그립나요?

―글쎄요, 그리운 것 같기도 하고 아닌 것 같기도 하고…. 그걸 모르겠어요. 어쩜 내 욕망이나 허기 때문에 그 사람 생각이 나는지도 모르겠어요.

―그분도 교수였나요?

-아니요. 너무도 평범한 회사원이었죠. 교수는 제가 열망하던 목표였죠.

　-두 마리 토끼를 다 잡을 수는 없지 않을까요?

　-그렇죠, 그쪽을 택했더라도 후회는 있었을 거라고 봐요. 그런데 왜 자꾸 생각이 나는지 모르겠어요.

　왜 생각이 나는지 왜 모를까. 어쩜 그 사람이 그리워서 그러는지도 모른다는 생각이 들었다. 그러나 그 말을 할 수는 없었다. 안지현이 입을 열어 자신의 이야기를 한다는 것은 그만큼 순영을 신뢰한다는 의미였다. 그 신뢰가 순영은 무거웠다. 어두운 밤이라 다행이라 생각했다. 타인의 인생에 대해 함부로 조언하는 것도 폭력이다.

　-아, 저도 가슴에 묻어두고 가끔 꺼내 볼 수 있는 사람이 있었으면 좋겠네요.

　그렇게 말하는 것이 안지현에 대한 예의라고 생각했다. 어스름 흘러드는 달빛 사이로 흔들리는 나뭇가지가 앙상했다. 입을 다문 안지현의 모습이 어떤지 알 수는 없지만 어쩜 울고 있을지도 모른다는 생각이 들었다.

5. 예나

　사흘 전, 예나의 목소리를 듣는 순간, 순영은 이성을 잃었다.

　-할머니 너무 보고 싶어요. 엄마도 코로나 걸렸다고 할머니 보러 가면 안 된대요.

　아이는 엉엉 울었다. 그 울음소리에 아무리 보고 싶다고 해도 사무실에 가서 그런 돌발행동을 해서는 안 되는 것이었다.

　-날 내보내 주시오! 난 죄수가 아니야!

흥분하는 순영을 보고 원장도 놀라는 눈치였다. 평소 순영의 태도로는 보기 어려웠을 것이다. 오히려 냉정하고 말수 없고 다가가기 힘든 사람인 줄 알았다가 막무가내로 화를 내며 나가겠다 했으니 상냥한 원장도 놀랐으리라.

—너무 흥분하셨어요. 약 드시고 올라가세요.

간호사가 내민 알약을 원장이 보는 앞에서 삼켜야 했고 사흘간 핸드폰 압수 조치가 내려졌다. 한참 동안 차가워진 원장의 훈시 같은 목소리를 들어야 했다. 그 일도 자존심이 상하는 일이었다. 화장실로 가서 입 속에 손가락을 넣어 알약을 토했다. 그러고는 약 기운에 취한 것처럼 침대에 누웠다.

—괜찮으세요?

요양보호사는 순영의 주위를 맴돌았다. 말없이 고개를 끄덕였다. 저녁은 일부러 먹지 않았다. 세상만사 귀찮아진 표정으로 이불을 뒤집어썼다. 이불 밖으로 TV 소리가 요란했다. 홍매자가 눈치 없이 킬킬대자 안지현이 말했다.

—조용히 해. 여사님 주무시잖아.

하지만 순영은 자는 게 아니었다. 소등시간을 기다리고 있는 중이었다. 예나를 만나기 위한 방법을 궁리하고 있는 중이었다.

눈에 넣어도 아프지 않을 아이였다. 자식보다 더 어여쁜 아이였다. 그 아이를 생각하면 저지르지 못할 일이 없었다.

순영이 희망요양원을 탈출한 건 새벽 세 시였다. 모두가 잠든 시간이었고 누구도 그녀의 탈출을 생각하지 못했다. 진정제를 먹었다고 생각한 요양보호사는 원장에게 말했을 것이고, 평소 조용한 그녀가 다시 조용해졌으니 원상태로 돌아간 것이라 생각했을 것이다. 실내복을 입은 위에 요양원에 들어올 때 입었던 코트를 걸치고 요양원 뒤뜰로 나왔다. 산책

하면서 봐두었던 허술한 철책 쪽으로 걸음을 옮겼다.

허술한 철책 주변엔 쓰레기를 모아두는 곳이 있었다. 그곳엔 대소변 조절이 안 되는 노인들의, 악취가 엄청난 기저귀와 잡다한 생활 쓰레기까지 뒤엉켜 있었다. 분리수거라는 개념도 없는 것 같았다. 허술한 철책이지만 불편한 다리로 철책이 휘어진 곳을 골라 간신히 넘었다.

택시가 다니는 도로까지는 도둑고양이처럼 걸었다. 새벽바람이 차서 몸이 덜덜 떨렸지만 이를 악물고 견뎠다. 택시를 한참 기다려 타고 아파트 이름을 말할 때까지도 그녀의 탈출을 아는 사람은 없었다.

─예나야.

정작 소리 내어 부를 생각은 아니었다. 그냥 입으로만 중얼거리듯 작은 소리로 말하며 습관적으로 현관을 밀었다. 문이 잠겨 있었지만 비번을 알고 있기에 안으로 들어가는 데 걸림돌은 없었다. 조용히 현관문을 열고 집안으로 들어섰다. 아들이 자고 있을 안방을 지나 예나의 방으로 스며들었다. 문을 여는 순간 예나의 체취가 느껴졌다. 그리웠던 체취였다. 창으로 스며든 가로등 불빛에 예나의 잠든 얼굴이 보였다. 잔뜩 옹그린 자세로 누워 있는 예나는 무엇이 불만인지 입술을 빼죽이 내밀고 잠들어 있었다. 가만히 아이의 볼을 쓸어보았다. 보드랍고 촉촉한 살에 손이 닿자 가슴이 촉촉해졌다. 살그머니 예나의 입술에 마른 입술을 댔다. 눈물이 왈칵 쏟아졌다. 자신도 모르게 침대로 올라가 아이 곁에 누웠다. 따스한 체온에 몸이 절로 녹는 것 같았다. 가만히 아이를 끌어안았다. 제어미가 확진되었다 해서 걱정을 했었다. 혹시나 그동안 감염되지는 않았을까 하고. 눈을 감고 아이의 고른 숨소리를 들으며 손을 잡았다. 아이가 조금 몸을 움직여 돌아누웠다. 그러더니 흑흑 흐느끼는 소리가 들리기 시작했다. 꿈을 꾸는 모양이었다. 어릴 때 자장가를 불러주며 재우던 때처럼 입속으로 조용히 자장가를 불렀다.

　－자장자장 우리 예나 솜털처럼 예쁜 예나 할미 마음 뺏은 예나….

　어려서 불러주던 자장가를 부르자니 콧등이 시큰했다. 예나가 몸부림을 치며 울기 시작했다.

　－싫어 싫어, 난 할머니 보러 갈 거야.

　잠꼬대였다. 제 아비가 못 가게 하니까 그게 불만이었던 모양이다. 가만히 아이를 안고 속삭였다.

　－할미 여기 있다. 예나 보러 할미가 왔어.

　잠결에 무언가를 느꼈는지 아이가 돌아눕더니 눈을 번쩍 떴다.

　－할머니!

　벌떡 일어나 앉아 소리를 치고는 꿈인지 생시인지 분간이 안 되는지 눈만 껌뻑거렸다.

　－할미 왔어. 나쁜 꿈을 꾸었니?

　순영의 목소리를 듣고서야 예나가 순영의 품으로 달려들었다.

　－할머니, 할머니 맞지? 이거, 꿈 아니지?

　－그럼, 할미 맞지. 우리 강아지 보고 싶어 할미가 왔지.

　순영의 품에 안겨 냄새를 맡던 예나가 갑자기 손뼉을 치며 웃기 시작했다.

　－내 기도가 이루어졌어, 와아～

　－쉿, 아빠 주무실 텐데 너무 목소리가 크다. 조용～

　순영은 예나를 안으며 손으로 입을 가렸다. 예나가 품 안에서 종알거렸다.

　－할머니, 어떻게 나왔어? 탈출했어? 아님 외출 나올 수 있는 거야?

　－쉿, 조용. 아빠 깨겠다.

　－깨면 어때. 할머니가 오셨는데, 아니다, 내가 아빠를 깨울까?

언제 잠을 잤냐는 듯이 눈이 초롱초롱해진 예나가 큰 목소리로 떠들며 깔깔 웃었다.

―쉿, 그냥 자자. 예나랑 할머니랑 손잡고 아침까지 자자. 아빠는 아침에 보면 되지.

순영은 예나를 이끌어 눕히고 이불을 끌어 덮어주었다. 예나가 품속으로 파고들며 키득거렸다.

―히히히, 너무 좋다, 할머니 냄새가 좋아.

예나의 손이 거침없이 가슴속으로 파고들었다. 그때였다. 문이 벌컥 열리며 환한 빛이 쏟아졌다.

―어머니!

며느리였다. 잠옷 차림으로 팔짱을 낀 채 서 있는 건 분명 며느리였다.

―도대체 어떻게 된 거여요?

―내가 묻고 싶은 말이구나. 너는 격리되어 있다더니 어찌 집에 있는 거냐?

서로 궁금한 게 같았다. 며느리가 성큼성큼 다가와 순영을 노려봤다.

―어떻게 나오셨냐구요!

그녀의 질문은 취조였다. 하지만 주눅들 일이 없었다.

―몰래 나왔지. 너도 없다고 하니 예나가 걱정돼서 몰래 나왔다. 근데 너는 어찌 집에 있는 거냐고?

순영의 말을 듣던 예나가 킬킬대며 웃었다. 그러자 잔뜩 화가 난 며느리의 목소리가 쩌렁쩌렁 울렸다.

―서예나! 지금 이 상황이 우스워?

예나가 입을 가리며 제 어미를 흘겨봤다.

―근데 너는 어찌 집에 있는 거냐고 물었다.

순영은 화난 표정을 가다듬고 며느리를 올려다봤다.

-확진 격리가 어제까지였거든요. 저는 상태가 심각하지 않아서 많이 아프진 않았어요,

　며느리의 목소리도 조금 숙어들었다.

　-다행이구나. 나도 상태가 심각하지 않으니 이제 요양원에서 나왔으면 싶구나.

　며느리를 쳐다보기 싫었다. 어느새 며느리에게 서운한 감정이 조금씩 쌓여가고 있었다.

　-그건 어머니가 판단하시는 게 아니고 의사가 판단하는 겁니다.

　며느리의 목소리는 딱딱했다.

　-이게 무슨 상황이야?

　눈을 비비고 나타난 건 아들이었다. 소란에 잠이 깼는지 방 안의 상황을 살피는 눈이 아직 잠결이었다.

　-어머니가 탈출을 하셨네요.

　팔짱을 낀 채 싸늘하게 말하는 며느리는 냉정했다.

　-아니요, 외출하셨댔어요.

　예나가 톡 끼어들어 제 어미의 말을 정정했다. 속으로 슬쩍 미소가 지어졌다.

　-넌 어른들 일에 끼어들지 말고 입 다물어!

　아들의 말에 예나가 이불을 폭 뒤집어쓰며 성질을 냈다.

　-아들아, 나 요양원에 안 갈란다.

　순영의 목소리는 애원에 가까웠다.

　-어머니!

　며느리가 목소리를 높였다.

　-엄마, 애들처럼 왜 이래요? 요양원 나오는 것도 절차가 있는데 이렇게 나오시면 어떡해요?

아들도 화가 많이 난 듯했다.

－난 예나 에미가 병원에 격리돼 있는 줄 알았다. 근데 멀쩡하게 집에 있으면서 면회 한 번 안 오고. 너도 그렇지, 어미한테 그러는 게 아니다.

속이 상했던 마음이 아들을 보자 서러움이 봇물처럼 터져 나왔다.

－일이 바빴어요. 저 사람이 병원에 있었던 것도 맞고요, 어제 나왔다구요.

아들도 제 어미를 달래보려는지 변명하듯 애써 차분한 목소리로 말했다.

－나, 거기 더 이상 못 있겠다.

순영의 목소리에는 어느새 물기가 축축했다.

－알았어요, 날이 밝는 대로 요양원 모셔다 드릴게요. 의사 만나보고 퇴원 수속 밟을 테니까.

이길 재간이 없다. 순영은 이불 속으로 예나의 손을 찾아 꼭 쥐었다. 예나도 손을 꼼지락거리며 반응했다. 이불 속에서 예나의 손이 빠르게 순영의 손을 간질였다.

－알겠어요, 어머니. 그만 주무시고 낼 봅시다.

아들이 제 마누라를 감싸고 나가며 불을 껐다. 캄캄한 어둠, 아침이 오려면 아직 멀었다. 예나를 힘껏 껴안았다. 세상을 다 안은 것 같았다. 시큰거리던 무릎이 또 저려왔다.

6. 위드 코로나

'인생 백 세'라는 말이 나오기 시작한 순간부터 불행은 시작됐다.

늙으면 죽어야지, 라는 말은 진실한 말이었다. 아니 그 말은 백 프로 거짓말이었다. 늙으면 죽어야지 라니, 고개를 절레절레 흔들 일이다. 하지만 자식들 앞에서는 그 말이 절로 나왔다. 그 말을 하면서 기대하는 것은, '아이고 어머니 무슨 말을 그리 서운하게 하십니까. 백 세까지 무병장수하셔야지요.'다. 그렇다고 해서 그 말을 백 프로 믿는 것은 아니지만, 그래도 그런 말을 해주면 기분이 썩 좋아지는 건 숨길 수 없다. 자식들인들 속이 없으랴, 립 서비스 차원의 그 말이 몇십 만원의 용돈보다 더 효과가 있다는 것을 모를 리 없다.

다시 요양원으로 돌아온 순영은 잠시 어색한 시간을 보내야 했다. 원장에게도, 방 식구들에게도 그랬다. 돌아온 순간부터 요양원의 풍경이 스쳐 지나가는 영화 속 장면처럼 느껴졌다. 한 번 마음이 떠난 곳이니 마음도 둥둥 떠다녔다.

사실 그곳에서 웃을 수 있는 일은 별로 많지 않았다. 밖에서 볼 때 따스하게 햇살이 비치는 방일지라도 그 안은 시끄럽고 불쾌하고 절망적인 일이 많았다. 발작에 가까운 신경질을 부리는 사람과 하염없이 우울의 늪에 빠져 있는 사람, 그도 아님 발광에 가까울 정도로 기물을 부수는 사람도 있었다. 그런 이들에게는 수면제 처방이 이루어졌다. 그것은 만병통치약이었다.

오방주 여사는 그래도 상당히 긍정적인 사고를 가진 사람이었다. 일흔셋이라는 나이가 무색할 만큼 요란한 꾸밈새로 자신을 치장한 오 여사는 들어오는 날부터 시선을 끌었다. 옆방이기는 해도, 홍매자와 죽이 맞아 수시로 들락거리는 바람에 같은 방 사람 같은 생각도 들었다. 그녀가 하는 말은 늘 눈살을 찌푸리게 했다.

어느 날 밤, 그녀가 묘한 제안을 했다.

-우리 술 마시러 갈래요?

그 말에 모두 흠칫 놀랐다.

-어디로요?

가장 먼저 반응을 보인 건 홍매자였다.

—이따 밤에 나만 따라오면 돼요.

그녀는 주변을 의식하듯 조용히 말했다.

—이따 밤에?

의심 많은 홍매자가 시큰둥한 표정으로 입을 삐죽이며 오방주를 흘겨봤다. 오방주가 건성 고개를 끄덕이면서 시선은 안지현에게 머물러 있었다. 말하기 싫은지 안지현이 시선을 내리깔고 책을 펼쳤다.

—생각해보세요. 다른 사람이 말하면 듣는 척이라도 좀 하든지.

오방주가 불쾌한 듯 안지현을 노려봤다.

—나가요, 저 박사 언니는 책만 봐요.

홍매자가 나서서 안지현을 보호했다.

—박사면 뭐? 뭔 박사? 박사면 다야?

오방주의 언사가 몹시 거칠었다.

—저 언니는 아는 게 참 많아요. 전에 대학교수를 했대요. 그러니 조용한 걸 좋아해요. 우리끼리 정원에 가서 놉시다. 나간 김에 은행잎도 좀 주워오고.

—그걸 주워다 뭐하게?

오방주가 계속 기분이 나쁜지 툴툴거렸다.

—그게 방충 효과가 있다잖아요. 한 바구니 가득 주워서 창가에 두면 벌레 박멸 효과도 있대요.

홍매자가 조잘조잘 떠들며 오방주의 손을 잡고 밖으로 이끌었다.

—박사는 무슨 얼어죽을!

오방주가 화난 목소리로 그렇게 말하곤 홱 돌아서 나가버렸다.

순영이 보기에도 안지현은 조금 별났다. 그녀는 필요 이상으로 차가웠고 말수가 없었고 시선은 책에다만 박았다. 사람에게 눈길이 가 있는 적이 별로 많지 않았다. 홍매자가 오방주와 나가고 나자 안지현이 한숨을 푹 쉬며 책을 덮었다. 지난번 보던 책과는 다른 책이었다. 누군가 책을 가져다주는 모양이었다.

  ―코로나가 엄청 빠른 속도로 번진대요. 큰일이어요.

  어색한 분위기를 바꾸어보려고 순영이 일부러 말을 걸었다.

  ―그러게요. 팬데믹 그리스어로 팬(pan)은 모두, 데믹(demic)은 사람이라는 뜻으로 전염병이 전파돼 모든 사람이 감염됐다는 뜻.

이라죠.

  ―뉴스 보니 요양원이나 요양병원 같이 사람들이 많이 모인 장소가 위험하다죠? 얼마 전에도 요양원 전체가 격리된 데가 몇 군데 있었대요.

  ―뭐 새삼스러운 일도 아니죠, 언제나 호시탐탐 인간을 노리는 균들이 많았잖아요. 전염병은 인간에겐 피할 수 없는 적이지요. 2003년의 사스는 '우한 바이러스'처럼, 중국 남부에서 발생한 감염병입니다. 중화권을 중심으로 순식간에 퍼져나가면서 770여 명의 생명을 앗아갔고, 주변 국가들은 공포 분위기에 휩싸였습니다.

  그녀는 거의 백과사전 수준이었다. 무엇에 대해서든 이야기가 나오면 거침없이 줄줄 읊었다.

  ―곧 위드 코로나 체계로 들어간대요.

  순영의 말에 그녀가 책을 읽듯 말했다.

  ―위드 코로나? 감당하기 어려울 만큼 감염자가 늘고 있으니 같이 가자는 이야기겠죠? 하지만 대책이라기엔 성의가 없어 보여요.

  ―네에….

  잠시 침묵이 흘렀다. 침묵이 무거웠을까, 안지현이 TV를 켰다. 채널을 이리저리 돌려봐도 코로나 소식만 가득했다. 마치 종말이 오는 듯한 분위기였다.

그때, 문이 요란스럽게 열리며 홍매자가 뛰어 들어왔다. 숨이 찬지 한참 씩씩대더니 TV 앞에 무릎을 꿇고 눈을 감았다. 몇 번인가 본 적이 있는, 홍매자의 기도가 시작되는 것이다. 그녀는 눈을 감고 두 손을 모은 채 몸을 떨기 시작했다.

 –오, 주여, 불쌍한 죄인들을 용서하소서. 코로나의 공포에서 저희를 구해주소서.

 그 말을 하고는 홍매자의 몸 떨림이 더 심해졌다. 그녀의 기도는 예정 없이 불쑥불쑥 펼쳐졌다. 기도하는 그녀의 목소리는 울음에 가까웠으며 공포의 골짜기를 지나는 듯이 음울해졌다. 그녀가 기도하고 있으되 그녀의 목소리가 아니었다. 접신한 듯한 목소리였다.

 –다윗의 죄로 인해 백성들 사이에 전염병이 퍼졌나이다. 다윗이 하나님 앞에 회개하며 엎드리자 하나님께서 오르난의 타작 마당에서 제단을 쌓으라고 명령하신다. 다윗은 곧장 명령에 수행한다. "내가 여호와를 위하여 여기 한 제단을 쌓으리니 그리하면 전염병이 백성 중에서 그치리라."

 그녀는 신들린 듯이 말을 하면서 몸을 떨었다. 앉아서 그 광경을 지켜보기가 불편했다. 무엇에 홀린 듯 기도하는 모습을 본다는 것이 종교를 믿지도 않는 사람의 입장에서는 결코 호의적일 수가 없는 일이었다. 순영은 조용히 일어나 밖으로 나가려 했다. 그때, 그녀가 눈을 번쩍 뜨며 말했다.

 –어디 가세요?

 그녀가 방문을 열자 잠에서 깨어난 듯이, 홍매자가 말짱한 얼굴로 물었다.

 –산책하려요.

 눈을 마주치지 않고 말했다. 왠지 그녀가 무서웠다. 아니, 그녀의 기도

가 무서웠다. 방에서 빠져나가고 싶은 생각밖에 없었다.

　-아, 나도 산책이나 하고 와야겠다.

　안지현이 고개를 박고 있던 책을 덮으며 따라 일어섰다. 홍매자가 다시 손을 모으며 간절하게 말했다.

　-오, 주여. 저들을 불쌍히 여기소서.

　밖은 조금 쌀쌀했다. 주위가 숲으로 덮여 있어 더 그런 것 같았다. 어둠이 슬금슬금 내려앉고 있었다. 안지현이 바짝 붙어 따라오더니 슬쩍 손을 잡았다.

　-놀랐지요? 홍매 말이에요.

　-아, 네. 조금.

　-광신도에 가까운데, 오락가락해요, 어떤 땐 접신한 듯이 할렐루야만 찾다가 또 어느 땐 전혀 종교를 모르는 사람처럼 용한 무당 이야기를 하기도 하고….

　-그동안 힘드셨겠어요.

　-어쩔 수 없죠, 다 피폐한 영혼이니….

　그녀의 말이 암시이기라도 한 듯이 둘은 입을 다물었다. 피폐한 영혼이라…. 울컥 눈물이 솟았다, 슬그머니 소매로 눈물을 닦았다. 안지현이 일부러 먼 데를 쳐다봤다. 홍매자가 끼어있을 땐 결코 없던 침묵이 꽤 오랜 동안 순영과 안지현을 짓누르고 있었다.

　-은행나무가 노랗게 깔렸던데, 산책하러 가실래요?

　안지현이 말했다.

　-좋죠, 밖으로 나갈 수만 있다면.

　-방법은 찾으면 다 나와요.

　모처럼 미소를 짓던 그녀가 순영의 손을 이끌었다. 그녀는 정원 맨 끝쪽 벤치를 지나 익숙한 길을 찾듯, 은행잎이 노랗게 떨어진 장소를 찾아 냈다.

―참 아름답네요. 아름다운 소멸이네요.

순영은 안지현과 은행잎이 깔린 바닥에 주저앉아 하늘을 봤다. 노란 은행잎은 계속 떨어져 쌓이고 있었다. 떨어진 잎이 방석처럼 푹신했다. 바람에 흔들리며 떨어지는 은행잎이 나비처럼 춤을 추었다. 말없이 하늘을 응시하던 안지현이 한참 만에 다시 입을 열었다.

―인간은 세균을 이길 수 없어요. 균이 주는 공포가 얼마나 큰지 코로나만 봐도 알 수 있잖아요. 하지만 이런 일은 처음이 아니죠.

한참 만에, 뜬금없이 코로나 이야기를 꺼내는 안지현의 목소리가 눅눅했다. 순영은 잠자코 듣기로 했다.

―100여 년 전, 인류를 공포로 몰아넣은 건 스페인 독감입니다. 미국에서 발병했지만, 스페인 언론에서 처음 보도되었다 해서, 스페인 독감으로 명명됐답니다. 당시 1차 세계대전이 대유행을 부추겨 2천 5백만 명 이상이 목숨을 잃었다고 해요. 또 신종 플루가 몰아닥친 적도 있었지요. 바이러스를 100% 차단한다는 피부 접착형 마스크까지 등장하고, 일본은 어린이 보호를 위해 서둘러 휴교령까지 발표합니다. 하지만 일본 내에서만 사망자가 많았던 게 아니라 전 세계 28만여 명의 목숨을 앗아갔습니다. 2014년엔 에볼라 바이러스가 아프리카 일대를 휩쓸고 지나갔습니다. 에볼라 바이러스는 예방과 치료가 어려워 치사율이 50%나 되면서, 아프리카에서만 4천 8백여 명이 목숨을 잃었습니다.

안지현은 어떤 내용이든 설명을 할 때는 유난히 집중했다. 교수다운 태도였다.

―참 아는 게 많으시네요, 다들 박사님이라 하던데 진짜 박사님 맞나 봐요.

순영의 말에 안지현이 희미하게 웃었다.

─그게 중요한 게 아니지요. 우린 지금 여기, 쓸쓸한 영혼을 다독거리는 친구라는 게 중요하지요. 제가 아는 게 많은 게 아니라 책에서 얻은 지식일 뿐입니다.

그녀는 자신의 지식은 대단한 것이 아니라는 듯 고개를 설레설레 저었다.

─잊는 게 좋을 때도 많아요. 모르는 게 약일 때도 있고요. 기억이 많은 건 쓰레기가 많다는 이야기기도 하지요.

그녀가 허공을 바라보며 쓸쓸하게 말했다.

─도대체 코로나는 언제 끝이 날까요?

순영이 끝 간 데 없는 하늘을 올려다보며 중얼거렸다.

─알 수 없죠. 방역 당국도 우왕좌왕하고 있으니. 조선시대에도 전염병에 걸린 사람을 무인도로 보내거나 물속에 넣어 죽였다는 기록도 있답니다.

─어머나, 그건 격리가 아니라 살인….

─말이 좋아 격리죠. 뉴스에서 보셨듯이, 지금도 대도시에서는 난리가 아니라잖아요, 말로는 위드 코로나 하면서 '위드'라는 개념은 없고 우왕좌왕하는 거 같아요.

─하긴 어찌 알겠어요, 경험하지 않은 일을. 그래도 인간이 현명한 건 그때마다 살 길을 찾아낸다는 것이지요.

안지현은 현명한 것 같았다.

─그렇긴 하군요, 이번에도 그러기를 바랍니다. 위드 코로나, 뜻이 좋지 않아요?

─뜻대로 그리되면 좋겠지요.

하늘에 희미한 달이 떠올랐다. 달빛이 차가웠다. 어디선가 개 짖는 소리도 섞여들었다. 요양원으로 올라오는 길에 있던 마을이 떠올랐다. 거기 상점도 몇 개 있고 음식점도 있었던 것 같았다. 불쑥 그런 거리를 걷고 싶다는 생각이 들었다. 아무렇지도 않은 일상, 무덤덤하던 하루하루가 전에 없이 그리웠다.

—안 박사님. 왜 나를 버리고 갑니까?

헐레벌떡 뛰어와 침묵을 깬 건 홍매자였다.

—홍매 씨 기도하라고 자리를 비켜 주었는데 그새 끝났어?

—칫, 그건 아니면서. 그나저나 곧 취침시간예요. 요즘 코로나 때문에 취침시간 점검까지도 까다로워졌어요, 얼른 올라갑시다.

그러고 보니 그랬다. 지난 코로나 사건이 있은 후 원장은 직접 방마다 돌면서 확인한 후에야 퇴근을 했다. 그것이 입원한 원생들에 대한 애정인지 자신의 일에 대한 완벽추구인지는 모르겠으나 사실 좀 귀찮기는 한 일이었다.

—들어갑시다, 미운 털 박히기 전에.

안지현이 자리를 털고 일어났다. 홍매자가 안지현 옆에 착 달라붙었다. 순영도 따라 일어났다. 악몽에 시달릴 무서운 밤이 또 오고 있었다.

7. 산속의 집

곧 퇴원 수속을 하겠다던 아들은 소식이 감감했다. 그럴 수 있다는 생각을 하면서도 마음 밑바닥에 자리 잡은 서운한 생각은 쉬이 사라지지 않았다.

그날은 하늘이 자는 날이었다. 우울하기도 하고 답답하기도 한 날이었다. 낮에 비까지 제법 많이 와서 산책조차 할 수 없이 으스스한 날이었다.

식사 후에 오방주가 따뜻한 믹스커피 석 잔을 들고 와 내려놓았다. 모두 얼굴빛이 환해졌다.

－커피 냄새를 맡으니 좀 살겠네, 고마워요.

전에 없이 안지현이 가장 먼저 종이컵을 들었다.

－우리 조금 있다 어디 갈래요?

오방주가 홍매자 침대에 엉덩이를 걸치며 물었다.

－어딜?

가장 먼저 관심을 보인 건 역시 홍매자였다. 배를 두드리며 누워 있던 홍매자가 발딱 일어나 앉았다.

－나를 따라오면 아주 좋은 곳을 안내할게요.

그녀의 말에 안지현과 순영의 눈길도 반갑게 마주쳤다. 종일 꼼짝도 못하고 방에만 있던 갑갑증에 어딘가로 갈 수 있다니 반가운 표정을 감추지 못하는 것이다.

－절대 후회하지 않을 거예요. 오히려 고마워할 걸요.

오방주는 어깨를 으쓱이며 웃었다. 어느새 안지현을 대하는 태도가 달라져 있었다. 홍매자가 구워삶은 모양이었다. 그런 면에서 홍매자의 친화력은 대단했다.

－어딜 가는데요?

안지현이 안경을 올려 쓰며 먼저 물었다.

－조금 있으면 소등시간이에요. 그러면 이 요양원은 사무실 빼고는 암흑천지가 되죠.

－그, 그렇긴 하지.

안지현이 책장을 덮으며 오방주를 쳐다봤다.

－이 건물 동이 암흑이 되는 순간, 신천지가 펼쳐진단 말입니다.

－뭔 소리요?

마침 심란하던 차에 오방주의 제안에 모두가 관심을 보였다.

─내가 아주 근사한 장소를 알고 있단 말입니다.

오방주의 눈빛이 유난히 반짝거렸다.

─근사한 장소요?

안지현과 순영이 동시에, 의심쩍은 눈길로 오방주를 바라봤다.

─그럼요. 진짜 근사한 장소 맞습니다요.

오방주는 자신감에 넘쳐 으쓱거렸다.

─근데 왜 우리 방에 와서 그래요?

갑자기, 홍매자가 쉰 목소리로 말했다. 또 오락가락. 며칠 전부터 감기 기운에 비실비실하는 중이었다. 감기약을 먹었지만 차도가 보이지 않았다.

오방주 여사의 방은 맞은편 208호였다.

─우리 방엔 죽이 맞는 사람이 없어서 그래. 몸은 침대에 들러붙어 있으면서 입들만 동동 떠가지고 잔소리나 해대지. 약 기운에 헛소리해대는 것도 지겹고. 방을 바꿔주면 좋겠는데 씨알이 안 먹혀.

그녀는 입술을 실룩거리며 불만을 토해냈다.

─우리 기분이 좋아질 곳이오?

축 처져있던 안지현이 조심스럽게 물었다.

─그럼요. 운이 좋으면 술도 마실 수 있어요.

여자의 말에 안지현이 군침을 꼴깍 삼켰다.

─진짜지? 술을 마실 수도 있다는 말?

홍매자가 입맛을 다시며 호기심어린 눈빛으로 물었다.

─넌 한 번 갔다 오고도 딴 소리냐?

오방주가 홍매자의 머리를 쿡 쥐어박으며 말했다.

─언제?

홍매자가 기억을 더듬는 듯이 눈알을 이리저리 굴렸다.

―시끄럽고. 대신 그곳에 갔다 왔다는 말은 비밀로 하기.

오방주가 입술에 손가락을 얹으며 조용하게 말했다. 홍매자는 여전히 기억을 더듬는지 먼 데를 쳐다보며 고개를 갸웃했다.

―좋아요, 가봅시다. 뭔 소린지는 모르지만 이 방을 벗어날 수 있다는 것만으로도 기분은 좋아질 수 있으니까.

안지현이 먼저 일어나 오방주의 손을 잡았다. 순영은 망설였다. 그때, 소등시간을 알리는 음악이 흘러나왔다. 띠리띠리띠리리링 띠리링 띠리링. '엘리제를 위하여'였다. 수많은 엘리제를 잠재우는 음악.

―어르신들의 건강을 위해 취침시간을 알립니다. 깊은 잠 주무시고 내일 아침에 상쾌한 기분으로 뵙겠습니다.

상냥한 안내방송이 끝나자 암흑이 되었다. 오늘밤은 마침 달도 없는 그믐밤이었다.

―이런 날이 최적의 날씹니다. 자, 다들 나를 따라오세요.

오방주는 망설이지 않고 앞장섰다. 어둠을 더듬어 앞서가는 모습이 초행길이 아닌 것 같이 익숙해 보였다. 건물 뒤편 계단으로 내려가 지하실로 통하는 문으로 들어섰다. 지하실은 쓰레기 처리시설과 기저귀 등의 물품을 놓아두는 장소였다. 지하실로 들어서자 아주 고약한 냄새가 코를 찔렀다. 순영은 코를 감싸 쥐고 숨을 죽였다. 그런데 이상하게도 희열감 같은 게 차올랐다. 갇혀 있는 동안의 갑갑증이 다소나마 풀리는 기분이었다. 소등시간이 지나서 지하실도 어둡기는 마찬가지였지만 오방주는 익숙한 길을 가는 것처럼 앞서 걸었다. 모두 그녀의 바지자락을 붙들고 뒤따랐다. 그러다 재활용 쓰레기를 모아둔 더미 앞에서 오방주가 걸음을 멈추었다. 일행도 덩달아 멈추어 섰다.

오방주는 아주 익숙한 손놀림으로 재활용품이 가득 찬 커다란 비밀 포대들을 치우기 시작했다. 한참 그러더니 낮은 목소리로 말했다.

　―이리 오세요.

　오방주가 손짓하는 대로 따라가니 놀랍게도 거기 작은 구멍이 보였다. 라면 박스 하나로 가릴 수 있는 정도의 구멍이었다. 그녀가 들고 온 작은 랜턴 불빛에, 마치 그곳이 새로운 세상으로 가는 입구처럼 느껴졌다. 재활용 쓰레기를 쌓아두는 곳이기에 자세히 살피지 않으면 누구도 알아낼 수 없는 곳이었다.

　안지현이 고개를 갸웃거리며 물었다.

　―여기로 들어가자고요?

　―그래요.

　―여기로 들어가면 뭐가 나오는데요?

　그녀는 늘 의문이 많았다.

　―입구만 이렇게 좁지, 들어가면 곧 넓어져요. 얼른 따라들어 오세요.

　오방주가 다가와 안지현의 손을 잡고 이끌었다. 순영도 마지못해 오방주가 이끄는 대로 따라갔다. 손전등의 빛을 따라 몸을 웅크린 채 한참을 기어가자 비교적 넓은 공간이 나타났다.

　―이야, 이런 곳은 어찌 알았어요?

　안지현이 휘둥그레진 눈으로 주위를 살폈다.

　―나는 알고 있었는데. 히히.

　오락가락 홍매자가 우쭐거리듯 말했다. 그런데 아까는 전혀 모르는 것처럼 굴었다. 일부러 그러는 것인지, 순간적으로 깜빡하는 것인지…,

　―우리 남편이 시청 청소과 소속이었거든요. 전에 이 요양원 재활용 쓰레기 담당이었어요. 그래서 나도 간간이 거들어주러 왔었지요. 근데 내가 오락가락 치매증세가 보이자 나를 여기다 처넣고는 젊은 년하고 바람이 났어요.

오방주는 남의 이야기하듯 감정 없이 지껄이고는 아주 익숙한 걸음으로 앞서 걸었다. 준비해온 손전등이 아주 유용했다. 손전등으로 밝혀진 길 저 너머엔 시커먼 어둠이 자리 잡고 있었다. 아마도 어느 시기엔 비밀한 공간으로 쓰였던 동굴 같았다. 어느새 일행은 묘한 흥분감에 휩싸여 누구랄 것도 없이 어두운 굴속 같은 길을 부지런히 걸었다. 이십여 분쯤 지나서 걸음을 멈춘 오방주가 말했다.

―다 왔어요. 여기도 나가는 길은 좁으니 조심하세요.

오던 길보다 더 좁은 길을 빠져나오니 헛간처럼 보이는 곳에 장독들이 옹기종기 놓여 있고 거길 벗어나 휘장을 들추면 바로 앞에 허름한 슬레트 집 한 채가 보였다.

―여기가 어디요?

안지현이 물었다.

―우리 아지트.

오방주가 히죽 웃으며 말했다. 안지현이 고개를 갸웃하면서도 주위를 둘러보았다. 허름한 집에는 불도 켜져 있지 않았다. 앞서가던 오방주가 문을 두드렸다. 안에서는 아무런 기척이 없었다. 오방주가 거침없이 방문을 벌컥 열었다.

―주인 없는 집에 함부로 들어가도 되오?

순영이 조심스럽게 물었다.

―오늘 형님이 어딜 가신 모양이네, 들어오세요.

오방주는 마치 제집인 양 자연스럽게 들어섰다. 일행은 빨려들 듯이 안으로 들어갔다. 서둘러 촛불을 찾아 켜는 오방주는 마치 제집에 온 듯 표정이 편안해 보였다. 한두 번 와본 게 아닌 것 같았다. 그와는 달리 홍매자와 순영과 안지현의 눈빛은 흔들리는 불빛처럼 불안하게 일렁거렸다.

―자, 교수님. 오늘, 술 한 잔 하십시다.

오방주는 제 집 벽장을 열듯이 벽장을 열어 가지런히 놓여 있는 술병들 중에 두 병을 꺼냈다.

－도대체 여기가 어디요? 누구네 집이오?

안지현도 여전히 불안해보였다.

－그거는 나중에 주인장을 만나게 될 때 이야기하기로 하고 우선 오늘은 주렸던 술배나 채웁시다.

순영은 오방주의 처사가 이해하기 어려웠다. 갑갑해서 따라오기는 했으나 걱정이 태산이었다. 돌아갈 일도 그렇고, 들켰을 경우에 대한 궁리도 그랬다. 오방주는 순영의 의중 따위는 아랑곳없다는 듯이 술병을 꺼내고 주머니에서 미리 준비해온 듯한 쥐포와 소시지를 꺼내 바닥에 내려놓았다.

－한 잔 하시오.

오방주가 순영에게도 술잔을 내밀었다.

－나는 술을 못 해요.

그렇게 말했지만 사실 술을 전혀 못하는 것은 아니었다. 간간이 취해본 적도 있었다. 하지만 스스로 술을 찾을 만큼은 아니었고 더구나 친하지 않은 사람들과 술을 마시고 싶은 생각은 없었다. 어쩜 아직 덜 외로운 건지 모를 일이었다.

－허허, 곱게 사신 분이신 모양이네요. 난 술 없으면 하루도 몬 살아요.

오방주가 술잔을 털어 넣으며 쓸쓸하게 말했다.

－어쩌다….

－어쩌다 보니 그렇게 됐어요, 쓰레기 같은 인생에 술도 없으면 어찌 견딥니까?

오방주의 그 말에 안지현이 흐흐 웃었다.

－나보다 한 수 위인 것 같소이다. 이제부터 형님이라 부르리다.

안지현의 그 말에 오방주가 만족한 듯 고개를 끄덕였다.

-왔는가?

한창 술을 마시고 있을 때 밖에서 소리가 들렸다. 주객이 전도된 듯 문을 밀고 들어오는 노인이 오히려 인사를 꾸벅했다.

-형님은 어딜 다녀오시오?

-아, 약초 캔 것 장날에 내다 팔고 딸네 집에 들렀다 오는 겨.

노인은 들어서면서 주위를 휙 돌아보았다.

-딸네 집에 갔으면 주무시고 오시지 않고 무에 그리 서둘러 오셨소?

-기어들어가는 집구석이라도 내 집이 편하지. 나는 아파트는 숨 막혀서 잠시도 못 있겠습다.

머리가 허연 노인네는 순영을 힐끗 보며 그 앞에 앉았다.

-이 분들은 뉘신고?

-신참들입니다. 하하하. 요양원 신참.

-쯔쯔, 그러시구랴. 잘 오셨소. 이 분은 앞에 술잔이 없는 걸 보니 술을 못하시는 것 같은데 나랑 차나 한잔 하시구랴.

노인은 순영을 힐끗 보고는 벽장에서 잘 말려둔 약초를 꺼내더니 휴대용 가스레인지에 찻주전자를 얹었다. 그러더니 문을 열고 밖으로 나갔다.

-어딜 가시오?

궁금한 게 많은 홍매자가 물었다.

-찻잎 가지러 냉장고에.

-냉장고가 밖에 있어요?

안지현이 놀라운 표정을 지으며 말했다.

-자연냉장고, 아까 우리가 나온 그 구멍이 자연냉장고요.

오방주의 말에 순영은 아까 나온 굴을 떠올렸다. 굴을 나올 때 얼기설기 엮은 사립문이 떠올랐다. 그 문을 열고 나오면 올망졸망한 단지도 보이고 주렁주렁 매달린 망태기들도 보였다. 냉장고 없는 시골에서 음식을 갈무리하는 굴쯤으로 여기기 십상이었다.

—이 동굴 끝은 어디요? 끝까지 가봤소?

오방주가 집주인에게 불쑥 물었다.

—인생의 끝을 왜 그리 궁금해하시오? 몰라도 좋을 일을 미리 알려고 할 건 없지 않우?

허연 머리칼을 풀풀 날리며 노인이 말했다.

—그래도 궁금해서요.

눈알을 굴리며 궁금해하는 오방주를 보던 노인이 심드렁하게 뱉었다.

——이곳으로 나오지 않고 계속 그 굴을 따라가면 보다 깊고 넓은 동굴이 이어지고 한 십분 쯤 더 들어가면 널따란 공터가 나온다네. 거기가 이 동굴의 끝인 바다라오. 아마도 일정시대 때 파놓은 동굴인 것 같소.

노인의 말에 오방주가 두 손을 마주 잡고 환하게 웃었다.

—그 동굴의 끝이 바다라….

안지현이 소주잔을 톡톡 두드리며 중얼거렸다. 그 말을 중얼거릴 때의 놀란 안지현의 표정을 잘 보아두었어야 했다.

—그럼 형님은 동굴 끝까지 가봤단 말이네요?

오방주의 말에 노인이 쥐포를 질겅거리며 고개를 끄덕였다.

대화에 끼지도 않은 채 안지현은 무슨 생각을 하는지 혼자서 골똘하게 생각에 빠져 한마디만 되풀이한 채 소주를 들이켜고 있었다.

—그 동굴의 끝이 바다라….

노인이 말했다.

—나는 남편을 요 아래 공동묘지에 묻었소. 때아니게 시묘살이 하다가 여기 눌러앉게 되었고….

－요즘 세상에 무슨 시묘살이까지 해요?

홍매자가 톡 끼어들었다.

－그러게 말이오. 그만큼 애틋했다오. 따라 죽으려고 하다가 잘 안됐어요.

－왜요?

－딸애가 교통사고가 나서 손자를 봐주어야 했거든. 죽고 사는 것도 내 마음대로 안됩디다. 삼년 손자 봐주고 아예 이리로 들어왔소. 이 집도 누가 살다 나간 것 같은데, 쓰러진 집이나마 남편 가까이 있고 눈비 피할 수 있으니 살만 합니다. 망자들이 사는 예까지 오는 사람은 다 사연이 있지요.

노임의 말에 모두 조용히 고개를 끄덕였다. 말이 필요한 순간은 아니었다.

8. 격리

수런수런 들려오는 사람들의 말소리에 눈을 떴을 때 요양보호사가 순영을 들여다 보고 있었다. 오방주도 보였다.

－괜찮아요?

오방주가 눈을 찡긋 하며 물었다.

－네, 괜찮은데…왜요?

순영은 오히려 그들이 표정이 이상했다. 근심 가득한 얼굴에 실룩거리는 입매가 울음을 참고 있는 듯이 보였다. 밤새 도둑질하듯 다녀온 굴속의 기억은 꿈인듯했다.

－왜, 왜요?

순영은 침대에서 일어나 앉았다. 머리가 깨질 듯 아팠다. 요양보호사의 손이 순영의 이마를 짚었다.

―열은 없네요.

요양보호사가 다행이라는 듯 순영의 손을 꼭 잡았다.

―이 방은 다들 괜찮은 모양이네.

오방주의 말에 비로소 안심을 한 듯 요양보호사가 구석에 놓인 의자에 털푸덕 주저앉으며 한숨을 토해냈다.

―무슨 일이 있어?

―지난번에 3층 할아버지 두 분이 코로나 걸려서 난리가 났잖아요. 그런데 이번에도 그 두 분이⋯. 이번엔 이 요양원 전체가 격리될지 모른대요.

―뭐라고요?

또 가슴이 답답해지기 시작했다. 근래에 들어 자주 나타나는 현상이었다.

―이거, 다 그 신천진지 뭔지 하는 또라이들 때문에 이렇게 커진 거래요.

오방주가 주먹을 불끈 쥐고 TV를 켰다. TV에서는 신천지 1차 환자 7명이 발병시기가 비슷하다는데 감염원이 어디인지 아직 밝혀내지 못하고 있다고 했다. 국내 신종 바이러스 감염증이라고 불리는 코로나 19의 확진환자 중 절반 가까이가 신천지 대구교회와 관련된 것으로 파악되었다는 뉴스가 연일 TV 화면을 메웠다.

―내일부터는 면회도 안 된대요.

보름. 요양원에 다시 들어온 지 보름째였다. 퇴원 수속을 하러 오겠다던 아들은 아직 오지 않았다. 자꾸 꽤씸한 생각이 들기 시작했다.

―이제 정말 세상으로부터 격리가 되는 거군.

창밖을 내다보며 안지현이 심드렁하게 말했다. 창밖은 몹시 부산해보였다. 흰 가운을 입은 사람들이 들락거리고 원장도 종종걸음으로 왔다 갔다 하는 모습이었다. '위드 코로나'란 말만 허공을 맴돌았다.

　－303호 할아버지랑 206호 할머니랑 그렇고 그런 사이라고 소문이 파다했는데 이번에 두 분 사이가 확실해졌어요.

　－확실? 다 늙어서 정분이라도 났대?

　오방주가 호기심어린 눈으로 물었다.

　－근데 그 할머니랑 할아버지가 지하실 구석에서 몰래 같이 잤대요. 그래서 둘 다 걸렸는데….

　－아유, 숭해라.

　홍매자가 인상을 찌푸리며 다시 한 번 몸을 떨었다.

　－늙어도 사랑하고 싶은 마음은 그대로인가 봐요.

　살풋 미소를 지으며 하는 안지현의 말에 홍매자가 고개를 심하게 내저었다.

　－백세시대라고는 하는데, 노인들의 성 문제도 심각한 사회문제가 되네요.

　안지현도 인상을 찌푸리며 고개를 저었다.

　잠시 침묵이 흐르던 순간, 방문이 왈칵 열렸다. 흰 가운을 입은 사람들이 들어와 여기저기 분무기를 쏘아대기 시작했다.

　－여러분, 모두 강당으로 모이세요. 입원환자 모두 코로나 검사를 한답니다. 확진자로 판정되면 격리 병동으로 옮겨진답니다.

　간호사가 마스크를 낀 채로 목소리를 높였다.

　격리 병동…. 점점 알 수 없는 곳으로 흘러드는 느낌이었다. 하얀 옷을 입은 우주인들이 정신없이 병실 안을 휘젓고 침대에 묶인 듯 앉아 있는 환자들은 마네킹처럼 표정이 없었다.

　－지난번에도 난리를 치더니 또?

오방주가 고개를 절레절레 저으며 우주인들을 바라봤다.

서울에서 한 시간 이상 들어와야 하는 시골에도 천 명이 넘는 코로나 환자가 생긴 상황이었다. 순영은 갑자기 핸드폰을 들고 거칠게 번호를 누르기 시작했다. 그 자신도 생각 못 했던 행동이었다.

―야, 이놈아, 에미를 여기서 죽일 셈이야? 당장 달려와!

그녀 자신도 믿을 수 없는 거친 말이었다.

9. 문을 사이에 두고

고맙게도 아들이 순영의 소원을 들어주었다. 자가 격리를 한다는 조건으로 그녀를 요양원에서 빼 내 준 것이었다. 마침 비워둔 자가 원룸이 있기에 가능한 일이었다. 그 방을 빌려 쓰던 총각이 코로나를 피해 시골로 내려가 버렸기 때문이었다. 그 원룸은 남편이 모아둔 돈으로 구입해 두었던 것으로, 그 달세를 받아 용돈이라도 쓰자고 했던 집이었다. 난생처음으로 남편이 고마웠다. 홀로 겪어야 하는 강제적 고립이 낯설기는 하나 그런대로 견뎌낼 수 있겠다는 생각도 들었다.

첫날 집에 들자 무조건 널브러졌다. 증상은 심하지 않았다. 증상이 심각하지는 않지만 PCR 검사 상 확진이 나왔으니 격리자 명단에서 빠져나올 수는 없다. 주민센터에서 공급하는 생활용품들이 낯설기는 하나 그것으로 연명하며 살아야 한다는 생각에 괜히 긴장이 됐다. 라면, 햇반, 햄, 마스크, 손 소독제, 체온계, 휴지 등등이 가득 든 키트가 세심한 배려라는 생각에 고맙다는 생각도 들었다. 엄청나게 불어난 코로나 확진자 때문에 병상 부족은 물론 사망자도 급증한 상황에서 그나마 경미한 증상이라 안심이 되기도 했다. 마음을 턱 놓고 여기가 내 세상이다 생각하니 오히려 한적해 좋았다. 외부와 소통할 수 있는 것은 오로지 전화뿐이다.

아들과 며느리는 아침저녁으로 전화를 해 대고, 주민센터에서도 상황을 파악하기 위해 아침저녁으로 전화를 걸어왔다. 전화를 받는 일도 귀찮다. 하지만 그건 최소한의 의무였다.

아들에게 전화했다.

－노트북 하고 필기구 하고 공책 좀 준비해서 문 앞에 갖다 다오.

아들은 축축한 목소리로 말했다.

－잘 견뎌내실 거여요. 죄송해요.

대답하지 않았다. 아직 서운함이 가시지 않았다. 아들은 순영이 지난번 호통을 친 일에 많이 놀란 듯했다.

이제부터 홀로인 것을 절절이 느껴야 하는 시간. 인터넷이 유일한 친구가 될 것이다. 몸을 가지지 않은 생명 없는 물건과 친구로 지내야 하는 시간…. 주변이 온통 하얀 벽으로 보였다. 눈동자조차 볼 수 없었던 우주인 복장의 사람들이 벽 속에 숨어 순영을 지켜보는 것만 같다. 그러나 최종적으로 확보한 것은 자유, 제한된 자유! 그래도 좋다. 순영은 팔을 활짝 펴고 누워서 소리친다.

－프리!!!

그러나 어느 순간, 까무러치듯 잠이 들었다. 이 잠은 죽음과 다르지 않으리라 그리 생각했다.

·

·

·

홀로 있는 방에 전화벨만 요란하다. 정신을 가다듬고 형체 없이 소식을 묻는 목소리들에게 성의를 다해 대꾸한다. 괜찮아요, 열이 좀 내린 것 같네요. 잔뜩 말라붙은 입술을 움직여 대답을 하고 이를 악물고 일어선다. 한참을 죽은 듯 앉아 있다가 며느리 퇴근할 시간쯤에 전화를 한다.

—-네, 어머니, 좀 어떠세요?

걱정이 담뿍 밴 목소리가 건너온다.

—그만그만하다. 에미야, 내 심부름 하나 해다오.

—네, 말씀하세요. 뭣 좀 입맛 나실 걸 사다 드릴까요?

—아니다, 너무 심심해서 그러는데… 내 방에 가면 장롱 안에 보라색 가방이 있을 거다. 그걸 좀 갖다주련?

—보라색 가방요? 힘드실 텐데 그냥 쉬시죠.

며느리는 그 보라색 가방에 무엇이 들어있는지 안다.

—쉬는 게 더 힘드는구나. 조금씩 움직이는 게 더 나을 것 같아. 이제 많이 아프지는 않다.

말은 그렇게 했지만 쉰 목소리는 감출 수 없었다.

—그래도 좀 쉬시는 게… 목소리가 많이 쉬신 것 같아요. TV 보니 오늘도 위중증 환자들이 많이 돌아가셨던데요.

—그렇다고 나도 죽겠느냐. 죽을 사람은 죽고 살 사람은 사는 거지.

—어머니!

—걱정 말고 보라색 가방이나 문 앞에 두고 가거라.

—네, 어머니….

홀로. 얼론 alone. alone is with. 왜 그런 등식을 생각했을까.

—여머니, 가방 가져왔어요.

며느리가 온 것은 저녁 무렵이었다. 문 하나 사이에 두고 목소리가 건너온다.

—문 앞에 두고 가거라. 고맙다.

문 하나 사이에 두고 나누는 대화는 물기가 없다. 그래도 사람을 느낄 수 있으니 다행이다.

—네, 며칠만 더 고생하셔요, 모시러 올게요.

며느리의 목소리는 조심스럽고 나직했다.

—운전 조심해서 가거라.

문 하나 사이에 두고 하는 대화는 유령과의 대화 같다. 며느리의 발소리가 멀어질 때까지 순영은 문에다 귀를 기울이고 있었다. 또각또각 하이힐 소리가 멀어져 갔다. 밖이 조용해진 다음에 조용히 문을 열었다. 보라색 가방과 실 뭉치 몇 개가 봉지에 담겨 얌전하게 놓여 있었다. 아, 보라색 가방을 여니 손때 묻은 물건들이 모습을 드러냈다. 아들의 스웨터를 뜨다 코가 빠져 미뤄둔 털실 뭉치들이 보였다. 올망졸망한 실뭉치들이 그 아래에도 뒤섞여 있었다. 올가을에는 완성해서 줄 생각이었다. 올가을…. 갑자기 그 시간이 왠지 오지 않을 시간처럼 멀게 느껴졌다.

백 퍼센트 순모로 뜨던 스웨터는 그녀로서는 비장한 선물이었다. 죽기전에 아들에게 입혀주고 싶었던 스웨터였다. 그건 사랑의 표시이기도 하고 겨울을 이겨내라는 의미의 선물이기도 했다. 그런데 뜨다가 보니 코가 어긋나 무늬가 달라진 부분을 보게 됐다. 코가 어긋난 부분까지 다시풀어야 했다. 결국 작년 겨울까지 마무리를 못하고 해를 넘기고 만 것이었다.

그녀는 보드라운 실올을 손가락에 걸었다. 이미 손에 익은 뜨개바늘의 촉감이 따뜻하게 느껴졌다. 입을 다문 채 뜨개질만 했다. 흩어져 있던 실들이 차츰차츰 모여 하나의 질서를 만들면서 원하던 대로의 문양을 만들어가고 있었다.

뜨개는 적막을 이기는 힘이 된다…, 그녀는 뜨개질을 하면서 늘 생각하는 동화가 있다. 안데르센의 백조왕자 이야기.

열한 명의 왕자와 엘리제 공주. 마법에 걸린 왕자들은 백조가 되고 그왕자들의 저주를 풀기 위해 쐐기풀로 긴 소매의 윗도리를 열한 장이나 짜야 하는 엘리제 공주,

스스로 엘리제가 되어 쐐기풀로 실을 잣는 심정으로 순영은 옷을 뜨고 있는 것이다. 아들 옷, 며느리 옷, 예나 옷….

2021년 11월을 기점으로 '위드 코로나'란 말이 익숙해지기 시작했다. 위드 코로나라니, 함께 살자고? 문득 노란 잎이 떨어지던 은행나무 길이 그리워졌다. 또 한 번의 가을을 생각한다….

설핏 어둠이 내려앉을 즈음, 습관처럼 약을 삼키며 중얼댄다.

위드 코로나, 위드, 위드….

그러나 순영의 머릿속으로 느끼는 '위드'는 '홀로'의 동의어이다.

권비영 ———

2005년 첫 창작집 『그 겨울의 우화』 출간 후 2009년 세상에 내놓은 장편소설 『덕혜옹주』는 독자들의 과분한 사랑을 받았다. 『덕혜옹주』는 영화화되었으며 러시아 외 5개 국어로 번역되었다. 이어 다문화 가족의 이야기 『은주』, 일제강점기 세 여자 이야기 『몽화』와 중단편집 『달의 행로』, 이 시대 어머니들의 이야기 『엄니』를 펴냈다. 2019년 말에 『택배로 부탁해요』라는 동화도 한 권 냈다. 2021년 여름 여성 독립운동가 『하란사』를 출간하고, 가을이 깊어지는 시점에 창작집 『벨롱장에서 만난 사람』으로 소설 쓴 흔적을 더 보탠다. 2023년, 청포도가 익어가는 계절에 대한제국 황족들의 비사悲史를 다룬 장편소설 『잃어버린 집』과 조선의 독립운동가 김란사의 이야기를 소재로 한 『란사 이야기』를 펴냈다. 현재 한국소설가협회와 소설21세기 회원으로 활동하고 있다.

자치기하며 놀던 고향 | 김두수

내 고향은 춘천이고 춘천하면 봉의산과 소양강을 떠올리게 된다.

원창고개에서 바라보이는 춘천은 아늑하게 자리 잡은 분지로서 그 가운데에는 춘천의 진산이라고 하는 봉의산이 자리하고 있으며 봉의산 북쪽을 휘돌아 나온 소양강의 물줄기는 신연강을 거쳐서 청평댐으로 뻗어나간다.

지금도 옛날을 회상해 보면 봉의산 뒤의 소양강변에는 축구장 크기보다도 더 넓게 고운 모래의 백사장이 펼쳐져 있어 사철 아이들은 그 백사장에서 씨름하고 술래잡기와 달음박질을 하고 놀았다.

그 백사장이 햇볕을 받게 되면 갖가지 모래밭의 운석이 하늘의 별처럼 반짝였으며 크고 작은 돌멩이들은 옥구슬처럼 광채를 발하였다.

강줄기를 따라 내려가다 보면 여울목에 도달하는데 거기에는 여름 내내 게바리 낚시꾼이 고기를 잡았고 또 한쪽에서는 어항을 놓고 천렵을 하였다.

그러나 오늘날에 와서는 그것은 한때의 과거일 뿐이고 바다처럼 넓은 호수만이 그 자리를 차지하고 있으니 자연적이 아니라 인력에 의해서 모든 것이 변하였다.

그토록 아름다웠던 소양강의 물줄기며 그 넓던 백사장이 물속으로 들어간 것은 우리에게 절실하게 필요한 전력공급을 위하여 의암댐을 조성하기 위한 불가피한 조치였다.

가난하고 못살던 우리나라가 전기를 얻는 바람에 사회 기반 시설의 투자를 할 수가 있게 되었고 공장이 돌아가는 바람에 국민들이 가난에서 벗어날 수가 있었으니 그것이 오늘날의 대한민국을 발전시키는 원동력이었다.

내가 살던 곳은 춘천농고가 있는 가라메기라고 하는 마을로 소양강 다리에서 화천으로 가는 길에 제사공장을 지나 6.25 직전까지 7연대가 주둔했던 지점에서 얼마 떨어지지 않은 위치의 마을이었다.

차도 별반 없던 일정 때에는 이 길로 목탄차가 하나둘 다녔고 장작을 나르는 소가 끄는 마차들이 하루 종일 이 길을 메웠다.

집이래야 30여 호가 살던 마을은 집집마다 농사를 짓는 집이 대부분이었고 모두가 가난하게 살았지만 김영화네 한 집만은 농토도 많고 부자로 살아서 동네 사람들이 이 댁에서 타작이라도 하게 되면 온 식구들이 가서 밥을 먹었다.

우리 집은 이 마을의 끄트머리 영화네 집 뒤에 있었고 집 뒤란에는 용마루를 넘는 살구나무와 밤나무가 있어서 봄가을이면 살구와 밤을 얼마든지 따서 먹을 수가 있었다.

그때 나는 아직 학교에 입학을 하기 전이었는데 어느 해 살구가 익을 무렵 살구나무 위를 바라보니 때까치가 새끼를 쳐서 날개가 날 무렵이었다.

새끼를 잡고 싶어서 나무에 올라가 손을 뻗쳤으나 손이 닿지를 않자 작대기를 가지고 집을 흔들어대니 새끼들이 모두가 떨어지는 것이었다.

그러자 어머니는 멀쩡한 새집을 왜 헐어서 새끼를 죽게 하느냐면서 눈물이 쏙 빠지도록 야단을 치셨다.

그때야말로 새의 죽고 사는 것을 제대로 알지도 못했던 때로 그런 일이 있은 다음부터는 다시는 새집에 손을 대지 않았다

어렸을 때에 우리 마을에는 내 또래가 일곱 명이었는데 이들은 사시사철 넓은 들과 뚝방을 누비면서 오디도 따먹고 삘기를 뽑아 먹었다.

내가 자라면서 살던 집은 초가삼간으로 안마당에는 마구간을 지었고 뒤란에는 장독간이 있었는데 어머니는 장독간의 항아리들을 매일같이 행주로 반들반들하게 닦으셔서 장독들은 항상 반짝거렸다.

그 당시 대개의 가정에선 가을에는 쌀밥을 먹을 수가 있었지만 워낙 가난하던 시절이라 보리밥도 실컷 먹지를 못하였다.

더구나 밀기울과 감자로 만든 범벅이나 보릿겨로 만든 개떡일망정 없어서 먹지를 못하였을 정도였으니 그것이 우리 조상 대대로 물렸던 가난의 굴레였다.

내 위로는 누님과 형님 그리고 내 동생 이렇게 여섯 식구가 살았는데 누님은 일찌감치 양복 기술을 배워서 오래도록 바느질하였다.

여섯 살 터울인 우리 형님은 일정 때 샘밭에 있는 천전학교를 다녔는데 성적이 우수하여 급장을 6학년까지 계속하였고 상도 많이 타왔는데 한번은 형님네 학교 운동회 구경을 간 적이 있었다.

운동장 둘레에는 커다란 나무들이 욱어지고 구경꾼들이 운동장을 하나 가득 메웠는데 점심때가 되자 운동장 한가운데에 밤을 쏟아놓고 조그만 아이들에게 주워가게 하여 나도 뛰어가서 밤을 몇 개 주워 왔다.

점심은 교실에 들어가서 밥을 먹었는데 책상이 위로 열게 되어 있는 것이 신기하였다.

내가 초등학교를 입학할 때는 흰 두루마기와 둥근 모자를 쓰신 아버지 손에 이끌려 십리가 넘는 거리를 걸어갔는데 길바닥에는 자갈을 깔아서 짚신을 신었지만 얼마나 바닥이 웅퉁불퉁한지 발이 많이 아팠다.

1학년 때의 선생님은 후일 이화여자대학교 교수를 하시던 이태극 선생님으로 선생님의 고향은 지금의 파로호 속으로 묻힌 간동면 수하리로 선생님은 우리를 1년 동안 담임을 하신 다음에 다른 학교로 전근을 가셨는데 아이들을 몹시 사랑하시던 선생님이셨다.

2학년 때의 선생님은 김정金井 선생님으로 우리말 이름은 김성길이라고 하였는데 키가 크시고 얼굴도 길쯤하게 잘 생기셨는가 하면 사범학교를 다니실 때에 학생 대장을 하셨으며 아이들이 와글거리며 떠들을 때에 전체를 뒤로 돌게 하면 조용히 된다고 하셨다.

선생님은 문학에도 조예가 깊은 분이었으며 그분의 호는 일망(一忘 히도와스레)이라고 자랑까지 하셨는데 선생님은 6·25 때에 지방 빨갱이한테 고초를 당하다 돌아가셨다는 소리를 듣고 한동안 마음의 상처가 되었다.

그때 춘천사범학교에서는 졸업생에게 한 달 동안의 교생실습을 내보내는데 가네모리(金守) 라는 선생님이 2학년인 우리를 임시로 담임하셨다.

그 선생님은 트럼펫을 잘 부셨는데 어느 날 눈이 많이 와서 길이 미끄러운 때인데 1시간을 마치고 나서 운동장으로 모이라고 하셨다. 그때 아이들의 신발은 모두가 짚신을 신었기 때문에 눈길을 걷게 되면 신발에 눈이 들어가서 발이 금방 시렸다.

선생님은 다 모인 우리에게 따라오라고 하더니 앞장을 서서 달리시니 아이들은 선생님에게 떨어지지 않으려고 솜바지 저고리를 입은 둔한 몸으로 안간힘을 다해서 쫓아가다가 눈에 미끄러져 엎어지기도 하였다.

평소에는 한 번도 가보지 않던 옥산포 마을을 돌고 발산리 솔밭을 돌아오는 약 3km의 거리는 아이들에게는 벅찬 거리였다.

한 바퀴를 돌아오는 데 시간이 얼마나 걸렸는지 모르지만 학교에 도착하고 나자 모두의 얼굴은 땀으로 젖어 있고 짚신은 물론 버선까지 몽땅 젖어 있었다.

그 먼 코스를 따라오게 한 선생님은 의지가 강한 아이들을 만들려는 의도였겠지만 아이들은 참으로 고생을 많이 한 날이었다.

그해 4월에는 학교의 이도 교장 선생님이 철원의 김화학교로 전근을 가신다고 하면서 조회 시간에 작별 인사를 하셨는데 교장 선생님은 인사 말씀하시다 말고 손수건으로 눈물을 닦으시었다. 그러자 조례대 앞에 정렬했던 선생님들까지도 눈물을 흘리니 이번에는 고학년 학생들도 따라서 울게 되고 전교생의 울음바다가 되었다.

조회가 끝나고 아이들이 교실로 들어와서도 우는 아이가 있자 모두가 책상에 엎드려서 우는데 나는 눈물이 나오지를 않아서 침을 발라서 우는 척을 하면서 옆의 아이들을 보니 나와 똑같이 우는 시늉을 하고 있었다.

그때 학교에는 1년에 한 번 운동화배급이 나온다고 하였는데 한 반에 세 켤레씩 나오다 보니 제비를 뽑아서 세 명 안에 드는 아이들에게만 해당이 되었다.

그 시대에는 자동차라는 것을 거의 볼 수가 없던 시대였고 신작로는 좁았지만 마을 사람들을 부역을 내서 자갈을 깔아 등교할 때 만날 발이 아팠다.

간혹 등교하다 보면 목탄차를 볼 수가 있었는데 자동차는 목탄을 피워 수증기의 열기로 차바퀴가 굴러가게 하였다고 들었는데 언덕을 오를 때에는 앵앵 소리만 요란하였다.

신작로에는 주로 소가 끄는 마차들이 장작을 싣거나 숯을 실어 날랐는데 그 마차라는 것도 부락의 부잣집에나 있을 만큼 마차도 귀하였다.

우리 집은 초가삼간과 마당 한쪽 외따로 사랑이 한 채 있었는데 거기에는 남준네가 살고 있었다.

남준이는 나보다 두어 살 위이고 우리 형보다는 다섯 살이나 아래였다.

남준이 밑으로는 여동생이 하나 있었는데 나보다 세 살 아래로 얼굴이 예쁘게 생긴 아이로 남준 엄마는 그 딸의 이름을 갓난이라고 불렀다.

남준이는 말을 할 때마다 뜸을 들여서 하는 바람에 답답하긴 하였으나 첫마디가 나오면 바로 다음 말은 더듬거리지를 않았다.

그렇지만 아이들은 이따금 남준이 흉내를 내느라 말을 더듬었는데 그 말이 보통 아이들에게는 신기하게 들렸던지 남준이와 말을 할 때는 똑같이 말을 흉내를 내다가는 서로 웃기도 하였다.

남준이는 강에서 헤엄도 잘 쳤지만, 공기받기라던가 사방치기도 잘하고 술래잡기할 때에는 얼마나 잘 숨는지 아이들은 귀신이라고까지 별명을 지어 불렀다.

한번은 나와 같이 강에 가서 헐 체질로 고기를 잡으려고 남준이가 긴 줄을 끌고 강으로 들어가더니 갑자기 "악" 소리를 지르면서 나가자빠지는데 강물이 금방 시뻘겋게 핏물이 들었다.

나는 얼른 그에게로 달려가서 팔을 잡아끌고 밖으로 나와서 보니 발바닥이 쩍 갈라지고 피가 솟아나는데 걷잡을 수가 없었다.

얼마 전에 누가 강에다가 유리를 깨서 던졌던지 어른들이 투망을 치다가 발을 베었는데 이번에는 남준이가 벤 것이다.

나는 그에게 손으로 상처 난 부위를 막고 있으라 하고는 얼른 강가에 널려 있는 쑥을 뜯어서 손바닥으로 으깨서 피가 솟는 부위에다가 붙이고 꼭 누르자 한참 만에 피는 더 이상 나오지를 않았다.

한번은 남준이가 엄마한테 같이 가자고 해서 따라갔는데 그때 남준 엄마는 농업학교 기숙사에서 학생들에게 밥을 해주신다고 하였다.

그날 나는 처음으로 일본식 된장국에다가 하얀 쌀밥을 얻어먹었는데 집에서 먹는 밥보다 얼마나 맛이 있는지 두 그릇이고 세 그릇이고 간에 주기만 하면 다 먹을 것 같았지만 공기에 골싹하게만 주는 것이어서 아쉬웠지만 더는 달래지를 못하였다.

그날 이후 나는 다시 한번 거기 가서 흰 쌀밥을 얻어먹어 보았으면 하였지만 남준이는 다시는 데리고 가지를 않았고 나도 마음은 있었지만 가자 소리를 하지 못하였다.

남준이와 내가 늘 붙어 다니다시피 하자 평소에 나만 졸졸 따라다니던 갓난이는 어느 날 나에게 누룽지를 갖다가 주었다.

"너 이것 어서 난 거냐."

갓난이는 엄마가 학교에서 갖다가 주셨다면서 엄마가 오빠는 주지 않고 저에게만 혼자 먹으라고 하였다고 말을 해 주었다.

갓난이는 그리고는 보여줄 게 있다면서 나를 저네 방으로 끌고 들어갔는데 방이 우리 집보다 환하고 방 한쪽에는 경대가 놓이고 무슨 그림도 붙여져 있었다.

횃대에는 울긋불긋한 천도 걸려 있어서 궁금해서 물었더니 엄마의 목도리라고 하였는데 나는 그 목도리를 하고 다니시는 남준 어머니를 한 번도 보지를 못하였다.

문득 어머니들이 우리 집에 오셔서 남준 어머니에 대한 말씀을 한 생각이 떠올랐다.

그 말씀의 골자는 남준이와 갓난이가 서로 다른 씨인데 갓난이의 아버지는 지금 농업학교의 소사로 있다고 하면서 과부인 남준 어머니와 눈이 맞은 것은 꽤 오래되었다고 하였다.

남준 어머니는 키가 크신 분이 시원하게 생기셨고 얼굴 눈 밑에 검은 점이 하나 있었는데 어머니들은 그것이 바람기를 안은 점이라고들 수군거렸다.

사교적이었던 남준 어머니는 어머니들과 이야기하실 때는 아버지들처럼 큰 소리로 웃으면서 말씀하시고 어떤 때는 술까지 드신다는 소리가 들리긴 하였지만 나는 그것이 진실인지는 알 수가 없었다.

갓난이가 웃을 때 하하하는 모습은 영락없이 엄마를 닮았는데 남준 어머니는 어디서 그렇게 계집애가 해바라지게 웃느냐면서 기생년이 되려면 그렇게 웃으라고 나무라신 다음부터 갓난이는 웃을 때는 입을 가리기도 하였지만, 주위를 늘 살피는 버릇이 생겼다.

갓난이는 그 후에도 누룽지뿐 아니라 생전 먹어보지 못했던 과자도 갖다가 주었는데 어느 날 남준이가 내가 먹는 과자를 보고는 어디서 났느냐고 물었다.

그래서 먹던 과자 한 쪽을 주자 참맛이 있다면서 더 먹고 싶다고 하였으나 나에게도 더 이상 과자가 없었으니 줄 수가 없었다.

그러고 보니 남준이와 갓난이가 자고 일어나기만 하면 서로 싸우던 생각이 났는데 어느 날 남준 어머니는 부지깽이로 남준이를 때리면서 어서 나가 죽으라고 소리를 지르셨다.

나중에서야 왜 그랬는지를 갓난이가 말을 해 주었는데 서랍에 넣어둔 돈을 남준이가 훔쳐서 과자를 사 먹은 것이 들통이 났기 때문이라고 하였다.

남준이가 손버릇이 나쁘다는 말이 있긴 하였지만 아이들은 그것이 진짜인지는 알지를 못했는데 집에서 엄마의 지갑을 열어서 돈을 가져간 것만은 사실이었다.

갓난이는 나를 저의 남준 오빠보다도 더 좋아하고 내가 가는 곳에는 늘 따라다녔는데 그럴 때마다 남준이는 갓난이에게 따라오지를 못하게 하였다.

남준이가 제 동생인 갓난이를 싫어하였지만 나는 갓난이가 불쌍한 생각이 들어서 그가 강에를 가자고 하면 강가에 가서 지천으로 뻗어 있는 버들가지를 잘라서 호돌기를 만들어 불기도 하였는데 강을 거슬러 올라가는 숲에는 물잠자리가 많이 날아다녔다.

그날도 갓난이가 멱을 감으러 가자고 하여 강 여가리에 옷을 벗고 강물로 들어가는데 갓난이는 나를 붙잡고 놓지를 않았다.

그때는 집집마다 가난하게 살기도 하였지만 조그만 아이들은 여름이면 발가벗겨서 키우던 시대였고 어린아이들은 남녀 가리지 않고 발가벗은 채 강물로 뛰어 들어갔다.

강물로 들어선 갓난이는 다른 날과 달리 그날은 강물 속이 무섭다면서 들어서다 말고 나에게 매달려서 나는 그를 매달고 깊은 물 속으로 들어가자 갓난이는 점점 내 목을 조였다.

나는 귀찮다면서 갓난이를 떼어 놓으려고 몸을 흔들어 보았지만 그럴수록 붙잡은 손을 놓기는커녕 더 바짝 매달리는 바람에 나중에는 숨이 막히기까지 하였다.

날마다 아이들이 모이기만 하면 자치기하고 사방치기 비석 치기를 하였는데 자치기할 때가 제일 신이 나고 재미있었다.

그렇게 신나게 놀다가 땀이라도 나게 되면 아이들은 떼거리로 강을 건너서 길게 뻗은 모래사장에다가 돌로 방을 만들고 편을 갈라서 신랑각시 놀음을 하였는데 갓난이는 그때마다 내 마누라 역할을 하였다.

남자아이들은 들에서 나무 부스러기를 해 오고 여자애들은 쑥과 나물을 뜯어서 돌 밥상을 차려서 신랑에게 바쳤는데 그때 신랑들은 긴 갈대

줄거리를 담뱃대로 물고 있다가 "에헴" 하고는 차려놓은 밥상 앞에 책상 다리하고 신부와 같이 풀 밥을 먹었다

갓난이와 내가 집으로 돌아오자 남준 어머니도 그제야 일을 마치고 돌아오셨다.

그런데 밤에 잠을 자는데 사랑집에서 여자들이 싸우는 소리가 나는가 싶더니 악을 쓰는 소리는 우리 안방까지 들렸는데 남준 어머니의 목소리는 들리지 않고 듣지 않던 여자의 목소리만 크게 들렸다.

"낫살이나 처먹었으면 나잇값을 해야지. 그래 아무 때고 가랑이를 벌려서 남의 집을 풍비박산을 만들어야 시원하냐. 이년아."

"뭐이 어쩌고 어째."

"사흘 내에 이 동네에서 떠나지 않으면 집안 살림을 몽땅 박살을 낼 테니 그리 알아 이 잡것아."

한참이나 소란스럽더니 더는 싸우는 소리가 들리지 않고 조용해진 것으로 보아 싸움은 일단락된 모양이었다.

나는 잠이 들락날락할 때인데 어머니가 들어오시면서 아버지에게 말씀하셨다.

"먼젓번에 내가 부청집 여펜네가 알고 있는 것 같으니 다시는 사내를 만나지 말라고 하였건만 글쎄 고집을 피우고 또 만났으니 남자에 환장하지 않았으면 어떻게 그럴 수가 있대요."

"남의 일에 너무 나서지 말아요."

"남의 일이라니요. 바로 우리 집 사랑채에서 대낮에 벌어지는 일인데 어떻게 날 보고 잠자코 있으란 말이에요."

"내가 생각하기에는 과부가 남자 좋아하는 것이 흠 될 것도 없고 그렇다고 홀아비가 과부 좋아하는 것도 큰 잘못은 아니라고 봐요."

"뭐예요. 당신 정말 말 다 했어요. 혹시 당신도 사랑집을 좋아하는 것

아녜요. 옳지 그러고 보니 요즘 당신의 행동이 좀 이상하다고 했더니 나 모르게 사랑방에 들어갔었지요. 그렇지요."

"무섭다. 무섭다. 사람 백정이 제일 무섭다더니 당신 나를 그렇게 때려 잡아도 되는 거요. 설마 내가 아무리 과부를 좋아하기로 그래 주막집을 내놓고 사랑집 남준 엄마에게 발을 대겠소."

"누가 알아요. 내가 없을 때 마음대로 출입할 수 있으니 더 좋을 수도 있겠지요."

아버지는 그 말씀에는 아무 말씀도 하시지를 않았고 어머니도 더 이상 말씀하시지 않더니 이불을 뒤집어쓰시고는 자는 나를 끌어안으셨다.

그날 상소리를 하고 돌아간 여자는 그 후에 다시는 나타나지를 않았고 남준 어머니 또한 이사할 생각은커녕 평상시대로 지나는 것이었다.

남준이와 나는 가끔 강가에 나가서 잠자리 호토를 잡아서는 긴 장대에다가 실로 매달아서 날아다니는 수놈을 잡기 위해서 장대를 휘둘렀다.

"잠자라 꼼자라. 이리 오면 살고 저리 가면 죽고."

큰 소리로 노래를 부르면서 장대를 몇 번 휘두르면 눈이 커다란 호토란 놈이 암놈의 꼬리를 물고 늘어질 때에 동작도 빠르게 수놈의 날개를 잡으면 눈만 굴리면서 꼼짝도 하지를 못하였다.

호토를 잡는 것이 그때는 왜 그리 신이 났던지. 아마 다른 아이들이 아무리 잠자리채를 휘둘러도 한 마리도 잡지 못하는 것에 대한 우월감에서 그랬을 것이다.

그 시절의 여름철에는 어머니들이 저녁이면 강으로 멱을 감으려고 떼를 지어 나갔다.

우물도 두레우물을 쓰던 때이기도 하지만 목욕탕이 집집마다 없던 시대였으니 무더운 여름철이면 유일하게 강에 나가야 목욕을 할 수가 있었다.

지금도 맞벌이 부부들이 많지만 옛날에도 여자들은 남정네가 농사를 지으면 집안일을 해가면서 함께 농사를 거들었다. 그러다 보니 하루도 집안에서 헤어나지를 못할 정도로 일은 태산같이 밀리었다. 그뿐인가 시어른들이 계시니 신랑에게 애정 표현 한번 자유롭게 하지 못하고 불만이 있어도 속으로 삭여야 했다. 밥하고 빨래하는 것은 기본이기도 하지만 빨래를 하려면 비누가 없었기 때문에 잿물을 우려서 하자니 품도 들었지만 하기가 쉽지를 않았다.

식구들의 무명옷을 해 입히려면 집집마다 목화를 심고 씨아에 넣어 씨를 발리고 나서 물레로 실을 뽑아서 풀을 먹이고 베틀에다 감고는 무명을 짜야 그것으로 옷을 지어 입을 수가 있었다. 옛날의 어머니들은 1인 5역을 해도 일을 다 하지 못하다 보니 언제 여자들끼리 한가하게 모여 앉아 농담 한번 제대로 하지 못했다.

그러니 모처럼 밤저녁에 강으로 목욕을 갈 때가 잠시 자유를 만끽할 수 있는 시간이기도 하였다.

"빨리들 오지 뭣들 해요. 오늘 일하느라 땀들 많이 흘렸을 텐데. 흐르는 물에다가 계곡의 수풀까지 시원하게 푹들 담가요."

"너무 오래 담그면 거시기가 너무 풀어져서 방아 괭이가 안 들어 간대요."

"그렇지. 참새가 방앗간을 그냥 지나갈 수 있나. 한마디 꼭 한다니까."

"내가 뭐 틀린 말 했어요. 호미도 쓰지 않으면 녹이 스는 것과 마찬가지로 쟁기라는 건 잘 베려놓아야 한다구요."

"얼씨구. 그 말이 맞는 말일지도 몰라. 오늘 밤에 쟁기들 잘 닦아요. 그리고 엉뚱한 소리들 더는 하지 말고 단단히 보초들이나 서요. 장난치는 놈이 있을지도 모르니."

여자들이 모이는 곳에는 장난꾸러기들이 몰래 그들의 뒤를 따라서는 옷을 감추거나 멱을 감는 아주머네들의 몸을 자맥질을 해서 만지고 도망을 치기도 하는 것이었으니 그럴 때마다 여자들은 기겁하면서 "도둑놈 잡아라." 하고 소리를 질렀다.

여자들도 그렇지만 남자들이야말로 농사철이면 논밭에 나가서 하루 종일 일을 하다가 저녁을 먹고 나면 강으로 목욕이라도 가고 싶지만 여자들로 해서 나가지 못하는 경우가 많다 보니 일꾼들의 방일수록 땀내가 배지 않을 수가 없었다.

당시의 방의 구조는 방안이 넓지 않고 바람벽은 종이가 귀한 때라 벽지를 바르지를 않아서 등을 기대지도 못할 정도였다. 게다가 빈대라는 것이 얼마나 많았던지 벽마다 빈틈이 없을 정도로 빈대를 잡은 자국이 나 있었다.

우리가 자랄 때의 놀이라고는 상점에서 물건을 사서 이용하는 장난감은 하나도 없었고 주로 막대기나 돌을 이용해서 놀았다.

지금처럼 쓰레기를 버리는 일정한 장소가 없었던 그때는 가정에서 쓰다가 깨진 사기그릇이나 자배기와 같은 옹기 조각을 김장밭 머리에 버렸는데 꼬마들은 거기에서 사금파리나 오지그릇 깨진 것을 주어다가 돌로 살살 동그랗게 베려서는 소꿉장난을 하였다.

나무기구의 놀잇감으로는 팔 길이만큼의 막대기 하나와 손목 길이만큼의 나무를 각각 한 개씩 가지고 편을 갈라서 자치기를 하기도 하고 또 어떤 때는 땅 위에 둥글게 원을 그려놓고는 양쪽에 둘이 마주 앉아서 가위바위보를 하고 이기는 편이 한 뼘씩 땅을 따 먹어 들어갔는데 시간이 걸렸지만 땅을 뺏으면 기분이 좋았지만 땅을 모조리 빼앗기면 기분이 좋지를 않았다. 어쩌면 지금의 부동산업이라는 것이 그때의 어린이 장난에서

부터 출발하였다고 해도 틀린 말은 아닐 것이다.

놀이 중에서도 제일 위험한 것은 정월 대보름 때에 달을 보고 귀를 붙잡고 절을 하면서 일 년간의 소원을 빌고 나서 횃불을 들고 마을별로 편이 되어 싸우기를 하였는데 횃불을 돌려 던지다가 짚가리도 태우고 어떤 때는 외양간을 태우는 때도 있어서 어른들한테 혼이 나기도 하였다.

여자애들의 놀이는 고무줄뛰기와 정사각형 코드를 만들어 놓고 발로 돌을 차는 사방치기였고 남자아이들은 에스 자를 그리고 깨끔발이로 상대방의 진지를 점령하는 놀이로 재미가 있었다.

그 외에도 둘이 마주 앉아서 메 밭을 뛰었는데 그것도 여름 한철 그늘에서 심심할 때면 아무 때고 땅에다가 판을 그리고 하는 놀이였다.

한번은 강가로 아이들이 홀테질을 하러 나가는데 큰댁의 아저씨가 농업학교에 가게 되면 좋은 일이 있을 것이니 가보라고 하여 우리는 이유도 모르고 달려갔다.

가서 보니 그날이 학교 생일이어서 학생과 주민에게 떡을 나누어 주었는데 아이들은 분홍 색깔의 물이 든 둥근 떡을 하나씩 얻어 들고는 신이 나서 집으로 돌아왔다.

그런데 내가 집에 돌아와서 보니 아무도 없는 집의 봉당에서 갓난이가 울고 있었다.

"갓난아. 왜 울어 어디가 아프냐."

갓난이는 대답하지 않더니 방앗간을 지나서 부자 댁 큰 마당 옆에 짚가리를 쌓아놓는 의지 간에서 여자애들이 소꿉장난하면서 놀고 있는데 안마을에서 놀러 온 오빠들이 오더니 여자애들을 구석에다가 몰아넣고는 차례로 옷을 벗기고 애들 하나하나를 부르더니 앉혀놓고는 차례대로 아래에다가 장을 바르라고 하여 발랐는데 쓰라려서 운다고 하였다.

나는 장을 씻어내면 쓰라리지 않을 것 같아서 갓난이를 데리고 강으로 나가서 얼른 미역을 감으라고 하였다.

한참 후에 강물에서 멱을 감던 갓난이는 이제는 쓰라리지 않다고 하더니 나를 집으로 데리고 가서는 엄마가 어제 가져오셨다면서 누룽지 한 옴큼을 주었다.

갓난이는 그리고는 서랍에서 오색실로 엮은 구슬을 꺼내 주기도 하였다.

"이게 뭔데 나를 주는 거니."

"나도 몰라. 그냥 주고 싶어서 주는 거야."

나는 그것을 받고는 학교에서 받아온 떡을 주자 갓난이는 내 등 뒤로 가더니 어깨에 손을 얹으면서 날더러 업어달라고 하였다.

"그래 업히고 싶으면 한번 업혀 볼래."

"정말."

갓난이를 업었지만 조금도 무겁지를 않았다.

"히히. 업히니까 너무 좋은데."

갓난이는 등에서 말을 타는 것처럼 몇 번 내 어깨를 잡고 경정경정 뛰더니 궤에다 대고 말을 하였다.

"오빠. 만날 한 번씩 업어 줘, 알았지."

남준이는 한동안 집에 없었는데 나중에 들으니 인천의 친척 댁엘 갔다 왔다고 하였다.

그 후에 남준 네가 언제 이사를 갔으며 갓난이와 어떻게 헤어졌는지 전혀 기억에 없지만 6.25사변이 나고 수복하였을 때에 남준이가 한번을 우리 집엘 와서는 하루를 자고 인천으로 간다고 하고는 소식이 끊어졌다. 지금 생각하면 갓난이의 소식이라도 물어보았어야 하는데 그때는 그런 생각이 나지를 않았다.

지금도 갓난이가 하하대고 웃던 일이 뇌리에서 사라지지를 않고 있으며 더구나 남준이와 갓난이의 아버지가 다르다는 말씀을 해 주시던 어머니의 이야기도 풀리지 않는 수수께끼로 지워지지를 않고 있다.

우리 집의 싸리문 옆에는 소를 기르는 마구간이 하나 있었고 마구간에는 일 년 내내 소들이 여물을 먹고 있었다.

우리 집은 아버지가 농사를 지으시기 때문에 소는 밭갈이를 하는 데는 필수적으로 필요하였기 때문에 소는 늘 마구간에서 꼴을 먹거나 겨울이면 아버지가 끓여주시는 쇳물을 먹었다.

소 먹이는 늦봄부터 가을까지 들에 나는 풀을 베어다가 먹였는데 소야말로 무슨 풀이든지 잘 먹었고 밭갈이할 때에는 군말 없이 밭을 잘 갈았다.

나는 시간이 나면 아무 때고 강여가리나 밭둑에서 소가 잘 먹는 꼴을 베었는데 주로 바랭이나 솔고지. 쇠뜨기. 쑥이나 돼지풀이며 토끼풀에 이르기까지 연한 것을 골라서 베어가지고는 소쿠리로 하나 가득 채워서 마구간 앞에다가 쏟아놓았다.

그러면 소는 밤새도록 잠도 자지를 않는지 그 많은 꼴을 새김질을 해서 다 먹고는 날이 새기만 기다렸다.

우리 집에서 소를 거두시는 일은 주로 아버지의 몫으로 아버지는 장날마다 장에 가셔서는 소를 두어 마리씩 끌고 오셔서 일주일을 먹이시고는 도로 장으로 끌고 가셨다.

아버지가 장날마다 소를 끌고 장에 가시는 것은 소를 팔기 위해서였는데 대개 집에 한 번 왔던 소는 다시는 집에 오지를 않고 팔려나갔다.

집에서 어떤 때는 암소보다는 황소를 기르셨는데 황소 값이 암소 값보다 비쌌기 때문이라고 하였다.

그러다가 어느 해 초겨울에 모처럼 기르던 암소가 새끼를 낳는다고 해서 어머니는 초저녁부터 횃불을 밝히고 아버지는 새끼가 나오기를 기다리셨다. 그러다가 암소의 배에서 새끼의 머리가 불쑥 나오자 아버지는 얼른 퍼데기로 받으셨는데 어미 뱃속에서 나오자마자 혼자의 힘으로 일어나다가는 쓰러지기를 몇 번을 거듭하더니 네발로 억지로 서는 것이었다.

어미 소는 새끼를 낳은 즉시 혀로 핥아서 물기를 말렸는데 날씨가 워낙 춥자 아버지는 새끼가 얼어 죽을까 봐 퍼데기로 감싸 주셨는데 새끼는 그 퍼 데기를 걷어 내차고는 어미의 젖을 찾아 무는 것이었으니 그것이 얼마나 신기한지 방으로 들어갈 생각도 하지 않은 채 덜덜 떨면서 지켜보았다.

송아지는 한참 동안을 젖을 빨다가 갑자기 어미의 젖통을 들이받으니 어미는 움찔하였다.

배 속에서 나온 지 얼마 되지도 않은 놈이 어디서 그렇게 힘이 솟는지 어미는 깜짝 놀랐으면서도 그런 체도 하지 않고 새끼의 엉덩이를 핥아주고 있었다.

송아지를 낳고 난 후에 서너 달이 지나자 풀밭에는 새싹이 돋기 시작하고 양지바른 울타리 가에 풀이 한창 올라오고 있었다. 농사짓는 집들에서는 농사 준비를 하기 시작하였을 때에 아버지는 감자를 심기 위해서 식전에 다른 집에서 황소 한 마리를 끌고 오시더니 소 두 마리의 목에 멍에를 짊어 지키고는 밭을 갈기 시작하셨다.

두 마리 소는 그 전에 밭을 갈아본 경험이 있어서 그런지 이러하면 잘도 앞으로 가다가도 안으로 들어서 하면 가던 발길을 안으로 옮겨 가는데 그때마다 밭고랑이 일준해졌다.

아버지는 밭을 가실 때마다 '어디여' '마아 마아' '돌아서야지' '고랑을 넘어서고' '어치' 하며 구성지게 소리를 하셨는데 그 소리가 얼마나 듣기 좋은지 밭갈이 타령을 들으신 동네 사람들은 우리 마을에서 밭갈이를 제일 잘하는 분이 아버지라면서 칭찬을 아끼지 않았다.

아버지는 밭갈이뿐 아니라 겨울 농한기가 되면 동네 사람들의 요청에 따라서 부자 댁의 사랑으로 모셔졌다.

그럴 때 가끔 아버지를 따라서 가보면 거기에는 동네 중에도 젊은 아낙들이 방안 가득 모여 있었다.

그날은 아버지가 동네 분들에게 이야기책을 읽어드리는 날이었다.

좀 커서 아버지께 들은 말로는 그때 읽어주시던 책은 여러 가지라고 하셨다.

춘향전. 흥부전. 배비장전. 홍길동전. 장끼전. 토끼전. 변강쇠전. 두껍전. 이춘풍전. 장화홍련전. 숙영낭자전. 심청전. 임꺽정 전. 콩쥐팥쥐. 옥루몽. 등이라고 하였다.

아버지는 그때 목소리를 크게 내시기도 하고 또 어떤 때는 잔잔하게 강물이 흐르듯이 작은 목소리로 낭독하셨는데 한쪽에서는 길게 한숨을 쉬는 분이 있는가 하면 대로는 눈물을 흘리는 아주머니들도 눈에 띄었다.

아버지는 밤늦도록 얘기책을 읽으시고 나면 그다음에는 상이 차려지고, 떡이며 막걸리를 잡수시고 나서는 소리 잘하시는 분의 장기자랑을 들으셨다.

나도 아버지와 어머니의 목소리를 닮아서 그런지 어렸을 때는 노래를 잘 불렀고 자라면서 성대가 좋다는 소리를 많이 들었다.

어미 소가 밭을 갈게 되면 송아지는 내내 어미 뒤를 따라다녔는데 아버지는 봄의 밭갈이를 거의 다 하시던 어느 날 송아지를 향하여 말씀을 하시는데 송아지는 들은 척도 하지를 않고 어미 뒤를 따르기만 하였다.

"이 녀석아. 너 오늘은 어멈 젖을 실컷 보고 젖도 많이 먹어라. 알았니. 내일 모레 내가 장엘 가게 되면 네 어멈은 다른 사람에게 팔려 간단다."

아버지의 말씀을 들은 나는 소를 팔지 않으면 안 되나 하는 생각을 하였다.

"우리 소가 암소라서 밭과 논일을 하려면 힘이 달려서 힘 센 황소로 개우를 하려는 거란다. 왜 소를 판다니까 마음이 안되었냐. 그렇지만 할 수 없는 일이야. 소는 몇 년을 먹이게 되면 갈아야 하는 것이란다."

장날 아침 아버지는 어미 소에게 일찌감치 여물을 떠서 주시더니 어머니를 부르시고는 송아지를 마구간 기둥에다가 단단히 매 놓으라고 하셨다.

아버지는 그리고는 송아지의 코를 하늘로 올려 잡으시고는 쇠꼬챙이로 송아지의 코를 뚫으시면서 바로 반원의 코뚜레를 코에다가 꿰셨는데 눈 깜짝할 사이의 일이었다.

"며칠간 코가 아플 것이다. 어른이 되려면 이런 고초를 겪어야 하느니라."

아버지가 바로 쑥을 태워서 송아지 코에다가 연기를 쐬자 송아지는 죽겠다고 어머니의 손을 뿌리치고는 코를 왼쪽으로 휘두르는 것이었다.

쑥의 독한 연기가 코로 들어가니 숨쉬기가 어려웠던 모양이었다.

"너의 아버지는 송아지 코 꿰는 데는 도사란다. 옛날에 사랑 말에 '월례' 어멈의 코를 꿰려다가 혼이 나긴 하였지만."

어머니의 지나가는 말씀이 무슨 말인지는 몰랐지만 '월례' 엄마와 송아지와 연관이 있다는 생각이 들었다.

송아지 코를 꿰신 아버지는 송아지를 마구간에 매어 놓으시고는 어미 소를 끌어내자 어미 소는 나가지 않으려고 뒤꿈치를 뻗디디는 것이었다.

"오늘 장구경가는 날이니 어서 나가자."

아버지는 소를 달래듯이 말씀하셨지만 어미 소는 궁둥이를 빼면서 마구간에서 나오지 않으려고 애를 썼다.

어미 소야말로 몇 년 동안이나 우리 집의 한 식구로 지냈기에 아버지의 하시는 말씀이나 어머니의 손길이며 행동거지에 대해서 왜 짐작하지 못하겠는가.

어미 소가 뻗딛다 못해서 밖으로 끌려 나가자 이번에는 송아지가 어미 소를 따라 나가려다 고삐가 걸리자 목이 끊어져라 고삐를 조이며 쫓아나 가려 하다가 안 되니까 "엄메"하고는 소리를 질렀다.

어미 소는 아버지 손에 끌려 나가다 말고 그 소릴 듣고는 바로 돌아서서는 끌려가지를 않으려고 다시 궁둥이를 빼면서 "엄메" 하고는 새끼를 찾았다.

그렇지만 어미 소는 아버지 손에 끌려 나가지 않을 수가 없었고 나가는 내내 새끼를 향하여 몸부림을 쳤다.

어미 소가 마구간에서 끌려 나가자 송아지는 "엄메. 엄메."하면서 마치 아기가 엄마를 떨어지지 않으려는 것과 마찬가지로 어미를 계속해서 불러댔다.

"네 어미는 이제 영영 만나지 못할 거야. 내 오늘 저녁에 콩물 해 줄 테니 이제는 네 어미 부르지 말거라. 응."

어머니는 송아지를 몇 번인가 쓰다듬으시더니 눈물을 글썽이시며 나를 방으로 데리고 들어가셨다.

"소를 기르다가 보면 정이 들게 되는데 소를 팔러 나갈 때는 늘 서운하단다."

"엄메" 하는 송아지 소리가 들리는 가운데 어머니는 한동안 일손을 놓으시곤 멍하니 하늘을 바라보셨다.

"어미 소가 팔리지 않았으면 좋겠네."

"이젠 어미 소 생각하지 마. 어미 소가 늙어서 힘을 못 쓰다 보니 푸줏간으로 가는 것이야."

"푸줏간."

"쇠고기가 되는 거란다."

"엄마 월례 엄마가 누구야."

"지금은 아주 먼 곳으로 이사를 갔지. 아버지가 장에 다니다가 만난 여잔데 무척 예뻤단다."

송아지는 나와 엄마가 방안에 들어와 앉았는데도 쉬지 않고 "엄메" 하고 불러댔다.

밤새도록 울던 송아지가 이튿날 아침에 잠이 깨자 울지를 않았다.

얼른 일어나서 마구간으로 가서 보니 그때 어머니는 송아지에게 사이다병을 입에다가 넣으려고 하였지만, 송아지는 막무가내로 입을 벌리지 않으면서 "암에" 하고 어미만 불렀다.

송아지의 코는 시뻘겋게 부어 있고 피가 흐른 자국이 바짝 말라 있었다.

"내가 콩물 해준다. 그러지 않았어. 어서 마셔야 살아. 어미는 이제 영영 못 만난다니까 그러네."

어머니는 송아지에게 콩물을 아무리 먹이려 해도 먹지를 않자 내 손을 잡고는 그냥 방으로 들어가셨다.

"저녁때쯤이면 배가 고파서 먹을 거야. 사람이나 짐승이나 어미를 잃으면 다 마찬가지로 슬픈 일이지."

어머니 말씀대로 저녁때에 어머니가 콩물이 든 병을 송아지 입에다 들여대니 송아지는 몇 번은 외면하더니 병을 입에다가 억지로 집어넣자 그 다음 부터는 빨아들이기 시작하다가 다시 입을 빼고는 "엄메"하고는 귀를 쫑긋 세우기도 하였다.

콩물을 마시다 보니 젖을 빨던 어미 생각이 다시 나서 그랬을까?

아버지는 저녁때가 되자 그날 팔린 어미 소보다는 덩치가 작은 황소 한 마리를 끌고 오셨다.

황소가 마구간으로 들어오자 송아지는 얼른 황소의 뒷다리 밑으로 목을 늘이다가는 뒷걸음질을 하였다.

"네 어미가 아니야 이 녀석아. 내가 네 어미 노릇을 하면서 꼴 많이 베어 올 테니 그거나 많이 먹어 알았지."

송아지는 일주일가량을 어미를 찾는가 싶더니 그다음부터는 아기가 젖을 빨듯이 콩물을 잘 빨아 마셨다.

집으로 새로 온 황소가 석 달이 지나자 어미 소 이상으로 몸집이 불고 밭도 잘 갈아치웠다.

그때에는 농사를 짓는 집이면 집집마다 대부분이 소를 기르고 있었으며 한겨울에는 덕석이라고 해서 가마니틀로 아기 요만큼의 넓이로 짜서 쇠 등허리에다가 묶어서 입혔다.

소를 기르는 집은 겨울에는 가마솥에다 쌀뜨물을 붓고 볏짚과 옥수수 대궁 콩깍지를 잘게 썰어 끓여서는 쇠귀에다가 퍼다 주었는데 쇳물이 뜨거우면 소들은 쇳물을 먹으려고 혓바닥을 내밀었다가 너무 뜨거우면 혀를 홰홰 내두르다가 한참 후에 다시 접근하였다.

아버지는 겨울에 먹이를 잘 먹여야 농사를 지을 때 힘이 덜 든다면서 어떤 때는 쇠여물 삶는 데다가 콩을 반 되 박씩 넣어주셨는데 소는 아이들이 맛있는 반찬만 해서 밥을 잘 먹는 것과 마찬가지로 쇳물 속에서 콩만 골라 먹느라 숨도 쉬지 않다가 미처 숨이 꽉 막히면 후하고는 숨을 내쉬는 바람에 옆에 서 있다가는 쇳물 세례를 받을 때도 있었다.

우리 마을에는 내 또래의 아이들이 모두 일곱 명이었다.

그중에 두 명은 내 조카뻘이 되었는데 우리는 아침에 일어나면 온종일 자치기며 술래잡기 연날리기 제기차기 비석 치기 깨금발이 놀이 공기받기 매 밭 뛰기 삘기 뽑아먹기 종달새 창에 놓아서 잡기. 어항으로 고기 잡고 홀테질로 고기 잡기를 하는 등 철철이 온 동네를 누비고 다녔다.

그중에도 제일 재미있던 놀이는 가을에 김장밭에서 축구하기였는데 처음에는 새끼줄을 동그랗게 묶어서 공으로 만들어서 차다가 언젠가부터 어른들이 돼지 오줌통에다가 바람을 넣어주시는 바람에 차고 보니 얼마나 잘 나가는지 몰랐다.

그다음부터는 오줌통을 얻어다가 축구를 하였는데 그래서 그런지 우리 동네 아이들은 축구 선수 아닌 아이들이 없을 정도로 공을 잘 찼다.

축구 장소로는 김장밭이 좋긴 하였으나 우리가 제일 좋아하는 곳은 신작로 가의 묏자리로 거기에는 산소가 두 장이나 모셔져 있었는데 장소가 꽤 넓어서 수시로 여기에서 축구를 하였다.

한번은 아이들 여럿이 산소 앞에서 축구를 하는데 갑자기 수염이 허연 할아버지가 오시더니 "이놈들 남의 조상 묘 앞에서 축구를 하다니 안 된다." 하시면서 지팡이를 휘두르시었다.

아이들은 그다음부터는 그 산소에 얼씬도 하지를 않았는데 어린 것들은 그때만 해도 산소가 신성한 곳이라는 것을 잘 몰랐다.

우리 집은 한길에서 맨 끝의 집으로 부자 댁의 뒤쪽에 살았는데 강이 가깝다 보니 여름이면 아이들이 하루 종일 강에서 모래성을 쌓으며 놀기도 하고 헤엄을 쳐서 강을 건너다녔다.

온종일을 강에서 놀 때 해가 반짝 난 날도 있지만 어떤 때는 구름이 해를 가려서 해가 나오지 않을 때는 아이들의 입술이 새파래지면서 덜덜 떨 때도 있었다.

그리되면 아이들은 물 밖에 나와서 오들오들 떨면서 "해야 해야 나오너

라. 어서 어서 나오너라." 하며 일제히 궁둥이를 두들겼다.

마침내 해가 나오게 되면 "와" 하고는 다시 물로 뛰어들었다.

그때 강가에는 하늘 높이 자란 미루나무가 숲을 이루고 있었는데 어머니들은 그 아래에서 삼을 삶아서는 무릎에다가 비벼서 실을 가늘게 늘여서 틀에다가 감고는 베틀에다 올려놓고 삼베를 짜셨다.

그때의 생활환경은 대부분이 초가집에서 살았고 아궁이에는 산에서 해온 나무로 불을 때서 밥이고 국을 끓여서 안방의 두리반에 차려놓고 밥을 먹었다.

난방이 전혀 되지 않은 초가집의 겨울은 혹독하게 추웠으니 저녁에 아궁이에 불을 땐 후에 다음 날 새벽에야 다시 불을 땠으니 온돌방은 식어서 방바닥에서는 찬 기운이 올라왔고 방문을 열 때마다 문고리는 손에 쩍쩍 달라붙었다.

그때의 아이들의 입음새는 모두가 바지저고리를 입었고 내의라는 것은 모르고 살았다.

전깃불이 없어 집집마다 등잔불을 켜던 시대였으니 얼마나 살아가는 것이 불편했으랴!

아이들이 밖에서 해가 지도록 놀고 있으면 어머니들은 놀만 한 곳을 향하여 아이들의 이름들을 부르셨다.

"노마야. 고만 놀고 들어와서 밥 먹어라."

아이들이 집으로 돌아갈 때면 집집마다 등잔불을 켰는데 문을 열게 되면 불이 꺼질 때가 많아서 살며시 문을 여닫아야 하지만 아이들이 많은 집의 호롱불은 연실 꺼졌다.

그렇게 등불이 귀했어도 그 시대의 학생들은 등잔불 밑에서 밤을 새워서 공부하여 성공을 한 사람도 많았다.

그때야말로 성냥도 귀한 때여서 집집마다 화롯불을 신주 모시듯이 잘

간수를 하였는데 아이들이 있는 집은 화롯불에다가 콩도 볶아먹고 밤도 구워서 먹느라 불을 꺼트리기가 일쑤여서 어른들한테 만날 혼이 날 때가 많았으니 그때에는 옆집에 가서 불씨를 얻어 와야 했다.

우리 집이나 농사를 짓는 다른 집에서도 가을이 되면 햇곡식으로 고사 떡을 만들어서 고사를 지냈다.

어머니는 떡을 하시기 전에 부정을 타면 안 된다고 왼 새끼를 꼬아서 솔가지를 매달아서 싸리문 기둥에다가 내 걸으시고는 목욕 후에 쌀을 물에 불권 뒤에 발 방아를 찧어서 가루를 내고는 떡시루에다가 해 안치고 아궁이에 불을 때셨다.

시루떡이 뜸이 든 다음에는 시루판 채 번쩍 들어서는 성주님 앞 상에다가 차려놓고는 1년 열두 달 365일 집안 식구들이 다 무사히 지나게 해달라고 어머니는 빌고 또 비셨다.

사실 그때만 해도 우리네 살아가는 형편은 집집마다 넉넉한 편이 아니어서 비록 농사를 짓는 집이라 할지라도 자기네 땅이 없다 보니 도지를 물고 공출이라는 명목으로 일본사람들에게 다시 빼앗기다 보니 집에서 겨울 양식도 모자라서 죽으로 연명을 하는 집이 많았다.

농사꾼이 먹을 양식이 부족하다는 것은 어쩌면 농사를 지어도 헛 짓는다는 말과 마찬가지일 것이다.

해마다 봄철이 되면 양식이 완전히 떨어지게 되어 그때에는 부자 댁에서 장리쌀을 얻어다가 먹을 수밖에 없었다.

장리쌀이란 봄에 얻어다가 먹고는 가을에 농사를 지어서 갚는 것을 말하는데 그때에는 이자를 쳐서 배로 갚아야 했으니 장리쌀을 먹는 사람들은 이듬해에도 같은 방법으로 장리쌀을 먹을 정도로 형편은 피지를 못하였다.

우리 집도 남들 모양 춘궁기가 되면 장리쌀을 얻어다가 먹는 형편이었다.

지금은 집집마다 농사를 지어도 대학을 나온 엘리트들이 수판을 튕겨 가면서 특용작물을 재배하거나 축산업으로 돈을 많이 벌지만 옛날에는 재래농법이 최선의 농지 경작법이며 논에는 갈을 꺾어 넣어서 비료를 대신하거나 인분을 써서 비료를 하였다.

재래식 영농에 대한 이야기를 하자면 그전에는 화장실이 모두가 울타리 밖에 있었고 잿간이라고 해서 구조는 인분통을 묻은 것이 아니고 한쪽에는 재를 쌓아놓는 간이고 또 한쪽에는 큰 돌을 양쪽으로 놓고는 거기에서 용변을 보고는 재로 덮어서 한쪽으로 쌓아놓기를 계속하다 보면 인분이 쌓여서 썩게 되고 이듬해 봄에는 아버지가 쌓인 재와 변을 손으로 버무려서 삼태기에 담아서 밭고랑에다가 뿌리고 감자나 옥수수를 심었다.

그 후 아마 6·25전후에는 인분통(드럼통)을 땅에다 묻고는 용변을 보았는데 인분통이 쌓이면 이것을 수거해서 가는 사람들이 원하는 사람들의 밭에다 뿌려서 걸음을 하였는가 하면 중국 사람 중에 채포를 하는 사람들이 퍼가지고 가서는 정사각형으로 1m 깊이로 땅을 파고 인분을 퍼서 잠겼다가 그것이 겨우내 썩으면 배추며 무 또는 채소 고랑에다가 인분을 쳐서 거름을 하였다.

화학 비료가 나오기 전까지 화교들이 이런 방법을 통해 채소를 가꾸어서 시장에다가 팔았고 이 방법이 보급되어 오랫동안 이어지다 보니 매년 학교에서 회충 검사를 해도 좀처럼 회충의 빈도가 떨어지지를 않은 이유가 다 거기에 원인이 있었다.

아버지는 광복이 되기 전까지 남의 토지를 얻어서 농사를 지으셨는데 밭에는 수수와 조를 많이 심으셨다.

무더운 여름날 아버지는 조밭에 가셔서 김을 매셨는데 잡초가 얼마나 많이 나는지 열흘 도리로 밭을 매셨는데 풀을 뽑은 다음에 비라도 내리면

잡초는 다시 살아나서 김을 다시 매셨다.

날씨가 더워서 오전 10시가 되면 조밭은 푹푹 찌지만 아버지는 그런 날에도 조밭의 김을 매셨는데 그런 날일수록 곡식들은 잘 자란다고 하였다.

조는 어느결에 한길로 자라 그늘을 만들기는 하지만 아버지의 목이며 벼 잠방이는 땀에 젖어 후줄근하였다.

어머니는 그때마다 두레우물에 가서 찬 냉수를 떠다가 아버지께 드리라고 해서 동네 가운데에 있는 우물에 가서 두레박으로 찬물을 떠서는 주전자에 가득 담아서 조밭까지 가게 되면 밭이 우물에서 꽤 먼 관계로 주전자 물은 금방 떴을 때보다 미지근해지고 있었다.

아버지는 물을 떠다 드리면 그때마다 날씨가 더운데 뭘 물을 떠 왔느냐 하시면서도 한 대접을 따라드리면 두 대접은 한자리에서 잡수셨다.

"냉수를 마시니 정신이 다 나는 것 같구나."

아버지는 이마에 땀을 닦으시면서 날 더운데 어서 집으로 가라고 하셨다.

지금과 같이 설탕이라도 흔한 때라면 설탕물이라도 타다가 드릴 수가 있었지만 그때는 우리는 설탕이라는 것은 구경도 할 수가 없었다.

지금은 농사를 지어도 비닐하우스에 특용작물을 재배하여 수익을 많이 올릴 수가 있지만 옛날에는 재래식 농법 그대로 밭에는 조나 콩 옥수수며 녹두 팥 등을 심어서 먹었다.

참외 수박 혹은 드물게 과수원을 하는 사람들은 돈을 수시로 만질 수가 있었지만 그 외의 농사꾼들은 농산물을 팔아야 돈이 되는데 팔아야 할양이 되지를 못하다 보니 어렵게 지나는 사람들이 대부분이고 봄이 되면 때를 굶는 사람이 풀풀하였다.

1944년 3월 우리 형님에게도 징용 영장이 나와서 4월 초에 춘천역으로 집결하게 되어 있었다.

형님이 떠나던 날 춘천역 광장에는 징용에 끌려가는 아들들을 전송하기 위해서 많은 사람이 모였는데 환송식이 끝나고 나서 차례대로 징용자들이 차에 오르고 기차가 떠나가자 광장은 금방 울음바다가 되고 우리 아들을 왜 끌어가느냐면서 몸태질을 하는 엄마들도 많았다.

형님을 떠나보내고 어머니는 집으로 오시면서 아무래도 아들의 얼굴을 다시 못 볼 것 같다면서 소양강 다리 앞에까지 오셔서는 땅바닥에 털썩 주저앉으셔서 우셨다.

나라 없는 설움이 얼마나 슬프고 나라 없는 백성이 얼마나 고생이 많다는 것은 겪어 보지 않은 나라 사람들은 결코 그 고통을 알지 못한다.

형님이 탄 기차가 이틀 만에 부산에 도착하였을 때 일본의 전선은 연합군의 무차별 공격으로 연일 전선마다 패하던 때였다.

일본은 전쟁 막바지에 조선 사람들의 가정에서 쓰던 쇠붙이며 놋그릇 종류는 모조리 걷어 갔다. 우리 집안에서도 제사를 지낼 때 쓰던 귀한 놋그릇이며 촛대는 물론 낡은 무쇠솥과 놋쇠로 만든 수저까지도 거의 다 빼앗기고 말았다.

그때 소양강 난간에는 쇠로 만든 둥근 쇠로 난 간대를 설치하였는데 그것도 빼갔으며 심지어 우리의 문화재 중에서 쇠로 만든 것은 모조리 탈취당했으며 절간의 대웅전에 고리 열쇠까지 빼갔다고 하니 일본이 그 전쟁에서 승리할 공산은 눈곱만큼도 없었던 것이다.

히로시마와 나가사키에 원자탄 세례가 일본을 쑥대밭으로 만든 것도 어찌 보면 일본이야말로 감히 미국이라는 호랑이한테 일본의 쥐새끼 한 마리가 덤비다가 당한 엄청난 죄과였던 것이다.

전쟁을 일으킨 일본의 범죄자들이 그 후 일부 사형을 받긴 하였으나 일본이야말로 다시는 범죄 집단으로 몰리지 않기 위해서도 그들은 세계 역사 인식을 올바로 해야 하고 그들의 미래세대야말로 세계평화를 위해서 정진할 수 있도록 일본의 정치인들부터 각성해야 한다.

일본의 패전이 가까워질 무렵 일본은 각 가정마다 방공구덩이를 파라고 해서 어느 집이나 울타리 옆에다가 굴을 팠으며 사이렌이 울리면 식구 전부가 가서 숨어야 했다.

일본은 학교에서 아이들에게 남양군도를 점령하였기 때문에 고무 생산을 많이 할 것이며 그렇게 되면 학생들이 모두가 운동화를 신고 다닐 수가 있을 것이라고 선전하였다.

그러던 어느 날 학교에서는 아이들에게 등교할 때 낫을 지참하라고 하였다.

학교엘 가니 학년별로 아이들을 산으로 데리고 가더니 소나무에서 솔옹지를 따라고 하였다. 솔옹지는 소나무의 가지 중에서 옹이가 백인 곳으로 그것은 불쏘시개를 할 때에 쓰이기도 하지만 가을 타작할 때에도 이른 새벽에 광솔 불로 어둠을 밝히는데도 잘 쓰이다 보니 집집마다 소나무 장작을 팰 때 관솔이 나오면 따로 모아두었다가 썼다.

아이들은 이 솔옹지를 따기 위해서 소나무에 올라가서 가지를 따서는 짊어지고 학교로 와서 모아 놓으니 그 양이 굉장히 많았다. 이번에는 그 솔옹지를 밑에 구멍이 뚫린 오지독을 아궁이 위에 올려놓고는 진흙으로 싸 바른 다음에 아궁이에다 불을 때게 되면 솔옹지가 녹으면서 껄따란 검은 색깔의 기름이 구멍을 통해서 나왔는데 그것에 대한 용도는 비행기 오일로 쓰인다고 하였지만 자세히는 알 수가 없었다.

불을 때다가 아궁이에 불이 꺼지면 입으로 불어서 불씨를 살렸는데 그때 갑자기 솔옹지에 불이 확 붙다 보면 머리카락을 태우기도 하고 화상을 입기도 하였는데 그 냄새가 '확' 하고 폐로 들어가면 가슴을 쓸어안고 기침을 하면서 대그르르 구를 정도로 가슴이 아파서 설설 길 정도였다.

기름을 짜고 나면 선생님들이 기름을 제일 많이 짠 조에는 상품으로 연필 한 자루씩을 주었는데 우리 조는 겨우 한 번을 타고 칭찬을 받았다.

부산에 도착한 형님을 비롯한 징용자들은 배가 오지를 않아서 보름간이나 수용소에 머물렀다고 하였는데 그때의 전시상황은 일본의 패전이 역력하여 스마트라며 자바 같은 섬은 이미 연합군에게 점령당했다는 소문이 파다하게 들리고 있었다.

그러자 징용으로 끌려갔던 형님을 비롯하여 일부 청년들은 일본이 망할 것이라는 소문이 뜬소문이 아니라는 것을 예감하고는 어떻게 하든지 집으로 내뺄 궁리를 하다가 마침 비가 오는 밤을 이용하여 일부 대원들은 부대를 탈출하여 각각 흩어지니 그때 형님은 부산을 출발하여 순전히 도보로 오다가 어떤 집으로 밥을 얻어먹으러 들어가면 집집마다 먹을 것이 부족함에도 밥을 한술씩 주면서 멀지 않아서 일본이 망할 것이니 어서 집을 잘 찾아가라고 격려를 해주었다는 것이다

형님이 강원도 춘천 집까지 오는 동안 고생도 많이 하였지만, 중간에 한 번도 검문을 당하지 않았다 하니 일본이야말로 이제 망하는 판에 어느 누가 충성을 다해서 일본을 지키려 하였겠는가. 그들이야말로 뉴스를 통해서 국내외정세 파악을 너무도 잘 하였을 것이니 전쟁에 패하게 되면 일본인들이 어떤 대우를 받을 것이라는 공포감에 외국에 주둔해서 살던 일본인들은 누구나 하루하루를 벌벌 떨면서 살았을 것이다. 형님이 갖은 고생 끝에 집에 도착한 것은 6월 어느 날 밤이었다고 하였는데 만일을 모르니 몰래 사립문을 열고는 집으로 들어와서 어머니를 불렀다니 징용을 간 다음에는 아무 소식도 들을 수가 없던 어머니는 날마다 자고 일어나면 아들 생각에 눈물을 흘리셨던 중이라 어머니는 형님의 목소리를 듣고는 너무도 놀라셨다는 것이다.

아들이 무사히 집으로 살아 돌아온 것만 다행으로 생각하신 어머니는 아들이 집에 왔다는 사실을 동네 사람 아무에게도 말을 하지 않았으니 만일에 일본 순사에게 고발이라도 들어가면 무슨 일을 당할지도 모르는 일이었기 때문이다.

그래서 낮에는 방공구덩이에서 숨게 하고는 밥을 먹게 하였고 밤에도 윗방 구석 벼 가마니를 쌓아놓은 속에 들어가서 자게 하였다.

어머니는 날마다 일본 순사가 혹시 집으로 형님을 잡으러 올까 봐서 겁을 많이 내셨으니 일본 순사들은 집집의 생활환경을 훤하게 꿰고 있었기 때문이었다.

우리 집께는 부자로 사는 김영길 씨네 집으로 일본 순사들이 수시로 와서는 음식을 대접받으면서도 어떤 때는 또 다른 금전을 요구하기 위해서 노름패로 몰아서는 유치장에다가 가두기도 하였다.

이토록 비열한 수단을 써가면서 우리 백성들을 끝까지 괴롭힌 일제지만 우리는 정당하게 항의 한번 제대로 하지 못하고 굴욕적으로 그들의 요구를 들어주지 않을 수가 없었던 것이니 식민지 지배를 당한 우리 한국인들이야말로 일본의 뿌리 깊은 한국인에 대한 멸시와 모멸감에 대해서 결코 후세들은 잊어서는 안 될 것이다.

마침내 1945년이 되자 일본의 사이판이 연합군에게 점령당했으며 많은 주민이 일본 만세를 부르며 함께 자살을 택했다고 아침 조회에 교장 선생님이 훈시를 하셨다.

그 당시의 조선의 아이들은 대부분이 다 한국이라는 나라는 알지도 못했고 일본이 우리나라라는 것을 배웠기 때문에 그런 줄만 알았다.

세뇌 교육이란 낱말에 대해서 지금은 알 수가 있지만 어렸을 때는 학교에 가기만 하면 일본 말을 쓰고 글도 썼기 때문에 한글이 존재하는지조차도 몰랐다.

일본사람들은 이렇게 철두철미하게 한국을 식민지화하여 한국인들을 모두 일본인으로 만들겠다는 각오로 식민지 교육에 철저를 기했지만 그러나 한국인들의 조상들이 어떤 분들이며 그들이 섬긴 민족이 어떤 배경에서 나라를 지켜 왔던가를 생각하면 결코 우리나라 이 민족을 결코 그렇게 얕잡아 볼 일이 절대로 아니었음에도 일본은 우리 국민을 노예화하려 하였던 것이다.

우리나라가 일본에게 외교권을 강탈당했을 때에 우리나라의 수많은 백성은 나라 잃은 슬픔을 결코 잊지 않았으며 하나밖에 없는 목숨이지만 이를 초개같이 내놓고 독립운동에 열중하였다.

그러나 총칼 앞에 당하지 못한 우리의 선량한 동포들은 일본의 말발굽 아래 처참하게 죽임을 당하기 일쑤였으니 얼마나 많은 우리의 독립투사들이 그들의 총칼 아래 목숨을 잃어버렸던 것인가.

1945년 8월 15일 해방이 되자 마을에서는 신작로에다가 솔문을 해 세우고 태극기를 하늘 높이 달고는 만세를 불렀는데 그때 매일같이 소련 군인을 태운 트럭들이 화천 쪽을 향해서 달렸다.

그 당시에 이미 38선이라는 경계선이 그어져 이남에는 미군이 그리고 이북에는 소련군이 진주하였으니 이것이 남북을 가르는 경계선이 되었다.

해방이 되고 난 후에 남북의 왕래는 당분간 이어졌는데 당시 북한에서는 지주들을 모조리 반동분자로 몰고 토지를 국유화하여 **뺏**는 바람에 많은 사람이 38선을 넘어서 남한으로 넘어왔다.

8·15 광복 후 당분간은 이렇게 넘어 올 수가 있었지만 이북에서 월남하는 것을 막게 되자 그 다음에는 밤중에 길 안내자를 통해서 넘어오기도 하였다.

나중에는 이마저 통제가 되어 38선은 완전히 폐쇄가 되고 경비를 강화하니 그때부터는 이북 사람들이 월남을 하고 싶어도 올 수가 없게 된 것이 오늘에 이른 것이다.

한 나라가 두 쪽으로 갈라지게 되자 수많은 이산가족이 생기게 되고 그 고통은 오늘날까지 이어지고 있다.

해방이 되면서 애국가를 처음으로 불렀는데 곡조는 올드랭쌔인의 곡에다가 불렀으며 저녁마다 집집에서는 애국가를 배우느라 호롱불이 꺼지지를 않았다.

학생들은 한글을 전혀 몰라서 누구나 까막눈이었는데 어느 날 마을에서는 한글로 "신탁통치 반대"라는 표어를 써서 벽에다가 붙이라고 하여 나도 처음으로 아버지가 써서 주신 것을 보고 써 붙이긴 하였지만 그것이 틀렸다는 것을 알게 되었다.

그때에 새롭게 유행어가 생겼는데 누가 그런 말을 지어냈는지는 모르지만 "미국은 믿지 말고 소련에게 속지 말고 일본이 일어난다."라는 말을 아이들은 뜻도 모르면서 외우고 다녔다.

해방을 맞은 우리나라는 일제의 36년 동안의 식민지 지배에서 완전히 벗어나게 되었다.

그 긴 동안을 우리나라의 애국 독립을 위해서 희생하신 분들은 얼마나 많으며 해외로 망명했다가 돌아오시지 못하신 분들은 또 얼마나 많았던가.

그분들은 오로지 적수공권赤手空拳으로 일제와 싸우다가 어느 날 나라의 독립도 보시지 못하고 홀연히 눈을 감으신 것이니 우리나라는 결코 애국 독립운동에 목숨을 바치신 이분들을 기리고 그분들의 후손들을 찾아서 끝까지 보살펴 드려야 한다.

여기에서 우리 국민이 영원히 잊지 말아야 할 일이 있으니 그것은 광복과 더불어 우리나라 사람들이 잘 살아갈 수 있도록 원조를 적극적으로 해준 미국이다.

미군으로부터 숱한 원조를 받았지만, 미국이야말로 얼마나 부강한 국가였으면 우리나라 백성들이 먹고 남을 만큼의 밀가루며 우유를 보급해 주었겠는가.

해방이 되었지만 헐벗고 굶주린 우리나라 사람들에게 미국은 수도 없이 입을 옷이며 생활필수품을 공급해 주었으니 당시에 우리나라 사람 모두가 이의 혜택을 입지 않은 사람은 한 사람도 없었다.

해방이 되기까지 집집마다 잘 못살았던 것은 어느 집이나 마찬가지였는데 어느 날 동회에서 설탕 배급을 준다고 하여 어머니가 타오셨는데 노랑 설탕을 한 깡통이나 타 오시니 처음으로 설탕을 먹는 날이어서 아이들은 그것을 수저로 밥을 떠먹듯이 입에다가 퍼 넣었다.

해방이 되고 등교하니 그때까지 "시바다"일본인 교장 선생님은 학교에서 일본으로 가실 준비를 하고 계셨고 우리를 만나자 웃으면서 잘들 있으라고 손을 흔드셨다.

교장 선생님은 관사에 사셨는데 사모님은 한 번도 보지를 못했으며 딸이 하나 우리와 같은 반으로 학교에는 얼마 다니지 않은 것으로 보아서 전쟁이 끝나기 전에 미리 일본으로 보낸 것 같았다.

교장 선생님은 어린 학생들에게 특별히 일본교육의 우수성을 강조한 분도 아니고 항상 교장실에서 독서를 하시고 가끔 점심시간에는 우리 교실에 오셔서 우리와 함께 도시락을 잡수셨는데 음식을 먹을 때에는 자세를 바르게 하고 먹어야 한다고 하셨다.

교장 선생님은 검은 테 안경을 쓰셨는데 식사하실 때는 입을 벌리지 말고 오랜 시간 음식을 씹으라고 말씀하셨다.

"시바다" 교장 선생님도 언제 일본으로 가셨는지는 모르지만 지금 같으면 가시기 전에 위로의 말씀이라도 해 드렸어야 하지만 어린 우리는 아무 것도 모르고 지났다.

해방이 된 지 얼마 안 되었을 때 무엇 때문에 기차역엘 갔는지 모르지만, 그날 춘천에 살던 일본사람들이 일본으로 가기 위해서 가차 역으로 모인다고 하였다.

그런데 모인 사람들 틈에 우리 담임인 요시하라 선생님이 가방을 메고 막 기차를 타려는 모습이 보였던 것이다.

우리는 반가워서 선생님에게 가서 인사를 하려 하였으나 그 안으로 들어가지를 못하게 막는 바람에 마지막 선생님의 전송을 하지도 못한 채 돌아서고 말았는데 지금도 그때 선생님께 작별 인사를 드리지 못한 것이 후회막급이다.

인간의 작별이란 순간에는 실감이 나지 않지만 지나놓고 보니 그것이 선생님과의 마지막 순간이란 것을 그때는 생각지를 못하였다.

얼마 후에 다시 등교하고 보니 그때는 선생님들이 모두가 한국 분으로 우리말로 인사를 하고 우리말을 통해 한글을 배우게 되는 것이 그저 새롭기만 하였다.

해방되던 해에 나는 초등학교 5학년이었는데 그때의 담임선생님은 유남렬 선생님으로 일본군에 입대하여 남양군도 전투에 투입되었지만 구사일생으로 살아오셨던 분이었다.

매사에 군대에 갔다 오신 분이 다르다는 인상을 주듯이 절도가 있었고 공부할 때도 정신을 집중하라는 말씀을 강조하셨다.

선생님은 담임을 6학년까지 하셨는데 그해 결혼하셨으며 신부는 같은 학교의 윤강원 선생님으로 이따금 선생님 댁엘 놀러 가면 신부 선생님은 우리에게 과자며 감주를 주시면서 자주 놀러 오라고 하셨지만 그 후엔 다시 간 기억이 없다.

우리나라의 역사에 대해서 많은 관심을 가지셨던 선생님은 중학교 진학을 하는데 따른 과외수업을 밤늦도록 해주셨는데 그 결과 희망하는 아이들은 모두가 중학교에 진학을 할 수가 있었다.

졸업식 날 우리는 각자 집에서 가져온 쌀로 떡을 하고 사은회를 개최하였는데 그때 선생님은 그날을 오래도록 잊지 않을 것이라며 작별의 노래를 부르시다가 눈물을 흘리시는 바람에 제자들 모두가 애국가를 제창하듯이 울음을 터트렸다.

그런데 선생님은 3년 후에 6 · 25 남침 때 피난을 나가시다가 홍천에서 인민군의 총탄에 돌아가셨다는 것이니 일본군대에 가서도 살아오신 분이지만 아깝게도 동족의 총탄에 돌아가시다니 참으로 운명이란 너무도 가혹하다는 생각을 하였다.

지금도 우리 동기생들이 모일 때면 선생님을 떠올리면서 옛날의 금잔디 동산의 아름다웠던 정경을 마음속에 그려보는 것이다.

김두수 ─────────────────────────────

시세계 수필(94), 시조문학 시조(96,) 농민문학 소설(2010) 등단. 수필집 『손뼉치며 나는 새』 외 1권. 소설집 『크리스마스이브의 사랑』, 『첫사랑의 바람』, 『아버지의 발자국』. 단편소설 200편 중 150편 발표. 한국문인협회 회원, 한국소설가협회 운영위원, 문학세계 편집위원, 농민문학 자문위원, 한국공무원문학협회 고문, 홍천문인협회 회장.

님을 위한 아다지오–영혼을 판 자들 3 | 김재찬

마른날, 눈 비비고 다시 보아도 보이지 않는 얼굴 하나

그 잔영마저 사라져버린 지 아주 오래

누가 눈물 없어 아니 운 줄 알았더냐

저 서걱이는 겨울 언덕의 빈 나뭇가지 사이에 걸린

검은 깃의 얼어 죽은 새 한 마리 외로워

날마다 그와 짝하여 나를 효수梟首해 걸어두노라면

푸른 하늘에 빗살 한 줄 그으며 가벼이도 날아 내리느니

그토록이나 멀고도 먼 눈빛으로 바라며 살아온 날들 중에

이제야 헌 솜[1] 불 듯 단 한번 허락된다면

생이 다하는 그 마지막 날 몰歿하는 순간에

짧은 눈물 한 줌 흘려도 괜찮으리. 그 때에

생生아, 나를 용서하라

---

1) '헌 솜'은 우리나라 관혼상제에서 임종 때 솜을 코끝에 대어보고 죽음을 확인하는 것
   의 표현임.

아버지를 볼 때면 감정이 묘하게 뒤틀리고 복잡하게 얽혀들곤 하는 건 어제오늘의 일이 아니었다. 그리하여 차라리 안 보는 게 낫지 않을까 하는 생각도 들었지만, 생각은 어디까지나 생각일 뿐이며 그것도 잠시에 지나지 않아 오히려 어지러움만 더하는 꼴이 되곤 했다. 그럼에도 엄마는 어떻게 그처럼이나 모질도록 자신을 휘어잡고 살 수가 있는 것일까? 하긴 그러지 않았다면 엄마는 아무것도 이루지 못했을 것이다. 직접 만나는 시간이야 하루 24시간 중 불과 몇십 분에 지나지 않을 터이지만 그래도 한집에 살면서 매일같이 부딪치면서도 엄마의 그런 점을 생각하게 되거나 불쑥 떠오를 때면 뭔가 서늘한 기분이 들 때도 많았다. 아, 그래. 저게, 저 여자가 내 엄마였지?! 하고. 그렇다면 아버지는? 엄마에 관한 생각을 하다 보면 아버지가 떠오르게 마련이고 그러면서도 매번 의문부호로 멈추게 되곤 했다. 다음으로 이어지지 못하고 그 자리에서 맴돌기만 하는 그 의문부호. 아버지는 도대체 어떻게 해야만 제대로 이야기가 될 수 있는 것인가?

"거기 거울 좀 줘 볼래?" 허벅지에서 발목까지 석고 붕대에 감긴 다리를 베개를 괴어 올려놓은 채 아버지가 말했다. 하늘색 붕대로 몇 군데나 감겼음에도 그것은 꽤 길어 보였는데, 그렇게 감긴 탓인지 언뜻 몸통의 절반이 미라를 연상시키기도 했다. 어릴 때부터 아버지를 닮아 두 다리가 눈에 띄게 쭉 뻗어 길다는 소리를 자주 들었다. 아버지가 다른 신체 부위에 비해 다리가 긴 편이었는데 그녀 역시 그랬다. 키가 비슷한 다른 친구들과 비교해 보면 거의 한 뼘가량이나 길었다. 서로 바지를 바꿔 입어보면 확실하게 표가 났다.

봉인주는 창틀에 놓아두었던 조그만 거울을 집어 아버지에게 건네었다. 거울 보면 그 속에서 미남이 나올까 봐? 짐승 같은 산적이나 어흥 하고 뛰쳐나오지 뭐. 허허, 녀석. 산적이 얼마나 멋진데 그러냐? 아빠는 진짜 산적이고 싶다. 아빠도 참. 그럼 아직 진짜 산적이 못 되어서 그런 사고도 피하지 못했다는 얘기야? 왜 얘기를 가져다가 거기에 붙이냐? 붙이는 데가 따로 있어? 그냥 여기에다도 붙이고 저기에다도 붙이고 그러는 거지. 심술쟁이가 다 됐구나. 이 아빠가 그렇게도 밉냐? 당근 밉지, 그럼 이쁘겠어? 그렇게 미우면 올라가거라.

아빠! 봉인주는 소리를 빽 질렀다. 그러고는 아차 싶어 얼른 다른 사람들을 살폈다. 건너편 병상에서 책을 읽던 청년이 잠시 눈길이 마주치자 시선을 내리며 씨익 웃었다. 얼굴을 보게 되면서부터 뭐 하러 내려왔느냐, 얼굴 봤으면 됐으니 그만 올라가라, 하는 아버지의 그런 소리가 귀에 딱지 되어 앉을 판이었다.

허허, 아버지는 소리 내어 웃더니 받아 든 거울을 바로 잡아 들여다보았다. 야생의 풀숲처럼 제멋대로 자라 흐트러진 머리칼, 더부룩한 턱수염, 시커멓게 탄 얼굴 피부에 여기저기 크고 작은 상처 자국들…. 말 그대로 늙어가는 산적 같은 모습에 다름아니었다.

아버지는 저 조그만 거울로 당신의 무엇을 그렇게나 들여다보는 것일까? 어렸을 적 턱수염을 깎고 나온 아버지의 그 턱 만지기를 좋아했었다. 방금 면도를 했음에도 아직 까슬까슬한 기운이 조금씩 남고 푸르스름한 듯 다른 얼굴 부위보다도 더 깨끗한데다가 손바닥에다 덜어내서 탁탁 쳐가며 펴 바른 스킨로션 따위의 향기가 나는 그 턱을 만지면 그렇게 기분이 좋을 수가 없었다. 그것만이 아니었다. 그 누구에게 견줘 봐도 아버지처럼 깨끗하고 멋진 사람이 없었다. 그리하여 누가 묻지 않아도 사람들이 아버지를 부를 때면 늘 '봉 교수. 봉 교수님'이라던 말을 따라 '우리 아빠, 교수님이에요' 자랑하곤 했다. '교수님'이 뭔지 제대로 알지 못했음에도 많은 언니 오빠들이나 여러 사람이 아버지를 만나면 꼬박꼬박 인사를 하며 교수님, 봉 교수님, 하고 불렀으므로 그게 최고인 줄 알았다. 사장님이라 불리던 엄마보다도 더. 적어도 어린 그녀에게는 그랬었다. 실제로 교수님과 사장님 중 어느 쪽으로 무게가 기우는지는 몰라도 그녀에게는 아버지의 교수님이 엄마의 사장님보다 항상 윗길이었다.

그랬던 아버지가 다리가 부러지고 살이 찢겨서 석고 붕대를 친친 감고 찢어진 살은 꿰매고서 병원의 환자용 침상에 비스듬히 누워 험하게 변해버린 얼굴로 조그만 거울을 들여다보고 있는 것이다. 깨진 거울 조각이 아닌 게 그나마 다행이라고나 할까? 아무튼 그 예전의 모습은 어디서도 찾을 수 없게 변해버린 아버지의 모습. 사실 지금은 평온한 상태이지만 아버지는 자칫 목숨을 잃을 뻔했다. 십중팔구 그랬을 것이다. 천운의 끌림처럼 그때 마침 아버지의 친구가 아버지를 만나러 그 깊은 산속으로 찾아가지 않았더라면.

아버지는 돌 쌓는 작업 중이었다고 했다. 아버지가 모든 것들을 던져버리고 산속으로 들어가 사는 집 앞으로는 저 위의 골짜기로부터 흘러내리는 계곡물이 지나갔다. 조붓하고 길쭉한 마당 가에서 층계로 이용하는 커다란 디딤돌 두어 개를 차례로 밟고 내려서면 바로 계곡물이었다. 그곳을 이어져 들어간 산줄기가 멀고도 깊은 만큼 계곡도 깊었다. 장마철 같은 때면 물이 불어나 무서울 만큼 엄청나게 흘렀고, 심한 가뭄에도 마르는 법이 없었다. 아버지의 집이 있는 곳에서부터 저 아래로 이어지는 길이만 해도 시골에서 흔히 사용하는 거리 단위로 치면 십여 리는 족히 넘었는데, 계곡은 그렇게 이어져 나가서 큰 강과 만나 폭포를 이루고 떨어지면서 끝이 난다.

집 앞을 지나는 그 계곡의 가장자리를 아버지는 돌들로 축대를 쌓아 올려 마당과 잇닿도록 해 놓았다. 그러니까 조붓한 마당 가에서 처음부터 박혀 있던 바위를 이용하고 거기 다시 커다란 돌 두어 개를 층계처럼 겹쳐 놓은 그 디딤돌을 밟고 내려서면 계곡물에 닿을 수가 있어 음용이 아닌 모든 생활용수는 그 물을 이용하곤 했다. 몸을 씻는 것도, 일주일에 한두 장쯤 나오는 빨래를 빠는 것도, 산나물 등의 채소를 씻는 것도, 설거지도 그곳에 내려가 계곡물을 이용했다. 설거지를 하다가 그릇에 붙었던 밥풀들이 떨어져 나가면 손가락만 한 버들치들이 달려들어 냉큼 삼켜 버렸다. 그래서 일부러 밥알들을 남겨 그릇들을 물속에 던져 놓으면 버들치들이 몰려들어 깨끗이 먹어 치워 저절로 설거지가 되다시피 했다. 그렇게 내려가 계곡의 바닥을 딛고 서면 마당의 높이가 어깨쯤에 닿을 정도였다.

일은 그 마당 가를 지탱하도록 쌓아 올린 돌 축대의 약했던 부분이 마당을 돋운 흙에 밀려 무너지면서 시작되었다. 아버지는 그 부분을 보수하는 정도가 아니라 다시 무너지는 일이 없도록 일정 부분을 다 헐어내고 큰 돌들을 옮겨 새로 쌓기로 했다. 하지만 산속에 들어와 산 지 오래고 아무리 겉모습이 산적 정도는 아닐지라도 흔히 하는 말대로 야생인처럼 변했다고 해도 어려서부터 도시에서 나서 자라고 또한 대학 강단에서 인문학이나 강의했던 사람에게 그건 결코 쉬운 일이 아니었다. 나름대로 지렛대원리나 피라미드 쌓는 방식 등을 응용해가며 도구를 만들어 사용하곤 해도 만만한 일은 하나도 없었다. 웬만한 돌 하나의 무게만도 엄청난데 그것들을 옮겨다가 들어 올려 가며 축대를 쌓는다니. 옛날이야 여러 사람이 힘을 합치는 식의 인력으로 했다 쳐도 요즈음이라면 중장비를 동원해야 마땅한 일이었다. 그래도 흔한 말대로 남는 게 시간이었으므로 하루에 돌 한두 개씩만 옮겨다 쌓아도 된다는 식으로 누구의 힘도 빌지 않고, 물론 빌 만한 누구의 힘도 없었으므로 혼자서 천천히 그 일을 해나갔다. 그러다가 거의 마지막에 이르러서였다. 커다랗고 평평한 모양의 아주 마음에 드는 돌을 굴대로 굴리고 지렛대로 조금씩 밀어내는 둥 하면서 계곡 위쪽에서부터 옮겨왔다. 그러기에도 며칠이 걸려야 했다. 너무 힘에 부치고 어려워 몇 번이나 포기할까도 했지만 미련이 남고 절반 넘어 옮겨온 것이 아까워서라도 그만둘 수가 없었다. 그렇게 하여 마침내 다 옮겨온 것이니 이제 그걸 축대 위로 끌어올려 얹으면 되었다. 그리하여 긴 통나무를 삼각뿔 모양으로 세우고 밧줄을 이용하고 또 지지대를 사용해가며 마지막 안간힘을 다해 끌어올렸다. 그런데 거의 마지막 순간에 이르러 지지대가 부러져 나가며 그 커다란 돌이 아버지를 덮쳤다.

순간적으로 정신을 잃었다가 깨어나는데 엄청난 고통이 밀려왔다. 돌에 다리가 깔리면서 허벅지와 정강이 두 군데가 작신 부러진 것이고 한쪽 허벅지는 살이 찢어져 출혈이 심했다. 이를 악물고 돌을 치워보려 했지만 꿈쩍도 하지 않았고 발이 빠지지도 않았다. 그래도 그건 다음 문제였다. 우선 살이 찢겨 계속되는 출혈을 멈추게 해야 했으므로 상의를 벗어 이로 물고는 찢어서 묶어 지혈했다. 간신히 그렇게 하고 나서 생각하니 암담하기만 했다. 계속되는 엄청난 고통에도 덮친 돌을 밀어내보려고 애를 써도 꿈쩍도 하지 않았고 눌린 다리 역시 빠지지 않았다. 그 산속엔 오직 혼자였으므로 누구의 도움을 받는다는 것은 꿈에도 생각할 수 없었다. 핸드폰이 있기는 했지만 태양광 패널을 사용하는 충전기에 꽂아놓은 채였고, 지니고 있다고 해도 무용지물이나 마찬가지였다. 이 골짜기에서는 핸드폰이 터지지 않아 사용하려면 겨우 전파가 잡히는 맞은편 산 중턱으로 올라가야 했다. 이대로 꼼짝없이 죽는구나 싶었다. 한번은 약초나 캐어 볼까 하고 골짜기 위쪽으로 해서 산으로 좀 깊이 들어갔다가 거의 맞붙은 두 나무 사이에 끼어 백골이 된 고라니 뼈를 발견한 적이 있었다. 바로 그 백골 고라니 짝이 날 것은 뻔했다.

그래도 어떻게든 해 보아야 했다. 겨우 생각해낸 게 깔린 다리 밑의 흙과 돌을 파내는 것이었다. 손에 잡히는 도구도 없었다. 나무 조각과 돌

조각이 전부였다. 그것으로 조금씩이나마 파내기 시작했다. 흙을 한 줌 파내면 돌덩이가 나오고, 그러면 그 돌덩이를 빼내느라 한참씩 씨름을 해야 하였다. 언제 끝날지 모르는 일이었다. 내일이 될지 모레가 될지, 아니면 끝내 하지 못하고서 백골의 고라니 신세가 될지……. 그리고 만에 하나라도 그 작업에 성공해 깔린 다리를 빼낸다 해도 그다음은 또 어떻게 해야 할지. 아니, 성공은커녕 그 밤을 넘기지 못할 게 뻔했다. 해가 기울면 계곡은 급격히 기온이 떨어질 것이고, 그러면 밀려드는 저체온증에 몇 시간도 견뎌내지 못할 것이 뻔했다. 아니, 어쩌면 차라리 일찍 숨을 거두는 게 남은 고통을 끝내는 데는 더 낫지 않을까?

그런데 기적 같은 일이 일어났다. 일 년이면 한두 번씩 아버지를 보겠다고 찾아오곤 하던 친구 하나가 마침 나타난 것이었다. 사실 그 친구는 며칠 전에 찾아가겠노라고 문자 메시지와 음성 메시지까지 남겼는데 아버지는 그저 축대 쌓는 일에만 마음을 빼앗겨 적어도 하루에 한 번씩은 하던 일인 맞은편 산 중턱에 올라가 수신된 문자나 음성 메시지 따위를 미처 확인하지 못했던 것이고, 친구는 또 아버지가 그것을 확인했다면 그 자리서 바로 전화를 해서 통화가 이루어졌거나 했을 텐데 아무런 답신도 없자 궁금해서라도 더욱더 와 보지 않을 수가 없었다고 했다.

아버지는 좀 괜찮으셔? 반모희 언니가 전화기 저편에서 물었다. 언제나 그렇듯 한 옥타브쯤 올라간 밝고 경쾌한 목소리였는데 오늘따라 그 울림의 파동과 진동 횟수가 좀 더 상승한 것 같았다. 언뜻 장난감 피리에 붙어 떨리는 무색투명한 셀로판지 조각의 진동판이 연상되기도 했다. 아니, 장난감 피리라기보다는 정작의 관악기 부리에 장치된 서[簧]라고나 할까? 음. 이제 괜찮으신 것 같아. 그렇게 얘기하는 거 보니까 너도 마음을 좀 놓아도 되는가 보네? 그렇다고 할 수가 있긴 한데 생각보다 많이 다치셨어. 하마터면 큰일 날 뻔했구. 막상 그 이야기를 다시 꺼내자 또 눈물이 나오려 했다. 그 이야기를 꺼내게 될 때마다 그랬다. 엄마에게도, 박시도에게도⋯⋯. 그리고 지금 반모희 언니에게 하는 것이 네 번째인가, 다섯 번째인가⋯⋯?

전화기를 귀에 댄 채 병동 건물의 복도를 천천히 걸었다. 어깨로부터 머리통을 굵직한 철골로 얼기설기 엮어 단단히 고정시킨 환자가 조심스럽게 지나갔다. 정형외과 병동인 탓에 환자들이 휠체어는 기본이고 각종 보장구를 착용하거나 여러 기구 따위들을 끌고 다니곤 했는데 그것들 중에는 처음 보는 기괴하게 생긴 것들도 꽤 많았다. 그렇게 특수 기구나 어떤 장치를 사용할 정도는 아니었지만 아버지도 그에 다름아닐 것이다. 어쩌면 직접 사고 현장을 목격하지 않은 게 차라리 다행한 일인지도 모르지만 아버지의 그것은 얘기를 전해 듣는 것만으로도, 또한 반추하는 것만으로도 끔찍하고 오금이 저려왔다. 사고야 그렇다 쳐도 만약 그때 친구분께서 찾아가지 않았더라면 어쩔 뻔했는가.

얼마나 많이 다치셨는데? 설명이 제대로 안 되지만 아무튼 한쪽 다리에만 두 군데 골절인데 뼈가 조각조각 부서져서 수술하면서 그 조각들을 다 맞춰야 했대. 저런, 그랬구나. 아버지께서 많이 힘드시겠다. 승강기 앞에 이르렀는데 마침 문이 열리고 환자복 차림의 남자 하나가 링거병을 매단 이동식 링거 걸대를 밀고 나오는 것이어서 잠깐 옆으로 비켜서서 완전히 나와 돌아서기를 기다렸다가 승강기 안으로 발을 들였다. 마침 다른 사람이 없는 승강기 안에서 얘기를 계속이었다. 그 부서진 뼛조각들 다 잘 맞추었고, 수술은 잘 되었다고 하지만 회복하는 데는 좀 오래 거릴 거 같아. 그렇겠지. 그래도 수술 잘 되었다니 그나마 다행이라고 말해야 되겠지?! 수술 잘 되었다는 말이야 집도의, 주치의라면 다 하는 말이겠지 뭐. 그래도 의사 말을 믿어야지 뭐. 안 그래? 그렇긴 하지만. 그러는 사이 승강기는 맨 아래층으로 내려가 멈추었고, 봉인주는 그곳을 빠져나와 천천히 로비를 가로질렀다. 그럼 너 거기 오래 있어야 하는 거야? 당장 아버지께서 거동하지 못하실 텐데 옆에서 돌봐드려야 하는 거 아닌가? 더군다나 지금 너 말고는 아버지를 돌봐드릴 사람도 없을 거잖아. 그렇긴 한데 아직 잘 모르겠어. 아빠는 당장은 간병인을 쓰면 되고, 또 굳이 간병인이 아니어도 간호사들이나 다른 사람들의 도움을 조금만 받으면 스스로 하실 수 있다고 하시면서 나한테 자꾸 올라가라고 하지만 그게 그렇게 될 것도 아니잖아. 얼마 동안이라도 네가 옆에서 돌봐드려야지 뭐. 네 직장 사무실 일이야 어머니 회사니까 어머니께서 다 알아서 하실 테고 말이야. 아, 지금 막상 그렇게 이야기하고 보니 어머니 회사에서 일하니까 그거 하나는 좋겠네. 모희 언니가 말끝에 웃음소리를 후렴 구절처럼 삽입해 넣었다. 그렇게 전화기를 귀에 댄 채 병동 건물을 빠져나왔다.

어디서 날아온 것인지 비둘기 한 무리가 모여 있다가 간호사쯤으로 보이는 흰 가운의 여자가 병원 마당을 가로질러 달려가자 푸르르 날아올랐다가 다시 내려앉았다. 엄마 회사……? 늘 의식하지 않을 수 없는 거지만 막상 그 말을 듣거나 새삼스럽게 생각을 떠올리노라면 묘한 기분이 들어. 어쨌든 엄마 회사나 마나 거기서 내가 하는 일이란 게 뭐 자리나 지키는 게 전부인 셈이니 신경 쓰지 않아도 되지만. 아빠 상태를 좀 더 봐가면서 올라갔다가 내려왔다가, 그렇게 몇 차례 하든가 해야지 뭐. 아무튼 이럴 때야말로 외동딸이라는 게 너무 싫다니까. 언니나, 오빠나, 동생이나 하나만 더 있어도 좋잖아. 우리 엄마 아빤 뭐 했나 몰라. 형제, 자매, 오누이 뒤섞어서 한 다스쯤 낳아 놨으면 좋잖아. 뭔가 불만이 차오르는 것 같은 기분이기도 해서 인주는 쏟아내듯 말했다. 전화기 저쪽에서 모희 언니가 와그르르 웃음을 터뜨렸다. 한 다스? 옛날에도 한 다스는 아주 드물었을걸?! 하긴 뭐 울 엄마 아빠가 지금 저렇게 멀리 떨어져서 사는 걸 보면 다 알조겠지 뭐. 어떻게 보면 내가 다른 여자가 아닌 울 엄마 뱃속에서 열 달 동안이나 양수에 잠겨 있다가 세상에 나온 것도 기적일지 몰라. 틀린 말도 아니고, 지금 네 얘기가 무슨 뜻인지 모르는 것은 아니지만 어쨌든 모든 사람은 다 기적으로 태어난 거야. 다른 여자나 울 엄마나 다를 것도 그리 없는 것일 테고 말이야. 그리고 지금 너처럼 그렇게 이야기하자면 현재의 나도 네가 말하는 다른 여자라는 부류에 속할 텐데, 역시도 모순덩어리잖아. 얘기가 또 그렇게 되나? 봉인주도 클클 웃음을 흘렸다. 생각해 봐라?! 틀린 말도 아니지 뭐. 틀리든 맞든, 그래서 나는 예전부터 모희 언니네가 부러웠어. 내가 세상에 나온 게 기적일지 몰라도 아니, 기적으로 태어나 혼자라서 말이야.

언젠가 반모희 언니가 했던 이야기가 잊히지 않았다. 아버지가 건설 현장을 따라다니느라 집에는 거의 없었고 그나마도 같은 일을 하는 다른 사람들보다도 더 오지 않았음에도 불구하고 자식들을 넷이나 낳은 것은 어머니가 툭하면 홰홰 닭 홰치듯이 팔을 흔들어대며 아버지를 찾아가곤 했기 때문일 거라고. 그렇게 아버지를 찾아갔다가 돌아오면 아이가 하나씩 들어선 셈이 아니겠냐고. 아마 자기도 그렇게 해서 생겨났을 거라고. 당시, 그 이야기에 배를 쥐고 웃었지만 그래도 그게, 반모희 언니네처럼 형제자매가 많은 집이 가장 부러웠다. 많을수록 좋겠지만 언니든 오빠든 동생이든 딱 한 명만 더 있어도 더 바랄 게 없을 것 같았다.

그래도 그게 다 장단점이 있는 것 아니겠니? 형제자매가 많으면 많은 대로, 적으면 적은 대로 말이야. 나는 적은 게 아니라 나 혼자라니까. 언뜻 자신도 모르게 투정 같은 말이 나와 봉인주는 제풀에 다시 웃음을 입에 물었다. 알아. 그래도 그 나름의 뭐는 있는 거니까. 알았수. 긍정 모드로 가겠수. 그런데 우리 박시도 씨가 언니 맘에 들게 공연을 했나 모르겠네? 진작부터 생각 중이었던 이야기를 던졌다. 박시도 씨라는 이름 앞에

'우리'라는 말을 빠뜨리지 않으면서. '우리'라는 말을 붙이면 왠지 든든한 느낌이 들곤 하는 건 참 이상했다.

고, 공연? 아, 아하! 그, 그래. 맘에 들었어. 웬일인지 모희 언니가 이제까지 이야기하던 것과는 달리 말을 몇 번이나 더듬었다. 공연이라는 말 때문이었나? 봉인주는 잠깐 그렇게 생각했다. 그렇다고 공연이라는 말도 새삼스러울 리는 없을 텐데……. 우리 박시도 씨한테 얘기 들었어. 노래 방까지 공연 완벽하게 끝냈노라고. 그래서 내가 한 마디 해줬어. 공연을 한 사람이 완벽하다고 말하는 게 어디 있냐고. 그 공연을 관람하고 받아들이는 사람이 마음에 든다고 해야 말이 되는 소리가 아니겠느냐고. 아, 아니야. 정말 고마웠어. 괜히 나 때문에 번거롭기만 했지 뭐. 언니, 미안해. 내가 먼저 다 약속해놓고서 못 가게 돼서. 무슨 말이야. 약속은 그냥 못 지킨 게 아니잖아. 미안한 거로 치면 오히려 내가 미안한 거지. 서로가 미안하다고 하니까 이상하네. 아무튼 우리 박시도 씨가 공연을 괜찮게 했다니 된 걸로 할게. 그리고 서로가 미안하다고 했으니까 다음부터는 안 미안하기로 하면 되는 거고. 그렇지? 안 미안하기로? 그래, 모희 언니. 말 재밌네. 그렇지?! 그러니 그렇게 하는 거야?! 그래그래. 우리 서로 안 미안하자.

봉인주는 '안 미안하기로'라 말했고, 반모희는 '안 미안하자'라고 말했다. '미안하지 않기로'이거나 '미안하지 말자'도 아니고 말이다. 서로 차이가 없는 말이었음에도. 아니, 내내 같은 말이더라도 굳이 이야기하자면 '안 미안하자'라는 말이 뭔가 좀 자연스럽지 못한 말 같아도 '~하지 않다'라는 그 전형적인 부정否定의 말 보다 더 강하게 느껴지는 것도 사실이긴 했다.

통화를 끝내고 잠시 그 자리에 선 채 하늘을 올려다보았다. 아직 해그림자가 길게 눕지 않고 짧아서인지 푸른 하늘은 눈에 시렸다.

오래된 일이지만 반모희 언니는 여학교 다닐 때 똑 부러지기로 소문났었다. 같은 사학재단의 학교에서 각각 중학생과 고등학생 대표로 연단 앞에 나가 상을 받은 게 직접적인 인연이 되기는 했지만 당시의 그 일로 인해 선배인 그녀를 더 좋아하게 되었던 것이다. 당시 소문으로만 들었기 때문에 그 사건의 내막과 실체에 대해서는 정확히 모르지만 아무튼 교칙 위반 문제를 가지고 도덕 교사와 반모희 학생 간에 묘한 대립이 있었다고 했다. 선생과 학생 간의 대립이라니 있을 수 없는 일이었다. 더군다나 그 도덕 교사는 학생과 주임으로서 엄하기 이를 데 없었고, 반모희는 학생회 간부라거나 하다못해 반장도 아니었으므로 학생을 대표할 명분 같은 건 전혀 없었다. 말하자면 일개 학생 신분으로서 학생과 주임 교사와의 공개적 대립 관계를 가졌던 것이다. 그것도 전교에 파다하게 퍼져 술렁거릴 정도였고 한 번으로 끝난 게 아니었다. 반모희는 선생에게 그건 교칙 위반이 아니라며 조목조목 따졌고, 그게 받아들여지지 않자 그렇게 끝날 수는 없다며 다음날도 그다음 날도 조목조목 따지며 자신의 의사를 분명히 밝혀 나갔다는 것이다. 그렇게 하자 그 학생과 주임이며 도덕 담당 교사는 나중에는 자신이 잘못되었음을 시인하고 공개적으로 반모희의 주장이 맞는 거라고 인정해 주었다는 것이다. 그러면서 그 끈질김에 혀를 내둘렀다며 오히려 반모희를 추켜세워주었다고 했다. 스승과 제자 사이에 응당 그래야 마땅할 일이지만 그래도 꽤 날카로웠을 대립이었던 점을 감안하면 결코 쉽지 않았을 그 훈훈한 결말로 인해 소문이 더 해졌던 것이다.

그리하여 다음에 만나게 되었을 때 그 이야기를 하자 아주 간단한 대답이 돌아왔다. 응, 별거 아니야. 아무리 어른이고 선생님이더라도 틀린 건 명확히 따져 선을 그어 놓아야 하지. 틀린 판단은 틀린 판단일 것이며 바른 판단은 바른 판단인 것이고, 또한 잘못된 것은 잘못된 것이고 옳은 것은 옳은 것이지. 안 그래? 더욱이 순간적으로 잘못 생각하고 잘못 판단한 것이라면 바로잡아야 되는 것이고 말씀이야. 그것뿐이야. 사실 사회에 나와서까지 이처럼 오래도록 관계가 계속 이어지리라고는 생각하지 못했을 뿐만 아니라 오히려 학생 때보다도 친밀도가 더해졌는데, 아마도 무남독녀 외동이다 보니 직접 그런 말을 건네지는 않았을망정 무의식중에라도 그녀를 친언니쯤으로 여기게 됐는지도 모를 일이었다.

정말이지 다 그만두고 딱 언니 한 명만이라도 있었으면 좋겠다고 봉인주는 어려서부터 생각해왔다. 그리하여 엄마에게 왜 나는 언니도 없느냐고, 언니가 없으니 동생 하나만 낳아달라고 졸랐던 적도 있었다. 초등학교 들어갈 무렵엔 거의 일 년 동안을 그렇게 조르다가 등짝을 얻어맞기도 했었다. 얼마나 짜증스러울 정도로 졸랐으면 등짝까지 후려쳤겠는가. 그때의 등짝을 향해 날아들던 엄마의 다섯 손가락 쫙 펼친 손바닥은 생각 이상으로 매웠었다. 하긴 엄마는 아버지와는 달리 부드러운 맛이 없었고 매사에 날카로웠다. 그리하여 그녀는 번번이 아버지와 엄마가 뒤바뀐 거라고 어려서부터 생각해왔다. 아무튼 언제부터인가는 그게 말이 안 되는, 다만 말이 아니라 그 이상의 무엇인가가 안 되는 이야기라는 것을 알게 되면서부터 다시 꺼내지 않게 되었지만 더도 말고 덜도 말고 자신과 비슷한 언니 한 명만 더 있었으면 좋겠다는 생각은 지금도 마찬가지였다. 더욱이 엄마가 나중에는 당신의 사업체를 물려받아야 한다고 할 때면 자신은 아무래도 그런 쪽과는 적성이 맞지 않는 것 같아 그 압박감이 엄청나게 밀려들곤 했다. 해서 그런 이야기를 하면 엄마는 또 말하는 것이었다. 너 혼자인 것을 행운이라고 생각해, 이것아. 자매? 자매 좋아하시네. 만약 자매라도 있었다면 서로 엄마 사업체 물려받고 조금이라도 더 많은 재산 차지하려고 피 터지게 싸우게 됐을걸? 그리고 사업체 경영이야 쉬운 게 아니긴 하지만 적성 그런 거 따질 게 뭐냐. 사람 하나 잘 들이고 잘 부리면 되는 거지. 사업 기질 타고난 놈 만나 신랑 삼으면 된다는 애기야. 괜히 박시도인지 뭔지 그 뭐 같은 놈 만나고 다니지 말고. 너, 요즘 그 녀석 안 만나는 거 맞지?

손수 일궈 당당하게 일으켜 세운 사업체를 물려주는 것이 자식에 대한 최고의 사랑이라고 믿는 당신. 잘 나가도 못 나가도 엄마의 이야기는 무엇이 됐든 그렇게 박시도의 이야기로, 그리고 쐐기를 박듯 절대 그 녀석은 안 된다는 이야기로 끝을 맺곤 했다. 아무 소용도 없는 가정이겠지만 만약에 자신에게 언니라도 하나 있었다면 엄마의 박시도에 대한 태도도 지금과는 얼마쯤 다르지 않았었을까? 혼자라는 것이 외롭다기보다는 힘들다. 문득 그런 말이 머릿속으로 떠올라 슬라이딩 자막처럼 흘러갔다.

천천히 걸음을 옮겨놓았다. 바람 좀 쏘이고 올라갈 생각이었다. 그나저나 서울의 집과 일하는 사무실에 올라갔다가 다시 내려와야 할까, 아니면 이대로 그냥 머물러 아버지를 지키고 있어야 하는 것일까. 선뜻 판단이 서질 않았다. 물론 아버지는 당신 걱정 말고 올라가라고 하지만 그럴 수는 없는 일 아닌가? 아버지가 완쾌되어 정상을 찾게 되기까지는 꽤 시간이 걸릴 것이고, 그러면 당장 며칠 동안은 이대로 머물러 있을 거라고 해도 앞으로 적어도 몇 번은 더 오르내려야 될 것이다. 그리고 퇴원을 하게 되면 아버지의 그 산골 집에도 모셔다드리면서 그 길에 또 며칠은 그곳에 머물며 지켜봐 드려야 될 것이고 말이다.

이번 일을 계기로 아버지가 그만 산골생활을 접고는 서울 집으로 올라가면 좋으련만 그건 택도 없는 생각일 것이다. 그리고 그것은 또한 당신을 그 어떤 불행의 늪으로 다시 밀어 넣는 일이 되기도 할 것이고.

그러면 엄마는? 아, 생각만으로도 머리가 아팠다. 봉인주는 넓고도 길쭉한 병원 마당의 한쪽 편 벤치에 앉아서 천천히 고개를 젓고는 저기 하늘 먼 허공을 응시했다. 허공은 막막하니 거리 측정이 가능되지 않게 붕

떠 있었다. 어딘가에서 들려오는 구급차의 사이렌 소리가 점점 가까워지더니 바로 병원 앞길로 다가왔고, 이어 정문을 들어서서 응급실 쪽으로 향했다. 그러더니 금세 허공을 가르며 들려오던 구급차의 그 요란하던 파상음과 경광등의 번쩍거림이 그치고 응급실 앞에서는 구급요원들과 응급실의 간호사들이 나와 분주하게 움직이기 시작했다. 말 그대로 촌각을 다투는 일이 분명함에도 이쪽에서 보기에는 소리가 죽은 먼 그림처럼 다가왔다. 그림들은 어느 것이든 모두 고요하다. 소리가 없고 더는 죽었기 때문이다. 비바람이 거세게 몰아치는 풍경이라도 화폭에 옮겨진 그림은 그저 고요할 뿐이다. 뭉크의 '절규'조차도 그러하다. 나의 바깥에서 먼 풍경으로 다가오는 것들은 소리가 죽은 그림들이 아닌가. 아, 무엇인가 아우성치고 싶었다. 모든 것 뒤로하고 산속으로 들어가 산 사람으로, 더는 흔히 말하듯 자연인으로 살아가는 아버지와, 그리고 누구도 당해낼 수 없는 강단으로 뭉쳐진 엄마와 그리고 또 그리고……. 응급환자가 운반기에 실려 안으로 들어가고, 그 응급환자를 실어 왔던 구급차도 천천히 돌아가고 난 뒤 응급실 앞은 잠시 텅 빈 채 아무것도 보이지 않았다. 그 또한 소리 없는 먼 그림으로 다가왔다.

소리들은, 살아 있는 모든 것들이 내는 소리들은 다 어디로 갔는가?

아빠한테는 가보지 않는 거야? 얼마나 다쳤는지, 지금 상태는 어떤지 궁금하지도 않은 거야? 입을 여는 순간부터 아니, 엄마를 대하는 순간부터 감정이 치미는 것을 봉인주는 애써 누르며 일견 차분한 목소리를 가장하여 말했다.

너한테 이야기 들었으면 그것으로 된 거 아니냐. 엄마의 반응은 역시도 싸늘했다. 엄마의 그런 말과 목소리를 듣는 순간 애써 누르고 있던 감정이 터지듯 목소리가 빽 터져 나왔다. 엄마?!

"얘가 왜 이래? 여기가 어디라고 큰소리야?!"

물론 사장실이라는 사무적 공간이긴 하지만 다른 사람이 있는 것이 아 님에도 엄마는 언제나 그렇게 회사에서는 사무적으로 말했고 사무적 공 간임을 내세웠다. 공적으로 얘기하자면 엄마가 틀린 것도 아니고 백번 지당할 것이지만 엄마의 그것이 꼭 그렇게 해석되는 것도 아니었고 오히 려 그 반대였다. 그리고 집에서라고 다르다면 굳이 이렇게 사장실로 찾 아오지 않고 참았다가 식탁 머리쯤의 이야기로 풀어낼 수도 있을 것이지 만 어디서 대하든 똑같을 건 뻔한 일이지 않은가. 또한 지금 상황에서 그 렇게 여유를 부릴 일도 아니라는 생각도 있었고 말이다. 그러기에 올라 와서 집에는 들르지도 않고 곧장 이곳으로 향했던 것이다.

문득 돌아본 창밖은 햇빛이 가득했다. 조금만 더 지나면 이제 기울어가 기 시작할 오후 4시쯤의 햇빛은 묘한 일렁임을 담고 있었다. 이 시간쯤에 어떤 감정이 흔들리기 시작하면 하루의 남은 시간 모두가 범람하는 감정 으로 이어지곤 한다는 것을 봉인주는 오랜 경험을 통해 알고 있었다. 특 히 박시도와 만나게 되는 날은 그랬다. 올라오면서 그와 통화를 했었다. 이따가 만나기로.

사장실이지만 사장님이 아닌 엄마로, 엄마와 딸로서 이야기를 해야 된 다. 그것도 다른 것에 대한 이야기가 아니라 아버지에 대한, 당신의 남편 과 나의 아버지를 이야기해야 하는 것이다. 그런데 박시도라니. 인간의 사고체계가 원래 복합적이고 다층구조로 되어 있다지만 지금 이 순간에 박시도를 떠올리는 자신이 얼마쯤 낭패스럽기도 했다. 적어도 자신에게 만은 숨길 수 없는 동물적 근성.

아버지의 병실을 꼭 지키고만 있어야 할 상황도 아니고, 엄마와의 이야 기나 다른 여러 가지 일들을 처리해야 된다는 이유도 있었지만 보다는 박 시도와의 만남 때문에 올라온 것이 정작의 목적이고 이유이지 아니한가.

그와 가지게 될 하룻밤의 욕정에 눈 어둡고 정신 팔려있으면서도, 올라오는 동안 문득문득 떠오르는 생각만으로도 감전되듯 몸이 젖어오는 느낌이었음에도 그것을 숨기고 저 근엄한 사장님 앞에서 엄마라고 부르며 목소리를 내리깔고 있는 것 아닌가. 어니, 그게 아닌지도 몰랐다. 언제부터인가 후각신경을 지극하며 맡아지곤 하던 박시도의 그 미묘한 감정변화를 더 진행되기 전에 잡아 세워야 한다는 생각이 아니었던가.

　누가 얹어 놓은 것인지 창틀 앞 탁자의 화병에 꽂힌 한 줌의 꽃들은 창밖에 부는 바람은 전혀 모른 채 거기 정물로만 머물러 자리를 지키고 있었다. 봉인주는 그 한 덩이의 정물에서 시선을 거둬들여 '선도식품' 사장님으로서가 아닌 그저 하나의 개인적인 엄마 쪽을 향했다. 엄마는 지금 그게 할 소리야? 그럼 아니니? 네 아빠가 다쳤다. 사고로 다리를 다친 거다. 병원에 실려 가 수술받고 안정을 취하고 있다. 다른 이상은 없다. 부러진 뼈가 붙기만을 기다리면 된다. 그리고? 그리고 그의 딸인 네가 다녀왔다. 그런데 뭐? 어디 잘못되거나 부족한 거 있니? 엄마는 마치 준비하고 있었던 듯, 작성해 놓은 문서를 읽듯 또박또박하면서도 속사포처럼 빠르게 읊어댔다. 쓸데없는 소리 하지 마라. 나 지금 바쁘다. 말했잖아. 나 대신에 그의 끔찍이도 사랑스러운 딸인 네가 다녀왔으면 된 거 아니냐고. 나까지 헐레벌떡 달려갈 필요가 있느냐고. 사람들은 그게 잘못이야. 별거 아닌데도 누가 좀 병을 얻었다거나 입원했다고 하면 주저리주저리 문병을 해야 한다고 생각하는 거. 그래야 사람 도리를 하는 것이라고 생각하는 거. 그런 의식! 별거 아니라고? 아빠가 정말 큰일 날 뻔했다고. 알아? 너야말로 아는 거냐? 차 없는 도로에서 무단횡단을 해도 큰일 날 뻔한 거야. 그럼에도 그 큰일이란 게 안 일어났으면 된 거고. 엄마가 언제한 번 아빠한테 가 본 적이 있어? 내가 거길 왜 가니? 내가 니네 아빠를 그 산골에 들어가 살라고 떠밀기라도 했니? 엄마! 정말 생각이 있는 사람이야? 아빠가 누구 때문에 그 산골로 들어가셨는데? 나 때문이라는 거니? 엄마. 그렇게 자꾸 억지 말 좀 하지 마. 그렇게 억지 말 안 해도 엄마맘 다 알아. 모르는 소리 마라. 엄마한테 혹시나 하고 무엇인가를 기대했던 내가 잘못이지. 아무튼 내가 비록 나이 어리지만 부부가 얼마나 오래 어떻게 살면 그처럼 되는 것인지는 연구해볼 만한 뭔가가 있는 것 같아. 어린 것이 쉰내 나는 소리 그만하고 가서 네 일이나 봐. 그리고 여기는 엄연히 회사고 나는 사장이야. 예. 알아 모시겠습니다, 사장님! 하지만 변하지 않을 분명한 사실은 아빠가 저리된 것은 엄마 아니, 사장님 때문이지요. 그것만은 잊지 마세요.

"아니, 뭐야?!" 엄마가 소리를 버럭 질렀다.

봉인주는 화가 나서 더 이상 아무런 말도 하지 않고 사장실을 나와 버렸다. 애초에 엄마에게 무엇인가를 기대했다는 것부터가 잘못이었는지도 모른다. 엄마는 대체 아버지에 대해 어디까지 냉혈한일 수 있는 것일까?

아버지가 모든 것을 뒤로한 채 집을 떠나 그 산속으로 들어간 이후 한번도 찾아간 적이 없다는 것으로도 알 수 있는 일이지만 그래도 만에 하나 이번의 사고가 두 사람 사이의 관계에 있어 아주 작은 변화를 가져올지도 모른다는 생각도 완전히 배제하지는 못했었다. 그러나 엄마의 반응은 그 어떤 기대도 소용없다는 것만 확인시켜 줄 뿐이었다.

애써 마음을 가다듬고서 평온한 얼굴을 하고는 사무실로 들어갔다. 들어서면서 직원들을 향해 웃음과 함께 인사말을 건네는데 자신이 느끼기에도 얼굴이 어색하게 일그러지는 것까지 어떻게 할 수는 없었다. 봉인주가 일하는 부서는 선도식품 인력개발부. 본사뿐만 아니라 각 공장의 인력을 관리하는 업무였다. 그녀가 올라왔다는 소식이야 벌써 사내에 다 알려졌을 것이고, 직원들은 슬금슬금 눈치를 보는 게 역력했다. 몇 안 되는 그 직원들을 향해 말을 던졌다. 모두 알다시피 집안일 때문에 자리를 비워서 미안해요. 하지만 나 없다고 해서 안 돌아가는 일도 없지요? 일이 끝나서 돌아온 건 아니에요. 다시 가 봐야 된다는 얘기고, 앞으로 얼마나 걸리게 될지도 모르겠습니다. 좀 더 길게 걸릴 것도 같아요.

길게라면……? 여직원 하나가 작은 소리로 웅얼거리듯 말했다. 왜요? 오래 걸릴수록 좋겠죠? 일부러 웃음을 던져주었다. 그런 게 아니라……. 알아요. 내가 없다고 해서 이 팀의 일이 안 돌아가는 것도 아니고, 있다고 해서 엄청나게 더 잘 돌아가는 것도 아니라는 거. 그리고, 내가 계속 자리를 지키고 있었던 것도 아니라서 오히려 일에 방해가 될지도 모르겠고, 또 특별히 보고 받아야 할 것도 지시할 것도 없는 것 같으니 먼저 일어날 테니 하던 거 계속하고, 또 퇴근 시간도 얼마 남지 않았으니 마무리하고서 퇴근들 하세요.

그 말을 남기고 사무실을 나섰다. 사장실을 나설 때보다는 한결 나아진 기분이었다. 아니, 나아져야 했다. 박시도와의 약속이 있으니까. 그런데 요즘 그에게 무슨 일이 있는 것인가? 언제부터인가 뭔지 모르게 얼굴에 그늘이 져 있곤 했는데, 이리저리 생각해 봐도 짚이는 건 없었다. 또 엊그제 반모희 언니가 하는 얘기나 두어 차례 전화 통화로 하는 얘기에서는 괜찮은 것도 같고. 그런 생각에서는 다시 또 기분이 처져 내리는 것이어서 그녀는 두어 번 헛기침을 했다.

분노의 섹스. 그런 것도 있는 것일까? 문득 박시도라는, 관계해온 지 벌써 오래인 이 남자에게서 촉각을 건드리며 다가오는 그런 게 느껴졌다. 촉각만이 아니었다. 후각도, 미각도, 청각도, 시각도 그걸 감지해냈다. 그리고 그 오관五官의 감각 외에 특히나 육감六感이 발달해 있는 동물이 바로 여자라는 걸 부인할 수는 없는 게 사실이다. 굳이 밝혀 말하자면 육감六感과 육감肉感 양쪽 모두 다 그렇지 아니한가. 더군다나 그 감각기관이 예민하게 반응할 때면 다분히 동물적이라는 것도. 물론 육감肉感은 육감六感 중의 촉각觸覺에 해당할 것이지만 그래도 육감六感으로의 촉각과 순정純正한 육감肉感은 다를 것이다. 촉각이라기보다는 몸 전체를 관통하며 흐르는 그런 감각 작용이 아니겠는가. 그렇게 남자의 땀과 그리고 그것과 함께인 여러 성분의 분비물들을 뒤집어쓴 그 번들거리는 근육 덩어리 몸으로부터 말 그대로 다분히 육감적肉感的인 여자의 전신으로 엄습하듯 전해져오는 그 또 다른 육감肉感에서도 그가 분노의 섹스를 한다는 사실을 봉인주는 처음부터 간파했던 것이다.

끄응, 그가 신음을 토해냈다. 이때쯤이면 고스란히 실려 오는 한 사내의 체중이 느껴지고, 분비물에 젖어 번들거리는 그 육신을 비껴 산란하는 흐린 불빛과 비릿하고도 달짝지근한 타액이 느껴지곤 하는 것도 오랜 경험을 통해 알고 있었다. 더욱이 제 할 일을 다 해낸 끝에 이제는 그만 힘을 잃고 쪼그라든 성기에 달려나와서는 대롱거리는 콘돔과 그 바람 빠진 고무풍선 속에 든 정액 한 덩이는 더러 해학적이기도 하지 않았던가. 허나, 방금 전 그 신음 속에는 이제까지 있어 왔던 그것들이 뭔지 모르게 스러지며 가성假聲의 발성發聲으로 다가와 귓바퀴를 까끌하게 자극했다. 분명 그렇게 귓바퀴를 자극시키는 것이었음에도 문득 귓바퀴가 없어 그저 후르르 지나가 사라져버리던 그 소리. 굳이 말하자면 귓바퀴가 없어 소리를 모아 귀청에 제대로 전달하지 못하는 담성聃聲이라고나 할까? 그렇다면 지나간 저 어느 날부터인가 그의 속에서 분노할 무엇이 생기기라도 했다는 말인가? 그런 의문이 한 층위를 더함에도 봉인주는 모르는 채 웃음을 싱긋 물고서 팔을 둘러 그의 허리를 끌어안고는 입술을 찾아 자신의 입술을 찍고 나서야 팔을 풀었다.

타 내리듯 그가 옆으로 몸을 굴려 길게 누웠다. 언제나 그렇듯이 길게 토해내는 날숨과 밀려오는 나른함. 그리고 응당 있어야 할 만족감이 오늘은 그렇게 차오르지 않았음을 인정해야 했다. 하지만 사랑도 때로는 가식을 필요로 한다. 내 거짓된 숨소리 하나가, 그 가성의 신음 한 가닥이, 그럴듯하게 포장된 말 한마디가, 빈 웃음 한 조각이, 날마다 마음 깊이 품어 간직하기를 거듭하는 그대를 만족시켜 주고 그게 그렇게 그대를 위해 주는 것이라면 기꺼이 그러지 못할 게 무엇이겠는가. 그녀는 옆으로 돌아누우며 팔을 둘러 그의 목을 감아 안았다. 그러고는 아직 식지 않은 그의 가슴을 천천히 쓸어내렸다. 그럼에도 박시도는 누운 그대로 천장을 향한 채 아무 말이 없었고 시선은 허공에 고정되어 한동안 그렇게 붕 떠 있었다. 자신들의 체온 따위로 데워져 상승하는 공기의 부력과 딱 그만큼에 마주할 정도의 중력이 작용하는 무게를 가진 솜털 한 조각처럼. 부력과 중력이 맞닿아 똑같이 작용하는 지점의 저 허공 어디 말이다.

"괜찮아?"

그렇게 한 마디 던졌음에도 정작 무엇이 괜찮으냐는 물음인지는 그녀 자신도 알지 못했다. 그냥 무슨 말이든 해야 할 거 같아서 한 말일 뿐. 사실 그와 섹스를 하고 나서 이런 느낌은 처음이었다. 대답 대신 길게 숨을 한 번 토해내는 이 남자. 혹시 아버지한테 내려갔던 사이에 엄마가 그를 불러 또 만났던 것은 아닐까? 문득 그런 생각이 스쳤다. 하지만 그에게서 그런 냄새는 맡아지지 않았다. 저 선도식품의 사장실로 찾아 들어가 보았던 엄마에게서도 그러했고 말이다. 아니, 그보다도 얼마 전부터 얼굴에 알 수 없는 그늘이 덮이곤 했던 이유는 무엇인가. 오늘은 뭔가를 꼭 알아내고야 말겠다는 생각을 봉인주는 다시 한번 마음속으로 다졌다. 왜 아무 말도 안 없는 거야? 그제야 그가 곁눈질을 던져왔다. 무슨 말이 필요해? 그래도 그렇지. 시도 씨, 오늘 만나면서 내내 별 이야기 없었던 거 알아? 그랬나? 역시도 열없는 말이었다. 그리고 또한 별거 아니라는 듯

상체를 벌떡 일으키더니 다시 말을 이었다. 먼저 씻고 올게. 그러더니 그대로 참대를 내려서 욕실 쪽으로 향했다. 미처 아무런 대꾸도 하지 못했다. 언뜻 대꾸할 말이 찾아지지 않았다. 알몸인 채 걸어가는 그의 뒷모습이 시야 한가득 잡혀왔다.

욕실로부터 샤워기의 물줄기 쏟아지는 소리가 들려왔다. 봉인주는 역시도 담성聃聲처럼 스쳐 사라지는 것 같은 그 까끌한 소리를 들으며 침대에 웅크려 앉은 채 그쪽을 멍하니 바라보았다. 한 남자가 알몸으로 욕실에 들어가 내는 샤워기의 물줄기 소리가 까끌하다니. 하지만 지금 이 시간, 그것은 틀림없는 사실이었다. 이것저것 종합적인 생각으로는 엄마와 관계되지 않았을 것이라는 판단이면서도 의심은 자꾸만 그쪽으로 쏠렸다. 그렇지 않고서야 요 얼마 전부터 그에게서 느껴지던 의문의 변화는 거기에 가져다 붙일 만한 하등의 다른 이유는 없었고 또 설명되지도 않는다. 박시도라는 남자, 그는 의외에도 소심한 면이 있었고, 설혹 어찌지 않았다 하더라도 이제는 덮어두어야 마땅할 지난번 일들을 스스로 들춰내 상처를 긁으며 혼자서 아파하는 것인지도 모르는 일일 터였다. 혹여, 그동안 괜찮은 것 같았었는데 겉으로 내색하지 않았던 것일 뿐 속으로는 긁어 부스럼이라는 식으로 종기를 덧내다가 급기야는 터져버리는 상태에 이른 것은 아닐까?

그러니까 그게 일 년쯤 전의 일이었다. 그즈음에도 박시도를 만나면 뭔지 모르게 그전과 달라졌다는 것을 느끼게 되곤 했다. 겉으로는 안 그런 척해도 불과 며칠 사이에 마치 전혀 다른 사람이 된 것 같은 느낌이었고 뭔지 모를 거리감까지 느껴지곤 했다.

"왜 그래? 왜 사람이 달라졌지? 지금 내 앞에 있는 남자가 내가 아는 박시도 씨가 맞는 거야?" 어느 날, 봉인주는 대놓고 그에게 말했다. 내가 뭘? 내가 뭐얼?! 분명 시도 씨랑 같이 있는데 마치 전혀 다른 사람이랑 마주하는 것 같은 이 느낌, 뭔가 어색해진 거 같은 이 느낌, 갑자기 나로부터 아주 멀어진 것 같은 이 느낌. 나의 이런 느낌들을 도대체 무엇으로 설명할 수가 있는 거지? 빤히 쏘아보는 눈빛임에도 한참 만에야 들려오는 그의 덤덤한 목소리. 신경과민이야. 신경과민? 내가 시도 씨에 대해 신경과민일 게 뭐 있어? 왜 달라진 거지? 혹시 내가 씨도 씨에게 뭘 잘못한 일이라도 있어? 시도 씨를 실망시킨 거 있어? 그런 거 없어. 그럼 왜? 나, 달라진 거 없어. 너는 지금 다른 남자가 아닌 박시도와 함께 있는 것이고, 지금 너랑 있는 박시도는 어제의 그 박시도가 맞고. 그런데도 왜 자꾸 나로부터 멀어졌다는 느낌인 거지? 그냥 네 생각이고 네가 만들어낸 느낌일 뿐이야. 내가 만들어낸 느낌일 뿐이라고? 느낌도 일부러 만들어내나? 아무튼 네가 과민한 거야. 과민? 자꾸 그렇게 말하기야? 어쨌든 내가 느끼는 내 인지작용이겠지만 그건 시도 씨가 주는 그 무엇 때문에 오는 느낌인 거야. 내가 뭘. 솔직하게 말해봐. 솔직하지 않은 거 없어. 그렇게 애써 덮으려 하지 마. 혹시 나로부터 떠나고 싶은 거야? 무슨…….아니, 벌써 떠나고 있는 중인 거야? 이렇게? 이렇게라니? 지금 내가 느끼고 있는 이거 말이야. 무슨 말도 안 되는 소리?! 그가 펄쩍 뛰며 크게 소리 내어 웃었다. 그러면서 아니라고, 정말 아니라고 거듭 말했다. 하지만 바로 그것이 아닌 게 아니라는 사실을 말해주고 있잖은가. 지나치게 펄쩍 뛰며 과장되게 웃고 또한 필요 이상으로 극구 부인하는 것 말이다.

그에게서 시선을 떼지 않고 다그쳐 물었다. 나한테 말 못할 무슨 일이 있는 거야? 너한테 말 못할 일이 뭐 있겠어. 그런 거 없어. 혹시 나에 대한 마음이 변한 거야? 뭐어? 박시도가 어이없다는 듯 헛숨을 토해내며 웃었다. 하지만 그러는 그의 눈썹이 미세하게 떨리는 것을 봉인주는 놓치지 않은 채 눈빛을 되쏘아 주었다. 그것을 웃음으로 받는 그의 얼굴이 언뜻 어색하게 일그러졌고 말이다. 뭐가 있긴 있구나, 분명. 봉인주는 속으로 생각을 다지며 자신도 모르게 입가로 흘러내리는 실소를 앙다물 듯 안으로 삼켜 물었다. 혹시라도 내가 싫어진 것이고 마음이 변한 것이라면 언제든 말해줘. 나 싫다는 남자, 내가 비록 돌아서서 피를 토하며 목놓아 울지언정 그런 남자 붙잡지는 않을 거니까. 그리고 거기에 더 이어서 마지막으로 한 가지만 더 물을게. 혹시 다른 여자 생긴 거니? 뭐어, 다른 여자? 그랬으면 좋겠다. 아니. 그래, 다른 여자 생겼어. 그의 그런 반응을 보며 그 점에 대해서는 마음이 놓였다. 그래서 장난치듯, 오금을 박듯 하대下待의 말투로 한 마디 질렀다. 만약 다른 여자가 생긴 거라면 나한테 죽는다아?! 그 말을 끝으로 그의 말을 믿어주기로 마음먹었지만 그래도 왠지 자꾸만 찜찜한 구석이 남았고, 그에게서 느껴지는 묘한 거리감을 다 걷어내지는 못했다. 아니, 시간이 지나면서 오히려 더해가는 느낌이었다. 그리하여 그에게 정말 다른 여자가 생긴 건 아닐까 곱씹어보게 되기도 했다.

그러던 어느 히루. 오랜만에 엄마와 둘이서 저녁 시간을 같이하면서 식탁을 물리고 났는데 지나는 듯 무심한 말투로 엄마가 물었다. 그놈이 너한테 아무 말도 하지 않던? 무심을 가장하지만 뭔가 떠보자는 속셈이 단박 드러났다. 그놈? 짧았지만 그 반문은 다분히 조건반사적으로 튀어나왔다. 박시도인지 하는 그놈 말이다. 왜? 갑작스럽게 긴장이 활시위처럼 당겨졌다. 그놈이 아무 말 않더냐고? 왜? 왜 그러는데? 무슨 일 있었어? 아뿔싸, 싶었다. 당겨졌던 활시위를 떠난 시선이 엄마에게로 날아가 꽂혔다. 아무 말 없었던 모양이군. 아무 얘기도 못 들었어. 그런데 왜? 엄마, 또 무슨 짓을 하기라도 한 거야?! 무슨 짓이라니. 엄마한테 하는 말버릇이 그거냐? 엄마가 사람 성질나게 만들잖아?! 뭐야 또? 뭘 어떻게 한 거냐고? 그놈이 그래도 그런 거 하나는 잘 지키는 모양이군. 뭐냐고, 도대체? 성질 다급해지고 화가 치밀어 그녀는 소리를 빽 질렀다. 네가 엄마 말 무시하고 계속 그놈을 만나고 다니는 거 같아서 너를 타이르느니 그놈을 타이르는 게 낫겠다 싶어서 불러다가 알아듣게 얘기를 좀 했다. 뭐라구? 자신도 모르게 퉁겨지듯 벌떡 일어섰다. 그러나 엄마는 느긋한 표정이었다. 그리고 나를 만났다는 얘기 하지 말랬더니 안 한 모양이구나. 그거 하나는 사줄 만하구나. 엄마! 목구멍이 파열되어 나가기라도 할 것처럼 새된 목소리로 소리를 질렀다. 그동안 박시도가 보여 왔던 이상한 행동과 의문점들이 단번에 풀리는 순간이기도 했다.

그러나 이처럼 황당할 수가. 미처 거기까지는 생각지 못했었다. 박시도가 전혀 내색을 하지 않았기 때문이기도 했지만 자신이 엄마를 너무 몰랐었다는 아니, 엄마에 대해 너무 안이하게 여겼다는 생각이 가시처럼 일어서서 아프도록 깊숙이 찔러왔다. 아버지가 당신의 아내에 대한 그 무엇을 견디지 못하고 끝내 이곳을 떠나 산골로 들어가고야 말게 만들었던 엄마가 아닌가. 그런 게 아니라고, 그건 어디까지나 아버지 스스로 선택한 것이고 자기 자신만을 위한 이기적 발상에서 그런 것이라고 당신 나름의 논리를 내세워 말하면, 그리고 그럴 때면 또 시퍼렇게 살아나 등등騰騰하는 서슬 때문에라도 반박 한 마디 제대로 못하곤 하지만 익히 보아왔지 않은가.

조용해! 봉인주의 새된 소리에도 엄마는 도리어 더더욱 느긋한 표정이었다. 그 얼굴 위로 산속에 들어가 살면서 비로소 온화하게 웃던 아버지의 모습이 지나갔다. 그러면서 아무도 꺾을 수 없는 엄마의 그 무엇이 자신에게도 이렇게 다가와 대적하게 되는구나 싶었다.

그러나 나는 아버지가 아니다, 아버지와는 다르다, 그녀는 숨을 깊게 삼키며 어금니를 꽉 물었다, 그리고 차분하고 냉정해지자, 자신을 다졌다. 그러면서 갑자기 태도의 변화를 보이면 안 된다는 생각에 그 톤으로 물었다. 도대체 어디까지 한 거야? 별다른 거 없다. 내 하는 얘기는 똑같지. 글쎄 말해봐. 나도 알아야 되겠으니까. 그놈한테 쪼르르 가서 얘기할 거 아니니? 그놈한테 물어봐라. 엄마가 나한테는 얘기하지 말라고 했다면서? 그 사람은 얘기하지 말라면 안 해. 그러니까 내가 여태도록 모르고 있다가 엄마가 얘기해서야 안 거 아니야?! 어쩐지 요즘 계속해서 뭔가 이상하다 했더니 그게 다 엄마 때문이었군. 난 그것도 모르고……. 네가 알 필요 있나? 대체 어디까지 얘기한 거냐니까? 그전에 했던 얘기 그대로지 다른 게 있냐? 괜히 서로 힘 빼지 말고 상처 입지 말자. 우리 봉인주와는 절대 안 된다. 왜 안 되는지는 굳이 말하지 않아도 알 것이다. 그러니 앞으로 인주와는 만나지 말아라. 몇달 간 시간을 주겠다. 그거지. 엄마! 그러니 너도 알고 있으란 얘기야. 엄마, 나도 한 가지만 얘기할게. 그래, 뭐니? 내 몸속에는 엄마의 피도 흐르고 있다는 거. 엄마가 직접 나를 낳지 않은 게 아니라면. 무슨 소리야? 엄마가 절대 안 되고 엄마를 꺾을 수 없다면 나도 절대 안 되고 나를 꺾을 수 없다, 그 말이지. 그 엄마에 그 딸 아니겠어?

그 말을 던져 놓고는 그대로 나와 버렸다. 그러고는 그 길로 박시도를 찾아가 따지듯 물었다. 왜 그런 일이 있었으면서 얘기를 하지 않았느냐고, 엄마가 아무리 나한테 얘기하지 말랬다고 안 하는 게 어디 있느냐고, 적어도 서로는 알고 있어야 어떤 대처를 하든 말든 할 수 있는 게 아니냐고, 세상에 그렇게 융통성 없는 사람이 어디 있느냐고, 착한 거냐 아니면 바보인 거냐고, 막상 그를 보자 더 화가 치밀어서 그렇게 마구 쏘아붙이듯 했다.

그럼에도 박시도는 별다른 말이 없었다. 어쩌면 엄마에게 불리어가면 그의 입장에서 어느 것 하나 당당할 수가 없기 때문에 그런 자세를 취할 수밖에 없다는 것을 그녀 또한 충분히 이해할 수 있을 것 같으면서도 정작 그런 그가 또 답답하고 멍청이 같다는 생각에 화가 치밀었다. 그리고 그것은 또한 그에게 뿐만이 아니라 자기 자신에 대한 분노이기도 했다. 그런데 이 남자는 도대체 무슨 생각을 하고 있는 것인가? 분노가 끓어올라 화풀이하듯 마구 쏘고 몰아대다가도 문득 그런 생각이 들어 멈칫하고는 그저 빤히 바라보아야 했다. 그동안 아주 잘 안다고 생각해왔었는데 정작 제대로 아는 건 하나도 없는 것 같았다. 혹시 이 남자, 엄마의 말대로 나와 헤어지겠다는 생각을 갖고 있는 건 아닌가? 아주 천천히, 내가 미처 느끼지도 못할 정도로 조금씩 멀어지고 그렇게 관계를 소원하게 이끌어가다가 어느 지점에 이르게 되면 완전히 돌아서 버리겠다는 그런 생각인 것은 아닌가? 그를 향한 시선이 쉽게 거둬들여지지가 않았다. 내내 아무 말 없이 쏘아붙이는 대로 듣고만 있던 그가 그렇게 말했다.

"정신없이 몰아붙이던 사람이 왜 갑자기 말을 끊고 그렇게 빤히 쳐다봐?"

"왜 그렇게 빤히 쳐다봐? 괜히 사람 민망해지잖아."

욕실을 나선 박시도가 알몸인 채로 다가오다가 말을 던졌다. 봉인주는 그제야 지난 생각에 빠져서 자신도 모르게 그를 향해 빤한 시선을 던지고 있었다는 사실을 깨달았다. 으응?! 아, 아냐. 멋쩍게 웃음이 흘렀다. 이 남자, 여전히 내가 모르고 있는 것은 아닐까? 그리고 한참 동안 괜찮았다가 최근 들어 다시 심경의 변화를 일으키는 것인지도 모른다는 생각 역시 지워지지 않았다. 물론 엄마의 어떤 공작이 있었는지도 알 수 없는 일이고.

슬슬 나가지 뭐. 그가 거울 앞에 서서 얼굴에 로션을 바르며 말했다. 벌써? 답답해. 나가서 술 한잔하고 싶네. 물론 밥도 좀 먹어야겠고. 그래, 알았어. 그럼 나도 얼른 헹구고 나와 몸 정리를 할게. 그녀는 씻는다는 말 대신 행군다고 말했다. 남자는 웃지 않았다. 침대에서 내려선 그녀는 남자를 뒤로하고 욕실로 향했다. 몇 발짝 떼어놓는데 그의 말이 건너왔다. 아버지……. 아버지? 그래. 아버지한텐 언제 내려갈 건데? 박시도가 비록 그렇게 짧은 말일지라도 아버지에 대해 물어봐 준 게 고마웠다. 물론 아버지의 상태에 대한 것이라든가 안부를 묻고 답한다든가 등등의 해야 될 만한 이야기는 이미 전화 통화를 하면서 다 한 셈이었다. 적어도 의례적인 어떤 것들 말이다. 하지만 그렇다고 해서 다시 아버지에 대한 이야기를 꺼내지 않았다면 아마도 그녀는 꽤나 서운했을 것이다. 물론 아버지와 박시도, 두 사람은 아직까지 만난 적은 없었다. 그렇지만 서로가 어느 정도씩은 이미 알고 있었다. 박시도의 입장에서야 봉인주의 입을 통해 자주 듣는 이야기였으므로 당연하고도 자연스럽게 알게 된 것이고, 아버지 역시 마찬가지로 그녀는 박시도에 관한 이야기를 이미 해둔 터였다.

작년 여름, 아버지의 그 산골 집에 가 한 주일 동안 머물 때였다. 그렇잖아도 박시도의 이야기를 꺼내서 일찌감치 응원을 구할 참이었는데 남자친구는 없느냐는 물음에 숨기지 않고 사실대로, 결혼을 약속한 남자친구가 있노라고 털어놓게 되었던 것이다. 그러면서 일 년 뒤인 올여름 휴가 때는 함께 아버지를 찾아가겠노라고 약속을 해둔 터였다.

아무튼 지금 박시도의 입에서 나온 아버지 이야기가 고마웠지만 봉인주는 그런 내색을 나타내지 않고 그저 평이하게 말했다. 내일이나 모레. 봐 가면서 내려가는 거지 뭐. 아빠는 내려올 필요 없다고 하시지만 그래도 가 봐야지. 말은 그렇게 하셔도 내가 옆에 있어 드리니까 좋으신가 봐. 아무래도 하나밖에 없는 딸이니까 당연하겠지. 하나밖에 없는 딸이라…. 그게 얼마나 압박감으로 작용하고 짐이 무거운지 하나밖에 없는 딸이 안되어 본 사람은 아마 모를 거야. 약간의 장난기를 섞어 그렇게 말하면서 올여름쯤에는 아버지에게 인사를 시킬 계획이라는 이야기를 이쯤에서 미리 해둘까, 하고 생각했다. 내려가면 얼마나 머물 건데? 계속 거기 있을 거야? 그것도 봐 가면서 해야겠지만 아무래도 몇 번은 오늘처럼 왔다 갔다 해야 되겠지. 무엇보다 시도 씨를 안 보고 지낼 수는 없으니까. 내가 너무 솔직했나?"그러면서 설핏 웃어 보였다. 그 짧은 웃음으로 자신의 속마음을 확인시키듯 전달하고 싶었다. 하지만 박시도는 거기에 대해서는 무반응이었다. 아무래도 시간이 좀 걸릴 테니까 그렇겠군. 그러니까 말이야. 그리고 아빠가 퇴원하여 그 산골 집으로 가시면 나도 거기 가서 한 일주일 정도만이라도 머물다가 올까 하는 생각이야. 그전에는 여름 겨울이면 다른 데 휴가여행 가는 대신 아빠한테 가 있다가 오곤 했었는데 요 몇 년 동안은 그러지 못하다가 시도 씨도 알다시피 작년 여름에야 겨우 가서 머물다 왔는데 너무 좋아하시잖아. 그야 어쩌든 이번 기회에 아빠가 얼마간이라도 서울 집에 올라와 계셨으면 하는 바람도 있지만 그러시지 않을 건 뻔한 일이니 기대조차 말아야지 뭐. 그런데 왜? 아니, 그냥……. 그가 별거 아니라는 투였으므로 인주는 돌아서서 욕살로 들어갔다. 비누질 없이 말 그대로 물로만 몸을 헹구고 나서 또한 몸 정리를 하고 나왔을 때 그는 어느새 옷을 다 입고서 침대에 비스듬히 기대 누워 폰 화면을 들여다보고 있었다.

그런 모습이어서가 아니라 오늘따라 그가 뭔지 모르게 다르다는 생각이 지워지지 않았다. 그 열없던 섹스도 그렇고, 그 속에 분노 같은 게 깃들어 있는 듯이 여겨지던 것도 그렇고 말이다. 하고 보면 그가 잠깐 아버지에 대해 물어 준 것이 고맙고, 그리하여 여름에 아버지께 인사시킬 계획이라는 이야기를 아직 꺼내지 않은 것이 차라리 잘한 일인지도 모르겠다는 생각이 들었다.

그런데 아나나 다를까. 봉인주로서는 생각지도 못했던 아니, 감히 상상치도 못했던 일이 그날 밤에 터져 나오게 되었다. 답답하다고, 술 좀 마시고 싶다고 했던 박시도의 그 말은 그냥 단순히 나왔던 게 아니었다. 사실 여느 때와는 다르게 술을 꽤나 많이 마시고 또한 마신 술의 양에 비해 빠르고도 많이 취해 갈 때까지만 하더라도 봉인주는 그렇게까지 별다르게는 생각지 않았었다. 그런데 그렇게 많이 취했음에도 일어날 생각을 않는 것이어서 채근하듯 말했다. 오늘따라 왜 이래? 이렇게 자꾸 무너지는 것은 뭐고? 안 일어날 거야? 내일 출근할 사람이잖아. 출근? 해야지. 그러니까 안 일어날 거냐고? 집에 안 가? 집? 가야지. 일어나야 되고. 안 하던 술주정이라도 하듯 박시도가 그렇게 툴툴거렸다. 아니, 분명 술주정이기는 했다. 그러나 마신 술의 양이나 취한 정도 보다는 뭔지 모르게 훨씬 더 무너지는 모습이었다. 집에 가기 힘들면 근처 어디 모텔에라도 들어가서 자든가. 모텔? 호텔? 다시 들어가자고? 그것도 좋지. 세상 어디에나 아니, 우리나라는 왜 그렇게 잠자는 곳이 많으냐? 숙박시설, 그게 기본이기는 하지만 이 거대도시를 떠도는 사람들은 또한 매일 그렇게 잠자리를 찾아 떠도는 것인지도 모르지. 안 그래? 잇히히! 그가 말끝에 기묘한 웃음소리까지 덧이어 붙였다. 웬 사설? 그게 다음 달 나올 잡지에 게재할 내용이고 그에 대한 기사를 써야 되는 거야? 잠깐이나마 분위기를 바꿔볼 양으로 농담처럼 그렇게 말했다. 그러자 박시도는 흐트러지는 시선을 붙잡기라도 하듯 그 초점을 맞추려 애를 쓰면서 빤히 바라보았다. 하지만 그렇게 건너오던 시선도 잠시, 빠르게 당겨지던 시선은 다시 흔들리는가 싶더니 이내 눈가에 묘한 웃음이 흐르면서는 숫제 감춰져 버리고 말았다. 취기가 오른 데다 다소 자조적인 구석이 있음에도 저런 웃음이라니. 참 어이없게도 그 순간 반모희 언니가 했던 말이 떠올랐다. 박시도 씨는 웃을 때면 아예 눈을 다 감아버리더라고. 그러고도 보이는지

126

모르겠다고. 그렇게 떠오른 모희 언니의 말에 다시 한번 박시도를 바라보자 피식, 하고 웃음이 나왔다. 자신은 미처 거기까지는 생각지 못했었는데 모희 언니는 어쩌면 그렇게 척 보고도 콕 집어낼 수 있었던 것일까? 남의 남자를.

남의 남자? 막상 그 말을 되뇌자 그럴 만한 상황이 아니었음에도 저도 모르게 다시 한번 피식, 웃음이 나왔다. 아무튼 그때까지만 해도 사실 봉인주는 아무것도 예상하지 못한 채 그냥 편안한 마음이었고, 그랬기에 반모희 언니가 했던 그런 이야기까지 떠올릴 수가 있었을 것이다. 다만 술 취한 박시도를 데리고 그만 돌아가야 된다는 생각에 좀 걱정이었을 뿐이었다. 듣고 보니 그렇게 하면 아주 썩 괜찮은 기획물이 하나 나올 것 같군. 그대가 이 도시의 구석구석을 돌아다니며 르포 기사도 쓰고. 허허허. 오, 그래? 그거 잘 되었네. 사실 나 울 엄마 회사에 다니는 거 너무 싫은데 아주 사직서 써서 던져버리고 나와서는 박시도 씨가 일하는 '월간시사' 잡지사 들어갈까? 이거 왜 이래. 월간시사? 시사 잡지사? 그런 것들은 이미 사양 산업 중 하나야. 나도 나와야 될 판이라구. 거기서 나오든 안 나오든 이미 기울어가는 업종이니 먹고 살길 막막해지는 것이고. 아, 그건 그거고, 그나저나 이거 너무 늦은 것 같군. 그러면서 그는 폰을 꺼내 시간을 확인하더니 남은 술잔을 집어 들어 입 속에 던지듯 단숨에 털어 넣었다. 취객들의 전형적인 마지막 모습이기도 했다. 너무 취한 거 아니야? 힘들면 근처에서 자자니까.

가야 돼. 기다리는 사람이 있어. 기다리는 사람? 이렇게 늦게 누가 시도 씨네 집으로 오기로 약속이라도 한 거야? 다른 특별한 생각 없이 그저 그렇게 물었다. 그러자 그가 잠시 뜸을 들이더니 금방 일어나려는 듯 이것저것 주머니 속에 챙겨 넣었다. 다시 한번 물음을 던졌다. 그제야 뭔가 좀 이상하다는 생각이 드는 듯도 했다. 누가 오기로 약속이라도 한 거냐고? 시도 씨 집으로 말이야. 그런 얘기 없었잖아. 그러자 박시도가 틀린 문장 바로 잡아주고 또 확인시켜주듯 말했다. 내가 가서 기다려야 할 누군가가 있다는 이야기가 아니라 바로 내가 오기를 기다리는 사람이 있다는 말이야. 바로 잡아주는 이야기였지만 더욱 알 수 없는 이야기지 싶었다. 박시도 씨가 오기를 기다리는 사람이 있다, 그 말이야? 그래. 짧게 대답하더니 무엇인가를 찾는 척 두리번거리며 딴청이었다. 누군데? 혹시 내가 알면 안 되는 사람이야? 별거 아니지 싶었는데 묘하게 미궁 속으로 빠져드는 듯한 기분이었다. 그에 비하면 박시도가 툭 던지는 대답은 터무니없을 만큼 짧은 거였다.

"아버지." 그러더니 끄응, 하는 신음과 함께 벌떡 일어서다가 그만 무너질 듯 휘청, 했다. 얼른 따라 일어서서 자칫 쓰러질 것만 같은 그를 붙잡아 지탱해주며 반문했고 또한 자답했다. 역시도 미궁은 무슨 미궁이겠는가. 오히려 별거 아니라는 사실에 피식 입술 사이로 헛바람이 새 나왔다. 아버지? 아하, 큰아버님?! 지금 시간이라면 큰아버님을 찾아뵙기에는 너무 늦은 시간 아니야? 게다가 많이 취했고.

"큰 · 아 · 버 · 지가 아니라 아 · 버 · 지." 박시도가 다시 또 틀린 문장을 바로잡아 주듯 취해 어눌한 목소리였음에도 또박또박 끊어가며 말을 던지더니 무너지듯 털썩 주저앉았다. 아버지? 무슨 말이야? 큰아버님이 아니라 아버지라니. 그러자 그는 다시 뜸을 들이며 딴청이더니 종업원을 불러 술을 주문했다. 일어서다가 도로 앉아 무슨 술이냐며 만류했지만 거의 막무가내였다. 그렇게 다시 또 주문했던 것들이 날라져 오는 동안 도대체 무슨 얘기냐며 여러 번 되물었지만 박시도는 내내 딴청일 뿐 대답이 없었다. 그러다가 오가던 종업원이 완전히 물러가고 나자 새 술병을 열어 한 잔 가득 따라 마시더니 길게 토하는 날숨과 함께 입을 열었다. 분명 많이 취한 얼굴이었지만 뭔지 모를 비장함이 서린 목소리였다.

그래. 확실하게 말해주지. 잘 들어. 아까 말했던 거. 그거……. 말했던 그대로 큰아버지가 아니라 아버지야. 아·버·지. 알아? 무슨 말이야. 시도 씨 아버지 없는 거 아니었어? 그래서 큰아버님 댁에서 자라왔다고 했었잖아. 큰아버님을 아버지로 여기고서 말이야. ……그랬었지. 그랬었지, 라고? 그럼 그게 아니란 말이야? 그런 게 있어. 그런 거라니. 과거는 그랬었는데 지금은 아니란 얘기야? 아니면 이제까지의 이야기가 거짓말이었다는 거야? 그 둘 다 맞을 수도 있어. 그러더니 그는 다시 술을 따라 거푸 두 잔이나 빠르게 비워냈다. 봉인주로서는 도대체 무슨 이야기인가 싶어 벙벙한 느낌이었지만 그러면서도 그의 무엇인가에 끌리며 뒷목의 신경선이 당겨지기만 하는 것이어서 몸이며 다른 것들을 어쩌지 못한 채였다.

박시도가 숨을 길게 몰아쉬더니 다시 입을 열었다. 봉인주, 너에게 무엇을 어떻게……, 어디서부터……, 그리고 어디까지 이야기를 해야 될지 솔직히 나도 모르겠다. ……. 하지만 이야기를 안 할 수 없고……, 꽤 오래 힘들었다. 그래, 이야기하자……. 아니, 얘기하지 마. 내가 들어서 좋은 이야기가 아니라면 안 들을래. 봉인주는 얼른 그렇게 말했다. 뭔가 두려움이 엄습하는 느낌이었다. 도대체 아버지라니. 무슨 말인지 알 수도 없었을 뿐만 아니라 아버지라 해도 없던 아버지가 갑자기 어디서 나타난다는 말인가? 하지만 박시도는 그녀의 그런 말은 상관치 않았다. 어디서부터……? 그래, 아버지지. 어려서부터 난 아버지가 없는 줄로 알았어. 물론 큰아버지께서 아버지가 돈 벌러 외국에 나간 거라고 했기 때문에 그런 줄로 알았지만, 그게 아니란 걸, 그러니까 큰아버지가 어린 나를 생각해서 그런 거짓말을 했다는 사실을 깨닫게 되면서부터는 누가 어떤 사실을 이야기해 준 것도 아니건만 그냥 자연스럽게 나에겐 아버지가 없구나, 여기게 되었고 그렇게 믿었으며 거기에 대해서는 어떤 의문점이나 의심을 품지도 않았어. 내 아버지는 어떤 사람이었을까? 가끔 그런 생각이 들지 않았던 것은 아니지만 깊게 생각하지도 않았고 괜히 나도 모르게 생각이 깊어지려 하면 얼른 지워버리곤 했지. 아버지는 그냥 없는 사람이다, 그렇게만 묻어두었던 거지. 나를 낳다가 뭐가 잘못되는 바람에 죽었다는 엄마와는 다른 거지. 나를 낳느라 죽었다는 엄마는 생각할수록 가슴 아프고 그랬음에도 어떤 원망마저 들었지만 죽음으로써 확실한, 그러니까 다시 말하면 엄마는 죽은 사람이고, 아버지는 그냥 없는 사람인 셈이었던 거지. ……. 그래, 그거였어. 봉인주 너에게 그전부터 사실대로 얘기해야지 하면서도 못했던 것 중 하나, 숨긴다고 숨겨지지도 않을 것이고 말하지 않아도 언젠가는 알게 되고야 말 그것……. 봉인주, 너는 아직도 내가 매번 큰아버지라고 부르곤 하니까 그 이름이나 성을 확인해보지도 않은 채, 물론 그걸 자연스럽게 확인하게 될 기회도 없었지만, 그냥 그런가보다 여겨왔겠지. 일상생활에서 그런 걸 의심해볼 만한 까닭도 없었을 테니까. 하지만 큰아버지와 나는 성이 달라. 다른 성씨를 가졌단 말이야…….

뭐, 뭐야? 무슨 이야기를 하는 거야? 지금 이 남자가 무슨 이야기를 하는 것인지 도무지 감이 잡히지 않았다. 뭔가 이런 것인가 보다 싶다가도 모래 상자에 그려지던 그림이 상자 채 쌀쌀 흔들리며 마구 휘저어지는 것이었다. 그러면서도 머릿속이 하얘지는 기분이면서 가는 전선에 몸이 감긴 채 전류가 흐르는 듯 저릿저릿 떨려왔다. 그러나 박시도는 몹시 취했던 조금 전과는 달리 오히려 태연해진 모습으로 말했다. 그냥 듣고만 있어. ……. 나도 아주 어려서부터 큰아버지 집에서 길러져 자라면서 큰아버지, 큰엄마라고 불러왔기에 그냥 큰아버지 큰엄마로 알고 지냈지. 그런데 초등학교 들어가면서야 알게 됐어. 진짜 큰아버지면 성씨가 같아야 한다는 것을. 큰아버지와 성이 같은 사촌 누나와 사촌 형과도 성씨가 같아야 한다는 것을. 그러니까 큰아버지네 식구와는 같은 집에서 그냥 한 가족으로 살기는 하지만 일 점도 혈육 관계로는 얽혀진 게 없다는 얘기야. 같은 집에서 살았던 다섯 명의 가족 중 큰엄마는 당연히 다른 거니까 제외시키고서 따지면 나만 성씨가 다르다는 것이야 처음부터 알고 있었지만 그래도 삼촌이니, 사촌이니, 오촌이니 하는 가까운 친척은 된다고 여겼고, 그러기에 나를 키워주는 것이라고, 그러기에 내가 그나마 그렇게라도 그 집에서 살 수 있었을 거라고 생각했는데 그게 아니었던 거야. 사촌, 오촌, 팔촌, 십이촌은커녕 핏방울 한 점 스쳐가지도 않은 아주 생판 남이었던 거지.

어, 어떻게 그럴 수가……. 박시도의 그런 이야기에 봉인주는 분명 그렇게 말을 했는데도 정작의 말소리는 채 만들어지지도 못한 채 목구멍 안으로 말려 들어가기만 했을 뿐 밖으로는 한 음절도 새어나오지 않았다. 눈앞이 어지러웠고 아무것도 제대로 잡혀오지 않았다. 바로 앞 박시도의 모습이 문득 아득해 보이기도 했고, 이 사람이 정말 내가 아는 남자 박시도가 맞나 싶기도 했다. 불과 몇 시간 전에도 알몸으로 한 침대서 뒹굴었고, 또한 수시로 만나 섹스를 나누곤 했던 그 남자가 아니라 전혀 다른 남자가 같기도 했다. 도무지 갈피를 잡을 수가 없었다. 마치 혼란스런 낮꿈을 한바탕 꾸는 것 같은, 그러면서도 손가락 사이로 흐르는 모래알처럼 몸속에서 무엇인가가 빠져나가는 느낌이었다. 그런가 하면 원심력과 구심력이 맞서는 지점에서 그저 어지러운 회전만을 거듭할 뿐이었다.

박시도는 무너지기는커녕 어느 순간부터인가는 전혀 흐트러짐 없는 자세를 유지했다. 도대체 무엇이, 어떤 분노가, 또는 어떤 절망이 그의 몸을 곧추세우게 했는가? 그래, 그거였어. 생판 남이었던 거. 큰아버지네 가족들에게 있어 나는 생판 남이었던 거였지. 그럼에도 큰아버지 집에서 사는 내내, 거기서 그렇게 성장해가는 내내 나는 아무것도 묻지 못했어.

왠지 물어서는 안 될 것 같았고 내 아버지는 이미 세상에 없는 사람쯤으로 여겨졌으니까. 비록 내가 아주 어렸을 때는 아버지가 외국에 돈 벌러 갔다고 했지만 어느 때부터인가는 그게 거짓말이라는 것을 알게 되었고 그러면서 자연스럽게 아버지는 존재하지 않는 사람이 된 거지. 그리고 간혹 이런 생각도 해봤어. 내 어머니가 정말 누군지도 모르는 남자한테 겁탈 같은 걸 당해 임신을 했거나, 누군지 밝힐 수 없는 남자의 아이를 임신했던 게 아닐까 하고. 나를 낳으면서 죽었다는 사실이 그런 추정에 일말의 연관성을 부여하는 것 같기도 하잖아?! 심지어는 이런 생각도 해봤어. 큰아버지가 다른 여자와의 관계에서 나를 낳아놓고 큰엄마한테 사실대로 말할 수 없어서 나를 데려와 놓고는 다른 사람의 자식인 것처럼 하지 않았나 하고. 그렇다면 나는 큰아버지와 친자 관계가 되는 것이고, 그런 것이라면 오히려 좋겠다고 생각했지. 아니, 그거야말로 터무니없는 것이기도 하지만 오히려 그러기를 간절히 바랐던 것도 사실이야. 그러나 그 어느 것도 아니었어. 간절한 만큼 그 어느 것도 연결되는 게 없었어. 그럼에도, 그처럼 전혀 연결되는 게 없는 완전한 남남이었음에도 내가 큰아버지한테로 가게 된 단 하나의 이유가 있다는 걸 알게 되었지. 그것도 다 성장한 다음에야 알게 됐어. 그것은……, 내가 다름 아닌 큰아버지와 같은 보컬그룹 멤버 중 하나의 자식이었다는 것이지. 그래, 그거였어. 내 아버지는 그 보컬그룹에서 멤버 중 나이가 가장 적었고, 그래서 큰아버지 한유성 씨를 형님이라고 불렀다는 거였어. 아마도 내가 나중에 그 한유성 씨를 큰아버지라 부르게 된 것은, 그러니까 다시 말해 말을 배우고 말문을 트게 될 때부터 당신을 큰아버지라 부르도록 가르쳤던 것도 그와 같은 이유 때문이 아니었을까? 아무튼 그 보컬그룹은 명칭이 '검은 나비'로 지금도 나이 좀 든 사람들은 꽤 많이 기억하고 있고 노래 몇 곡은 아직도 더러더러 불리어지고 있어. 그래도 웬만큼 알려진 그룹이었고 그 무렵 한창 인기 상승 중이었다고……. 그런데 한창 그럴 때 그만 사고가 터진 거지. 그것도 엄청난 사고였고, 내 아버지로 인해 일어난 사고였던 거고. 아니, '인해'라는 말은 틀린 말이고 내 아버지가 일으킨 사고였다고 해야 맞는 말이 되겠지. 그 사고가 터지면서 태어난 지 몇 달 되지도 않아 갈 곳이 없어진 나를 지금 내가 큰아버지라고 부르는 한유성 씨가 데려다 기른 거야. 그 사고라는 것이…….

봉인주는 아무런 말도 못했다. 뭔가 혼란스럽고 갈피를 잡을 수 없었던 것도 이제는 뭔지 모를 멍한 느낌만 가득한 채 그저 먼 풍경을 대하는 것 같기만 했다. 어째서 고해성사라도 하듯 하는 이 남자가 한 발 아니, 한 발을 더하고 두 발을 더해 저만큼 물러나 있는 듯이 보이는 것일까? 그리고 하얀 눈밭이 아니라 하얀 소금밭을 밟고 있는 듯한 기분이었다. 발밑에서 부서지는 소금 알갱이들은 각각 가지고 있던 바다에 대한 꼭 그 알갱이만큼의 작은 기억들도 마저 부서뜨리는 것은 아닐까?

그가 토하듯 다시 이야기하기 시작했다. 그 사고라는 것이……. 사실 나는 얼마 전까지도 내 아버지가 살아 있다는 걸 몰랐어. 어쩌면 그래서 너에게 아무 이야기도 못했을 거야. 내게 아버지는 존재하지 않는 사람이었거든. 솔직하게 말하자면 이전에도 이후에도 존재하지 않았던 아버지를, 존재했었다 하더라도 이미 죽은 아버지를 굳이 이야기하고 싶지는 않았어. 그래, 그거지. 지금 이 자리에서 아무래도 이런 이야기를 먼저 해야 될 거 같아서 먼저 하는 거야. 변명 같지만…. 갈게 늘어놓을 필요도 없이 사실만 간략하게 얘기하면 되는 것이지 순서고 뭐고가 어디 있겠냐. 그러니까 그 사고라는 것은 신파극 같으면서도, 그런 요소를 다분히 갖고 있지만 단순한 관객이 아니라 직접 관계된 입장에서는 듣는 것만으로도 너무 충격적인 것이지. 내 입으로 이야기하기도 겁나고 또한 고통스러운……. 그래, 사실만 간단히 얘기한다면서도 또 쓸데없는 사설이

들어갔군. 빌어먹을, ……. 내 아버지는 '검은 나비'의 드러머였어. 그런데 이 드러머의 열혈 팬이 있었어. 바로 내 어머니 되는 여자……. 어머니는 '검은 나비'의 광팬이었고 그중에서도 드러머인 남자한테 빠져서 '검은 나비'가 공연하는 곳이라면 어디든 빠뜨리지 않고 다 찾아다녔지. 그런데 그게 한 때의 일시적인 감정으로 그친 게 아니라 드러머랑 직접적으로 만나기도 하고 그러다 보니 두 사람이 완전히 사랑에 빠진 거야. 거기까지라면 문제될 게 없었겠지. 드러머와 열혈 팬의 사랑. 어쩌면 낭만적이기까지 하지 않나? 하지만 비극의 잉태는 서로 다른 사회적 신분과 일부 구세대의 고집스런 봉건적인 인식에서 비롯됐지. 아니, 뭐 그런 번드르르한 말로 포장할 필요 없이 열성 팬이었던 어머니 집안이 전통적인 유교 집안인데다가 대대로 그 지역의 세력가로 자처하는 지방의 유지 집안으로 그들 눈에 비친 한낱 광대이며 시쳇말로 딴따라인 남자는 절대 받아들일 수가 없었던 거지. 그런 집안의 어른들을 설득시켜 둘의 결혼을 허락받고 사랑을 이룬다고? 애초부터 가당치도 않은 꿈이었지. 그럼에도 두 사람은 묘안을 짜냈어. 생각해 보면 허술하기 짝이 없는 것이었는데도 두 사람에게는 그 이상의 묘안이 없었던 거지. 그 묘안은 바로 임신을 하는 거였어. 대중적으로 널리 알려진 보컬그룹 멤버로 활동하는 남자이기 때문에 둘만이 어디로 숨어 들어가 살 수도 없는 입장이었고, 최선의 선택이라 여긴 임신은 말하자면 그렇게 되면 어쩔 수 없어서라도 허락해 주지 않겠냐는 순진한 생각이었던 거지. 두 사람은 자신들의 계획대로 감행했어. 임신을 하게 된 것이지. 그렇게 잉태된 아이가 바로 나였고……. 이건 내 추측이지만 임신을 해서 낳게 되기까지가 더 힘들었을 거야. 낳기 전까지는 절대 눈치채지 못하게 해야 되었을 테니까. 만약 그랬다면 나는 세상에 나오지 못했을 테지. 아무튼 둘은 용케 아이를 낳고 그 아이를 무기로 허락받을 일만 남았어. 하지만 이게 웬일?! 그들의 예상은 완전히 빗나가고 말았지. 아이 때문에 오히려 더 노발대발 난리가 난 거야. 게다가 그게 그 무렵 한창 주가를 높여가던 보컬그룹의 일이다 보니 각 언론매체의 선정보도 먹잇감이 돼 연일 시끄럽게 됐지. 그런데 그렇게 됐으면 어떻게든 덮고 감추고 끌어안고 하는 식으로 넘어가도록 했어야 했는데 오히려 그 반대였지. 가뜩이나 먹잇감을 찾느라 눈이 벌게진 연예계 기자들을 상대로 언론 플레이를 한 거야. 드러머 한 사람만 어떻게 한 게 아니라 멤버들 모두를 몹쓸 사람들이고 위선자들로 만들어 사회적으로 아주 매장시켜버리고 그 어떤 활동도 못하게 만들어버리려 든 거야. 여기서 드러머는 그만 눈이 뒤집혀버렸지. 자기 혼자만 당하는 것이 아니라 자기로 인해 다른 멤버들까지 당하는 것은 참고 견딜 수가 없었지. 한 번 생각해 봐. 요즘도 종종 일어나는 일이지만, 소위 잘 나가는 연예인들이 근거도 없는 악플이 뭐라고 왜 그런 것들에 시달리다가 끝내는 극단적인 선택을 하고 그러겠어. 그런 거였겠지. 물론 그 순간의 선택이 큰 잘못이었지만 드러머는 그만 엄청나게 잘못된, 돌이킬 수 없는 선택을 하고야 말았어. 제정신으로는 안 되겠어서 그랬겠지만 마약까지 한 상태에서 흉기를 들고 뛰어들어 그 상대의 일족을 순식간에 살해해버린 거지. ……. 그리고 그 드러머를 사랑하고 아이까지 낳았던 여자, 그러니까 내 어머니는……, 나를 낳다가, 혹은 나를 낳아놓고서 잘못되는 바람에 죽은 게 아니라 그 충격으로 자살을 한 것이고……. 자살로 한창 나이에 그 짧은 생을 마감한 드러머의 여자. 그리고 세상에 남겨진 아이 하나…….

계속 술을 마시면서도 전혀 흐트러지지 않는 모습으로 이야기하던 박시도는 그렇게 마지막 말을 토해내더니 알아들을 수 없는 묘한 신음과 함께 순식간에 무너져버렸다. 봉인주는 그 모습을 그저 멍하니 내려다보기만 했다. 어떻게도 할 수가 없었다. 내내 잘 버티다가 순식간에 무너져버

린 그 박시도의 뭔지 모를 허술한 몸피 위로 파리한 전등 불빛만 한가득
쏟아져 내렸다.

김재찬 ─────────────────────────────

충남 공주 출생. 1987년 문학정신 장편 공모 『비어 있는 오후』 당선. 1994년
한국일보 신춘문예 단편소설 「사막의 꿈」 당선. 심훈문학상(1997년-중편 「폭
풍주의보」), 당산문학상(2000년-단편 「돌아오는 길」), 한국문화예술위 우수작
(2008년-단편 「옆집 여자가 죽었다」). 저서 『비어 있는 오후』, 『낯선 거리를편식
한다』, 『남자는 어떻게 사랑을 하는가』, 『마침내 다 이루었다』 외 다수.

인간의 그물 | 김홍신

궁궐에서 어명을 전하는 벼슬아치가 대전별감大殿別監을 대동하고 우리 집으로 들이닥쳤다. 길을 안내하려고 따라온 건넛마을 김 진사는 죄지은 사람처럼 조아리고 있었다. 내게 상감의 어진을 그리라는 어명을 전하러 왔다고 했다. 그림 그리는 솜씨는 스승에게 종종 칭찬을 들었으나 감히 상감마마의 용안을 그리라는 어명을 받을 줄은 꿈에도 생각해본 적이 없었다.

"어명이 지엄하오나 소생은 강산이나 겨우 그리고 죄짓고 도망 다니는 죄인이나 더러 지체 낮은 자나 죽을 날 받은 늙은이 얼굴 그려주고 입에 거미줄이나 걷어내는 무지렁이입니다. 제가 어찌 감당키나 하겠습니까. 존엄하신 상감마마께 대역죄가 될 터이니 부디 도화서圖畫署의 화원이나 장안의 출중한 화가를 선별해 주소서."

나는 무릎 꿇은 채 떨리는 목소리로 애원했다. 벼슬아치는 어이가 없는지 잠시 뜸을 들였다.

"감히 어명을 거역하겠다는 말이냐?"

벼슬아치의 목청은 저승사자 같았다. 보고 들은 적은 없지만 저승사자의 목청이 꼭 저렇지 싶었다.

"제발 불쌍한 이놈을 살려주소서."

벼슬아치의 눈빛에 살기가 서렸다.

"어명을 거역하고 살아남은 자가 있는 줄 아는가?"

여전히 저승사자 같은 목청이었다. 벼슬 머리가 높은 자들은 목청이 다 그런 것인지 모르겠다. 벼슬아치의 헛기침에도 나는 움찔했다. 등줄기가 뜨거워지고 콧물도 흘렀다. 목이 말랐다. 오금이 저려 움직일 수가 없었다. 어진을 제대로 완결하지 못하면 불경죄가 된다고 하지 않던가. 귀신에게 홀리면 이렇다더니 꼭 지금 내가 귀신에게 홀린 것만 같았다. 바람결의 소문을 떠올렸다. 존귀한 상감마마의 어진을 제대로 그리지 못하면 하나밖에 없는 목숨을 바쳐야 한다고 했다. 그럴 만도 하리라. 존엄한 상감의 용안을 행여라도 다르게 그리면 어찌 대역죄가 아닐 수 있겠는가. 그러나 나 같은 상것이요 환쟁이가 감히 상감마마의 용안을 볼 재간이 없는데 무슨 재주로 어진을 그릴 수 있겠는가. 생각만 해도 가슴에 불이 솟고 앉은 자리가 푹 꺼지는 느낌이었다. 대대로 그림 그려서 먹고 살았지만 이런 곤경에 처하니 자다가 벼락을 맞은 것만 같았다.

"어명을 받들겠느냐? 받들겠냐고 물었다."

감히 올려다볼 수 없지만 목청만으로도 벼슬머리가 산마루 같을 거라고 생각했다.

"……."

나는 차마 받들겠다는 말은 못 하고 이마가 땅에 닿도록 고개를 숙이고 있었다.

"어명을 받든다고 성상께 아뢰겠노라."

어명을 받들겠다고 말한 적이 없거늘 벼슬아치는 내 의사와 상관없이 말했다. 가슴이 미어지고 온몸이 땀으로 젖었다.

"대감마님, 제발 목숨만 살려주십시오. 부모는 여의었으나 처자식이 있고 제 솜씨는 비천하기 짝이 없습니다."

"잠시 마음 추스를 짬을 주겠노라."

내 머릿속은 대번에 옛날로 돌아갔다. 젊은 시절, 기궁한 이놈의 신세를 바꿀 수 있을지 기대하고 스승 밑에서 함께 그림 배우던 환쟁이들 여럿이 도화서에 응모한 적이 있었다. 궁궐에는 도화서가 있고 궁중의 여러 가지 그림을 그리는 화원들이 있다. 화원 중에 상감마마의 어진을 그리는 어진화사가 있다는 걸 주변머리 없는 가난뱅이 환쟁이들도 알고 있었다.

어진화사는 당대 최고 수준의 명화가를 칭했다. 어진화사는 화가라 부르지 않고 스승 사師자를 붙여 화사畵師라고 부를 정도로 부러움과 존경의 대상이었다. 소문대로라면 어진화사는 화필을 휘둘렀다 하면 산천이 울고 초목이 부르르 떨고 구름이 춤을 추고 꽃향기가 그윽하고 강물이 휘휘 돌고 뭇짐승들이 자지러진다고 했다. 더러는 어진을 그릴 화가를 도화서가 아닌 밖에서 선발하기도 했는데 마침 그때 내가 응시했던 것이다. 응시하는 것만도 자랑거리여서 너도나도 몰려가 응시했고 스승의 제자 중 한 명이 화원으로 선발되었다. 화원이 되면 군역도 면하고 양식이며 의복 걱정은 하지 않아도 되니 누구라도 욕심을 낼 만했다.

"젊어서 도화서에 응시한 적이 있잖은가?"

김 진사와 귀엣말을 주고받던 대감이 물었다.

"스승께 허락을 받고 여럿이 같이 응시한 적이 있습니다."

"그때 선왕先王 전하의 용안을 상상하여 그리라 하였다고 들었다."

"그랬습니다."

저세상으로 떠난 선대의 임금님을 상상하여 그리라고 했으니 누군들 오금이 저리지 않았겠는가. 그래도 앉은 자리에서 상상만으로, 본 적도 없고 들은 적도 없는 선왕의 용안을 그렸다. 설마 그런 시험인 줄 짐작한 사람은 없었으리라.

"궁궐에 불이 났다는 소문은 들었는가?"

대감의 목소리가 수긋했다.

"장마당에서 지나가는 소리로 들었습니다."

장마당에는 장사치의 말품만 어지러운 게 아니다. 산지사방에서 온 사람들의 입은 물 가둔 논배미의 개구리처럼 재잘거리기 마련인데, 어찌 궁궐 얘기에 입이 근질거리지 않겠는가.

"궐에서는 세월이 지난 어진은 색이 바래기에 도화서에 명하여 모사본을 그려 보존한다. 그런데 기이하게도 자네가 예전에 그린 선왕 전하의 용안만 불에 그을리지 않았다. 상감께서 기이하게 여겨 술사術士에게 방책을 물으니 액을 면하려면 선왕 전하의 용안을 그린 자에게 상감의 어진을 그리라고 하였다. 가뭄이 들고 역병도 돌고 하니 상감께서 어찌 하늘만 바라보시겠나."

"그땐 제가 어려서… 오직 화원이 되어 지긋지긋한 가난을 면하고 싶어, 무슨 정신으로 그렸는지…."

"마음 다지고 그때로 돌아가 어진을 완결하면 성상께서 긍휼히 여겨 공명첩을 내리고 양반으로 삼지 않겠느냐. 어찌 참봉이며 첨지인들 아니 되겠는가. 전에 도화서 화원이었던 단원 김홍도金弘道는 어진을 완결한 공덕으로 연풍현감을 지냈다. 도화서 출신 중에 고을 수령까지 하였으니 가문의 광명이 아니겠는가. 자네가 곤궁한 걸 김 진사에게 들어 알기에 상감께 자네가 어진을 완결하는 게 좋겠다고 아뢰었다. 그러니 어명을 받들어라."

"천하디천한 제가 어찌 감히 존엄한 용안을 뵐 수 있으며, 혹여 상감마마를 우러러뵈오면 온몸이 사시나무처럼 떨 터인데 무슨 재주로 붓을 들며 어찌 심장이 멎지 않고 배기겠습니까. 부디 어명을 거두어주시기를 간청합니다."

대감은 땀범벅이 되어 몸을 부들부들 떠는 내 모습을 내려다보더니 하늘을 한번 올려다보고 말했다.

"미리 말하거니와 성상의 용안은 뵐 수가 없다. 다만 멀리서 용상을 향해 절을 올리되 고개를 들거나 소리를 내선 아니 된다. 그것도 딱 한 번 잠시 잠깐이니 그리 알라."

용안은 물론이요, 어진조차 바로 볼 수 없다는 걸 아는 터여서 입을 닫았다.

"성상께 간곡히 은덕을 베풀어 달라고 아뢰고 궐의 술사에게 손 없는 날을 받아 용상을 친견토록 하겠노라."

나는 숨을 멈추고 입을 열지 못한 채 여전히 떨기만 했다.

"어떠한 경우에도 올려다보아서는 아니 되고, 무릎을 펴거나 허리를 펴서도 아니 된다. 고개 들어 큰절을 올려도 아니 된다. 알았는가?"

고개를 젓고 싶었지만 온몸이 얼어붙어 조아리기만 했다.

"궐에서 기별하면 아흐레 동안 매일 정갈하게 씻고 상투를 단정히 하며 내외간에 반드시 각방을 써야 한다. 상감마마 계신 용상을 우러러 뵈었다는 것을, 어진을 성상께 바치는 날까지 말해서는 아니 되고 궐에서 가끔 곡식과 비단이 내려오면 엎드려 공손히 받고 궐을 향해 삼배를 올리거라. 어진의 진척을 김 진사 편에 상세히 알려야 한다. 달리 원하는 게 있으면 김 진사에게 말해라. 알릴 게 있으면 김 진사 편에 전할 테니 매사 어김없도록 하라."

대감은 내가 어진을 그리겠다고 약조한 듯이 이것저것 단속했다.

"이것은 성상께서 하사한 비단이니 어진을 그리는 동안 단정한 차림으로, 용상 앞인 듯이 몸과 마음을 가다듬고 어김없이 정진하도록 하라."

대감을 수행한 별감이 보따리를 내 앞으로 내려놓았다.

"제 우매하고 좀스런 귀로 어디선가 얻어듣기로 상감마마의 어진을 잘못 그리면 대역죄가 되고 식솔도 태형에 처해지며 짐승 취급을 당한다고 들었습니다. 어찌 두렵지 않겠습니까."

"누가 그러던가?"

대감은 언성을 높였다.

"스승이 지나가는 말로 상감마마께서 어진을 보고 웃으시면 그린 자에게 기이한 상을 내리시지만 용안을 저으시면 어사가 득달같이 달려와 목을 칠 수도 있고 식솔도 태형에 처할 수도 있다고 했습니다."

"그만큼 어명이 지엄하다는 가르침이겠지. 어명이 아무리 지엄하기로 잘못 그렸다 하여 대역죄로 치죄하고 식솔까지 태형에 처한다는 게 말이 되겠는가. 더러 혼군昏君이 양에 차지 않아 어진화사를 궐에서 내친 적이 있다고 들었다만, 궐에는 솜씨 좋은 화원들이 여럿이니 어찌 미리 품평을 하지 않겠나. 성상을 가까이에서 모신 대소신료들도 품평을 거들 것이니 두려워하지 말라."

"저의 스승께서 오래전에 어진을 그렸다고 했습니다. 도화서에서 어진화사로 계시다가 무슨 일인가 생겨서 물러났다고 합니다. 스승은 아직도 정정하시고 어진을 그리고 싶어 하십니다. 저는 말씀 들은 것만으로도 벌써 손발이 잘린 듯하고 심장이 고동쳐서 도저히 붓을 잡을 수 없습니다. 그러니 제 스승께 어진을 완결하라 명하시는 게 순리인 듯합니다."

"그자는 불손한 짓을 하여 궐에서 내쳐졌으니 어찌 어진을 맡길 수가 있겠는가. 어진화사가 아니었으면 엄히 다스렸을 터였네."

"제가 듣기로는 시샘하는 무리가 있어 모함을 받았다고 했습니다. 진위는 알 수 없지만 도화서에 계실 때보다 화필이 더욱 출중하여 절정에 이르렀습니다."

"내 어찌 소문을 듣지 못했겠는가. 도화서에서 어진화사가 되었으니 질시가 있었을 수도 있다. 누군들 그 자리를 탐내게 마련이니까. 벼슬은 앉은 자리에 풀이 나지 않을 만큼 정갈하고 충직해야 한다고 하지 않았는가. 잘못이 없다면 좋은 날이 오겠지."

"대감마님, 조선팔도에는 화필을 휘두르면 산천초목이 자지러진다는 솜씨 좋은 환쟁이가 수도 없이 많다고 들었습니다. 청나라와 왜국에서도 조선 화풍이 천하제일이라고 한다는데, 두루 살피시어 상감마마께서 치하할만한 솜씨를 가진 자를 선별하시기를 간곡하게 청합니다."

대감은 웃었다. 두 손을 들어 내 말을 막는 시늉을 했다.

"어명은 하늘의 뜻과 같다고 하지 않나. 더구나 자네를 갸륵하게 여겨 어진을 맡겼으니 이런 광영이 달리 있겠는가. 어명을 거역하면 살아남지 못하리라!"

목청에서 쇳소리가 났다.

"아이고, 대감마님…."

김 진사가 내 팔을 잡고 대감에게 조아리며 말했다.

"어찌 감히 어명을 거역하겠습니까."

나는 호랑이 한 마리가 아가리를 벌리고 달려드는 느낌을 받았다. 대감은 내 어깨를 손찌검하듯 두들겼다. 나는 고개를 들어 대감을 올려다 보았지만 입이 열리지 않았다.

"어명을 받들었으니 북향재배하라."

내가 재배하는 사이에 대감은 떠났지만 상감께서 보낸 보따리 앞에 엎드려 일어서지 못했다. 마누라와 자식들도 가까이 다가오지 않았다. 보자기 속에는 비단만 들어있는 게 아니라 내 목숨과 우리 집안의 운명이 함께 들어있다는 걸 짐작했기 때문이리라.

한참 만에 겨우 일어섰다. 마누라와 큰아들이 나를 부축해서 안방으로 들어갔다. 마누라가 물 한 사발을 내밀었다. 큰아들은 이부자리를 폈다. 한 사발을 다 마시자 마누라가 마른 수건으로 내 얼굴과 목과 등을 닦았다. 내가 앞가슴을 가리켰다. 수건이 젖을 만큼 땀을 흘렸다.

"얼른 가서 의원을 모셔 와라. 안 계시면 재 너머 침쟁이라도….”

마누라가 마음이 급했는지 작은아들을 재촉했다.

"아서라. 조금 있으면 정신을 차리겠지. 소문나면 필경 탈이 나는 법이다. 매사 신중해야 한다. 이제부터는… 먹이나 진하게 갈아라. 굵은 붓을 찾아 물을 먹여라.”

마른 붓에 물을 먹이는 건 진한 먹물을 흠뻑 스며들게 할 요량이었다.

"느닷없이 붓을 찾고 먹을 갈라니요. 아직도 제정신이 아닌가 봐요.”

마누라가 걱정스런 눈빛으로 울먹였다. 나는 아직도 땀 찬 손을 가슴에 대고 말했다.

"잔말 말고 얼른 먹을 진하게 갈아라. 옥판선지玉板宣紙를 꺼내 펼쳐 놔.”

화선지보다 여러 곱이나 비싸고 구하기 어려우며 좋은 비단만큼이나 여염麗艶하다는, 조상님의 지방紙榜만큼이나 애지중지하는 옥판선지를 펴 놓으라고 하니 아내와 큰아들이 얼른 대답하지 못하였다. 지금 이런 몸으로 어찌 붓을 들며 옥판선지에 붓질을 하겠다는 건지 이해하기 어려웠으리라.

"정신이 맑아지신 뒤에 붓을 들으셔야지 지금은 안 됩니다. 필요하시면 제가 있잖습니까.”

마누라가 큰아들을 슬쩍 건들자 아들 입에서 이런 말이 나왔다. 큰아들에게 그림을 가르쳤으니 지금 내 몸 상태로는 붓을 잡으면 안 된다는 걸 잘 아는 터수였다.

"시키는 대로 하라고 했다. 어서!"

목청에 날이 섰다. 대감 앞에서 부들부들 떨면서 기어들던 목소리가 정녕 아니었다. 겁에 질린 내 처량하고 못난 모습이 부끄러워 어찌하든 몸도 추스르고, 마음도 세우고 싶었다. 큰아들이 먹을 갈고 마누라가 된장 푼 물에 감초를 한 주먹 넣어 끓이는 동안 나는 상투와 목을 두 손으로 만져보았다. 대역죄인의 목을 칠 때는 상투를 밧줄에 매어 기둥에 묶어 목이 잘 보이게 해야 망나니가 단칼에 목을 벨 수 있다고 들었다. 임금님의 용안을 딱 한 번밖에 볼 수 없으며, 얼굴을 바로 들고 용안을 보아선 안 된다는데 무슨 재주로 어진을 그릴 수 있단 말인가. 석 달 열흘간 상세하게 용안을 이리저리 살피고 밑그림을 백여 장이나 그려본다 해도 가슴이 떨려 제대로 그릴 재간이 없을 터인데….

"진하게 먹물을 내었습니다."

큰아들이 조심스럽게 말했다. 나는 누운 자리에서 일어나 두 손으로 눈두덩이를 가볍게 두들겼다. 눈이 맑아야 한다. 눈보다 머리가 맑아야 하고 머리보다 마음이 맑아야 한다. 어진을 그리려면 적어도 벼루를 세 개쯤 곁에 두고 진한 먹물, 연한 먹물, 두 먹물을 섞은 먹물을 마련해야만 한다. 먹을 갈다가 붓질을 하면 손이 떨릴 수 있기에 어진을 완결한 때까지 큰아들에게 먹을 갈거나 잔일을 시킬 생각이었다. 검은 수염은 그리기 쉬워도 흰 수염이나 흰 머리를 그리려면 먹물을 썩 잘 다루어야만 한다.

"연한 먹물도 낼까요?"

아들이 이렇게 거들었지만 나는 말없이 굵은 붓대를 잡았다. 물을 얼마나 먹었는지 알아보려고 왼손으로 붓털을 만져보았다. 먹 내음이 코끝을 간지럽혔다. 펼쳐진 옥판선지 앞에 무릎을 꿇었다. 굵은 붓을 들어 벼루

위에 얹었다. 아직도 진정되지 않은 몸, 가라앉지 않은 마음을 가누기 위해 먹을 찍어 내 이 마에 먼저 한 점을 찍었다. 먹 내음이 콧속을 휘저었다. 먹 내음은 늘 달콤했다. 마누라는 먹 내음을 싫어했고 큰아이 가졌을 때는 그 냄새에 구역질까지 했다. 또 먹물 한 점을 코끝에 찍었다. 향기가 물씬 풍겼다. 머리가 맑아지는 느낌이었다. 먹물 앞에서 나는 긴장이 풀리고 마음이 평온해지기에 다시 먹물 한 점을 왼손 등에 찍었다. 마누라는 시집와서 먹물 냄새에 진저리를 쳤지만 첫아이 낳은 뒤로는 그냥저냥 견디는 모양이었다.

굵은 붓으로 진한 먹물을 듬뿍 찍었다. 정월 초하루에 악귀를 쫓기 위해 대문에 붙이는 신장神將을 그릴 때도 진한 먹물을 먹이기 마련인데, 지금은 문비門裨 그릴 때보다 더 진한 먹물을 내었다.

"다들 나가 있어라."

굵은 붓을 든 채 말했다. 마누라도 아이들도 선뜻 나가려고 하지 않았다. 내가 평소 안 하던 행동을 하기에 혹시라도 무슨 사달이 날까 걱정하는 눈치였다.

"나가라고 했다."

아까 내게 근엄하게 명령하던 대감의 목소리를 흉내 내고 있었다. 마누라와 아이들이 나가자 나는 들창을 열었다. 햇살은 들지 않았지만 맑은 공기가 먹물 냄새를 방안을 가득 채우고 맴돌기 시작했다. 붓으로 먹물을 한 번 더 찍었다. 그리고 옥판선지 위에 힘주어 붓을 찍었다. 무슨 그림을 그릴지 무슨 글씨를 쓸지 생각하지 않은 채 그냥 붓을 찍었다.

눈을 감았다. 마음이 명하는 대로 썼는지 눈을 뜨고 내가 쓴 붓 자국을 보았다. 목숨 명命자가 선명했다. 먹물을 다시 먹였다. 다시 눈을 감았다. 다시 붓을 옥판선지에 찍었다. 눈을 떴다. 마음 심心자가 또렷하게 거기 누워있다. 아니 '마음 심'자가 곧추서서 나를 노려보고 있다. 옥판선지를 찢고 싶었지만 그럴 수가 없었다. 목숨 '명' 자가 자꾸 곧추서서 내 몸을 벽 쪽으로 밀어댔다. 먹물이 마를 때까지 무릎을 꿇은 채 눈을 감았다.

근년에 돌아가신 아버지와 한참 전에 돌아가신 할아버지 얼굴이 떠올랐다. 증조할아버지는 기억에 없지만 그 할아버지 때부터 우리 집안은 환쟁이로 명을 이었다고 했다. 기궁하게 살았지만 집 안에 작은 사랑채가 있었다. 그곳은 그림의 바탕이 되는 비단이나 옥판선지와 화선지가 습기를 먹지 않고 벼루와 붓이 바람에 잘 마르며 먹이 갈라지지 않게 하려고 안채보다 실하게 지었다고 했다.

사랑채 동쪽 벽엔 필가筆架가 고정되어 있고 서쪽 벽엔 화선지, 비단, 옥판선지를 넣어두는 고비가 있다. 방에는 필통이며 벼루, 연적, 서진書鎭, 먹 얹어두는 묵침黙枕 등을 놓고 그림을 그리는 연상硯床이 반듯하게 놓여있다. 필가와 필통에는 대필大筆부터 자모필子母筆, 간필簡筆, 초필草筆, 작두필雀頭筆을 비롯하여 가는 수염을 그리는 면상필面相筆까지 마련되어 있다.

옥판선지를 들고 방문을 열고 나서자 마누라가 찰랑거리는 술잔을 쟁반에 받쳐 들고 낯설게 웃어 보였다.

"그게 무언가?"

"산삼주요."

"아이고…."

평소에 내가 산삼주를 마시지 않는 걸 마누라가 잘 알고 있었다. 제사 지낼 때 조상님께 올리고 가족이 둘러앉아 입술 적시는 정도로 음복하는 귀한 것이었다. 아버지가 어느 벼슬아치와 가족들의 초상화를 그려주고 운 좋게 받은 산삼 두 뿌리로 담근 술로 제사 때 조상께 올리라고 당부한 술이었다. 그런 귀한 산삼주를 마누라가 겁도 없이 술잔 가득 채워 들고 왔으니 기가 막혔다.

"벼락 맞을 짓이네. 얼른 도로 채워 넣고….”

넋이 반쯤 나간 내 목소리는 차분했다. 성낼 일은 정녕 아니지 싶었다. 정신 혼미해진 남편이 조상 제사상보다 더 다급해 보이는 걸 내 어찌 모르겠는가.

"제발 한 모금이라도 마셔요. 제발요. 산 사람은 살고 봐야죠. 정신이 바로 서야 지엄하신 임금님의 어진을 그릴 수 있잖아요. 안 그러냐 들?”

말머리는 나를 향했지만 말꼬리는 자식들에게 향했다.

"아버지, 어머니 말씀이 맞아요. 산삼은 조선팔도 없는 데가 없을 테지만 아버지는 오직 한 분뿐이고 어진을 완결해야 할 귀한 몸이 되셨습니다. 조상 어른들께서도 당연히 그러라고 하셨을 테니까요. 그러니 어서 드시고 기운 차리세요.”

마누라가 들었던 쟁반을 받아든 큰아들에게 눈물을 보이지 않으려고 하늘을 올려다보았다. 그리고 말없이 술잔을 받았다. 한 모금을 마시고 술잔을 마누라에게 내밀었다. 마누라가 손사래를 쳤다.

"한 모금 마시고 얼른 애들도 마시도록 해야지. 어서!”

그래도 마누라는 고개를 저었다.

"오늘 어진 그리라는 명을 받았음을 조상님께 고하는 것이니 얼른 마시고 애들도 마시게 하는 게 도리인 줄 왜 모르나. 우리 집안의 운명이 걸렸으니 음복한다 생각하고 드시오.”

마누라는 그제야 옷깃을 여미고 술잔에 입을 대었다. 큰아들도 음복하듯 마셨고 막내딸까지 술잔에 입을 대었다.

명命과 심心, 단 두 글자뿐인 옥판선지를 벽에 고정시키고 삼배를 먼저 올렸다. 명은 내 목숨을 건다는 뜻이고 심은 온 마음을 바치겠다는 각오였다. 마누라와 자식들도 삼배를 올렸다.

마을에서 두 고개만 넘으면 조상님들 산소가 있다. 마누라가 제사 음식을 장만하느라 경황이 없다. 아들 녀석들은 짚신 열두 켤레를 지게에 얹고 낫과 삽을 챙겼다. 건넛마을 김 진사가 챙겨준 청주 두 병과 여러 가지 제물, 당숙 어른이 마련해준 고사떡과 과일을 나누어 지게에 얹은 자식들이 듬직해 보였다. 제초작업을 하고 제사를 올린 뒤에 서둘러 하산했다.

궐에서 전갈하기를 그믐 즈음에 입궐할 채비를 하라고 했으니 오늘부터 목욕재계하고 사랑채에서 홀로 지내야 한다. 쉬 잠이 오지 않으련만 내일 새벽에는 닭이 울기 전에 일어나 정화수 떠 놓고 기도해야 한다. 매일 어김없이 목욕재계하고 옷을 갈아입어야 한다. 아흐레 동안 몸과 마음을 정갈하게 한 뒤에 입궐하여 임금님을 알현해야 한다. 우리 집 대문간에는 자식 낳았을 때처럼 숯과 빨간 고추를 촘촘히 엮어 매달았다. 김 진사가 와서 대문 옆에 마른 쑥대와 개복숭아 가지를 엮어 세워놓았다. 사람 발길이 뚝 끊긴 걸 보면 소문은 바람결 따라 번진 듯했다. 마을 사람들이 십시일반으로 곡식을 모아 대문밖에 놓고 가기도 했다. 마을 입구 서낭당에 일곱 가지 색동옷감을 걸었다는 기별도 받았다. 키우던 개는 조카가 데려갔고 사랑채 마루 밑에는 김 진사가 보낸 벼락 맞은 대추나무 한 토막을 파묻었다. 귀신 쫓는 데 효험이 좋다고 해서 여염집에서는 만져보기도 어렵다는 벼락 맞은 대추나무를 고맙게도 김 진사가 보내주었다.

그믐날 아침, 궐에서 나온 벼슬아치들이 나를 호위하듯 데리고 궁궐로 향했다. 궁궐은 상감마마가 계신 곳이어서 하늘 아래 가장 잘 꾸며졌다는 걸 확인할 수 있었다. 흔히 '꽃대궐'이라고 하는데 내 눈에는 나무와 풀과 하늘이 내가 살던 세상과는 달라 보였다. 연두색 잎새도 모두 꽃 같았다. 아무도 말 거는 사람이 없는 침묵과 무거운 발걸음뿐이었다. 김 진사가 보내준 갖신을 신었지만 발걸음이 가볍지 않았다.

입궐하기 전에 침쟁이를 불러 침을 맞았고 먹물을 내었다. 바늘에 굵은 실을 꿰어 먹물을 먹여 왼 손목 끝자락을 찔러 먹물 먹은 실이 살을 파고 들게 했다. 몹시 따가웠지만 세 군데에 먹 자국을 새긴 것은 내 딴에 마음을 모질게 먹고 작심을 한 것이다. 먹물 문신을 새겨주던 마누라는 오만상을 찡그렸지만 나는 일부러 웃는 시늉을 했다. 어진이 그려지지 않을 때, 상감의 용안이 떠오르지 않을 때, 마음이 심란할 때, 목숨 걸고 어진을 완결해야 한다는 조바심이 들 때, 행여라도 분심이 들 때마다 문신을 보며 마음을 다스리고 싶었다. 문신을 세 개나 먹인 것은 하나밖에 없는 목숨을 남김없이 걸고 그린다. 천지신명께 간절히 빌어 어진을 상감의 마음에 들게 그린다. 어떤 고난과 마가 끼더라도 결코 흔들리지 않는다는 결심의 징표로 삼은 것이다.

기다리고 있던 김 대감은 상감마마 앞에서 어찌 걷고 숙이고 절하는지 일러주었다. 어명을 받들고 물러설 때 뒷걸음으로 물러나는 것까지 조목조목 알려주었다. 대전大殿의 용상 앞에 비단 장막이 높고 넓게 가려져 있었다. 적어도 마흔 걸음쯤 떨어진 곳의 용상에 계신 상감마마를 올려다보지 말라는 김 대감의 명을 거역하고 싶은 마음이 올라왔다. 제사 지낼 때보다 더 낮은 자세로 다가가 두 손을 가지런히 모으고 삼배를 올렸다. 가슴이 콩닥거리며 마구 뛰었다. 금방이라도 쓰러질 것 같은 몸을 겨우 추스르고 무릎을 꿇었다. 내 숨소리가 너무 크게 느껴졌다. 용상과 궁궐이 나를 찍어눌러 도저히 일어설 수 없을지 모른다는 생각을 했다. 상감께서 여명을 내리면 '어명을 받들겠사옵니다'라고 공손하게 말하라는 김 대감의 명을 받고 수도 없이 반복해 연습했지만 상감께선 어명을 내리지 않았다.

나는 얼음골의 바위를 온통 얼음으로 뒤덮은 한겨울의 빙벽처럼 굳은 채 무릎을 꿇고 있었다. 김 대감이 내 어깨를 잡았다. 일어날 힘이 남아 있지 않아 김 대감의 손을 잡았다. 김 대감이 눈치를 챘는지 내 팔을 잡아당겼다. 김 대감의 손을 잡고 일어서며 눈치채지 않게 용상 쪽을 훔쳐보았다. 용상은 비어있었다. 그래도 머리 조아린 채 뒷걸음질로 어전을 겨우 벗어났다.

밖으로 나왔지만 걸을 수 없어 주저앉았다. 궐의 대전별감 두 명이 나를 부축해서 궐을 벗어났다. 참으로 아득하기만 했다. 용안을 볼 줄 알았는데, 비단 장막으로 가로막혀 있었고 마흔 걸음쯤 멀리에서 고개조차 들을 수 없었으니 용안은 고사하고 곤룡포나 익선관조차 볼 수 없었다.

'아, 상감의 용안을 상상도 할 수 없으니 내 신세는 어찌 된단 말인가. 목숨 부지할 길이 정녕 없단 말인가.'

집에 들어서자마자 향과 초를 켜고 대전 쪽을 향해 삼백 배를 올렸다. 마음을 다잡기 위해 땀 젖은 옷을 벗고 목욕재계했다. 사랑채에 연상을 펴놓고 향합과 촛대를 올려놓았다. 어진을 완결할 때까지 아침저녁으로 향 사르고 촛불 밝히고 궐 쪽으로 절을 올릴 생각이었다. 사랑채 기둥에도 금줄을 걸고 마누라와 자식들을 불러 궐 쪽으로 아흔아홉 배를 올리게 했다. 어진이 완결될 때까지 사랑채에는 아무도 출입할 수 없으니 굳이 볼 일이 있거나 할 말이 있으면 주먹만 한 종을 울리라고 일렀다.

아내에게 각별히 이르기를 어진을 그리는 동안에 합방을 할 수 없으니 그리 알고 지내라고 했다. 마누라는 무슨 사연인지 안다는 듯이 고개를 끄덕였다. 마치 기다렸다는 듯이 끄덕였다. 한 울타리 안에 사는 두 아들과 며느리에게도 합방하지 말라고 말하고 싶었지만 차마 입이 벌어지지 않아서 에둘러 말했다. 아비가 정녕 할 소리 아니라는 걸 알면서….

"상감마마의 어명을 받들어 어진을 그리게 되었다. 그러려면 용안이 떠오를 때까지 향초를 켜고 초혼初魂을 해야 하고 용안이 떠오르면 온 정성으로 접신接神을 해야 한다. 접신을 하면 그제야 어진을 그릴 수 있는데, 내가 초상화 그리는 재주가 있다는 소리를 들었지만, 어찌 구중궁궐에 계신 상감의 용안을 보지도 않고 그릴 수 있겠느냐. 그래서 내가 석삼년을 정성기도 드릴 작심으로 사랑채에 머물기로 했다. 그동안 집안에 작은 풍파라도 생기거나 가사에 어긋남이 있어서는 아니 되며 혹여라도 임신이나 출산하는 불경스런 일이 생긴다면 우리 집안이 모두 죄인 신세를 면치 못하리라. 그러니 모두 정갈한 자세로 지내야 한다. 그래야 비로소 조상님 뵐 낯이 서고 당대에 안락하고 후대가 편안하리라. 무슨 까닭으로 내가 이런 말을 하는지 알겠느냐?"

애써 말수를 줄였지만 두 아들과 며느리가 고개를 숙인 채 말했다.

"말씀하신 뜻을 잘 따르겠습니다."

시집간 딸에게는 김 진사가 비방을 내려 부적을 보내기로 했다. 사돈댁에서도 내가 어진을 그리게 된 사연을 알렸으니 부적을 받아 간직할 것이다. 남의 식구가 되었으니 이래라저래라할 수 없지만 내가 어진을 완결하면 복을 나누어 받기 마련이고 자손들도 모두 정갈하게 지내야 한다는 걸 모를 리 없었다.

"나는 매일 새벽에 일어나 삼백 배를 하며 상감마마의 혼을 불러 모실 터이니 식솔들은 어김없이 새벽마다 궐 쪽을 향해 삼십 배를 해야 한다. 어린 손자들도 어김이 없어야 한다. 대문에는 소금 그릇을 놓아둘 테니 밖에 나갔다가 들어올 때는 반드시 소금을 몸에 뿌려야 한다. 내 말에 추호도 어김이 없어야 한다."

그 밖에도 소소하게 일러둘 말이 많았기에 주저리주저리 잔말을 늘어놓았다.

목욕재계하고 삼배를 올린 뒤 향불을 켰다. 다시 삼배를 올리고 촛불을 켰다. 당장 어진을 그릴 수는 없지만 무릎을 꿇고 먹을 갈았다. 먹물이 진하게 우러나오자 절 방석을 펴고 절을 올리며 상감의 혼을 간절하게 불렀다.

"상감의 혼을 소인의 영육에 간절히 모시나이다."

절을 할 때마다 이렇게 읊조렸다. 하늘과 대전에서 내 간절한 기도를 들어주셔야 하기에 소리내어 빌었다. 사랑방에 요강을 놓을 수 없으니 소피 마려우면 뒷간 출입을 해야만 했다. 향내와 촛불 그을음을 빼내기 위해 들창을 조금 열어두었다. 몸에 땀이 배거나 상투 튼 머릿속과 사타구니에 땀이 차서도 안 되기에 절을 할 때 느리게 할 수밖에 없었다. 절을 할 때도 두 손을 먼저 짚으면 안 된다. 발 앞꿈치를 꺾어 무릎이 먼저 절 방석에 닿게 한 뒤에 손바닥을 바닥에 대고 머리를 깊게 숙여 등허리가 말린 듯 엎드리고 두 손바닥은 천정을 향하고 양쪽 귀 뒤쪽을 보이도록 한다. 이마는 방석에 닿아도 되지만 코가 닿으면 안 된다. 절을 하고 일어설 때도 두 손으로 바닥을 밀면 안 된다. 두 손을 모은 채 발 앞꿈치에 힘을 주어 몸을 일으켜야 한다. 일어선 뒤에는 두 손을 모으고 반 배를 하고 다시 절을 해야 한다. 절하는 숫자를 셀 수 없기에 서른 알짜리 구슬을 실로 꿰어 절을 할 때마다 손가락으로 하나씩 넘겨야 한다. 구슬 한 바퀴, 서른 알이 다 돌면 매듭이 있어 삼십 배를 마쳤다는 걸 알 수 있다.

종이 울렸다. 시장기를 느끼던 참이라 방문을 열었다. 햇살이 눈부셨다. 핑 도는 듯 어지럼증을 느꼈다. 허리와 어깨를 한껏 펴고 마당을 가로질러 안방으로 들어갔다. 상차림은 평소와 달랐다. 김 진사가 일러준 대로 모든 음식에 고춧가루를 쓰면 안 되기에 간장, 된장, 소금간만을 했다. 대감께서 일일이 챙길 수 없으니 건넛마을 김 진사에게 소소한 부분까지 챙기게 했다는 전갈을 받았다. 어진이 완결될 때까지 음식과 의복이며 잠자리와 식솔들 행동거지까지 낱낱 김 진사가 참견하기로 했다.

우리 식구들은 어떤 경우에도 비단옷을 입지 못한다. 무명옷을 입되 꽃무늬 따위는 없어야 하고 사내의 상투를 바르고 정갈하게 하고 아녀자의 비녀, 옷고름, 매듭 또한 정갈해야만 한다. 마을 사람이나 집안 어른들은 말할 것도 없이 누구든 우리 집에 올 때는 의복이 단정해야 하고 빈손으로 오되 꼭 가져올 게 있으면 부정 타지 않은 것만 집안에 들여야 했다. 달거리를 하는 여자는 출입할 수 없고 식솔들 중에도 달거리를 하는 여자는 금줄을 넘어올 수 없게 했다. 밥을 먹고 상을 물리면 입안의 음식 찌꺼기를 대나무 살로 만든 이쑤시개로 정성껏 발라내고 버드나무 가지를 잘게 으깨 만든 양지楊枝에 소금을 묻혀 손질을 한 뒤에 수염을 가다듬었다. 정신을 집중하기 위해 낮잠을 자려고 했지만 영 잠이 오질 않았다. 어젯밤에 깊은 잠을 자지 못해 일단 눈은 감았으나 머릿속은 온갖 상념으로 어지럽기만 했다. 꿈에 형장으로 끌려가 망나니의 칼질에 식겁하여 깨어나고는 눈을 감으면 머릿속이 어지러워 잠들지 못했다. 언제까지 이런 몽상에 시달려야 할지 알 수 없었다.

환쟁이가 혼자 어진을 그리는 게 아니라는 얘기를 스승에게 들었다. 집필화사는 상감의 용안을 정성으로 그리고, 동참화사는 용안 이외의 몸과 의상을 그리고, 수종화사는 물감을 잘 섞는 일을 하고, 첩장은 어진을 곱게 보관하는 족자나 두루마리를 꾸미고, 부금장은 모양을 내기 위해 금박을 붙이고, 참선노는 어진을 꾸미기 위해 바느질을 한다고 했다.

그런데 나는 상감의 용안과 의상, 종이와 물감 고르는 것까지 혼자 해야만 했다. 궁궐의 도화서는 함부로 드나들 수 없기에 조용하겠지만 우리 집은 마을에 있으니 오가는 사람이 왜 없겠는가. 마을에서 기르는 개는 왜 아니 짖으며 죽어 나가는 사람의 상여소리는 왜 아니 들리겠는가.

궁궐의 도화서에서 어진을 그리면 상감의 모습을 자주 본 대감들에게 그림을 수정하는 봉심奉審을 청할 수 있지만 홀로 집에서 어진을 그리면 액막이하기도 벅찼다. 대면한 적이 없으니 아무리 찰진 귀신이라도 어찌 용안을 떠올릴 수 있겠는가.

어진을 완결하여 봉안된 뒤 집필화사는 품계를 높여주는 가자加資가 있다지만 나는 쥐꼬리만 한 벼슬도 없으니 무슨 소용이겠는가. 동참화사에겐 양반 중에 문반文班이 되는 동반정직東班正職을 제수한다고 했으나 나는 태생이 양반이 아니다. 수종화사는 길들지 않은 작은 말이나 활[弓] 1장을 받는 아마兒馬를 사금 받는다지만 나는 애초 도화서의 화원이 아니어서 그런 걸 기대할 수도 없는 입장이다.

그렇거니 나는 북향재배를 하기위해 엎드려 배拜를 하고 무릎 꿇고 두 손을 모아 올리는 공수拱手를 하고 무릎 꿇은 채 두 손을 아래로 모으는 궤跪를 하고 앞꿈치로 가볍게 일어나 두 손을 앞으로 공손히 드는 읍揖을 하고 다시 두 손을 배꼽 가까이 모으는 흥興을 하며 천지신명께 어진을 완결하게 해달라고 빌었다.

초혼을 시작한 지 석 달 열흘, 백일기도를 정성으로 올렸지만 상감의 용안은 떠오르지 않았다. 비단 장막 너머 용상에 계신 상감은 도무지 상상할 수가 없었다. 비단 장막과 궐 마당과 대전별감들은 떠오르는데 상감은 조복朝服조차 떠오르지 않았다. 원망하는 마음이 들기도 했다. 눈 바로 뜨고 용안을 보아도, 한번 보아서는 그릴 수 없을 터인데, 비단 장막 속으로 얼핏 올려다본 용안을 무슨 재주로 그릴 수 있느냐고, 귀신인들 그릴 수 있겠느냐고 따지고 싶었다.

그러나 살아남아야 한다. 처자식을 구렁텅이에 넣을 수 없고 조상을 욕되게 하며 일가친척들을 곤궁하게 할 수 없지 않은가. 할아버지와 아버지가 내게 먹을 갈게 하면서 종종 하던 말씀이 아니었으면 죽음을 각오하고 용안을 뵙지 않고 어진을 그릴 수 없다고 버텼을지 모른다. 전해 내려오는 말로 어진을 완결하여 상감께서 만족하시면 반드시 기이한 상을 내리고 죽는 날까지 화사畵師라는 별호를 얻으며 운이 좋으면 양반의 반열에 오르는 홍복을 받을 수도 있다고 했다. 아버지를 가르친 스승께서 그런 홍복을 누렸고 후손들이 양반행세를 하게 되었다고 했다. 그렇기에 목숨을 걸고 어진을 그리기로 스스로 맹약한 것이다.

두 번째 백일기도를 마치고 쓰러져 일어나지 못했다. 비몽사몽 간에, 꿈인지 저승 문턱인지 모르지만 몽롱한 상태에서 나는 상감의 용안을 보았다. 눈을 떴다. 얼른 면상필을 들고 비몽사몽 간에 보았던 용안을 떠올리며 밑그림을 그렸다. 그런 것 같기도 하고 아닌 것 같기도 해서 밑그림 한 장을 더 그렸다. 다섯 장을 그렸지만 각각 조금씩 달랐다. 어느 것이 참된 용상인지, 비몽사몽 간에 본 용상이 어느 것인지도 헷갈렸다.

그날부터 나는 매일 천팔십 배를 올리기 시작했다. 추운 날씨인데도 온몸에 땀이 흘렀다. 천팔십 배를 마치고 몸을 씻은 뒤에 옷을 갈아입으면 종아리와 허벅지가 몹시 당기고 허리와 목이 아프며 손목까지 근육통이 생겼다. 그리고 밤마다 불면증에 시달렸는데 천팔십 배를 한 날부터는 새벽까지 귀신이 잡아가도 모를 만큼 깊은 잠에 빠졌다. 닷새가 지나고 엿새째 새벽, 비몽사몽간에 용안을 보았다. 벌떡 일어나 연적에 담아두었던 먹물을 벼루에 부었다. 면상필로 조금 전 비몽사몽간에 보았던 용안을 그렸다. 밑그림을 일곱 장이나 그렸다. 일곱 장 모두 달랐다. 어느 것이 꿈결에 본 용안인지 또 헷갈렸다.

천팔십 배를 시작한 지 아흐레 되던 날 밤, 나는 천팔십 배를 올리다 말고 쓰러졌다. 다친 데는 없지만 견딜 수 없이 온몸이 아프고 괴로웠다.

쓰러진 채 일어날 기력을 잃었다. 이러다가 죽을지 모른다는 생각이 들어 문고리를 잡았지만 버티지 못하고 쓰러졌다. 정신줄을 놓았다. 머리가 깨질 듯 아팠다. 머리를 맷돌에 넣고 가는 것 같았다. 아득하기만 했다. 비명 지를 힘조차 남아있지 않았다. 철판을 내 머리에 감고 장정들이 있는 힘을 다해 조이는 것 같았다.

눈을 떴다. 머리를 만져보았다. 철판 같은 건 없었다. 어지러워 누운 채 가까스로 두 손을 가슴에 모았다. 깜깜한 하늘에서 희미한 물체가 스멀스멀 다가왔다. 용안을 보았다. 잠시 잠깐 내 손을 잡아주고 다시 하늘로 사라졌다. 어지러웠지만 애써 몸을 가누고 면상필을 잡았다. 손에 힘이 들어가지 않고 바들바들 떨렸다. 온몸에 힘을 주었다가 풀었다. 두 손바닥을 비볐다. 오른손을 높이 들고 흔들었다. 다시 붓을 쥐었다. 손 떨림이 줄었다. 누워서 온몸을 마구 흔들었다. 뒤틀린 허벅지에 쥐가 났다. 얼른 일어섰다. 종아리 통증이 멎었다. 붓 잡은 손이 떨리지 않았다 화선지를 펼치고 밑그림을 그렸다. 몽롱할 때 떠오른 용안을 잊지 않으려고 눈을 지그시 감았다. 밑그림 석 장을 그리고 벌렁 누웠다. 밑그림은 다시 들여다볼 마음이 생기지 않았다. 그렇다고 마냥 누워만 있을 순 없는 신세였다. 무릎 꿇고 펼쳐놓은 밑그림 석 장을 뚫어지게 보았다.

'아! 석 장 모두 같은 그림이었다.'

내가 그렸다는 게 믿어지지 않았다. 눈, 코, 귀, 입은 물론이요, 이마와 수염까지 석 장이 한 장 같았다. 드디어 내가 천신만고 끝에 접신接神을 했다는 걸 알았다. 얼른 촛불을 켜고 향을 피웠다. 바닥에 펼쳐놓은 밑그림 석 장을 향해 3백 배를 올렸다. 땀범벅이 되었지만 괘념치 않기로 했다. 접신을 했으니 이제 밑그림을 벽에 걸고 용안을 완결하기에 온 마음을 바쳐야 한다. 밑그림을 궁궐 쪽 벽에 붙이고 날마다 백팔 배를 올리며 어진을 그렸다.

스승께 배운 대로 촛불 밝히고 향을 사르고 정성으로 어진을 그렸지만 붓질은 더디기만 했다. 자꾸 분심이 들었다. 내가 몽롱할 때 접신을 했으니 저 모습이 정녕 용안인지 확신하기 어려웠다. 대감에게 달려가 용안의 밑그림을 보여주고 용안이 맞는지 확인하고 싶은 마음 간절했다. 며칠 동안 궁리하다가 밑그림 한 장을 조심스럽게 말아 들고 스승을 찾아갔다. 스승은 밑그림을 한참 이리저리 살펴보더니 고개를 저으며 말했다.

"내 조부께서 자식들을 죄다 불러 앉히고 유언을 하신 연후에 어진을 그리셨다. 중도에 어명을 거역하면 곤장을 맞고 풀려나겠지만 어진을 완결하여 상감께 바친 뒤에는 불경죄로 목숨을 내어놓거나 기이한 상을 받거나 둘 중에 하나 아니겠느냐. 내가 상감의 용안을 감히 뵌 적이 없으니 이 어진의 초벌이 참인지 너의 환영幻影인지 어찌 알겠느냐."

"조부 어른께서는 용안을 뵌 적이 있으셨나 궁금합니다."

"어찌 감히 상감마마의 용안을 뵐 수 있었겠느냐. 장막으로 가려진 용상에 계신 걸 멀리서 조아리며 얼핏 보았다고 들었다."

"그러하다면 어찌 용안을 살폈으며 어찌 어진을 완결할 수 있었는지 궁금합니다."

"하늘과 신령과 조상님들의 혼령이 도와 어진을 완결했다고 하셨다. 무려 삼 년 만에 완결했는데, 초혼에 두 해가 걸렸고 접신한 후 완결하는데도 한해가 걸렸다고 하셨다. 천하제일이요, 속눈썹까지 낱낱 그리신다는 조부께서 정성 기도를 올려도 초혼하고 접신 하는데 두 해가 걸렸는데 네가 무슨 재주로 아홉 달 만에 초혼을 했단 말이냐. 네 목숨이 경각에 달렸으니 내 어찌 근심하지 않겠는가. 온 집안이 풍전등화이니 스승 된 자가 제자를 살려야 한다는 생각만이 간절할 따름이니라."

"제가 백일기도를 지극 정성으로 했는데, 비몽사몽간에 여러 번 상감마마의 용안을 보았습니다. 처음에는 여러 장을 그렸으나 모두 다른 용안이었지만 마지막엔 석 장을 그렸는데 석 장 모두 똑같은 용안이기에 접신을 했다고 생각했습니다. 그래서 찾아뵙고 가르침을 받으러 왔습니다."

"귀신이 아니고서야 무슨 재주로 용안을 뵙지 않고 삼백 일 만에 접신을 했단 말이냐. 지체 말고 돌아가 어명을 받들지 못한다고 아뢰어라. 어명 받은 지 삼백 일이 지났으니 지금쯤 정리하면 목숨은 부지할 수 있을 것이다. 지체 말고 돌아가 대감께 아뢰어 산목숨을 보전하도록 하라. 진즉에 조부께 들은 얘기를 해주지 않았더냐. 어진을 그리려면 숨도 크게 쉬어서도 아니 되고 걸음이 빨라서도 아니 되며 밥을 빨리 먹거나 물을 급히 마셔서도 아니 되고 부정 탄 사람을 모르고 만나서도 감히 나들이를 해도 아니 된다고…. 부부가 정을 나누어도 아니 되고 이부자리 펴고 누울 때 궐 쪽으로 머리를 두어야지 행여 발을 두어서도 아니 된다. 집안에 달거리하는 계집이 있으면 친정으로 보내야 하고, 짜고 매운 음식을 피해야 하며 개를 길러서도 아니 되고 울안에서 쥐를 잡거나 파리나 모기를 죽여서도 아니 될 만큼 지극 정성으로 초혼을 해도 용안이 떠오르는 접신을 백 명 중에 한 사람이 할까 말까 한데, 너는 어찌 그 좁은 소갈머리에 삼백 일 만에 접신을 했단 말이냐. 네가 정녕 귀신을 부리는 신통을 했단 말이냐? 흐리멍덩한 눈을 보니 신통한 게 아니라 뜬귀 잡귀가 든 것 같다. 어서 가거라. 잡귀 붙을까 겁나고 두렵다."

등 떠밀어도 일어설 수 없는 절박한 마음이었다.

"스승께서도 도화서에 계시며 어진화사로 명성을 얻으셨습니다. 저희를 가르치실 때, 천운을 받아 용안을 뵌 적이 있다고 하셨습니다. 그래서 어진을 석 달 열흘 만에 완결하셨고 상감마마께서 공명첩을 하사하셨다고 하셨습니다."

스승은 두 손을 내저으며 목청을 낮추었다.

"어찌 용안을 바로 보았겠느냐. 천운을 받아 어가御駕 행렬 때 먼빛으로 뵈었느니라. 붉은색 바탕에 황금색으로 장식을 한 두 개의 들채 위에 옥교屋轎를 얹은 어가에 오르시는 걸 보았느니라 그것도 잠시 잠깐이었지. 가교봉도駕轎奉導가 지휘하고 전후좌우에 황색 복장의 하례下隸들이 들채를 잡았는데 그 광경이 천상에서 신선이 하강한 것 같았다. 어진을 그리라는 어명을 받은 날 먼빛으로나마 상감을 뵈었으니 그날부터 초를 켜고 향을 사르며 날마다 천팔십 배를 했느니라. 도화서에서 별채를 내어주었고 석 달 만에 초혼과 접신을 했느니라.”

“그럼 열흘 만에 어진을 완결하셨습니까?”

“그래서 상감마마께서 갸륵하다 하시며 공명첩을 내리셨다. 그런데 너는 용안을 뵙지도 않고 어찌 삼백 일 만에 접신을 했다고 감히 거짓을 늘어놓느냐? 괘씸한 걸 생각하면 당장 대감께 고하고 관아에 청하여 이실직고를 해야 마땅하나 그동안 나를 섬긴 뜻을 보아 이번엔 모른 척 하겠느니라. 그러니 어명을 받들지 못하겠다고 고하도록 하거라. 무슨 말인지 알겠느냐?”

“저는 어명을 거역할 재간이 없어 어진을 완결하겠다고 했습니다. 대감마님께 간곡히 어명을 거두어 달라고, 제 솜씨로는 어명을 받들 재주가 없다고 애원했습니다만 대감마님의 호령이 추상 같았습니다.”

“상감마마께서 어진을 마다하는 순간 너는 저승 귀신이 된다는 걸 모른단 말이냐?”

“어명을 지금 거역하면 어찌 되겠습니까?”

나는 방망이질하는 가슴을 두 손으로 누르며 물었다.

“궐은 그리 허술한 곳이 아니니라. 당장 거역하란 말이 아니니 돌아가서 마음을 다스려보고 다시 찾아오거라.”

어명을 받들어 어진을 완결하겠다고 언약했고 궐에서 비단과 양식까지 받은 처지여서 무릎 꿇고 몇 번이나, 밑그림대로 어진을 완결하고 싶다고 애원했지만 스승은 버럭 소리 지르더니 돌아앉아 손짓으로 얼른 가라고만 했다.

"저를 살려주시면 평생 은덕을 간직하고 보답하겠습니다."

무릎을 꿇고 두손을 모은 채 애원했다.

"정녕 살고 싶으면 당장이라도 어명을 받들 재주가 없다고 소복한 채 도끼를 들고 궐 앞에 나아가 네 목을 쳐 달라고 비는 게 상책이다. 아이고 가엾고 넋 빠진 놈아… 일단은 초벌로 그린 어진을 내게 맡기고 돌아가거라. 나중에 경을 치더라도 내가 살펴보고 네놈이 얼마나 애써 그랬는지 내가 대감마님께… 어서 돌아가라. 다시 오려거든 내 말을 듣겠다는 다짐을 해야 하느니라."

나는 하는 수 없이 스승께 절을 올리고 물러났다. 암담하기만 했다.

그 길로 차마 발걸음하기 싫었지만 답답한 마음을 풀 요량으로 김 진사를 찾아갔다. 김 진사는 얼른 사랑방으로 나를 데리고 갔다. 스승을 찾아갈 수밖에 없었던 사연을 털어놓자 김 진사는 내 손을 힘주어 잡고 말했다.

"샘물 길어오는 큰아들을 통해, 요행히 접신했다는 걸 알았네. 내가 얻어듣기로 마지막까지 궐에서 자네에게 어진을 맡길지, 자네 스승에게 맡길지 고심을 했다네. 자네 스승의 조부께서 선왕先王의 어진을 그려 화사가 되었고 자네 스승도 화사가 되어 기이한 상을 받았으니 응당 자네 스승에게 하명할 줄 알았겠지. 상감마마의 어진을 그려 어진화사가 되고 공명첩을 받아 양반행세를 하다가 죄를 지어 다시 중인 신분이 되었으니 무슨 짓을 해서라도 화사가 되고 싶지 않겠는가."

"누구라도 스승께서 어명을 받들게 될 거라고 생각했을 것입니다. 저도 그게 궁금했고 스승께서 어진을 그리는 게 마땅하다고 생각합니다. 지금이라도 그리됐으면 좋을 것 같습니다."

"어명이 어린것들 장난인 줄 아는가? 그자에게는 한이 있지. 이루지 못한 한 말일세. 화사가 되었으니 마땅히 상민을 면하고 양반이 되는데, 무슨 연유인지 자세히 알 수 없으나 양반 반열에서 퇴출되지 않았나. 화사가 되었다고 위세 부리고 양반이라고 노비를 들였다든가… 그런 소문도 있었지. 그러니 그 한을 풀고 싶겠지."

"설마 그렇게까지…."

"이제사 지난 얘기를 하자면 할 말이 서너 가마는 된다마는, 자네 솜씨를 상감께 주품한 것은 권 대감과 내시부 상선尙善 이 대감일세. 권 대감이야 본디 세도가로 위세가 등등한 분이라 자네가 그린 초상화에 대한 안목이 월등하니 그렇다 쳐도, 상선 이 대감은 어려서, 열 살 무렵부터 소환으로 입궐하여 스무 살에 정식 판관이 되었으니 세상사는 좀 어두웠을 터인데, 자네가 그려준 초상화를 보고 마치 신선이 그린 것 같다고 상감께 아뢰었다고 들었네. 그런저런 연유로 자네가 어명을 받았으니 스승인들 마음이 편했겠는가. 그러하니 질시 따위는 괘념치 말고 오로지 한마음으로 정진하게. 내가 알기로 용안을 친견하지도 않고 삼백 일 만에 초혼을 마치고 접신했다는 건 지극한 정성 기도 아니고선 불가능한 일이지. 그러니 더 이상 딴마음 품지 말고 차분히 공들여 어진을 완결하게."

"혹여 이 밑그림을 대감마님께 은밀히 보여드려서 참 용안이 맞는지 여쭤보는 게 어떨까 하고 궁리를 했습니다만…."

"벼락 맞을 소리! 완결하여 궐에서 어사가 달려와 어진을 모셔 갈 때도 비단 막을 씌워 어가 행렬로 궐에 들어가 먼저 상감마마께서 보시는 게 법도이니라. 어진을 똑바로 쳐다보는 것도 불경죄인 걸 모른단 말인가."

고개를 푹 숙였다. 다시 초혼을 하고 접신을 기다리기는 건 벅차기만 했다. 어명을 받든 지 거의 일 년이 다 되어가는 상황이었다.

"스승께서 오래전에 조부님께 가르침을 받을 때, 초혼과 접신을 어찌했으며 어진을 완결하고 첨배례瞻拜禮를 어떤 모습으로 했는지 말씀해주신 기억이 지금도 제 머릿속에 남아있습니다. 제가 어명을 거역할 수 없었던 연유도 목숨 때문만은 정녕 아니었습니다. 상민인 저와 제 후손들이 양반으로 살 수 있는 길이 이것뿐이라서…."

"어진을 속히 완결한 연후에 스승께 예를 갖추면 어찌 칭송하지 않겠는가. 어명을 받은 몸이니 여염집에서 오래 머무는 법이 아니네. 얼른 돌아가서 비방을 잘하고 정진하게나."

김 진사의 채근에 나는 자리에서 일어났다. 절을 올리려고 했지만 김 진사는 어명을 받은 몸으로 여염집 사람에게 절하는 법이 아니라고 했다.

어진을 그리기 시작한 지 달포가량 지난 그믐밤, 사랑채에 불길이 번졌다. 초가지붕의 불길이 삽시에 번져 방문까지 옮겨붙었다. 식구들이 죄다 달려들어 크고 작은 동이로 물을 뿌렸으나 허사였다. 나는 사랑방으로 뛰어 들어가 벽에 걸어놓았던 밑그림 석 장만 겨우 들고나왔다. 동네 사람들이 달려와 준 덕에 겨우 불길을 잡았다. 사랑채는 난장판이었다. 제법 손길이 많이 닿았던 초벌 어진과 귀하게 간직했던 옥판선지가 그슬린 채 물에 젖었고 갖가지 붓은 불길에 그슬려 쓸모없게 되어버렸다. 옥판선지에도 어진을 그리고, 완결되면 비단에도 그려볼 요량으로 마련해 고비에 걸어두었던 비단 뭉치도 불길에 검게 그을렸다.

뒤늦게 달려온 김 진사는 이리저리 불길이 휩쓸고 간 사랑채를 살피더니 데리고 온 사람들을 풀어 동네 사람들을 만나러 다니게 했다. 불 끄느라 고생한 장정들을 불러 푸짐한 음식과 술을 대접했다. 잔불 정리를 하고 마을 사람들이 모두 떠나자 김 진사는 나를 안방으로 데리고 들어가더니 속삭이듯 말했다.

"이만하기 천만다행이라 생각하게. 사랑방에 불을 지피지 않았는데 불길이 사방에서 솟구쳤고 동네 개들이 야심한 밤인데도 짖지 않았으며 짚가리가 헐리고 볏단이 사방에 흩어지지 않았나. 불씨를 들고 와서 불을 지폈다면 필시 혼자 불을 지른 건 아닌듯하네. 개들이 짖지 않은 걸로 미루어 마을 출입을 하는 자일 테고 여럿이 왔다면 거느리는 자가 있을 수도 있겠지. 동네 사람들이 우르르 몰려왔는데도 누구도 불 지른 자나 낯선 자를 못 보았다면 모퉁이 길을 빠져나가 산속으로 숨어들었을 게 아닌가. 그러니 오리무중일 수밖에. 짐작 가는 자가 있는가?"

김 진사는 왼손바닥에 오른손 검지로 그어대며 진지하게 말했다.

"없습니다. 지금 경황이 없어 떠오르는 게 없습니다. 설마하니 어명을 받들고 어진을 그리는데 누가 감히 불을 지르겠습니까. 기이하다는 생각이 들 뿐입니다. 예부터 대사에는 마가 끼는 법이라 했고 액운을 물리치는 액땜이 생긴다고 했는데… 아무리 그래도 이 난리는 생겨서 안 되는 불경스런 일입니다."

김 진사는 고개를 저으며 말했다.

"자네가 불 지른 게 아니니 불경은 정녕 아닐세. 식구들이나 마을 사람들이 볏단을 옮긴 적이 없고 초저녁에 아궁이 불단속을 했다네. 화로는 아예 사용하지 않았다고 했고… 누구든 부엌 출입을 하지 않았으니 불씨는 필시 밖에서 생긴 것이지."

"어쨌거나 어명을 받은 저희 집에 누가 감히 그런 짓을 할 수 있겠습니까."

"자네가 화사가 되어 죽는 날까지 대우받고, 운 좋으면 양반 반열 오를 수도 있다는 데 어찌 세상 사람들이 그걸 다 좋아할 수 있겠는가. 세상사 바른 도리와 이치가 왜 없겠냐만 그렇지 못한 것도 많은 법이지."

"설마…."

"일이 꼬였다고 주저앉을 수는 없는 노릇, 내가 따로 지필묵을 마련할 터이니 마음 다져 먹고 어명을 정성으로 받드시게나. 사랑채 문짝 바꾸고 지붕 얹고 그을음 터는 데 대엿새 걸릴 테니 며칠 동안 지관스님 계신 암자에 가서 정진기도 하며 마음 다스리고 오시게. 스님께는 내가 사람을 보내 기별하겠네. 마음이 어지러우면 어명을 거역하는 불경不敬이니 그리 알고, 마음을 다잡으시게나."

"제가 사랑채를 손질하고 이것저것 챙겨야 할 것 같습니다. 자식놈들은 세상 물정을 몰라서 맡겨둘 수가 없습니다."

"내가 어련히 알아서 단속하지 않겠나. 놀란 마음을 다스리는 것도 정진이 아니겠는가. 사랑채는 내가 알아서 일꾼들을 시켜서 마무리하겠네."

"염치가 없습니다."

"예부터 마가 끼지 않으면 대사大事가 아니라고 했다네. 더 좋은 어진이 완결될 징조가 아니겠는가."

이튿날, 나는 김 진사를 따라 지관스님이 머무는 암자로 향했다.

"사람들이 당장 관가에 알리라고 야단이지만 내가 말렸다네. 어명을 받든 몸으로 좋든 나쁘든 구설에 오르면 부정 타는 법이니 알아도 모르는 척, 보아도 못 본 척하시게. 어진을 완결할 때까지는 뭐든 눌러 덮고 참는 게 상책일세. 그런 줄 알고 눈멀고 귀먹은 척하시게나."

"잘 새겨듣고 오직 한 마음으로 정진하여 보답하겠습니다. 진사 어른께서 두루두루 살펴주고 챙겨주지 않으셨으면 감히 어명을 받들 수 없었을 것이기에 그 은덕을 어찌 죽는 날까지 잊을 수 있겠습니까."

지관스님은 묵언수행 중이라고 했다. 암자의 법당은 우리 집 사랑채보다 작았다. 김 진사가 일러준 대로 삼배를 올리자 지관스님도 삼배로 응대했다. 도력이 높다는 스님이 내게 절을 하는 바람에 부복한 채 고개를 들지 못했다. 스님이 내 어깨를 도닥거렸다. 고개를 들자 내 손을 꼬옥 잡아주었다. 눈빛만으로도 환대한다는 걸 짐작할 수 있었다. 햇살이 스며든 법당에 불상을 닮은 지관스님의 고운 미소가 내 마음을 휘감았다.

　바로 스님의 저 미소를 보여주려고 사랑채가 불길에 휩싸이게 했는지 모르겠다는 생각을 했다. 불상과 스님의 미소를 닮은 상감의 용안을 떠올려보았다. 미소 머금은 어진은 상상조차 해본 적 없었다. 그러나 지관스님의 미소와 불상의 미소를 보면서 가슴이 뜨거워졌다. 지금까지 한 번도 초상화를 그리며 웃는 얼굴을 그려본 적이 없었다. 스님의 미소와 불상의 미소는 열락悅樂을 관통한 염화미소拈華微笑를 내게 가르치는 게 아니겠는가. 법당보다 작은 요사채에 누웠는데 염화미소만이 내 가슴에 가득 차올랐다. 동자승에게 문방사우文房四友를 청하자 기다렸다는 듯이 붓과 종이를 내밀고 벼루에 물을 붓더니 먹을 갈았다. 미소 머금은 용안의 밑그림을 그리고 싶었다. 감히 미소 지은 어진을 그렸다고 불경죄가 될지 모르지만, 미소지은 어진과 근엄한 표정의 어진을 나란히 펼쳐놓고 대감들에게 봉심을 청할 궁리를 했다.

　어명을 받은 지 얼추 한 해가 다 되었다. 용안의 수염도 어느 정도 다듬어졌다. 이제 마지막으로, 화룡점정이라는 용안의 눈동자를 그리면 어진을 완결할 수 있게 되었다. 새벽녘 꿈자리가 사나워 행여 완결 시점에 부정 탈 일이라도 생길까 싶어 방문을 열고 나섰다. 세상에 이럴 수가… 사랑채 담장 옆에 피투성이가 된 강아지 한 마리가 벌렁 자빠져 있었다. 부정 탈까 봐 집에서 키우던 개까지 조카한테 보냈다. 생후 한 달이나 되었을 것 같은 강아지였다. 그냥 두들겨 패 죽인 게 아니라 피투성이로 만들

작정을 하고 낫질을 사정없이 했다는 걸 짐작할 수 있었다. 문밖이나 담장 밖이라도 이 지경이면 부정 탄 게 분명한데, 하필 어진을 그리는 사랑채 담장 안에 피범벅이 된 강아지가 버려져 있으니 부정도 보통 부정한 게 아니었다. 아득하고 어지럽기만 했다.

자식들이 피투성이가 된 강아지를 가마니에 넣고 지게에 얹었다. 남이 알게 되거나 행여 소문나서는 안 되기에 자식들에게 단단히 일렀다.

"절대로 그냥 묻으면 안 된다. 산꼭대기 소나무와 소나무 사이에 한길 깊이로 파서 묻되 향과 초를 켜고 반드시 소지燒紙를 정성으로 올리고 숯과 소금을 동서남북 사방으로 뿌려야 한다. 그리고 봉분 없이 평장으로 묻고 꼭 재배 올리고 읍까지 해야 한다. 혹여라도 땅 판 자국이 보여선 안 되니 가랑잎이나 죽은 나뭇가지로 가려야 한다. 나는 얼른 김 진사댁에 다녀오마."

서둘러 아이들을 보내고 나는 완결하려고 했던 어진, 화룡점정으로 눈동자 찍을 일만 남았던 어진 두 장을 촛불로 사르고 절을 올렸다. 부정 탄 어진을 완결해서는 안 된다. 그건 불경죄이자 성상에 대한 모욕이기 때문이었다. 그 길로 김 진사댁으로 잰걸음질을 했다. 김 진사는 손바닥으로 방바닥을 치며 분통을 터뜨렸다.

"괴이쩍고 억울하기 짝이 없고 분한 일이네만, 이게 말이 나가서는 아니 된다네. 행여 풍문이 궐에 닿으면 필시 어명을 거둘 수도 있고… 누군지 모르지만 분명 그걸 노렸음직하니 입도 닫고 마음도 닫아걸고 궐을 향해 삼천 배를 올려 속죄하고 더욱 정진하여 서둘러 어진을 완결하시게."

"황망 중이라… 아직도 놀란 가슴이 가라앉지 않아 어찌 마음을 다잡아 어명을 받들지 모르겠습니다."

"밑그림도 있고 수없이 그리고 또 그렸을 터이니 조만간 완결할 수 있겠지. 이번에도 동네 개들이 짖지 않았고 야심한 밤에 그랬다고 하니 서

둘러 사람을 사서 야경을 돌려야겠네. 내가 알아서 할 테니 심려 놓으시
게."

"참으로 몸 둘 데가 어디인지 모르겠습니다."

"식구들 모두 입을 봉하고 함께 제祭를 올리시게. 대감께서 보름 전에
나를 불러 언제쯤 완결하겠느냐고 물으셔서 조만간 어명을 받들 것 같다
고 했다네. 그러니 괘념치 말고 매진하시게."

김 진사는 부정 탄 내게 소금을 뿌리고 빗자루를 잡고 내 머리부터 발
끝까지 쓸어주었다.

어진을 완결하고 큰아들을 김 진사댁으로 보내며 몇 가지 부탁을 했다.
완결은 했으나 첨배례瞻拜禮를 마친 뒤에 어진을 모셔가게 해달라는 것과
만약 내가 어진을 모시고 궐에 들어가게 되면 의복과 갖신 마련은 어찌하
며 완결한 어진을 어찌 보관하는지를 알려달라고 했다.

스승께도 어진을 완결했다는 말씀을 드리는 게 도리여서 큰아들을 보
내며 김 진사에게서 받은 청주 한 병을 봉송奉送했다. 고맙게도 스승은
아들 편에 산삼주를 보내며 '정갈하고 귀한 술이니 어진 앞에 엎드려 석
잔을 음복하며 재계齋戒하라'고 했다. 전에도 얼핏 들은 기억이 있기에 첨
배례를 한 뒤에 스승의 가르침을 따를 참이었다.

김 진사가 머슴 편에 여러 가지 음식을 장만해 보냈지만 먹을 수가 없
었다. 목이 바싹 말라 물만 자꾸 마셨다. 눈앞이 자꾸 빙글거리며 돌았고
귓속에서 절구질하는 소리가 들렸으며 고뿔이 심해진 양 콧물이 흘러내
렸다. 억지로 밥알을 씹으면 부은 잇몸이 아팠다. 어지럼증으로 일어서
기 어렵고 사타구니에는 땀이 잔뜩 고여 바지가 젖을 정도였다. 온몸이
멀쩡한 데가 한 군데도 없을 만큼 기진맥진했지만 완결한 어진을 궁궐 쪽

으로 걸어놓고 촛불을 밝히고 향을 살랐다. 절 방석을 펴놓고 무릎을 꿇었다. 삼배를 올리고 어진을 우러러보았다. 그토록 정성껏 그렸지만 내 솜씨는 정녕 아닌듯했다. 참으로 낯설었다.

"소인이 상감마마의 어명을 받들어 제 혼을 다 바쳐 초혼을 하였더니 성상께서 제 혼 속으로 왕림하시어 감히 접신을 하였사옵니다. 길고 긴 나날, 감히 용안을 제 가슴에 품고 정진하여 두 개의 어진을 완결하였사옵니다. 비록 제 혼으로 상감마마를 모시어 어진을 완결했사오니 더 이상 제가 품고 있는 것은 불경스럽기 한이 없사와 궁궐의 어좌로 모셔드리오니 문무백관, 대소신료를 거느리고 환궁하옵소서. 간절히 비옵나이다."

이렇게 기도하며 엎드려 빌고 또 빌기 시작했다. 눈앞에서 어른거리고, 마음속에 자리 잡고, 내 머릿속에 정좌하고 계실 상감마마의 혼을 떠나게 하려면 온 정성으로 '어서 환궁하옵소서'라고 간절히 기도를 올려야 한다. 어진을 완결했지만 내 혼 속에 남아있는 상감마마를 떠나보내는 걸 첨배례라고 한다.

완결한 어진을 향해 기도하며 절을 올린 지 이틀 만에 상감마마의 용안이 하늘로 날아올랐다. 몽롱한 의식 속에서 정녕 상감께서는 하늘로 날아올랐다. 첨배례를 마치고 스승의 가르침대로 무릎 꿇고 산삼주를 음복한 뒤 궐을 향해 삼배를 올리고 궐에서 보내준 비단으로 정성스럽게 여며 묶었다. 재계하는 사이에 행여 부정 탈까봐 식솔들을 모두 김 진사댁으로 보냈다. 대문을 걸어 잠그고 담장까지 삼줄을 걸었다.

내가 깨어난 것은 꼬박 하루하고 반나절만이었다. 궐에서 어명을 받은 권 대감이 어진을 어가에 모시고 풍악을 울리며 우리 집을 떠날 때도 나는 몽롱한 속에서 절을 올렸다. 어가 행렬이 마을을 벗어날 때까지 나는 넘어질 듯, 온 힘을 다해 절을 했다. 그리고 혼미한 몸을 가누지 못하고 쓰러졌다.

그때 희미한 내 의식 속에서, 가마를 탄 흰 수염의 도사가 내 손을 잡아 끌기도 했고 날 선 큰 칼을 휘두르는 망나니가 내 상투에 밧줄을 걸어 기둥에 묶으며 소리내어 웃기도 했다. 황소만 한 구렁이가 아가리를 벌리고 내 목을 물어뜯기도 했고 선녀가 사뿐 내려와 내 머리를 포근하게 감싸 안기도 했다. 저승사자 여럿이 내 팔과 다리를 잡아끌었고 상감께서 나타나 내 등을 쓰다듬어 주었다. 늑대 수백 마리가 사정없이 내 목을 물어뜯었고 주안상이 푸짐한 잔치마당에 풍각쟁이 수십 명이 나를 에워싸고 너울너울 춤추고 목청껏 노래 불렀다.

그렇게 혼미한 속에서 이틀 밤낮을 헤매다가 깨어났다. 마누라가 내 몸을 연신 주무르며 궐에서 별감이 출두했다고 속삭였다. 놀란 가슴으로 겨우 일어났다. 스승의 말씀에 따르면 어진을 상감께 올리면 대소신료들이 어전에 모여 용안과 닮았는지 품평을 한다고 했다. 그렇게 신하들이 용안과 닮았는지 아닌지 분별한 뒤에 상감께서 대소신료들 앞에서 어진을 친견하고 틀을 마련하라 명하시면 바로 대전별감을 화가에게 보내 기이한 상을 내린다고 했다. 그러나 상감께서 불사르라 명하시면 별감이 포졸들을 이끌고 득달같이 달려가 붉고 굵은 오랏줄로 화가를 묶어 포도청으로 압송한다는 얘기를 어찌 잊을 수 있겠는가.

나는 몽롱한 상태였지만 별감 앞에 무릎을 꿇었다. 차마 고개를 들지 못했다. 가슴이 벌렁거리고 머리칼이 곤두섰으며 눈앞이 빙빙 돌았고 몸은 바람맞은 풀처럼 바들거렸다. 별감은 굳은 표정을 풀지 않았다. 그 뒤쪽에 두 손을 가지런히 모으고 무릎 꿇은 김 진사는 눈을 감은 채 굳은 얼굴을 하고 있었다. 별감이 내게 말을 하는데 아득히 먼 곳에서 들려오는 듯했다.

"갸륵하도다. 용안을 보지도 않고 본 듯이 어진을 완결하였도다. 기이한 상을 내리고 화사畵師로 명하노라…."

별감의 목소리는 잘 들리지 않았지만 기대했던 지당한 어명이라고 생각했다. 그래서 궁궐 쪽으로 서 있는 별감에게 어명을 받들겠다는 뜻으로 있는 힘을 다해 삼배를 올렸다.

"네 이놈! 감히 어진을 희롱하다니…."

별감이 벽력같이 고함을 쳤다. 그는 아무래도 제정신이 아닌 것 같았다. 마땅히 상감께서 기이한 상을 내리고 공명첩을 보냈을 텐데, 내가 어진을 희롱했다고 덮어씌우는 게 말이 되는가.

"제가 어명을 받들어 어진을 완결하여 대감님께서 직접 어가 행렬을 주선하셨습니다. 시키신 대로 비단막으로 조심스럽게 모셨고 용등에 불을 켜고 어가에 오르시라는 복배를 했습니다."

어진을 모시는 어가행렬 땐 비단막이 조금이라도 구겨질세라 별감 여럿이서 갓난애 다루듯 하지 않았는가.

"아직도 제정신이 아니구나. 어진을 모시거나 봉송할 때는 마땅히 재계하고 근신해야 하거늘 술에 취해 혼미하다니! 그러고도 살기를 바라느냐!"

궁궐에서 어명을 받들고 나온 대전별감이 아니라 사람의 죽음을 결정하고 그 혼백을 저승으로 끌고 가는 포악한 일직사자日直使者 같았다.

"제가 어김없이 어진을 완결했습니다. 대감님께서 분명 어진을 모셨습니다. 김 진사도 봤고 동네 사람들도 어가행렬에 모두 절을 올렸습니다."

비몽사몽 중에도 할 말은 해야만 했다. 목숨이 걸린 일이었다. 삼백예순날을 오직 어진을 완결하기 위해 몸과 마음을 남김없이 바치지 않았던가.

"술을 처먹으려면 곱게 처먹어야지… 개백정도 이따위로 취하지는 않을 것이다."

별감의 말이 틀린 것 같지는 않았다. 왜 이렇게 정신이 혼미하고 몸을 가누기가 어려우며 혀가 꼬이고 눈이 실타래처럼 풀리는지 도저히 알 수가 없었다. 마른하늘에 날벼락을 맞은 것 같은데도 살아야 한다는 생각으로 내가 왜 이 지경이 되었는지를 떠올려보았다. 스승께서 보내준 산삼주를 완결한 어진 앞에서 석 잔을 마셨을 뿐이다. 술 석 잔에 내가 이 꼴이 될 줄은 몰랐다. 하긴 삼백예순날을 혼백이 되도록 어진에 매달렸고 첨배례를 하는 동안 뱃속을 비워 두었으니 취할 법도 했다. 그렇다고 술 석 잔에 이렇게 여러 날 몽롱할 정도로 내 몸이 허약하지는 않았다. 어명을 받은 이후에 김 진사가 챙겨준 음식이며 궐에서 보내준 고기며 사돈과 마을 사람들이 챙겨준 음식 덕분에 오히려 뱃살이 표나게 불었다. 붓이 잘 나가지 않으면 대문을 나서 산마루까지 걸어갔다가 숲속에서 기도하고 내려온 것만도 수십 번이 넘는다. 그런 내가 술 석 잔에 이 지경이 된다는 건 말이 되지 않는다.

"제가 무슨 죄를 졌다고 이러십니까?"

황망 중에도 별감에게 물었다. 김 진사가 입을 열지 말라는 시늉으로 눈을 깜빡였다. 죽느냐 사느냐 하는 판에 못 할 말이 어디 있겠는가. 별감은 나를 노려보며 말했다.

"너는 상복喪服 입은 어진을 본 적이 있느냐?"

"어찌 감히 상감마마께서 상복을 입은 어진이… 세상천지에 있을 수 있겠습니까."

할 말이 따로 있지 상복 입은 어진이라니, 상상이나 할 수 있겠는가. 놀부 심술에 초상집에 개 잡는다는 말이 있는데, 어찌 상복 입은 어진이 있겠는가. '상복 입은 어진'이란 말만으로도 불경죄일 텐데, 궐에서 나왔다는 벼슬아치가 그런 말을 했다.

"말씀이 지나치십니다."

아뜩하고 경황없는 내 입에서 이런 말이 튀어나왔다.

"쳐 죽일 놈 같으니라고. 어진을 그린답시고 상감마마께서 굴건제복屈巾祭服하고 죽장까지 짚게 했으니 어찌 살아남기를 바라느냐. 통천관通天冠이나 면류관冕旒冠에 장복을 갖추어도 부족할 판에 감히 굴건제복이라니 경천동지할 참극이로다."

별감이 귀신이 씌었거나 미치지 않고서는 할 소리가 아니었다. 내가 그린 어진이 굴건제복하고 죽장을 짚었다는 건 하늘과 조상을 두고 맹세코 진실이 아니다.

"설마 그럴 리가 있겠습니까마는, 제가 어진에 상복을 입혔다면 당장 저 환도環刀로 제 목을 치십시오. 제가 어찌 감히 그런 벼락 맞을 짓을 했겠습니까? 하늘이 알고 땅이 압니다. 두 개의 어진을 완결한 것은 부처님의 교교한 미소를 닮은 어진과 천하를 아우르시는 장중한 어진입니다. 눈썹만큼도 거짓 없이 드리는 말씀입니다."

만들어낼 수 있는 얘기가 아니다. 내가 무얼 바라고 그런 죽을 짓을 했겠는가.

"상감마마께서 없는 얘기를 지어내셨다는 말이냐?"

"어진을 보셨습니까? 상복 차림의 어진을?"

"대감들도 감히 친견하기 어려운 어진을 내가 어찌 보았겠느냐. 어진화사가 되겠다는 놈이 그것도 모른단 말이냐!"

"목숨이 백 개, 천 개라 하더라도 상복 입은 어진을 그릴 자가 조선 천지에 어디 있겠습니까. 제 눈으로 확인하게 해주십시오."

"듣기로는 바로 불살랐다고 했다."

상여 메김소리처럼 들렸다. 목칼이 채워지고 두 손엔 수갑, 두 발목엔

착고가 채워진 채 차디찬 옥에 갇히는 내 모습이 눈앞에 선했다. 족쇄 차고 끌려 나와서 장판에 엎드린 채 집장사령에게 곤장질을 당하는 모습도 아른거렸다. 발목과 허벅지를 밧줄로 동여매고 주리를 틀지도 모른다. 사금파리를 땅바닥에 뿌리고 무거운 돌을 허벅지에 올려서 정강이와 종아리에 사금파리가 박히는 벌을 받을 수도 있다. 관아에 끌려가면 윗자리에 수령이 앉아 대역죄인인 나를 노려볼 것이다. 수령 뒤에 낭청과 통인이 서 있고 그 앞자리에 서리가 붓을 들고 적발을 하며 아랫자리에는 비장과 급창이 도열하여 무릎을 꿇고, 내 양쪽에는 육방관속이 지킬 것이다. 옥에 갇혀 문초를 받으면 살아나올 수 없을 건 자명하다.

"아, 초벌 어진…."

혼잣소리였지만 별감이 알아들었는지 사랑방을 뒤져보라고 했다. 사랑방에 초벌 어진이 있을 까닭이 없다. 어진을 완결한 뒤에 밑그림과 초벌 어진을 모두 불살랐다. 어진 비슷한 것조차 갖고 있을 수 없다는 게 법도였다. 이럴 줄 알았으면 초벌 어진 한 장쯤 갖고 있었다면 무죄 증명이 될 수 있었을 게 아닌가. 별감이 사랑방과 안방과 건넌방까지 샅샅이 뒤지게 한 것은 나를 도와주려는 게 아니라 혹여 초벌 어진이 발견되면 그는 공을 세우고 나는 더 큰 불경 죄인이 되는 것이리라. 그래도 상복 입은 어진에 대한 불경죄보다는 몰래 감춰둔 초벌 어진에 대한 죗값이 훨씬 가벼울 거라는 생각이 들었다. 사랑방을 살피고 나온 별감이 내게 물었다.

"들창 문살이 잘리고 문고리가 빠졌는데 누구 짓이냐?"

"그럴 리가… 어진 모신 방이라 처자식조차 드나들지 않았습니다."

"그럼 네놈이 도적을 불렀단 말이렷다."

대꾸할 말이 떠오르지 않았다. 어진 모신 방에 누가 감히 문살을 자르고 문고리를 건드렸겠는가. 문득 살 궁리가 떠올라 별감에게 이렇게 애원했다.

"별감 어른, 지난날 제가 스승을 찾아뵙고 불경스럽지만 봉심하듯 가르침을 청하느라 초벌 어진을 보여드린 적이 있습니다. 스승께서 초벌 어진을 두고 가라고 해서 스승댁에 모셔둔 적이 분명 있습니다. 그 초벌 어진을 보신다면 제가 상복 어진을 결코 그리지 않았다는 걸 아실 수 있습니다. 제발 저를 믿어주십시오. 저는 혼잣몸이 아닙니다. 저 혼자 죽는 것은 두렵지 않습니다. 천지신명께 맹세합니다."

지옥에 떨어져도 살길이 있고 호랑이에게 물려가도 정신만 차리면 살수 있다고 했다. 스승이 초벌 어진을 두고 가라고 했으니 그걸 찾기만 하면 모진 꼴을 당하지 않을 수 있을 것 같았다. 김 진사가 별감에게 귀엣말을 했다. 별감이 고개를 끄덕였다. 젊은 별감과 포졸이 서둘러 대문 밖으로 나갔다. 나는 댓돌 아래 무릎을 꿇은 채 스승댁으로 달려간 별감과 포졸이 어서 돌아오기만을 기다렸다. 호령 닦달을 하던 별감은 마루 끝에 앉아 작은 소리로 말을 주고받았다. 나는 다리에 쥐가 났지만 손끝으로 힘껏 누르기만 했다.

"일어나 바로 앉거라."

별감이 이렇게 말하며 턱짓으로 사랑방 툇마루를 가리켰다.

"별감께서 마음 베푸시니 일어나게."

김 진사도 거들었다. 나는 고개를 저었다. 몸이 고달파야 괴로움을 그나마 견딜 수 있을 것 같았다. 머리를 땅에 박을 듯이 깊이 숙였다. 가르마 꼬챙이처럼 내 마음을 갈라놓은 건 스승께서 내가 그린 초벌 어진을 보관하고 있거나, 행여 탈 날까 싶어 태워 없앴을 수도 있다는 추측이었다. 스승의 성미를 어느 정도는 알고 있기에 태워 없애지는 않았을 거라고 생각했다. 제발 그러했기를 학수고대 할 수밖에 없었다. 초벌 어진을 찾아내야만 내 목이 붙어있을 것이다. 하늘이 나를 버려 황천객이 돼서라도 마누라와 자식새끼들은 살려내야 한다. 어린 손자 녀석들을 떠올리면 당장 담벼락에 머리를 짓찧어 죽어버리는 것이 상책이란 생각도 했다. 죄가 있다면 내가 벌을 받으면 되지 처자식까지 옭아매지는 않겠지. 온갖 궁리를 하며 진작에 죽지 못한 게 한스러웠다. 아무리 생각을 쥐어짜도 내가 그린 어진이 상복 차림이었다는 건 납득할 수 없었다. 향초를 켜고 수없이 첨배례를 하며 부처님의 미소와 장중한 용안을 올려다보지 않았던가. 천하에 없는 귀신이라도 내가 그린 어진에다 굴건제복을 입힐 수는 없었다. 일직사자, 월직사자, 시직사자, 칙효사자, 병부사자가 달려들어 내 혼백을 저승으로 끌고 간다고 해도 상복 입은 어진을 그리지 않았다는 걸 반드시 밝혀야만 한다.

대문이 열리고 젊은 별감과 포졸이 들어왔다. 나는 허리를 펴고 그들을 쳐다보았다. 떠날 때 그대로였다. 초벌 어진을 가져왔으면 대번에 표가 날 텐데, 빈손으로 왔다는 걸 알았다. 방망이질 치는 가슴에 쇠스랑이 박힌 것 같았다. 내 몸을 기름틀에 넣고 바윗돌로 눌러 피 한 방울, 살점 하나 없는 바싹 마른 낙엽이 돼버린 듯했다.

"초벌 어진이라 하여도 상감마마와 진배없으니 정중하게 예를 올리고 불태웠으며 그 재 또한 함부로 다룰 수 없어 용한 지관에게 명당을 찾게 한 뒤 천신天神에게 제사를 지내고 묻었다고 한다. 더 지껄일 말이 있느냐?"

"……"

어찌 할 말이 없겠느냐마는 목울대가 꺾인 듯하고 혀가 말려 고개만 숙일 뿐이었다. 포졸이 오랏줄로 내 몸을 묶었다. 마누라와 자식들이 무릎을 꿇은 채 고개를 숙였다. 울음 터진 손자의 입을 며느리가 틀어막고 뒤꼍으로 끌고 갔다. 김 진사가 오랏줄에 묶인 내 손을 잡고 귀엣말을 했다.

"하늘이 무심치 않을 걸세. 살아서 보세."

옥에 갇힌 지 닷새, 나는 목칼을 차고 지냈다. 장판에 엎드려 집장사령의 곤장을 맞은 엉덩이가 터져 바로 앉을 수도 없었지만 살아서 보자는 김 진사의 말을 떠올리며 어금니를 물었다. 처자식도 생각하지 않기로 했다. 생각하면 할수록 분하고 울화가 치밀어 견디기 어려웠다. 목칼을 찬 채, 면회 온 김 진사를 만났다. 그는 옥졸에게 엽전을 내밀었다. 옥졸이 뒤돌아 몇 걸음 떨어져 있었다. 김 진사는 내 엉덩이의 상처를 걱정하며 시꺼먼 물엿같은 약을 내밀었다.

"자네 스승이란 자가 어진을 완결하라는 명을 받고 도화서로 입궐했다네. 시꺼먼 도둑놈의 볼기짝에 어찌 추錐가 박히지 않겠는가. 곤장에 장사 없고 국문에 충신이 없다고 했지만 사필귀정이라 했으니 포기하지 말게."

나는 김 진사의 따스한 손을 잡은 채 흐느껴 울었다.

"내가 재 너머 의원을 찾아가 근래에 자네 스승이 약재를 지어갔는지 물었더니 말리화茉莉花 뿌리와 양척촉洋躑躅 뿌리를 사 갔다고 하더군. 말리화 뿌리는 화타가 마취제로 사용했다고 하고 양척촉 뿌리는 동의보감에 성질이 따뜻하고 열기가 나면서 마취가 된다고 했다네. 내 어찌 자네 스승을 의심하지 않을 수 있겠는가."

할 말이 많았는데 무슨 말을 어디서부터 해야 할지, 내 입은 쉽게 열리지 않았다. 가족들의 안부를 묻고 눈물이 흘러 참을 수가 없었다. 김 진사에게 내 억울함을 하소연하고 실컷 울었다. 김 진사는 혼잣말로 '벼락을 맞을 놈'을 몇 번이나 되뇌더니 뒤돌아 나갔다. 그가 내게 마지막으로 한 말이 이명처럼 귓가에 남아있다.

"살아만 있게. 살아서 튼튼한 두 다리로 땅을 딛고 흐르는 강물을 바라보고 있게나. 반드시 원수의 시체가 떠오를 걸세."

김홍신 ────────────────────────────────

1976년 현대문학으로 등단, 제15대 · 제16대 국회의원 역임, 건국대학교 석좌
교수 역임, 한국 역사상 최초의 밀리언셀러 『인간시장』 등 138권의 저서 출간,
한국소설문학상, 소설문학작품상, 현대불교문학상, 한국문학상 등 수상.

178

별을 헤는 사람들 | 백정희

취재를 마치고 목포역에 도착한 것은 해가 설핏한 오후였다.

역 광장으로 나오자 오월의 밝은 햇빛이 쏟아지고 있었다. 선영은 시린 눈을 가늘게 뜨고 버스 정류장 쪽으로 시선을 보냈다. 가로수 잎 위에 떨어지는 햇볕은 광채를 내며 반짝거렸다. 역 근처 선창에서 갯냄새가 묻어있는 바람이 불어와 선영을 스치고 지나갔다. 그녀는 코를 벌름거리며 깊은 심호흡으로 갯냄새를 들이마셨다. 고향의 맛이자 고향의 숨결에 마음이 편안해졌다. 이제 앞으로 이틀간은 자유라는 시간이 주어졌다는 사실에 저절로 긴장의 태엽이 풀어지는 느낌이 들었다.

기사 내용이야 어찌 됐든 이 부장의 눈빛에서 벗어났다는 사실만으로도 그녀는 새털처럼 날아갈 기분이었다. 이틀 후면 인천항에 도착할 탈북자 가족 취재를 맡기로 했으나 취재를 떠나는 날 선영을 부르더니 언제였냐는 눈빛으로 후배 여기자에게 넘겨버렸다. 선영에게는 몇 년 전 탈북자 가족을 취재하라는 한마디를 던질 뿐이었다. 손바닥 뒤집듯 하는 이 부장의 결정에도 선영은 하소연이나 불평조차 할 수 없는 현실에 화가 났다.

선영은 목포역 앞에서 무안으로 가는 200번 시내버스에 몸을 실었다. 목포 시내를 벗어나 중등포와 장부다리를 지나고 목포대와 태봉마을을 지나 고향마을 어귀에 도착했다. 창포 바다 쪽 하늘에 퍼져있던 붉은 구름 떼가 석양빛을 받아 빛나고 있었다. 선영은 발걸음을 빠르게 옮겨 집으로 향했다. 산모퉁이를 막 돌아서자 선영네 마늘밭에 엎드려 일하고 있는 두 사람이 눈에 들어왔다. 서쪽으로 기울던 석양빛이 두 사람의 허리 위에 쏟아지고 있었다. 한 사람은 언제 보아도 눈에 익은 어머니였다. 다른 한 사람은 누구인지 짐작이 가지 않았다. 그저 품앗이를 하러 온 동네 노인이려니 여겨졌다. 그녀는 어머니를 빨리 볼 수 있는 사실만으로 반가워 팔을 높이 쳐들고 어머니를 부르며 밭둑으로 향했다.

"오매! 우리 애기 오냐?"

어머니가 굽은 허리를 펴고 활짝 웃는 얼굴로 반기며 마주 손을 흔들었다. 순간 선영의 발밑을 가로질러 쏜살같이 달려가는 물체들이 있었다. 그녀는 소스라치게 놀라 넘어질 뻔하였다. 선영은 휘청거렸던 몸의 중심을 잡은 후 얼른 물체들이 뛰어가는 쪽을 바라보았다. 들고양이 네 마리가 '이야아우웅!' 소리를 지르며 건너편 풀숲으로 꼬리를 숨기고 있었다. 그녀는 얼마 전에 텔레비전에서 보았던 들고양이들을 떠올렸다.

미국에서만도 수백만 마리의 집고양이가 버림을 당해 들고양이가 된다는 보도였다. 고양이를 연구하는 맥도날드 교수는 바닷가나 들판에 버려져 죽어 가는 들고양이들을 찾아내 데려다가 기르고 있었다. 그는 버림받은 고양이는 사람을 신뢰하지 않게 된다고 말했다. 하지만 사람들 주변에서 살고 있는 고양이는 인간의 수명을 연장시켜 줄 뿐만 아니라 치매나 외로움에 시달리는 사람들에게 치료의 효과를 준다고도 말했다. 고양이를 무릎 위에 앉혀놓고 따뜻한 체온을 느껴보는 것도 평안한 마음을 주기 때문이라고 말했다. 맥도날드 교수는 고양이를 혼자서만 생활하는 반사회적인 동물이라는 거였다. 때때로 얼굴이나 뺨을 부비는 행동을 통해서 너무나 빠르고 민첩한 의사소통을 나누며, 암컷은 친족지간의 새끼들에게 젖을 물리기도 한다고 덧붙였다. 선영은 바닷바람이 세찬 방파제 속에서 굶주린 채 죽어 가는 들고양이들을 맥 교수가 찾아내 안고 가던 화면이 환하게 떠올랐다. 들고양이는 맥 교수에 의해 다시금 집고양이로 바뀌게 되는 행운을 맞는 거였다. 발견되지 못한 수많은 들고양이들은 들이나 산, 아무 곳에서 굶주려 죽어 간다고 안타까워했다.

선영은 시선을 돌려 다시 어머니를 부르며 발걸음을 내디뎠다. 어머니와 노인은 마늘종을 뽑는 손놀림을 멈추고 선영 쪽을 향해 온 얼굴에 반가운 웃음이 가득했다. 어머니는 마늘종을 한 움큼 든 채 선영을 향해 어서 오라고 반가워했다. 노인도 허리를 펴고 궁금해 하는 표정을 지었다. 노인이 어머니를 쳐다보며 무어라고 하는 것이 선영이 누구냐고 묻는 모양이었다. 선영은 노인이 못 보던 얼굴이어서 궁금한 생각이 들었다. 어머니는 마늘이 밟히지 않도록 손으로 젖히며 선영이 서 있는 밭둑을 향해 조심스러운 발걸음으로 걸어 나오고 있었다. 노인도 마늘종 보따리를 안고 어머니의 뒤를 따랐다. 선영은 얼른 어머니 옆으로 다가갔다. 노인이 뒤따라 와 선영을 관찰하듯 바라보며 어머니에게 물었다.

"누구라우? 지비 딸이여 및 째일까 막둥이여?"

"이야! 우리 딸이여라우, 셋째라우."

어머니가 대답하자 노인은 얼굴 가득 마주 비추는 석양빛에 눈이 부신 듯 눈살을 찡그리며 선영 앞으로 다가서서 말했다.

"어따 어따! 이삐게도 생겠소이, 서울 가 있는 놈이요?"

노인의 얼굴에는 부러움의 빛이 역력했다. 노인이 입을 움직일 때마다 얼굴 가득 찬 주름살이 석양빛을 받고 더욱 뚜렷하게 꿈틀거렸다.

"이야! 신문사에 댕긴다고 말 했었소안."

어머니가 대답했고 노인은 쭈글거리는 입을 열어 물었다.

"워따워따! 그 놈이 저렇코 이삐게 생겠소? 동상은 딸들 있응께 얼마나 좋겠는가, 자네가 젤로 부럽네야."

노인과 어머니는 선영을 놓고 한참이나 주고받았다. 노인은 입으로는 어머니에게 말을 하면서도 시선으로는 선영을 유심히 바라보았다. 선영은 노인에 대하여 궁금증이 일었다.

어머니는 노인이 누구인지도 모르고 서 있는 선영에게 인사를 시켰다.

"팽산할매시단다. 인사드려라."

선영은 고개를 숙여 인사를 하고 노인을 향해 미소를 지었다. 노인은 선영을 금방이라도 안을 듯이 손으로 쓰다듬으며 말했다.

"어따! 어따! 내 딸이면 얼마나 좋을 끄나."

노인은 젊었을 적엔 상당히 미인이었음직한 흔적이 역력해 보였다. 주름은 얼굴 가득했으나 얼굴 윤곽이 보름달처럼 둥근 형으로 복스럽고 친근감이 느껴지는 모습이었다. 늙은 나이에도 살집이 좋아 쭈글쭈글하고 옴팡 들어간 눈이지만 예전에는 눈망울이 크고 예쁜 눈이었을 거라는 짐작이 들었다. 선영 어머니의 마른 체구에 비하면 뚱뚱하다는 말이 어울리는 살집 좋은 노인이었다. 어머니는 마침 선영을 기다리고 있었노라고 뽑아놓은 마늘종을 밭둑에서 주섬주섬 묶어 들고 집에 갈 채비를 서둘렀다. 선영은 팽산댁이 또 바뀌었다는 생각을 하며 궁금해졌다. 팽산 양반의 전처가 죽고 두 번째의 팽산댁이 시집온 지 얼마 되지 않았는데 웬 낯선 노인이 또 팽산댁이라니. 선영이 놀란 눈으로 어머니를 바라보자 어머니는 눈을 찡긋하고는 노인이 들을세라 선영을 조심시켰다.

노인은 마을까지 함께 걸어온 후 팽산 영감 집으로 들어갔다. 팽산 영감 집은 선영의 고향집과 이웃한 아랫집이었다. 노인은 집으로 들어서자 돼지우리 옆으로 걸어갔다. 두 마리의 개들은 노인을 반기며 꼬리를 흔들고 깡충거리며 좋아서 어쩔 줄을 몰라 했다. 노인은 개들을 향하여 자식을 안으려는 엄마처럼 다가가 쓰다듬으며 먹을 것을 주었다. 개들은 노인과 눈을 맞추며 꼬리를 한없이 흔들어댔다. 어디서 왔는지 네 마리의 고양이가 팽산댁 앞으로 달려갔다. 개들은 고양이를 발견하자 컹컹 짖어대기 시작했다. 선영이 자세히 보니 밭둑에서 보았던 들고양이들이었다.

"엇따엇따 내야 새끼들 어디 갔다 왔는가?

팽산댁은 고양이들을 쓰다듬으며 얼른 손바닥에 먹을 것을 담아 내밀었다. 마치 여러 자식들에게 둘러싸인 듯한 행복한 표정을 짓고 있었다. 선영네와 팽산댁네는 말이 이웃집이지 선영네 마당에서 내려다보면 한 층 정도의 축대가 높아서 팽산댁네 마당이며 마루가 훤히 보였다. 팽산댁네 방문을 열어 놓으면 방안에서 나는 큰소리도 들을 수가 있도록 무슨 일이 일어나는지 훤히 알 수가 있었다.

어머니는 이고 온 마늘종을 마루에 내려놓고는 팽산댁을 한 번 쳐다보며 말했다.

"의지헐 데가 없응께, 저리도 개 허고 고양이를 이뻐 헌단다. 동네 도둑 고양이들은 죄다 저 집으로 모여드는 갑다야. 사람이고 짐성이고 지 이뻐 허는 것은 알어 봐야. 외려 은혜 모르는 사람 못된 것보다 짐성이 나서야, 저리도 좋아서 환장허는 것 봐라."

헛간에 매여 있는 두 마리의 개들은 줄이 끊어져라 팽산댁을 향하여 뛰면서 꼬리를 흔들어댔고, 고양이들은 팽산댁을 쳐다보며 어린 아기마냥 앞발을 쳐들고 뺨을 비벼대며 어리광을 부려댔다. 선영은 들고양이들이 팽산댁에게 무어라고 말을 하는 것처럼 생각되었다.

"임성떡도 죽어부렀단다, 죽어불면 그만 이여야 살았을 때가 사람이제 죽어 불면 뭔 소용 있대야?"

어머니는 선영이 고향에 들를 때마다 그동안 고향에서 일어났던 여러 가지 일들을 전해주었다.

"말이 있디야 안, 석석 바우 끝에 가 살아도 사는 것이 행복 이제, 죽으면 아무 소용 없시야. 저 노인네는 저렇코 늙었어도 시집이라고 와서 사는 것 잠 봐라!"

어머니는 팽산댁을 한 번 건너다보고는 말을 이었다. 선영은 그 다음에 어머니의 입에서 무슨 말이 나올지를 이미 알고 있었다. 벌써부터 그녀의 귀에는 어머니의 걱정이 쟁쟁 울려왔다. 거기에는 항상 현우의 이름을 잊어버리라는 말은 안 해도 그런 뜻을 내포하고 있었다. 그가 이미 독일로 떠나간 지 오래된 세월 끝을 붙잡고 있는 딸이 딱하고 안쓰럽기만 할 뿐인 어머니의 심정이었다.

"그렇께 너도 빨리 좋은 사람 만나서 하루라도 등 따습게 잠 살아야! 허구헌 날 산지사방을 쏘댕겨도 어째 그리 사람 하나 못 만난대야, 서울에 몇 백만 명이 사는디."

어머니가 말하는 몇 백만 명 속에는 현우의 이름은 들어있지 않았다. 그의 존재는 제외시킨 나머지 이 땅의 자유로운 사람들을 칭하는 것임을 선영은 너무나 잘 알고 있었다. 그는 자유가 없는 몸이었다. 아니 팔십 년 오월 광주에 난리가 났던 때 간첩이라는 누명을 쓰고 이 땅에서 자유를 누릴 자격을 잃은 사람이었다. 그에게 씌워진 누명으로 자유가 없는 만큼 선영 자신도 자유를 포기한 채 살아왔다. 가장 못 견뎌 하는 사람은 어머니였다. 어머니는 선영의 머릿속에 새겨있는 그의 모습을 지울 수만 있다면 무슨 일이라도 하겠노라고 푸념처럼 말했다.

선영은 말꼬리를 돌리기 위해 새로 온 팽산댁에 대해서 어머니에게 묻기 시작했다. 어머니는 선영을 한 번 바라보고는 포기한 듯 말을 이었다.

"여섯 달 전에 시집왔단다. 나이 칠십이 넘었는디도 의지할 데가 없응께 저렇코 시집이란 걸 오는 것 봐라. 해남 부잣집 외동딸인디. 불쌍한 노인이어야."

"그럼 두 번째 왔던 팽산댁은 어떻게 되고요?"

"나가 부렀단다, 팽산 영감이 에지간히 꼼보투이(인색함) 노릇을 해야제야, 진지리 꼼꼼쟁이(구두쇠)로 돈 한 푼도 안 주고 살림을 허라니, 지끔 시상에 누가 전디것냐? 여간 좋은 사람이었는디, 서울로 돈 번다고 가 부렀단다."

어머니는 두 번째 팽산댁이 집을 나갈 수밖에 없었던 사실을 안타까운 듯 말해 주었다.

"팽산 영감이 가용으로 쓸 돈도 아까와서 찌뜰름(찔끔거림)거린께 누가 좋아허것냐?"

나이 육십에 시집온 두 번째 팽산댁은 팽산 영감의 남성이 탐나서 온 것도 아니었다. 허우대가 좋아서 들일이라도 끙끙 해 주는 것은 더군다나 아니었다. 다정다감해서 정이 솔솔 붙도록 해주지도 않았다. 늘그막에 서로 의지하며 등이라도 긁어 주면서 마음 편히 살렸더니 그것도 아니었다고 했다. 읍내에 사는 전처의 소생인 팽산 영감의 큰아들과 큰며느리는 시간만 나면 쫓아와서 복장을 질러놓고 갔다.

"아따! 도둑놈 발바닥만 한 논뙈기에 미친년 넙떡치 만한 밭뙈기를 즈그덜 앞으로 명의 이전해 주지 않는다고 지랄이랑께. 욕심이 배창시에 까장 삐어져나온 놈의 종자들이란 말이여. 지 애비를 뒷치닥꺼리 해주는 것만도 고마운 줄을 모르고 손바닥만 헌 전답뙈기 뺏어가지 못해서 안달복달이랑께"

두 번째 팽산댁은 선영 어머니에게 하소연하곤 하더니 집을 나가버렸다고 한다.

"이참에 온 사람도 착허디 착허드라만, 몰르것다 얼마나 살랑가, 저렇코 물색없는 영감이 처복은 있는 갑시야. 들어오는 할멈마다 좋은 것 본께."

어머니는 세 번째로 온 팽산댁은 젊은 청춘에 남편이 북으로 끌려가 버렸다고 말해 주었다. 그 통에 세 번째의 팽산댁은 이리저리 떠돌며 고생 속에 힘들게 살아왔다는 것이다. 선영은 귀가 번쩍 뜨이며 팽산댁에 대해 호기심이 갔다. 팽산댁은 남편이 잡혀가고 얼마 후에 유복자를 낳았으나 아들마저도 병으로 잃어버리고 실의의 나날을 보냈다고 한다. 고달프고 외로운 삶에 지쳐 상처한 남자에게 다시 재혼을 했다. 그 남자는 무척이나 자상하게 해주었는데 그마저 병들어 죽고 말았다는 것이다. 어머니는 참으로 기구한 인생이라면서 안쓰러운 표정을 지었다. 선영은 팽산댁 집에 가서 좀 더 많은 이야기를 들어봐야겠다는 호기심이 생겼다. 노인의 남편이 북으로 납치된 납북 어부라는 사실이 관심을 끌었다. 어쩌면 좋은 기사를 하나 건질 수 있겠다는 생각이 들었다. 이번에도 후배 기자와 이기려면 어떤 대안이 필요하다는 생각이 들었다.

그녀가 취재하러 갔던 탈북자 가족들은 도시의 끝 변두리에서 몇 년째 살고 있었다. 진정한 자유가 있다고 해서 왔노라고. 이남에 오기만 하면 지상의 천국 생활이 될 줄 알았다고 말했다. 이북에서는 한 사람을 우상으로 섬기라 하지만, 이남에 와서 몇 년을 살다 보니 우상이 너무나 많더라고 말했다. 자본주의 사회에서는 물질이 우상이더라고. 돈이 없으면 제대로 할 수 있는 일이 없더라고. 명예를 위해서 외국의 문물을 온몸에 받아들여 그것을 지상에서 가장 큰 힘으로 여기는 사람들. 미모만이 최고라고 성형수술을 통해서라도 인조 미인일망정 눈을 즐겁게 해주는 데는 별문제를 삼지 않고 미모를 무기삼아 권력과 명예도 쟁취하고 세상을 발아래 두고 휘저으며 살아가는 사람들. 자본주의 사회의 자유 아래는 너무나 많은 갖가지 우상들이 진을 치고 있더라고 그들은 씁쓸하게 웃었다. 그들의 웃음 저편에는 어쩌면 이 땅의 모순을 바닥까지 훤히 들여다 봐 버린 후의 허망함일지도 몰랐다. 그들이 꿈꾸고 바라며 찾던 세계와는 거리가 멀다고 느꼈는지도.

선영은 그들이 솔직하게 뱉어낸 말들을 그대로 특집기사로 실을 수 있을까 의심스러웠다. 그들의 속마음을 그대로 기사화한다면 기자의 사상에 문제가 있노라고 하지는 않을까. 독재정권이 지나고 문민정부가 오면 모든 것이 달라지리라 기대했다. 민초들의 마음을 알아줄 대통령을 맞이했다고 들떴다. 독일로 간 현우도 문민의 힘을 입어 돌아올 수 있기를 기대해 보았다. 문민도 저물고 국민의 정부도 지나고 정권이 바뀌어도 갈라진 민심에 이데올로기 문제는 달라지지 않고 깊은 골을 이루며 존재했다. 이 나라 민주주의는 독재의 뿌리에 기초한 정권으로 바뀔 때마다 늘 뒷걸음치는 불구자로 변하고는 했다. 레드 콤플렉스로 공산주의에 대한 반감이 극대화되어 진보주의 자체에 대한 혐오감이나 빨간색에 대한 반감을 가지는 극단적인 반공주의로 치달았다. 독재정권에 물든 정치인들이나 극우들은 사십 년이 지난 팔십 년 광주 오월 항쟁을 아직도 폄훼하고 상처를 헤집어 놓는 통에 피해자들은 고통스러워했다. 이 부장은 걸핏하면 빨갱이라는 말을 붙여 팔십년 오월 광주의 상처를 헤집는 인물에 속했다. 어쩌면 이번에도 선영의 기사를 내던지며 발가락 끝으로도 이보다는 낫게 쓸 것이라며 모욕적인 언어를 쏟아낼 것이 분명했다.

선영은 저녁에 팽산댁을 찾아가 취재를 해야겠다는 생각을 했다. 젊은 청춘에 남편을 북쪽에 빼앗기고 살아온 한을 들어보고 그것을 꼭 기사로 써보기로 마음을 굳혔다.

"염병헐 놈의 영감탱아! 내가 간첩질 허는 것 봤냐? 빨갱이는 누가 빨갱이냐?"

어둠이 내려앉는 해거름 녘이었다. 선영이 집안을 둘러본 후 마당 앞에 있는 화단 근처에 서서 강아지를 보고 있을 때였다. 팽산댁네 집에서 큰 소리가 들려왔다. 선영이 얼른 시선을 보내니 팽산댁은 마루에서 팽산 영감과 얼크러져 싸우고 있었다. 마루 한가운데 앉은 채 서로 머리채를 움켜잡고 힘을 쓰며 소리를 질러댔다. 팽산 영감은 입 속으로만 우물거리며 팽산댁 머리채를 쥐고 흔들었다. 팽산댁은 큰소리로 욕을 하고는 몇 올 남지 않은 팽산 영감의 머리카락을 잡아당겼다. 서로 이마를 맞대고 머리채를 잡은 모양새가 마치 아이들이 장난을 하거나 싸우는 것과 흡사해 보였다. 마당에 매여 있는 개들도 두 노인을 향해 컹컹 짖어댔고 마루 밑에 있던 들고양이들은 야아우웅 거리며 쳐다보았다. 선영은 그 광경을 바라보기만 했다.

"두 노인네가 심심하면 저렇고 싸운단다. 그냥 냅둬라. 그러다가도 곧 다시 풀어져야."

어머니는 두 노인네가 아무것도 아닌 작은 일로도 자주 그런다고 심심하면 밥 먹듯이 싸우다가도 풀어진다고 대수롭잖게 여겼다.

"다 늙어 황천 문이 코앞에 있는 송장 같은 영감 할멈이 만나서 부부의 연을 맺었는디. 어디 정이 있기나 하겄냐? 그저 마지못해 홀아비 홀어미 의지하려고 한 지붕 밑에 살기야 허제만 어디 재미나겄냐?"

어머니는 오히려 선영을 걱정하며 말을 이었다.

"홀애비는 이가 서 말이고 홀엄씨는 은이 서 말이라는 옛말도 있듯이, 의지가지 없응게 혼자보다는 영감 의지하고 살려고 온 것 뿐이제."

팽산 영감은 서 말 되는 이를 해결하기 위해 팽산댁을 들여앉혔고 팽산댁도 혼자 사는 것보다 의지하고 살려는 마음이 똑같을 것이라고 했다.

"그런디 동네 사람들이 팽산댁을 따돌리고 싫어해야."

어머니는 팽산댁 주변을 맴도는 의심의 눈초리로 잊어버릴 만하면 경찰이 찾아와 조사를 하고 가는 통에 동네 사람들이 싫어한다고 했다. 조사를 당할 때마다 노인은 자신이 서있을 땅이 어딘지를 모르겠다고 불안해한다는 것이다. 아까운 청춘에 남편을 북에 빼앗긴 것만도 억울한데 의심의 눈빛으로 가시울타리를 만들어 가두는 것은 더욱 견딜 수 없어 한다는 것이다. 동네에서 무슨 물건이 없어지면 팽산댁을 몰아세워 의심까지 하고 뒤집어씌운다고 했다.

어머니는 팽산댁을 겪어보니 그런 사람이 아닌데도 동네 사람들이 너무 심하게들 한다면서 혀를 찼다. 팽산댁은 또한 했던 말을 자꾸 되풀이해서 하는 버릇 때문에 그것을 보고 동네 사람들은 치매가 와서 정신이 오락가락한다느니 하면서 따돌린다고 했다. 노인은 늙은 나이에도 시집이라고 와서 팽산댁이라는 신분을 가졌지만 팽산 영감이 엄연히 남편으로 살아 있어도 주위 사람들은 노인을 볼 때 여전히 떠돌고 있는 불쌍한 한 노파로만 볼뿐이라고 했다. 언젠가는 북에 끌려간 전남편이 나타나 이 땅을 버릴 것이라고도 하고, 북한의 스파이일지도 모른다고 입방아를 찧어댄다고도 했다. 무엇보다도 전처의 소생들은 그들의 집에 들어와 밥이나 돈을 축내고 자식들 앞으로 돌아올 밭뙈기 한 뼘이라도 빼앗아 가는 늙은 식객으로 밖에는 생각지 않는다는 거였다.

팽산댁은 걸핏하면 이웃인 어머니에게 찾아와서 속마음을 털어놓고 억울함을 하소연했다. 때론 지나온 삶을 얘기하다가 눈물 바람을 한다는 것이다. 어머니는 팽산댁이 물 위에 기름 돌 듯하고 동네 사람들에게 무시당하는 것이 불쌍하고 안쓰러워 잘 대해주니 자신의 사정을 어머니에게는 샅샅이 털어놓고 고마워한다고 했다. '정승 집에 개가 죽으면 문상객이 많아도 막상 정승이 죽으면 조문객이 없는 이치'라면서. 팽산댁을 향하여 쏟아지는 주위의 멸시는 노인에게 배경이 없기 때문이라고 하며 선영에게도 어서 결혼해서 배경을 만들어 보라고 하는 것이 어머니의 결론이었다. 남편과 자식을 만드는 것은 혼자라는 이유 때문에 당해야 할 여러 가지 멸시를 막아내는 울타리를 치는 거라고. 어머니는 이번에야말로 선영의 마음을 바꾸어 놓을 결심을 굳힌 것 같았다. 오랜 세월 현우를 향해 굳어온 선영의 마음을 돌려놓으려는 듯 어머니는 애절한 소원을 이루려고 열심히 설득했다.

"내일 마을회관에서 어버이날 효도 잔치 헌단다, 너도 온 김에 동네 어른들한테 인사도 드릴 겸 같이 가자.”

저녁을 먹고 난 후 어머니는 오랜만에 내려온 딸을 조금이라도 옆에 붙들어 두고 싶은 심정으로 말했다. 그녀는 내일 하루 더 팽산댁 얘기를 들어야겠다고 대답했다. 어머니는 선영이 내일 당장 떠나지 않는 것만으로도 다행이라고 기뻐하는 표정을 지었다. 선영은 광문을 열고 불을 켰다. 어릴 때는 온갖 먹을 것과 보물이 가득한 요술의 방처럼 여겨졌던 곳이었다. 불빛이 밝아지자 항아리나 쌀뒤주 대바구니며 어머니의 손때가 묻은 갖가지 물건들이 눈길을 끌었다. 선영은 광문과 가장 가까운 곳에 있는 다과류가 놓인 곳으로 시선을 보냈다. 어머니에게 드리려고 사 온 다과류를 팽산댁에게 가져가기 위해 조금 덜어냈다. 선영이 그것을 챙겨 들고 나가려던 참에 사립문 흔드는 소리가 들려왔다. 어머니는 팽산댁 목소리라면서 ‘귀신도 제 말 하면 온다더니 마침 잘됐다.’하고 웃었다. 선영은 얼른 방문을 열고 마당으로 나갔다.

“동상! 문 잠 열어 보랑께, 나 왔어 동상!”

팽산댁은 사립문 밖에서 어머니를 부르는 걸 멈추지 않았다. 선영은 얼른 뛰어가 사립문을 열었다. 헛간 옆에 엎드려 있던 강아지도 어느새 따라왔는지 팽산댁을 반기며 꼬리를 흔들었다. 강아지도 팽산댁의 잦은 출입을 알고 있는 눈치였다. 선영은 팽산댁을 반기며 그렇지 않아도 놀러 가려고 했다면서 마침 잘 오셨다고 반겼다. 팽산댁은 그 말을 듣자 얼굴 가득 환한 웃음을 웃었다.

“워따워따! 나 같은 무식 헌 할망구헌테 이렇코 이삔 사람이
찾아올라고 했다냐, 고맙기도 해라.”

팽산댁은 선영을 쳐다보며 한마디 더 했다.

“너 서울 올라가기 전에 한 번 더 볼라고 왔다, 어째 네가 내 딸 같을 끄나 내 맘에 쏙 든다야.”

팽산댁은 구부정한 허리를 펴더니 선영을 한 번 어루만지고는 앞서서 안방으로 들어갔다. 선영이 사립문을 잠그고 방으로 들어오니 어머니는 선영이 조금 전 팽산댁에게 가져가려고 준비해 뒀던 다과류가 담긴 그릇을 내밀고 있었다. 팽산댁은 짬만 나면 밤낮을 가리지 않고 어머니에게 와서 얘기하며 놀다가 간다면서 자신이 밤늦게 놀러 온 것에 대해 변명처럼 늘어놓았다.

"내 딸 삼으면 좋겠타! 내 딸이면 얼마나 좋을 끄나."

팽산댁은 방문을 열고 들어서는 선영을 바라보며 혼잣소리처럼 중얼거렸다. 이내 무릎 하나를 세우더니 '몸뻬' 주머니를 뒤적거렸다. 잠시 후 주머니에서 꺼낸 손을 쥔 채 선영의 손을 꼬옥 잡았다가 놓았다. 선영이 손을 펴보니 꼬깃꼬깃한 만 원짜리가 구겨진 모양에서 느리게 펼쳐지고 있었다.

"서울 가다가 맛있는 것 사 묵어라잉. 내일 너 못 볼까 봐서 늦었어도 역불러 왔다야."

어머니는 말리는 투로 말했다.

"어따! 뭣 헐라고 그러시오, 돈도 없으실건디, 냅 뒤게라우."

팽산댁이 선영에게 대하는 것은 어머니가 베풀어 준 따뜻함에 보답하려는 모양이었다. 팽산댁 얼굴에는 서운해 하는 빛이 역력하게 흘렀다. 선영을 처음 만났는데도 서먹하지가 않고 딸처럼 느껴진다면서 자신의 딸로 삼았으면 좋겠다고 연신 말했다. 선영은 어머니와 동네 어른들에게 드리려고 사 왔던 카네이션과 선물을 꺼냈다. 그 가운데 꽃 한 송이를 팽산댁 옷깃에 달아주고 나서 선물도 하나 쥐어주며 내일 어버이날을 미리 축하한다고 말했다. 팽산댁은 두 손으로 선영의 손을 감싸 쥐고는 어쩔줄을 몰라 하며 감탄의 소리를 연발했다.

"엇따엇따 내야 딸! 이렇코 이쁜 꽃을 나줄라고 사왔는가? 엇따 내야 딸 고맙기도 해라 선물 까장 준당가?"

팽산댁 손이 선영에게 스치자 거스러미가 부딪치는 거친 느낌이 들었다. 팽산댁은 가슴에 달린 꽃을 한 번 만져보고는 함빡 웃음을 웃었다. 이내 얼굴에 피어올랐던 밝은 표정을 어둡게 하더니 조금 전에 팽산 영감과 싸웠던 일이 아직도 분이 덜 풀리고 생각난 듯 말을 이었다. 선영에게 말하던 목소리와는 딴판으로 입을 크게 벌려 뚝뚝한 목소리로 팽산 영감을 욕하고 나왔다.

"씨벌 놈의 영감탱이가 작은 밭 폴아서 나 준다고 허고는 코 싹 씻을락 헌당께, 쩌참에는 뭔 지랄 맞는다고 감낭구에 올라갔다가 떨어져갖고 똥 오줌 받아내게 헐 때는 언제고. 인자 쫌 살만 허등 갑서라우, 아 우철네 밭일해 주고 품삯 받은 것으로 소고기 쫌 사왔등만 지놈의 돈을 훔쳐갔다고 지랄지랄 허고 자빠졌소안."

팽산댁은 껄끄러운 손으로 얼굴을 한 번 문지르고는 조금 전에 팽산 영감과 한바탕 전쟁을 치르고 온 얘기를 시작하며 기가 찬 듯 말했다. 팽산 영감은 걸핏하면 간첩 같은 년이니 어쩌니 하면서 속을 콕콕 찌른다는 거였다.

"어쨌다고 그럴께라우."

"그렇께 말이여. 영감탱이가 엇따가 돈을 꼼차 났는가 몰것써, 지 돈 훔쳐다 썼다고 그런당께, 아니 품 폴아서 번 돈으로 고기 사다 지 놈 구완해주는 디도 은공을 모른당께, 멀끄댕이(머리채)를 끗어 부렀대이 지놈도 내 멀끄댕이를 잡어댕기드랑께 지놈 멀끄댕이나 마나 보리 까시락 같은 터럭 몇 가닥 남은 것 다 뽑아 불락 했습디여, 지끔 한 식경 쌈 허고 오는 참 이랑께 글 안해도 서울로 돈 벌러 가불까 허는 참인디."

팽산댁은 그 말을 하면서도 피식 웃었고 선영과 어머니도 콧바람을 내면서 웃었다. 팽산댁은 팔십 줄에 앉은 노인의 인력을 서울에서 누가 기다리기라도 하는 양 연거푸 서울로 돈 벌러 간다고 말했다. 어머니는 지난번에 팽산 양반이 논을 팔았는데 그 돈은 받았느냐고 물었다.

"오살헐 놈의 영감탱이가 논 폴은 돈도 다 안 준당께, 그 논은 내 몫으로 줘 놓코는 지 새끼덜 줬는가 어쨌는가 몰것써. 아들 놈덜 한티도 안 줬을 것이여, 엇다가 꼼차(감춰) 놨겄제 나한테는 반도 안 되게 째까 주드랑께."

팽산댁 몫으로 준 논을 읍내에 사는 팽산 영감 전처의 큰아들 며느리가 팔아가려고 눈에 불을 켜고 자꾸 쫓아와서 괴롭혀 왔다고 했다. 큰며느리는 팽산댁을 향하여 '늙은 년이 남의 재산 탐낸다는 둥, 남의 집에 와서 주인 행세한다는 둥' 온갖 욕설을 퍼붓고 간다는 것이다. 어머니는 팽산 영감에게 받은 돈을 어떻게 했느냐고 물어보았다.

"나 죽으면 초상 칠 때 쓰라고 통장에 꽉 너 놓고 그 돈은 애낄라면, 나 들어가 누울 널장 사고 상두꾼덜 술 한 잔 썩 묵을라면 그 돈은 꽉 애깨야제."

팽산댁은 살아서의 방황이 빨리 끝나기를 고대하는 양, 죽은 후에만은 떠돌이 고양이 같은 방황을 하지 않을 준비를 해놓은 것이 안심이라도 되는 것 같았다. 자신의 장례를 치를 돈을 통장에 넣어 놨다고 흐뭇한 표정으로 자랑했다. 마치 즐거운 여행을 가는 얘기라도 하듯이 기다란 눈썹을 슴벅였다.

선영은 팽산댁이 눈치 채지 않도록 수첩과 펜과 휴대용 녹음기를 꺼내 옆에 놓고 본격적인 취재를 시작했다. 선영 쪽에서는 분명 취재나 다름없었다. 몇 년 전에 탈북 해 온 탈북자 가족을 취재해 왔으나 그 정도의 기사로는 후배 기자에게 6·25 특집을 빼앗길 것이 분명했다. 팽산댁 이야기가 어쩌면 6·25 특집기사로 빛을 볼 수 있을 것도 같고 후배에게 밀려나지 않을 기사가 될 수 있을 거라는 기대감이 생겼다. 무엇보다도 팽산댁의 남편에 대한 생사가 어찌 되었을까가 궁금해졌다. 선영은 팽산댁 앞으로 바짝 다가앉으며 남편이 어떻게 납치되었는지를 물어보았다.

팽산댁은 눈꼽이 낀 눈을 손등으로 비비고는 몇 번 슴벅거리더니 다 지난 이야기하면 뭘 하겠느냐고 한숨을 푹 쉬었다.

"엇따엇따! 해남 부잣집 무남독녀 외동딸이 이렇코 될 줄을 어느 누가 알았을 끄나."

팽산댁의 한숨 끝에 묻어 나온 말이었다. 팽산댁은 두 눈을 가늘게 뜨고 기다란 눈썹을 껌벅이더니 옛날로 향하여 시선을 보내고 있었다. 선영은 쭈글거리는 팽산댁의 입을 쳐다보며 숱한 말들이 기다려졌다. 몇십 년 동안 오늘의 팽산댁이 되기까지 그녀를 아프고 쓰라리게 했던, 세월의 때가 잔뜩 묻어 있는 말들이 어떤 내용일지 기대가 되어졌다.

그녀와 결혼한 남편은 배를 다섯 척이나 가진 목포의 선주 집 남동생이었다. 그녀가 결혼한 꽃다운 새색시 적, 남편은 배를 타고 고기잡이를 나가면 물때를 맞춰 돌아왔으나 어떤 때는 보름이나 그 이상의 날을 배 안에서 지내다 돌아왔다. 그녀는 남편이 그리울 때마다 배가 떠났던 목포 선창가로 나갔다. 출항을 기다리며 매여 있는 배들과 고기를 싣고 돌아와 퍼 내리는 배, 바닷물을 가르며 만선으로 돌아와 항구로 들어오는 배들로 선창가는 활기가 넘쳐났다. 소금기가 배인 갯내와 비릿한 생선 냄새가 묻어있는 바닷바람을 맡고 있던 그녀는 남편의 냄새라는 느낌이 들었다.

뱃전에 출렁거리며 부딪치는 바닷물 소리를 듣고 있노라면 수평선 저쪽에서 힘차게 날개 짓을 하며 갈매기가 날아왔다. 그녀는 갈매기가 남편의 편지이려니 바라보며 기다리곤 했다. 남편은 개선장군처럼 바닷바람에 거칠어진 피부로 배 안에는 고기를 가득 채운 만선의 기쁨으로 돌아오곤 했다. 아직 배와는 먼 거리인데도 남편은 그녀를 용케도 잘 알아보고 활짝 웃으며 손을 흔들고 큰 소리로 불렀다. 그녀는 남편의 배 가까이로 다가가며 마주 손을 흔들어 주고 반겨주었다. 남편은 커다란 고기 한 마리를 높이 쳐들고 길게 자란 턱수염이 흔들리도록 웃고는 했다. 남편은 대여섯 마리의 크고 통통한 놈으로 고기를 챙겨 집으로 가져와 그녀에게 내밀거나 손에 든 채로 그녀를 안아 올리며 커다란 소리로 껄껄껄 웃고는 했다. 남편은 잡아 온 고기로 회를 잘 떴고 손으로 집어 그녀에게 먹여 주며 즐거워했다. 배가 출항을 하기 전까지 남편은 극진한 사랑으로 그녀를 대해주었다. 남편이 집에 있는 동안 그녀는 꿈결 같은 나날을 보냈다.

어느 날 출항을 하루 앞둔 남편은 이번만은 쉬고 싶다며 가기를 싫어했다. 달 같은 내 색시 두고 떠나기 싫다면서 남편은 뭉긋뭉긋거렸다. 그녀의 남편은 한 번만 갔다 와서 형님으로부터 독립을 하겠노라고 말했다. 남편이 출항하던 날 그녀는 선창이 보이는 먼발치에서 배를 한없이 바라보고 서 있었다. 그날따라 검은 구름이 끼어 있는 하늘은 땅 위로 내려앉을 듯이 보였다. 그녀는 남편이 탄 배가 선창을 완전히 벗어나고 섬 모퉁이를 돌아 점처럼 작아질 때까지 바라보고 서 있었다. 바닷물이 배를 삼키듯이 배가 수평선 너머로 사라지고 보이지 않아도 그녀는 한동안 멍하니 바라보았다. 갈매기는 그녀의 눈길이 닿는 바닷물 위에서 날개를 펼치고 날아다녔다.

남편이 떠나고 며칠이 지나서였다. 그녀는 심한 입덧이 시작되었다. 그녀는 임신 소식을 속히 남편에게 알리고 싶었으나 돌아오는 날까지 기다릴 수밖에 없었다. 그가 돌아올 날이 며칠 남지 않아서였다. 대문 안으로 급히 들어오는 사람들이 있었다. 그들은 해양경찰대에서 나왔다고 하더니 그녀의 남편이 북쪽으로 잡혀갔다는 소식을 전해주었다. 순간 그녀는 하늘이 내려앉는 소리를 들었다. 천둥소리 같기도 하고 파도 소리인 듯도 했다. 남편을 다시 볼 수 있을지가 까마득하게 여겨졌다. 그녀는 오히려 남편의 납북 사실이 믿기지 않았다. 금방이라도 대문을 들어서는 남편을 볼 수 있을 것만 같았다. 그녀는 제발 남편을 찾아달라고 애원하며 경찰에게 매달렸다.

"오매오매 뭔 놈의 눈물이 다 나온당가 이놈의 눈 꾸먹이 미쳤는갑다, 수 십 년이 지났는디도 당아도 안 마르고 나올 눈물이 남었는갑다, 이렇코 다 늙어 빠졌써도 그놈의 영감얘기만 허먼 주책없이 눈물이 나온당께."

팽산댁은 흘러내리는 눈물을 손등으로 훔치고는 한숨을 푹 쉬었다. 팽산댁은 남편에 대하여 말을 할 때마다 애틋한 마음이 되살아나는 모양이었다. 아니 지나온 얘기를 하고 나서는 팽산댁은 과거의 새색시 적으로 돌아가 있는 눈빛이었다. 눈썹 끝에 묻어있는 눈물방울은 노인이 눈을 껌벅일 때마다 반짝거렸다. 팽산댁은 코를 한 번 풀고 나서는 다시 말을 이어갔다.

남편이 잡혀가고 일 년도 채 되기 전이었다. 그녀가 살고 있는 집으로 웬 낯선 사람들이 이삿짐을 싣고 왔다. 그녀는 하루아침에 집도 절도 없는 알거지가 되어 쫓겨났다. 남편의 형이 그녀가 살고 있는 집까지도 팔아버린 후였다. 그녀의 시아주버니는 어쩌면 나중에 빨갱이 가족이라는 수모를 당하지 않으려고 싹을 없애 버리려는 계산이었는지도 몰랐다. 그녀와 태어날 아기는 이미 시아주머니에게는 귀찮은 존재에 불과했을 것이다. 그녀는 불어 오른 배를 하고 갈 곳을 찾아보았다. 뱃속의 아이를 편히 낳을 곳이 없었다. 그녀는 뱃속의 아이가 커 갈수록 남편의 귀향을 더욱 기다렸으나 감감무소식이었다. 어느 곳을 둘러보아도 그녀를 반겨줄 곳은 없었다.

친정집으로도 시댁으로도 갈 수가 없었다. 설상가상으로 그녀의 친정집은 남편이 잡혀가고 얼마 안 있어 쫄딱 망하고 말았다. 아버지가 양아들로 삼은 남동생 때문이었다. 친정집에 양아들로 들어온 남동생은 놀음과 빚보증으로 친정집 재산을 몽땅 망해 먹었다. 그로 인해 화병으로 누운 친정아버지가 돌아가시자 어머니마저도 뒤따라갔다. 양아들로 들어온 남동생은 그녀가 소식을 듣고 달려갔을 때는 이미 보이지가 않았다. 남은 재산을 처분하고 도회로 나가버린 후였다.

그녀는 목포에서 잘산다는 어느 집으로 식모살이를 들어갔다. 그 집 문간방에서 겨우 아이를 낳았다. 남편의 이목구비를 그대로 빼닮은 아들이었다. 그녀는 남편의 모습을 반쯤은 본 듯하여 마음이 벅찼다. 아이를 남편에게 보일 수 있다면 얼마나 좋을까 고대하며 남편이 속히 돌아오기를 기다렸다. 그 집에서는 아이를 데리고 사는 것을 허락하지 않았다. 아들을 업고 갈 곳이 없었다. 아이가 태어났어도 기다리는 남편은 죽었는지 살았는지 소식조차 없었다. 그녀는 아들을 업고 머리에는 생선 다라이를 이고 골목마다 외치며 팔러 다녔다. 어느 무더운 여름 아이는 며칠 채 열이 펄펄 끓고 불덩이가 된 채 자지러지게 울어댔다. 그녀는 하루하루 입에 풀칠할 생활비와 아이를 병원에 데리고 갈 병원비를 벌기 위해 골목을 헤매고 다니며 '생선 사세요.'를 외쳐보았다. 아이는 병원비가 채 마련되기도 전에 그녀의 등에서 숨을 거두었다. 아이를 떠나보낸 후 혼이 나간 것 같은 그녀는 가슴이 찢기는 아픔을 참으며 남편이 돌아와 함께 살 수 있을 날을 기다렸다. 남편의 행방은 묘연하기만 하고 경찰은 그녀가 가는 곳마다 멀찍이 미행하며 뒤쫓았다. 그녀가 가는 어느 곳에도 뿌리내릴 수 없도록 그녀의 발끝을 잡았다. 그녀는 자유로운 울타리에서 밖으로 쫓겨난 몸이었다.

아이를 가슴에 묻은 그녀는 반은 정신이 나간 채 비린내가 안개처럼 피어오르는 선창가로 나갔다. 뭍으로 돌아온 배들이 잔잔한 파도의 철썩임에 몸을 맡기고 한가롭게 이리저리 흔들리고 있었다. 다시금 바다로 돌아갈 날을 꿈꾸며 매여 있는 배들은 어두운 밤바다에 안겨 평화로워 보였다. 밤바다의 물결은 시커먼 괴물처럼 팔을 벌리고 그녀를 안으려 했다. 멀리서 불어오는 바람에 밀려 뱃전을 때리는 작은 파도 소리는 그녀를 다정하게 부르는 남편의 음성 같았다. 그녀는 철썩이는 파도 소리를 향해 남편을 큰 소리로 불러보았다. 그 소리는 남편의 대답처럼 들리다가 아이의 울음소리로도 들려왔다. 그녀는 선창가를 벗어나 인적이 드문 해변을 따라 한없이 걸으며 남편과 아이를 번갈아 불렀다. 미친 듯이 걷던 그녀는 어디서부터인지 신발조차 신지 않은 채 걷고 있었다. 그녀는 맨발로 모래사장을 걸으며 파도보다 더 크게 울부짖었다. 인가도 없는 한적한 해변가로 접어들었을 때 뭉실뭉실 밀려오는 파도는 어둠 속에서 그녀를 부르는 남편처럼 느껴졌다. 그녀는 몸을 날려 철썩이는 파도의 품속에 안겼다. 어머니의 품속처럼 포근하고 남편의 품속인 듯도 하였다. 그녀의 몸은 작은 꽃잎처럼 파도 속에 휘말려 묻혀 들어갔다. 그녀의 옷자락이 파도를 끌어안았다.

그녀가 눈을 떴을 때는 어느 외딴 어부의 집이었다. 그 집에는 생선 비린내가 묻어있는 옷을 입은 중년의 여자와 생선 비늘이 눌어붙은 옷을 입은 남자가 있었다. 근심스런 눈빛으로 그녀를 내려다보며 중년의 부부는 말했다. 무슨 사연인지는 몰라도 살기로 결심하고 용기를 내어 살아보라고 했다. 그들 부부는 그녀에게 힘을 주었다.

그녀는 목포 선창가에서 새벽마다 생선을 받아다 머리에 이고 팔러 다녔다. 죽교동으로 양동으로 대성동으로 유달산 밑 다닥다닥 붙은 집들이 있는 골목으로. 그녀는 목구멍 풀칠을 위해 바동거리느라 자식마저 잃어버리고 한동안은 넋을 잃고 살았던 마음을 추슬러보았다. 가슴에 묻은 아이는 수시로 떠올라 그녀의 마음을 후벼 팠다. 그녀는 그럴수록 몸을 더 혹사시켰다.

"워따매! 몇 시랑가? 씨잘데기도 없는 구상정 묵은 얘기 허니라고 속창아리 빠지게도 오래 있어 부렀네. 내야 딸 면질 오니라고 고단 헐텐디. 내가 너무 늦게까장 넋 빠져 있어부렀다야. 오매오매! 어째야 쓰끄나 얼릉 자그라이. 나는 그만 갈란다."

팽산댁은 꿈에서 깨어난 듯 시간 가는 줄도 모르고 이야기에 열중했다고 미안해하며 일어서려는 기색이었다. 팽산댁은 입을 크게 벌려 하품을 하고는 눈가에 맺힌 이슬을 손등으로 문지르며 눈을 끔벅거렸다. 초저녁잠이 많은 선영 어머니는 이불도 덮지 않은 채 벌써 한쪽에 쪼그리고 잠들어 입바람을 냈다. 선영은 시계를 쳐다보았다. 열두 시가 막 넘어서고 있었다. 선영은 나오지 말라고 손 사래질을 치는 팽산댁을 사립문까지 따라 나갔다. 대나무 숲에 숨어 있던 들고양이들이 팽산댁을 따라 사립문 쪽으로 쏜살같이 달려가고 있었다. 팽산댁의 플라스틱 슬리퍼 끌리는 소리가 사립문 밖으로 멀어지고 나자 선영은 문을 잠갔다.

밤하늘에는 무수한 별들이 머리 위로 쏟아져 내릴 듯이 빛나고 있었다. 새벽으로 향하는 하늘은 유달리 밝고 아름답다고 느껴졌다. 선영은 잠시 하늘로 눈길을 보냈다. 그가 있는 나라에도 별은 떠 있을 거라는 생각이 머릿속을 스쳤다. 풀숲에서는 풀벌레 소리가 어둔 밤을 밝히려는 듯 요란하게 들려왔다. 새벽이슬이 내리는지 어깻죽지가 서늘하게 젖어오는 느낌이 들었다. 선영은 하늘로 보냈던 시선을 거두고 방으로 들어왔다. 어머니의 고른 숨소리가 방안을 채우며 돌아다녔다. 선영은 어머니 옆으로 몸을 눕혔다. 피곤한 몸과는 달리 그에 대한 생각은 과거를 향해서 달려갔다. 잠이 쉽게 올 것 같지가 않았다. 선영은 내일 팽산댁에 대한 이야기를 마저 듣고 기사를 잘 써 봐야겠다는 생각을 하며 잠을 청했다. 두 눈을 감고 있어도 생각은 더욱 또렷하게 맑아왔다. 어둠을 뚫고 현우의 모습이 다가왔다. 백팔십이 넘는 장신의 그가 선영의 눈앞에 와서 우뚝 섰다. 그 모습은 세월의 흐름과는 상관이 없었다. 시공간도 상관없다는 듯이 시간을 뛰어넘어 왔다.

그가 독일행 비행기에 오르던 그때의 모습으로 항상 다가왔다. 그는 천장까지 닿은 머리를 구부정하게 숙이며 누워있는 그녀를 내려다보았다. 그의 눈은 보안사에 끌려가 고문을 당하기 전처럼 슬픔으로 가득 차 있었다. 분노의 불길이 가득한 눈빛이 너무 강렬하여 선영은 눈을 떴다. 방안 가득 어둠만이 흐르고 있었다. 그의 커다란 키로 서 있던 모습도 보이지 않았다. 슬픈 눈도 사라지고 없었다. 어둠을 뚫어지게 바라보자 어둠이 다시금 빛처럼 안개처럼 아른거리며 밝아왔다. 어둠 속에서 드러나는 벽. 벽에 걸린 액자. 옷과 달력. 여러 사물들이 그녀를 향해 돌진해 왔다. 팔십 년 광주를 짓밟았던 군홧발들이 되어 그녀를 사정없이 걷어차고 짓밟았다. 그녀는 몸을 떨며 눈을 부릅떴다. 사물들은 다시금 제자리로 돌아가 있었다. 얌전한 본래의 벽. 액자. 옷. 달력으로.

고문으로 일그러진 그의 모습은 거인들 앞에 난쟁이였다. 현우는 거인들의 나라에서 살 수가 없노라고, 고개를 쳐들고 올려다만 보면서는 견딜 수가 없노라고. 아무 죄 없는 자신을 마치 진흙처럼 짓밟으면서도 양심의 가책도 느낄 줄 모르는 독재자가 활개 치는 이놈의 땅. 다시는 쳐다보지도 않을 거라고 독일로 떠나갔다. 아니 쫓겨났다는 표현이 더 정확할 것이다. 그는 주인의 홀대를 받고 집 밖으로 쫓겨난 들고양이 신세였다. 현우는 서울만이 아닌 이 나라 전체가 성이라고 말했다. 그는 성 밖으로 쫓겨난 객일 뿐이라고. 성안에 들어갈 수가 없어서 성 밖을 맴도는 들고양이일 뿐이라고 떠나기 전날 밤 주먹으로 탁자를 내리치며 펑펑 눈물을 쏟았다.

그는 이 땅을 떠나고 얼마 동안은 전화선을 통한 소리로라도 찾아왔다. 그의 목소리는 이 땅에 남겨진 선영으로 하여금 버텨갈 수 있는 힘이 되어주었다. 그녀를 부르는 한마디 속에는 이 땅의 무너지지 못한 반공 이데올로기 철책에 대한 원망과 그녀에 대한 그리움이 섞여 있었다. 자신의 뜻을 펼쳐 열매 맺지 못하고 길가에 떨어진 씨앗처럼 되어 가는 자책에 대한 감정들이 뒤얽혀 괴로워하는 모습이 역력했다. 그는 서너 번은 전화를 통해 목소리로 찾아왔다. 어느 날 그는 선영에게 더 이상 기다리지 말고 잊어버리고 자신의 길을 찾아가라고 했다. 선영은 그럴 수 없노라고 대답했으나 그 후 그의 소리는 칼로 자른 듯 끊어졌다. 그는 이 지구상에서 영원히 사라진 소리가 되었는지도 모를 일이었다. 베를린 장벽은 무너졌는데 그는 무너지지 못한 이 땅의 이데올로기의 철책선을 넘을 수가 없어서 성 밖을 맴도는 들고양이로 굶주려 죽었는지도 모를 일이었다. 아니면 그가 꿈꾸던 정의로운 세계를 별나라에라도 세운 것일까. 지구와 가장 가까운 금성. 아니면 토성 그것도 아니라면. 그렇다면 어느 행성 떠돌이별에나 가 있는 것일까. 선영은 얼토당토 않는 생각으로 머릿속이 복잡해졌다. 신경 줄들이 서로 뒤엉켜진 채 선영을 휘감고 돌았다. 그녀는 어지럼증을 느꼈다.

어머니는 코를 골다 말고 덜컥 숨넘어가는 소리로 멈추었다. 선영은 깜짝 놀라 어머니 쪽으로 고개를 돌려 바라보며 지나간 날에 새겨진 생각의 끈을 놓았다. 어머니는 다시금 고른 숨소리로 돌아가 평화로워 보였다. 숨이 걸렸던 것이 언제였냐는 듯이 어머니는 선영의 배 위로 손 하나를 올려놓았다. 그녀는 다시금 눈을 감고 잠을 청해 보았다. 선영의 머릿속에서는 여전히 또 다른 눈이 부릅뜨고 그녀를 노려보았다. 그 눈은 방 안의 어둠도 그녀의 머릿속에 담겨 있는 어둠도 비추며 빛을 내고 있는 것 같았다. 그 눈은 현우를 향하여 뜨고 있는 눈이었다. 아무리 잠을 청해 보아도 그 눈은 선영을 놓아주지 않을 것 같았다. 그녀의 몸은 겹겹의 실타래에 감겨있었다.

"오매! 마이크에 까장 음석을 멕에 불라고? 아따! 찍껍시럽게 뭣을 이렇코 묻쳐 놔 부렀당가, 젠장 칠 것 하하하하."

아직 잠자리에서 눈을 뜨기 전 선영네 마당 앞에 서 있는 감나무에 달린 대형 스피커에서 동민들이 모두 들을 수 있는 방송이 흘러나왔다. 이른 아침부터 안내 방송을 하려고 마이크 소리를 지지직 내면서 이장이 누군가와 주고받는 말소리였다. 스피커를 타고 나온 이장의 목소리는 요란하게 온 마을로 퍼져나갔다.

"동민 여러분께 안내방송 드립니다잉. 오늘 마을회관에서 어버이날 효도 잔치가 있다는 걸 다 덜 아실터제만, 재차 말씀드립니다아. 동민 여러분덜께서는 한 분도 빠짐없이 나오시더라고라. 우리 다 같이 한 바탕 재미지게 놀아 봅시다이. 떡도 많고 먹을 것이 쌔여 부렀습니다아."

이장 일을 보는 용석이는 마이크에 대고 연거푸 말했다. 이장의 말소리와 섞이어 아낙들의 웃음 섞인 목소리도 간간이 들려왔다. 선영이 마루 끝에 서서 밖을 내다보니 밭에서 들일을 하던 사람들도 방송 소리를 듣고 허리를 펴고 일어서는 것이 눈에 들어왔다. 어머니도 선영에게 아침 먹고 같이 가자고 서둘렀다.

"염병 헐놈의 괴댁이(고양이) 새끼가 너 줄라고 말려놓은 조구(조기)새끼를 다 처먹어부렀어야, 아이 바구니에 담아서 매달아 놨는디도 어쩌고 여시 같이 잘 알끄나, 동네에 도둑 괴대기 새끼 덜이 어찌나 많은지 눈 깜짝 헐 새에 다 없어진당께야. 너 뭣에다 밥 먹을 끄나 너 온다고 해서 목포 선창에 까장 나가서 사 왔등만 조구새끼가 아조 통통 허니 살쪄 갖고 맛있게 생긴 놈인디 아까와 죽것다."

어머니는 들고양이에게 도둑맞아버린 생선이 못내 아까운 듯 아침 밥상머리에서 구시렁거렸다. 어머니는 딸에게 먹이려고 사다가 정성껏 다듬어 말리고 있었던 걸 허락도 없이 훔쳐 먹은 들고양이가 내내 원망스러울 뿐이었다. 엊저녁 팽산댁이 나갈 때 대숲 쪽에서 달려 나가던 놈들의 소행이 분명했다. 어머니는 동네 사람들이 자꾸 죽어가고 도시로 떠나기도 해서 빈집들이 늘어가는 통에 고양이들이 주인을 잃고 도둑고양이가 된다고 말했다. 주인을 잃었으니 먹을 것을 찾아 온 동네를 헤집고 다니며 사람들이 아끼는 고기며 생선이며 몰래 먹어 치운다는 것이다. 동네 사람들은 도둑고양이를 잡으려고 쥐약을 사다 놓기도 하는데 들고양이들은 어떻게 잘도 알고 안 먹는다고 했다. 무엇보다도 팽산댁이 들고양이를 거두고 보살펴 주니 도둑고양이들은 새끼를 낳아서 더욱 번성하여 동네 사람들이 싫어한다고 알려주었다.

선영이 마을회관에 갔을 때는 효도 잔치가 무르익고 있었다. 회관 앞에 서 있는 늙은 당산나무는 세월의 무게를 못 이기고 부러진 가지도 있었다. 선영이 어릴 때만도 아름드리 거목이던 팽나무였다. 이제는 지팡이에 몸을 의지하고 금방이라도 쓰러질 듯 서 있는 노인의 모습이었다. 몸통은 썩어 어린아이 하나는 족히 들락거리도록 큰 구멍이 뚫려 있었다. 폭탄에라도 맞아 내장을 쏟아버린 전사자 같았다. 부러져 나간 가지에는 몇 잎 안 되는 이파리가 매달려 있었다. 유년 시절 선영은 우람하던 팽나무를 보며 미래의 꿈을 키웠다. 고향마을을 떠나 서울로 가면서도 꿈을 이루고 돌아오는 그날 팽나무 앞을 지나기에 부끄럽지 않은 사람이 될 거라고 다짐했다. 고향마을 사람들이 부러워하는 인물로 성공해서 금의환향하며 돌아올 것이라고 다짐했다. 선영은 팽나무를 바라보며 허탈한 마음이 소용돌이를 쳤다. 팽나무 모양새는 직장에서마저도 밀려나고 있는 보잘것없는 신세가 되어있는 선영 자신과 다를 바가 없다는 마음이 들었다. 결혼도 않고 불효한다는 동네 사람들 말처럼 어머니의 가슴을 아프게 하는 못난 딸이라는 생각이 밀려왔다.

"네가 내 가심에 불이다, 너를 혼자 두고 내가 어쩌고 눈을 감을 끄나."

어머니는 선영을 볼 때마다 그녀가 서울에서 안부 전화를 할 때마다 안타깝게 말했다. 어머니의 말은 선영의 가슴에 와서 콕콕 박히는 가시였다. 그녀의 가슴에 박힌 말들은 뿌리를 내리고 자라났다. 그녀는 나이가 들어갈수록 자신이 불효자라는 죄책감의 무성한 나뭇가지로 뒤덮여 간다는 생각이 들었다. 그 나뭇가지들로 고개를 들 수도 마음껏 움직일 수도 없어졌다. 그늘에 숨어든 죄인처럼 고개를 숙이고 점점 졸아드는 자신의 키를 발견했다. 고향에 올 때마다 점점 작아지고 있는 자신의 목소리를 들을 수가 있었다. 그것은 흐르는 세월이 가져다준 선물이었다. 그녀는 할 수만 있다면 어린 선영으로 되돌아가 건강하던 팽나무와 함께 다시 시작하고 싶다는 생각이 간절해졌다. 선영이 어머니의 가슴에 불덩이 노릇을 하듯, 그의 존재는 선영의 가슴속에서 사라지지 않는 불덩이였다. 그 불덩이를 끄기 위해서라도 그의 행방을 알아내야겠다는 생각이 강해졌다.

"어이 기자 선상님 언제 왔는가? 얼릉 들어가서 떡이랑 묵고 그러드라고."

선영은 소리 나는 쪽으로 뒤돌아보았다. 음식상이 오가고 있는 회관 마루에서 벌써부터 거나하게 취한 구례 양반이 선영을 보고 알은 체를 했다. 구례 양반은 항렬로 봐서도 선영의 할아버지뻘이었다. 그런데도 항상 선영을 기자 선생이라고 불렀다. 그것은 선영을 기특하게 여기고 귀여워하는 마음에서인 걸 그녀도 모르는 바 아니었다. 이제는 그런 말마저도 예전처럼 들리지가 않았다. 그럴 때마다 그녀는 그들이 말하는 것,

또 어머니가 소망하는 결혼이란 걸 해서 평범한 호칭을 들어야 하는 것이 아닐까 하는 미안한 마음이 들었다. 나이를 먹어간다는 것은 모든 용기로부터 외면을 당해간다는 일이 된다는 생각이 들기도 했다. 그 많던 용기는 다 어디로 가고 텅 빈 뱃속에서는 허기만 지는지 알 수가 없었다.

'시들새들 봄배-추-는 밤이슬 오기만 기다리고, 옥에 갇힌 춘향-이-는 이도령 오기만 기다린다,

팽산 할매는 동네 아낙들 사이에서 장구 소리에 맞춰 덩실덩실 춤을 추며 노래를 부르고 있었다. 효도 잔치에 참석한다고 몸뻬에다 꽃무늬 블라우스로 멋을 부린 차림이었다. 서너 개 남은 이를 드러내고 합죽 웃음으로 어깨를 들썩이며 노래를 부르고 흥겨워하는 것이 천진한 아이 같아 보였다. 팽산댁은 오늘만은 한을 풀듯 따돌림 당하는 것도 슬픈 것도 잊으려는 몸짓으로 흥겨워했다. 선영을 발견하고는 추던 춤을 멈추고 다가왔다. 팽산댁은 회관 마루에서 음식상을 보고 있는 젊은 아낙들을 향하여 큰 소리로 외쳤다.

"우리 딸내미 왔응께 맛있는 것 잠 많이 채려주쇼잉."

선영을 자신의 딸이라고 하는 팽산댁의 태도에 동네 아낙들은 웃었다. 회관 마루에는 음식 그릇과 음식상이 놓여 있고 젊은 아낙들은 상차림을 하느라 손놀림을 바쁘게 움직였다. 선영은 그네들을 향하여 인사를 하며 고향의 포근함을 느꼈다. 그들은 모두가 고향의 일부였고 고향의 모습이었다. 방에는 선영 어머니 또래인 할머니들이 고운 차림에 카네이션 꽃 한 송이씩을 가슴에 달고 음식상 앞에 앉았거나 노래와 춤을 추는 축들도 있었다. 남자 어른들은 음식을 먹으며 호탕한 웃음으로 떠들썩했다. 선영은 어른들에게 인사를 하였으나 고향의 포근함과 어쩐지 주저하는 마음이 함께 교차했다. 이제는 다들 그녀가 나이 많은 노처녀로 늙어감을 안타까워했다. 동네 사람들은 선영을 볼 때마다 그녀가 결혼을 안 하

고 있는 것에 대하여 불효라고 한마디씩 야단 섞인 충고들을 하며 걱정했다. 그녀는 그럴 때마다 독일로 떠나버린 그를 떠올렸다. 독재정권이 희생 제물로 삼아버린 그를 떠올리는 일은 즐거운 기억만은 아니었다. 어쩌면 시대를 잘못 타고난 때문이라고 말하는 어른들의 말이 맞았다. 선영은 그 아픈 기억으로부터 벗어나 훨훨 날고 싶은 심정이 교차했다. 그는 집주인에게 홀대받아 회초리를 맞고 쫓겨난 들고양이가 아니던가. 선영은 현우가 언젠가는 고국으로 돌아오게 되리라는 기대를 버릴 수가 없었다. 이처럼 오래 기다려도 만날 수 없으리라고는 믿고 싶지 않았다. 선영은 또다시 마음속으로 그를 찾아 나서야겠다는 다짐을 해보았다.

장구 소리는 회관을 벗어나 온 마을을 흥겨운 가락으로 채우며 울려 퍼졌다. 자진모리 중중모리 휘모리 굿거리 장단에 맞추어 동네 아낙들은 노래를 불러댔다. 한사람이 시작하면 약속이나 한 듯이 서로 따라서 불렀다. 노랫소리는 둥둥대는 장구 소리와 북 소리가 합쳐져 마을의 집집마다 지붕을 타고 넘나들었다. 소주를 몇 잔 걸친 할머니들은 시집살이 훈장인 주름진 볼그무레한 얼굴로 노래를 불렀다. 젊은 측의 아낙들도 선영보다 앞서가며 늙어 주름이 많았다. 선영은 세월의 무상함이 가슴으로 밀려왔다.

"서산에 지−는 해 지구시−워 지−겠나 나를 두구야 가시는 그대 가고 시−워 가−겠나, 한 번 가시네 우리야 님으는 왜 아−니−오−나 나를 버리고 가신 당신은 언제 돌−아−오−나."

동네 아낙들 가운데서도 중간쯤 젊은 측에 속하는 만수 엄마가 오십 줄의 펑퍼짐한 엉덩이를 흔들며 선창으로 불러 제쳤다. 선영은 만수 엄마가 얼굴에는 홍조가 꽃잎처럼 피어 있는 모습으로 시집오던 날을 기억하고 있었다.

"아따 젊은 놈이 장구채 잠 잡어 봐라이. 늙은이 허고 젊은 놈이 내기 잠 해보자잉."

무남 할아버지가 장구를 메고 또 다른 장구와 장구채를 들고 와 선영에게 들이밀며 쥐어 주었다. 선영은 대학 때 현우를 따라다니며 배웠던 장구 가락을 기억하며 채를 잡고 다스림 윗 박에 맞추어 장구를 치기 시작했다. 선영의 장구 소리에 그가 치던 장구소리가 화답하듯 들려왔다. 바람 소리로. 천둥소리로. 빗소리로…….

현우의 장구 소리는 곧 독재자의 불의를 향한 대항이요 외침이었다. 그는 장구 소리야말로 하늘의 소리요 땅의 소리요 바람의 소리라고 말했다. 그것은 민중의 소리요, 호남 들판을 울렸던 동학농민의 소리요, 민초들의 소리라고 했다.

"세월이 갈라며는 저 혼자나 가지요, 알뜰한 이팔청춘은 왜 데리고 가나. 산천이 고와서 뒤돌아 봤나, 임이 사시는 곳이래서 뒤돌아 봤네."

강산댁은 술기운이 올랐는지 뻘그스름해진 얼굴을 흔들며 노래를 불렀다. 선영네 윗집에 살면서 그녀가 고향에 올 때마다 시집가라고 선영을 걱정해 주었다. 어서 시집가서 남은 세상이라도 재미지게 살아보라면서. 좋은 세상 왜 그러고 사느냐고, 혼자서 뭔 멋으로 사느냐고 야단이었다. 선영은 장구 치기에 제 스스로도 흥이 겨워졌다. 그녀는 휘모리장단에서 굿거리장단으로 넘어가며 장구를 두들겼다. 모든 과거의 기억으로부터 해방되어 소리로 승화하고 싶은 심정으로 장구를 두들기고 또 두들겼다. 선영은 발을 구르고 소리까지 지르며 굿거리장단을 신명나게 내리쳤다. 선영의 등 고랑으로 땀이 줄줄 흘러내리는 것이 느껴졌다. 팽산댁도 선영을 보고 합죽합죽 웃으며 어깨를 들썩였다. '에헤! 어허! 잘헌다 잘해 우리 딸내미가 은제는 저렇코 장구를 배워놨대야, 오매오매 이뻐 죽것는 것, 무남 아재보다 네가 훨씬 잘 헌다야. 하며 말그네 할매가 오천 원짜리 지폐를 선영이 메고 있는 장구 줄에 매달고는 그녀의 등을 토닥거려

주었다. 선영은 장구 소리를 타고 현우가 있는 곳으로 달려가고 있었다.

그는 독일 땅 어디쯤에 있는 것일까. 장구를 자기 몸의 일부로 여겼었던 그가 지금도 장구 치기를 하고는 있는 것일까. 선영이 그를 처음 본 것도 장구를 메고 미친 듯이 두들겨대는 모습이었다. 그의 장구 치는 모습은 눈이 부셨다. 선영은 이제 장구 소리와 하나가 되어 있었다. 팽산댁이 꼬깃꼬깃 구겨진 만 원짜리 지폐를 몸뻬 안주머니에서 꺼내더니 덩달아 선영이 멘 장구 줄에 꽂았다. 용식이 각시가 바지에서 천 원짜리를 꺼내어 선영의 장구 줄에 매달았다. 선영이 장구채를 흔들어 내려칠 때마다 배춧잎 같은 만 원짜리와 불그스름한 오천 원짜리 천 원짜리들이 파르르 떨어댔다. 말그네 할매가 플라스틱 콜라병 두 개를 들고 꽹과리를 치는 시늉을 하며 춤을 추고는 무남 할아버지의 장구를 톡톡 때리더니 장구 좀 잘 치라고 놀려주었다. 무남 할아버지의 장구에는 아무도 돈을 매달지 않고 약을 올렸다. 무남 할아버지는 아랑곳 않고 마냥 즐거운 표정으로 고개를 끄덕이며 장구를 내리쳤다.

남자들이 있던 건넌방에서 용식이가 북을 메고 오며 치기 시작했다. 덩달아서 강산댁도 징을 들고 징 채를 한 번씩 느리게 내리쳤다. 장구 소리와 징 소리에 이어 모든 소리들이 어우러지고 있었다. 무남 할아버지가 장구를 내려놓고 꽹과리를 집어 들더니 두 발을 번갈아 깡충거리고 뛰면서 신명나게 두들겼다. 회관 안에 있던 장구와 북과 꽹과리와 징이 한데 어우러져 아낙들의 노랫소리를 더욱 흥겹게 해주고 춤판이 무르익어 갔다. 모두들 땀을 뻘뻘 흘리면서도 입가에 웃음이 가득 차서 즐거워했다. 말그네 할매가 숨이 찬지 상 앞으로 가서 털썩 주저앉았다.

"씨압시 술값은 홑 닷냥 며느리 술값은 열 닷 냥이드란다, 엇따 한잔 묵어라잉 잠 쉬었다허자 세월이 좀먹는대야."

말그네 할머니가 술잔에 소주를 철철 넘치게 따라 마셨다. 현우가 서울이라는 성에서 나간 것처럼 선영은 장구 소리와 함께 뛰쳐나가고 싶었다. 이 부장의 눈빛에서도. 이 땅에서까지도. 그가 있는 곳으로 가고 싶었다. 하지만 그녀는 지금까지도 한 발짝을 옮겨 딛지 못한 채 그대로였다. 그것은 그가 다시 돌아올 수 있기를 바라는 기다림에서였다.

"서른 넘은 지집 설 쇤 무시라는디, 어째야 쓸끄나 고운 때깔 다 가시고 떠꺼머리 처녀로 늙어 부러서."

어머니는 선영을 볼 때마다 눈가에 늘어가는 주름을 안타까워했다. 선영은 설을 쇠고 난 무와 설 쇠기 전의 무맛을 확실히 기억하고 있었다. 그녀가 어릴 때만도 겨울 간식거리 중 하나가 되어 주었던 무였다. 땅굴 속에 묻어 놓은 무는 엄동설한 가운데서도 싱싱한 맛을 잃지 않았다. 한 겨울날 입이 궁금하여 무를 꺼내다가 깎아 먹으면 입 안 가득 단맛이 고였다. 설 쇠기 전에는 그렇게도 맛있던 무가 설만 쇠고 나면 겉으로는 멀쩡하게 보이는데도 속이 달라져 있었다. 무의 한가운데를 잘라보면 구멍이 숭숭 뚫려 있는 것이 골다공증 환자 같았다. 선영은 어머니로부터 그 말을 귀가 닳도록 들었다. 서른 넘은 여자는 설 쇠고 난 후의 무와 같다는 말을. 어쩌면 그가 독일로 떠나버린 후로는 줄곧 그녀의 삶은 설 쇤 무와 다를 바가 없었다. 숭숭 뚫려버린 구멍이 찬바람만 가져다주었다. 그녀는 찬바람을 막기 위해 직장에서 열심히 일했다. 말그네 할매가 오징어 회무침을 한 젓가락 집어서 선영의 입에 넣어 주었다. 오징어와 무채가 어우러져 한결 맛을 더해 주었다.

"엇따엇따 많이 묵고 노래도 불러 보그라잉, 늙은이들 잠 즐겁게 해 주라, 시방이사 먹을 것도 이렇코 쌔였는디(쌓이다) 옛날 시집살이 헐때는 어째 그렇코 먹을 것도 없었쓰끄나잉.

웬수 놈의 씨압씨는 생솔가지 냉갈(연기) 많이 핀다고 지랄이고

웬수 놈의 씨엄씨는 양석(곡식)째끔 내주고 밥 작게 준다고 지랄이고

웬수 놈의 시아재는 나무 째끔 해다 주고 나무 많이 땐다고 지랄이고
웬수 놈의 시누이는 나물 째끔 캐다주고 나물 째끔 준다고 지랄이고'
"엇따엇따 시집살이도 시집살이도 그렇코도 힘 들었을끄나."
말그네 할머니가 눈을 가느스름하게 뜨고 옛일을 회상하며 읊조렸다.
동네 아낙들은 고개를 끄덕이며 '그렁께 그렁께' 맞장구를 쳤다.
"그때는 산 밑에 달아맨 밭에 나가 밭 맬 때는 어째 그리 배도 고프고
허기도 지던지 꼭 죽것대이만 오늘날엔 먹을 것이 이렇코도 풍년이네 그
래."
강산댁이 참말로 표현도 딱 맞게 잘했다고 참견하고 나섰다. 말그네 할
매는 이가 다 빠져 합죽이가 된 입을 활짝 벌리면서 대꾸하고 웃었다. 팽
산댁이 장구 앞으로 바짝 다가서며 노래를 불렀다.
"산천초목은 늙었다 젊었다 하는데, 인간은 한 번 늙으면 다시 젊지 못
하네. 강물으는 돌구 돌아서 한강으루 가건만, 이내 몸은 돌구 돌아서 유
평流萍천지안 있다. 당신이 그리워 이 몸이 죽어지거든, 당신 입었던 속
적삼 벗어서 내 가슴 덮어주게."
선영은 팽산댁의 노래와 춤을 보면서도 납북된 노인의 남편 이야기를
어떻게 써서 6 · 25특집을 만들까 하는 생각이 머릿속을 맴돌았다. 팽산
댁은 마치 북에 있는 남편을 향하여 소리 편지라도 보내는 양 큰소리로
불러 제치며 팔을 흔들고 덩실덩실 춤을 추었다. 팽산댁은 선영의 등을
어루만지며 기특해 죽겠다는 투로 감탄스레 말했다.
"어따어따 내야 딸 장구도 잘 치네."
"세상천지 법-으는 다 잘 마련했는-데 청년과부 수절 법으는 왜 마-
련했느냐
곰곰한 시집살이를 나를 사라하니- 아니나던 그대 님 생각이 저-절-
로 나-네."

말그네 할매가 프라스틱 콜라병에 힘을 주어 두들기며 노래를 불러댔다. 콜라병을 들고 뛰는 모습이 마치 유년의 시절로 돌아가 있는 것처럼 천진하게 노는 모습에 구경하는 사람들이 웃음을 터뜨렸다. 마을 사람들은 해가 지도록 지치는 줄도 모르고 노래와 춤을 장구소리에 실었다. 오늘 하루로 생을 마감하려는 사람들처럼 온 힘으로 노래를 불렀다. 노래와 춤으로 흥이 한창 무르익어 갈 무렵 팽산 양반이 회관문 밖에서 팽산 할매를 불렀다. 동네 사람들이 다들 놀고 있는 잔치에도 팽산 양반은 참석을 않고 집안에서만 곰실거리다 데리러 온 모양이었다. 말그네 할매는 동네에서도 바른말을 잘하는지라 팽산 양반을 그냥 둘 리가 없었다. 콜라병을 툭툭 두들겨 대면서 팽산 영감 앞으로 걸어간 말그네 할매는 노는 사람을 왜 데리고 가느냐고 통박을 주었다. 팽산 양반은 눈썹만 조금 움직이고 입가에 쓴웃음을 흘리고는 그대로 돌아서서 가버렸다. 팽산댁은 '영감탱이가 노는 꼴도 못 본다고' 구시렁거리면서 회관 문을 나섰다.

TV 화면에서는 저녁 9시 뉴스가 흘러나왔다. 선영은 때에 전 이부자리며 베개가 널려 있는 팽산댁네 안방에 앉아 TV화면을 바라보았다. 방바닥에는 흙먼지가 써걱거렸고 오래 묵은 냄새가 감돌았다. 선영은 윗목에 켜놓은 고물 텔레비전 화면에 시선을 보내며 팽산댁과 몇 마디 주고받았다. 내일 서울로 가기 전에 팽산댁 이야기를 마저 듣기 위해서였다. 선영은 노인이 말문을 열도록 몇 마디 물어 보았다.

"탈북자 가족이 북한을 탈출하는 데는 하늘이 도왔습니다."

흥분된 아나운서의 말소리가 텔레비전 화면을 울리며 흘러나왔다. 선영은 팽산댁 눈이 화면을 향해 순간적으로 반짝이는 것을 보았다. 팽산댁 눈빛에서 그리움 같은 것이 느껴졌다. 팽산댁은 텔레비전 앞으로 바짝 다가앉으며 두 눈을 손등으로 비비고는 뚫어지게 바라보았다. 텔레비전 화면은 지지직거리고 아른거려서 탈북자들의 얼굴을 똑똑히 알아 볼 수가 없도록 심하게 흔들렸다. 팽산댁은 답답한 듯 손바닥으로 화면을 닦아냈으나 여전히 아른거렸다. 팽산댁은 방문을 열었다. 마루에 있던 고양이가 방 안으로 들어오려고 앞발을 내밀었다. '오야오야 내야 딸 거 그서 놀아라.' 쓰다듬듯 내보내고는 마루에서 걸레를 가져와 눈을 껌벅이며 텔레비전 화면을 닦아냈다. 화면은 닦아내 봐도 아른거림이 달라지지 않았다. 팽산댁은 닦기를 포기하고 화면 가까이로 얼굴을 대고 들여다보았다.

이정표도 없이 바다를 따라 낡은 목선에 몸을 실었던 사람들이 이 땅에 첫발을 내디디며 감격해하고 있었다. 흔들리는 작은 목선을 타고 북한 땅에서 온 그들 가족은 쏟아지는 빗줄기 속에서도 환하게 웃으며 손을 흔들었다. 그들은 물길에 목숨을 내맡긴 시간들이 꿈결인 듯, 폭풍을 만나 목숨을 빼앗길 뻔했던 일이 꿈결인 듯 여겨지는 모양이었다. 자신들이 물길 따라 파도와 겪었던 일들을 말하며 스스로를 대견스럽게 여기고 있었다. 이 땅에서 발 딛을 수 없어 쫓겨 가는가 하면, 북에서 견디다 못해 이 땅으로 목숨 걸고 찾아오는 사람들. 모두 다 하나가 될 수는 없는 것인가. 그들 사이에는 각각의 눈이 부라리고 있는 것이다. 너무나 힘센 머릿속의 눈들이 저마다 다르게 지배를 하고 있어서 그들은 하나가 될 수 없는 것이라고 선영은 여겨졌다. 탈북자들은 융화되지 못하게 하는 그 눈을 아는지 모르는지 마냥 즐거워하고만 있었다. 표면으로 드러나는 이 땅의 평화로움과 풍요로움의 밑바닥에 가라앉아 있는 융화되지 못할 갈등의 돌을 밟아보지 못하였기에 그들은 아직은 모를 것이다. 이제 이 땅에서 사는 동안 그들의 발바닥에 밟힐 여러 가지의 날카롭고 아프게 하는 돌들을. 걸음걸이를 휘청거리도록 걷는 곳마다 있을 돌들을. 선영이 어제 취재했던 탈북자 가족들 마냥 깨닫게 될 것이다.

텔레비전 화면은 여전히 어른거려 눈도 따라서 어지러웠다. 도저히 오래도록 보고 있을 수가 없을 정도의 고물이었다. 선영은 대장간에 오히려 칼이 없다는 옛말이 떠올랐다. 읍내에서 가전제품대리점을 하고 있는 팽산 영감의 큰아들이 생각나서였다.

"큰아들한테 텔레비전 좀 고쳐 달라고 하시든가 차라리 새 걸로 한 대 갖다 달라고 하세요."

선영은 화면에서 시선을 떼고 팽산댁을 보며 말했다.

"아이고 저것도 동네 사람이 내뿌린다는 것 주서 온 것이여, 새것은커녕 고쳐 주도 안 헌당께, 그나마도 보라고 갖다 주기나 허간디."

팽산댁은 체념적인 말로 대답하며 여전히 화면에서 눈을 떼지 않았다. 팽산 양반 큰아들과 며느리는 세상이 마치 돈으로만 이루어진 줄 아는지 아니면 팽산 영감을 닮았는지 지독한 노래기였다. 팽산댁은 탈북자 가족 중에 자신의 남편이 있었으면 하는 바람이 마음 가득한 표정이었다. 어른거리는 텔레비전 화면에 눈을 둔 채 어딘지 모를 먼 곳으로 시선을 보내고 있었다. 아마도 남편이 가 있는 북으로 마음이 가 있는 것 같았다. 북한 땅 어느 곳에 남편이 있는지 팽산댁의 혼은 헤매고 있는 듯했다.

"엇따! 놈덜은 저리도 잘 덜 오는디, 우리 영감은 어디가 처백혀 갖고 올 생각도 안 헐끄나, 씨벌 놈의 영감택이 어쨌다고 젊은 청춘에 끌려 끼대 가서 이날 입때꺼정 나를 이리 고상 시킬끄나"

팽산댁은 화면에서 시선을 뗄 줄도 모르는 채 쉼 없이 혼잣말로 구시렁거렸다.

"해남 부잣집 고명딸을 이렇코 못쓰게 해 놓코 썩을 놈의 영감택이는 그 짝에서 뭔 지랄 허고 자빠졌을 끄나잉. 지끔이라도 어째서 못 올 끄나."

선영은 한탄스럽게 말을 쏟아내는 팽산댁을 보며 동질감 같은 것이 느껴졌다. 아니 어쩌면 선영 자신의 모습인지도 모르겠다는 생각이 들었다. 측은한 마음이 스멀스멀 피어올랐다. 아니 선영은 벌거벗은 채 거울 앞에 서 있는 기분이었다. 자신의 모습이 그대로 비추는 거울을 보는 것 같았다. 독일로 간 그는 어디쯤 있을지 알 수가 없었다.

쿨룩쿨룩 팽산 양반의 기침 소리가 건넌방에서 안방까지 건너왔다. 목에서는 가래 끓는 소리가 기침 소리에 섞이어 요란했다. 마루에 있던 들고양이가 화답이라도 하듯 이야아우웅! 사납게 울었다. 텔레비전 화면의 지지직거림과 가래 끓는 소리와 들고양이의 울음소리가 섞이면서 이상스런 화음을 이루었다. 그 소리들은 묘하게도 닮은꼴의 소리였다.

팽산댁은 '오랜만에 네가 왔는디도 줄 것이 없다면서' 부엌으로 나갔다. 팽산댁은 어쩌면 남편 생각에 끓어오르는 감정을 삭이려고 밖으로 나간 것은 아니었을까. 화면에는 기다리는 남편의 모습이 없어서 실망하고 나간 것 같았다. 선영은 TV 화면에서 취재 경쟁을 벌이고 있는 취재진들 속에 직장 후배 기자의 모습을 발견했다. 어른거리는 화면 속일망정 그녀가 보기에도 후배가 분명했다. 후배는 선영이 보기에도 미모와 지성을 겸비한 여성이었다. 선영 자신이 보기에도 후배는 욕심도 많고 거침없이 말도 잘해 부족함이 없었다. 선영도 처음 입사해서는 선후배들보다도 더 좋은 기사를 많이 써서 주목받는 기자였다. 아니 선후배보다 더 열정적으로 일하던 뛰어난 기자였다. 헌데 지금은 집주인에게 홀대를 받는 고양이라 함이 더 어울릴 것 같았다. 견딜 수 없는 일이었다. 주인에게 바친 충성의 대가치고는 허망한 결과였다.

선영은 이번만은 결코 6·25 특집기사의 지면을 내줄 수가 없노라고 다짐했다. 팽산댁 이야기를 세상에 드러내 시대를 잘못 타고난 한 여인의 삶이 어떻게 망가질 수 있는지를 세상에 대고 말해보고 싶었다. 남편을 북에 빼앗긴 결과 팽산댁의 일생이 얼마나 들판을 헤매며 집안에 들어가지 못하고 떠돌아야 했는지를 꼭 기사로 써야겠다고 마음을 굳혔다. 팽산댁이 남편을 북쪽에 빼앗긴 이유 때문에 이 땅에서 겉돌며 헤매어야만 했던 벽을 선영은 기사로 써서 나타내 보리라 마음을 먹었다. 팽산댁은 남편이 납치된 후 얼마나 많은 모래 바람이 이는 벌판을 떠돌며 들고양이로 살아왔는지. 따돌림과 융화되지 못함과 멸시를 받으며 살았는지를. 북으로 간 남편은 과연 그곳에서 잘 융화되어 정착은 했는지. 아니 독일로 간 그는 또 어떠할까. 그 또한 그곳에서 완전한 융화는 가능했을까. 그가 떠나므로 선영은 또 어떠했는가. 선영은 전날 취재했던 탈북자 가족들의 말이 다시금 귀에 쟁쟁 울려왔다. 이곳은 막상 풍요로워 보이지만 어려운 사람은 여전히 어렵더라고 말했다. 경제는 문둥병에 걸려 있어도 몇몇의 부유층들은 문둥병의 상처에 손을 넣어 헤집어 가며 살과 피를 꺼내면서도 눈썹 하나 까딱도 않더라고. 술 한 병에 백만 원 단위의 숫자를 서슴없이 주고받으면서도 양심의 아픔도 느낄 줄 모르는 환자들이 있더라고 말하면서 그들은 믿어지지 않는다는 듯한 표정을 지었다. 그들은 마치 요술나라에 와 있는 느낌이 들 때가 많았노라고 덧붙였다. 그들은 취재에는 순순히 응해 주었다. 그녀는 그들이 진솔하게 털어놓는 진심 어린 속마음을 독점으로 취재할 수가 있었다. 특집으로는 후배의 기사가 훨씬 독자를 끌 것이라는 생각이 들었다. 탈북한 그들의 갈등이 세월이 흐르면 녹아내려 완전한 융화가 가능하기는 할 것인가. 그럴 수가 없다면 그들이 들판을 헤매는 들고양이들의 신세가 아니라고 말할 수가 있을까? 팽산댁이 칠십여 평생을 들고양이 마냥 내침을 받으며 살아온 것처럼. 탈북한 모든 가족들이. 지금도 끊임없이 탈출해 오는 탈북자들과 앞으로도 탈출해 올 사람들이. 내면에서 일어나는 갈등을 어떻게 해결할 것인가. 통일이 된다 하여도 과연 물밑에 가라앉은 내면의 갈등과 영원히 화합되어지지 못할 부분의 해결은 누가 할 것인가. 선영은 그 문제를 기사로 써보자고 생각했다. 아마 이 부장은 선영의 그런 기사를 반사회적 행동이라고 잘라버릴지도 모를 일이다. 선영은 이번에 써낸 기사로 인하여 일자리를 잃고 잘린다 해도 밀고 나가겠다고 다짐해 보았다.

건넌방에서는 팽산 양반의 가래 섞인 기침 소리가 그르렁대며 계속해서 들려왔다. 부엌으로 나갔던 팽산댁은 양푼에 무언가를 들고 들어오며 건넌방을 향해 시선을 한 번 보내고는 구시렁거렸다.

"오살헐 놈의 영감탱이! 저렇코도 진지리 꼽꼽쟁(구두쇠)일끄나, 지침약 사먹으라고 안만 잔소리해도 코로 방구도 안 뀐당께야 진질징(진저리)나게도 말을 안 듣는다야."

팽산댁은 방금 전까지도 납치당해 소식조차 없는 남편을 기다렸던 일이 언제였냐는 듯이 팽산 양반을 걱정하고 나섰다. 동네 사람들은 팽산 양반을 향하여 처복은 있는 노인이라고들 말했다. 생긴 것도 키는 난쟁이 똥자루같이 작은데다 말소리도 내시 둘째가라면 서럽게 가늘었고 밖으로 뿜어내서 하는 것이 아니라 입 속으로만 우물거리며 삼켜버리니 듣는 사람이 답답하고 알아듣기가 어려웠다. 돈을 한 푼 쓰려면 벼르고 별러서도 벌벌 떨며 못 쓰고 찌뜰름(조금씩 주는)거리는 구두쇠였다. 일 년 열두 달을 가도 크게 소리 내서 호탕하게 웃는 일이 없었다. 다른 사람들이 우스워 죽겠다고 데굴거리고 뒹굴어야 겨우 팽산 양반은 피식 한 번 입술을 가늘게 벌리다가 마는 사람이었다. 그러한 팽산 영감이건만 구십 줄에 앉아서도 본처는 아닐망정 착한 할멈이 똥오줌 빨래 다 해주고 병 수발에 품 팔아다 고깃국까지 먹여주니 이 아니 호강인가 말이다.

팽산댁은 양푼에 들고 온 토마토를 다른 그릇에 조금 덜어내더니 방문을 열었다. 들고양이가 방문 앞에 앉아 있다가 눈빛을 빛내며 방 안으로 들어오려고 앞발을 내밀었다. 팽산댁은 '오야오야 거그 있그라이.' 하면서 토마토가 담긴 그릇을 고양이에게 내어 주고는 문을 닫았다. 고양이는 방문 밖에서 다시금 우는 소리를 내고는 토마토를 먹느라 쩝쩝거렸다. 선영이 아니었으면 팽산댁 무릎에 앉아서 떠먹여 주는 사랑을 받았을 것이다. 팽산댁은 양푼에 남긴 토마토를 선영에게 주면서 먹어보라고 권했다. 너무 오래 사용해서 찌그러지고 때가 끼어 있는 양푼에는 아직도 덜 익은 토마토가 담겨 있었다. 넙적넙적하게 썰어 설탕을 뿌렸으나, 붉은 부분보다는 푸르뎅뎅한 부분이 더 많아서 선영은 입맛이 돌지 않았다. 뒤 곁에 심어놓은 토마토를 선영에게 주기 위해 손전등도 없이 어둠 속에서 더듬거려 따온 것을 알 수 있었다. 선영은 팽산댁이 서운해 할까보아 몇 번 먹는 시늉을 하고는 양푼을 윗목으로 밀쳐놓았다. 팽산댁은 더 먹지 그러느냐고 서운해 했다.

"아가 내일 및 시에 갈래야? 내야 딸 갈 때 나도 읍내 나가서 저놈의 영감탱이 지침 약 잠 사다줘야 쓰것다, 뒤질 때 어기야 데기야 짊어지고 갈랑가 저리 돈 한 푼 안 쓴단다, 아이고 징허다야."

팽산댁은 텔레비전 화면에서 선영 쪽으로 얼굴을 돌리며 말을 이었다. 텔레비전 화면에서는 여전히 탈북자 가족들이 빗속에서 손을 흔들며 활짝 웃고 있었다. 얼굴 표정이나 형태를 제대로 알아볼 수 없도록 화면 가득 아른거리며 피어오르는 아지랑이는 여전했다.

"인자가면 또 언제나 너를 볼끄나, 언제 올래야? 나도 서울 가부러야 쓰것다 너 따라서 돈 벌러 갈끄나?"

팽산댁은 선영과 헤어지게 되는 것이 마지막인 것처럼 아쉬워했다. 안방 문 앞에서는 들고양이가 이야아우웅! 할매를 부르고 있었다.

"댕댕댕……."

벽시계가 열두 시를 쳤다. 선영과 노인은 동시에 벽에 걸린 시계로 시선을 보냈다. 팽산댁은 아직도 다하지 못한 가슴속에 쌓인 말들이 많은 표정이었으나 피곤한 기색이 보였다. 팽산댁은 시계 소리에 힘입은 듯 입이 찢어져라 하품을 했다. 선영은 일어서야겠다는 마음이 들었다.

텔레비전 화면에서는 자정 마감뉴스가 흘러나왔다. 초저녁에 나왔던 탈북자 가족이 다시금 화면 가득 나타났다. 여전히 활짝 웃으며 손을 흔드는 광경이었다. 인천항에 첫발을 내리는 그 순간으로 방송 필름은 되돌아가 비춰주었다. 아나운서의 들뜬 음성이 화면을 떨리며 울렸다. 탈출 가족의 감격해하는 모습이 여전히 빗속에 서서 손을 흔들었다.

팽산 할매는 언제 깨어 있었냐 싶게 벽에 기댄 채 입바람을 푸푸 냈다. 선영은 얼른 텔레비전 화면에서 팽산댁에게로 시선을 돌렸다. 노인은 곤한 듯 잠 속으로 빠져들고 있었다. 선영은 얼른 팽산댁에게 베개를 받쳐주며 바르게 눕게 했다. 노인의 얼굴 가득 얽히고설켜 있는 주름살이 숨을 쉴 때마다 파르르 떨렸다. 웅크리고 잠든 모습이 세상 걱정 다 잊은 듯 북으로 간 남편 생각도 가슴에 묻은 아들 생각도 지나온 한의 날들도 잊은 듯했다. 팽산댁의 잠든 모습 위로 또 하나의 노인이 겹쳐 보였다. 여전히 주름살투성이의 얼굴. 어디서 본 듯한 얼굴이었다. 선영이 하루에도 몇 번씩 바라보는 얼굴. 거울 속에서 매일같이 보았던 그 얼굴이 거기에 잠들어 있었다. 선영은 고개를 저으며 화면으로 고개를 돌렸다. 그곳에는 여전히 탈출 가족들의 감격스러워하는 장면이 이어졌다. 선영은 텔레비전 스위치를 돌려 껐다. 화면 가득 찼던 안개와 탈출 가족들의 웃는 모습이 어둠 속으로 사라져갔다. 선영은 꼬질꼬질 때에 전 이불을 노인에게 덮어주었다. 선영은 팽산댁에 대하여 들었던 측은한 마음을 털어내듯 일어서서 방문을 열었다. 들고양이가 눈을 빛내며 마루 끝에 와서 그녀를 올려다보았다. 들고양이를 거두어 딸을 삼았던 팽산 할매의 사랑은 어쩌면 북으로 잡혀간 남편과 가슴에 묻은 어린 아들에게 향한 그리움이었으리라 여겨졌다. 건넌방에서는 팽산 양반의 기침 소리가 계속해서 새어 나왔다. 그녀가 토방 위로 내려서자 고양이가 이야아우웅! 입을 크게 벌렸다. 팽산 영감의 기침 소리가 쿨룩쿨룩! 들려왔다. 마당으로 내려서니 하늘에 떠 있던 별들이 일시에 그녀의 머리 위로 쏟아져 내릴 것 같았다. 오월의 밤하늘이 새벽으로 향하여 별빛을 태우고 있었다. 팔십 년 오 월 계엄군의 총소리에 묻혀버린 광주의 밤하늘은 별빛도 빛을 잃은 흑암뿐이었다. 선영은 별들이 촘촘히 박힌 밤하늘을 바라보며 북쪽과 가까운 곳으로 시선을 보내고는 마음속으로 빌어보았다.

"북에 계신 할매의 영감님 제발 할매가 이 세상을 떠나기 전에 오세요. 탈출이라도 해서 말이에요 그땐 제가 제일 먼저 뛰어가 취재를 할게요."

선영은 자신도 모르게 그가 떠나간 독일 하늘로 시선을 향했다. 그가 만일에 지구의 바로 안쪽에 있는 행성에 가 있다면 초저녁이니 금성에나 가 있을까. 아니면 장경성이나 태백성에 가 있을지도 모를 일이라고 생각되었다. 그런 곳은 지구의 크기와 거의 같으니 그는 그곳에서 원하는 세상을 만나거나 만들었을지도 모르겠다고. 선영은 하늘에 떠 있는 별들을 유심히 살피며 시선 끝에 힘을 주었다. 그녀는 그의 흔적을 찾아내야겠다고 생각했다. 그가 어떻게 떠돌이별처럼 들고양이처럼 살아가는지를 영원히 화합될 수 없는 이물질로 존재하고 있는지를 그의 발자취를 더듬어 찾아보리라고 결심했다.

이야아아우웅! 마루 끝에 서 있던 들고양이가 선영의 등덜미를 찢을 듯이 울어댔다. 선영은 고개를 돌려보았다. 고양이의 눈빛이 그녀를 쏠듯이 보고 있었다. 선영은 그 빛에 질려 찔끔하고는 얼른 고개를 돌려 하늘로 시선을 보냈다. 이야아우웅! 들고양이의 울음이 밤하늘로 울려 퍼졌다. 하늘에 떠 있는 수많은 별들이 들고양이가 되어 울부짖었다. 이야아우웅! 야웅! 야웅! 어느새 온 하늘이 이야아우웅! 거리는 들고양이로 가득 차 있었다. 선영은 수많은 들고양이 무리 속에 들어 있는 자신을 발견했다. 아니 독일에 간 그도 팽산 할매도 노인의 남편과 아들도 그 속에 함께 있었다. 선영의 입은 찢어지듯 더 크게 벌려 울고 있었다. 그녀 자신도 한 마리의 들고양이였다.

선영은 서울로 올라가는 즉시 기사를 제출하고 나면 독일행 비행기 표를 예매해야겠다고 마음먹었다.

백정희 ——————————————————————————

전남 무안 출생. 1998년 농민신문 신춘문예 당선으로 등단. 박화성 문학상. 토지문학제 평사리문학 대상 수상. 전태일문학상(황학동 사람들) 수상. 한국문화예술위원회 문예진흥기금 2회 받음. 소설집으로 『탁란(托卵)』과 『가라앉는 마을』 등이 있음.

이메일 imbjh1@hanmail.net

우상 끊기 | 양희옥

내일 모내기를 하기 위해 음식을 많이 장만해야 한다. 귀농하고 처음으로 모내기를 한다. 은진은 눈코 뜰 새 없이 바쁜데 광주에 사는 부안 댁의 둘째 아들 용철이가 낯선 여인과 손을 잡고 히득거리며 들어왔다. 그 여인은 얼굴이 빡빡 얽은 곰보였다. 용철이 외모하곤 전혀 어울리지 않았다. 몇 시간 전에 시부모님과 은진이 우상 문제를 두고 언쟁을 했던 문제로 모내기를 하루 앞두고 부안 양반이 갑자기 광주 딸집에 가서 줴 말했기에 용철이가 겸사겸사 왔으리라 생각했다. 은진과 그녀가 초면이라 서로 서먹하여 처다만 보고 있는데 용철이 소개를 했다.

"집사람입니다."

"첨 뵙겠습니다 형님, 형님에 대한 말 많이 들었습니다. 잘 부탁해요."

집사람이란 말에 은진으로선 어안이 벙벙했다. 버젓이 처자식 있는 시동생이 갑자기 집사람이라고 낯선 여자를 소개하다니…. 시누들이 모여 앉기만 하면 연이 어멈에 대한 입방아를 심하게 찧기는 했어도 그리 쉽게 변심할 줄은 몰랐다. 그런데 벌써 새 여자와 손잡고 들어와 형수에게 집사람이라고 당당하게 소개하니 은진으로선 어안이 벙벙할 수밖에 없었다. 근데 더욱 이상한 것은 부안 댁이 방에 있으니 그녀는 얼른 방으로 가서 부안 댁 코앞에 앉아서 아양을 떨기 시작했다. 이미 이들은 정이 익을 대로 익은 사이였다.

"어머님 그간 안녕 하셨는가요?"

"이~ 잘 있었다. 너도 잘 있었냐? 으흐흐흐….'"

"어머님 보고 싶어서 단숨에 왔어요. 이제 형님도 들어오시고 했으니 어머님은 일하지 마시고 우리 집에랑 놀러 오셔요."

"오냐 그렇잖아도 모 심어놓고 느그 집에랑 갈란다."

은진은 두 사람이 하는 꼴을 보고 기가 꽉 막혔다. 곰보 여자는 부엌에서 혼자 동당대는 은진이 보기가 민망했던지 얼른 부엌으로 나와서

"형님 뭣을 도와드릴까요?"

"거의 다 했어요. 도와줄 것 없어요!"

"아야 멋 할 것 있다냐 너는 손님인게 니 큰동서 보고 하라고 너는 이리 와서 내 머리에 흰머리나 뽑아라."

부안 댁의 속셈은 행여 은진의 입에서 도움 안 되는 말이라도 나와서 곰보 귀에 들어갈까 봐 얼른 곰보를 안방으로 따돌렸다. 성격이 올곧은 은진은 가만두고만 볼 수 없었다. 저녁 설거지를 마치고 부안 댁과 곰보가 있는 큰방으로 들어갔다.

"내게 형님이라고 했으니 지금부터 말을 놓겠네. 자네 올해 몇 살인가?"

"서른일곱요."

"아직 처년가?"

"예."

부안 댁이 얼른 그녀를 변호했다.

"돈 버니라고 혼기를 놓쳤단다."

"연이 아빠 유부남인 것 알지?"

"예."

"근데 왜 가정 있는 남자하고…."

"연이 아빠는요 절대로 연이 엄마하고는 안 산다고 했어요."

그때 부안 댁이 "너는 니 일이나 잘해라! 젊으나 젊은 년이 도시에서 뭣을 한들 못 처먹고 살아서 새끼들 델꼬 촌구석에 들어온 주제에 남의 일에 감 놔라 배 놔라 하고 자빠졌냐?!!" 하며 단칼에 은진의 입을 제압시켰다. 첩 동서 앞에서 큰며느리인 은진의 인격을 짓밟는 부안 댁의 언행은 정말로 모멸감을 느끼게 했다. 은진은 거기서 한마디만 더 했다간 또 오전과 같이 불상사가 날 것 같으니 한발 물러서며 "다음에 얘기 합시다." 하며 자기 방으로 가서 남편에게 따졌다.

"당신도 알고 있었어요?"

"뭘?!" "동생 일 말이에요. 언제 동서하고 이혼했다고 낯바닥이 빡빡 얽은 것을 집까지 데려오냐고요?"

"내가 알아?! 남의 일에 간섭 말고 당신 일이나 잘해!"

"이집 식구들은 참 이상한 사고방식을 가지고 있네요? 내가 잘못해서 시골에 들어왔어요? 그리고 형제간 일인데 잘못된 것을 가만두고 보고만 있으란 말인가요? 저런 천박한 여자에게 무엇을 얻어먹겠다고 어머님이 채신머리없이 저러신대요? 참 남부끄러워서 얼굴을 못 들 정도네요."

은진의 말을 들은 척도 안하고 용국은 코를 골고 자는 척해 버렸다.

뒷날 아침 일찍 부안 댁은 모꾼들이 있는 들로 나가고, 은진은 모 밥 내갈 준비에 바쁜 중에 곰보가 물었다.

"형님 이 집 재산이 얼마나 돼요?"

"우리 논은 한 되지기도 없고 문중 논만 서 마지기 벌고 있어."

"용철 씨는 자기 집에 재산이 많다고 하던데요?"

"그래? 내가 모르는 재산이 있나보네."

"용철 씨 어디 대학 나왔어요?"

"대학 나왔다고 하던가?"

"시숙님은 어디 대학 나왔어요?"

"대학 안 나왔어! 그딴 것을 왜 물어?"

"그럼 용철 씨도 대학 안 나왔겠네요?"

"몰라! 둘째 아들이라 더 많이 가르쳤는지…,"

"이거 말 듣기하고는 영 틀리네요? 용철 씨 집에 재산이 많이 있으니 자기 앞으로 있는 큰 산을 팔아서 내 돈하고 보태서 사업하자고 하던데요?"

"자네는 세무조사 나왔는가? 가정 있는 유부남하고 얽혀놓고 이제 와서 무슨 학벌 따지고 재산 타령이야? 나는 이 집 장남 며느리로 시집온 지 15년이 넘었어도 그딴 것 신경도 안 써 봤네! 재산이 많으면 뭐해? 인간 됨됨이가 중요하지. 젊고 건강하니 열심히 일해서 살면 되지! 빨리 움직이게 어머님 불같은 성격에 밥이 늦으면 또 불호령이 떨어질 걸세."

두 여인은 서둘러 모 밥을 내가니 논가에 모꾼들이 둘러앉아 밥을 기다리고 있다가 곰보를 보고선

"부안 댁 저 여자는 누구요?"

"우리 며느리."

"몇째 며느리?"

"둘째."

"용철이 각시?"

"그래."

"본 각시는 어쩌고?"

"그년은 싸가지가 없어서 진즉 베레부렀어, 근데 저 여자는 돈 버니라고 혼기를 놓쳐서 글재 영 돈이 많다요. 우리 용철이 사업자금 대 준대요."

"부안 댁은 무슨 복이까잉? 며느리를 얻는 놈마다 잘 얻는 당께, 큰 며느리도 선생질한 여자를 얻드니만 둘째 며느리도 선생 며느리를 얻으니께 동네 사람들이 다 부러워 했지라, 자식들은 안 갈쳤어도 며느리는 다들 많이 배운 부잣집 딸들을 얻는다고 말이여, 근디 이번에는 돈 많은 올드 미쓰 까지? 부안 댁 아들들은 여자를 얻기도 잘하고 베리기도 잘하는 기술을 가졌그만. 아메도 그것이 좋은게비여."

"낮바닥들이 반반하고 신체들이 건장하니 남자답게 잘들 생겨서 그런가 자식들마다 여자를 잘 호린당께."

논두렁에 앉아서 그 많은 입들이 가만 있지 않고 너나없이 칭찬인지 비웃음인지 모를 말들을 해 댔다. 그날의 모내기는 끝이 났다. 곰보는 광주로 가버리고 은진과 부안 댁만 남았다.

"어머님, 곰보 그 여자를 며느리로 받아들일 거요.?"

"즈그들이 좋단디 어쩔 것이냐?"

"그럼 동서랑 애들은요?"

"서방이 마다하면 지 갈 데로 가야제 별수 있간디?"

"그럼 애들은요?"

"그거야 지들 팔자재 내가 그것까지 알것냐?!"

"어린것들에게 무슨 팔자타령이요? 부모가 잘못하여 애들을 불행하게 해야 되겠어요? 어찌 해서라도 이 일을 말려야지. 어제 보니깐 곰보 그 여자와 어머님은 아주 친한 고부 사이던데요. 어머님도 딸이 다섯이나 있으면서 그러세요? 만약 어머님 딸이 그런 지경을 당했다면 어찌시겠어요?"

"우리 딸들은 그럴 사람 하나도 없다."

"하기야 우리 시누들은 어머님 닮아서 억세니까 감히 사위들이 바람이 나 피우겠어요? 하지만 어머님도 같은 여자이니 본 며느리 입장을 생각해야지요."

"내가 그러라고 시켰냐? 즈그들 일은 즈그 알아서 허것단디 나보고 어쩌라고 너는 꼭 성가시게 그래쌌냐? 지발 니 일이나 잘 허고 살라고 안허냐?! 아이고 가슴에서 불이 날락해서 너하고는 도저히 말을 못하것다!"

부안 댁은 은진의 올곧은 도덕성을 받아칠 대안이 없으니 대문 밖으로 나가버렸다. 잠시 뒤에 다시 들어와서 은진을 공격할 구실을 만들어 가지고 들어와서 "나 느그 아부지 델로 갈란다. 참 썩을 것들이 부모가 집을 나가서 사흘이 되어도 어느 누가 찾기를 하나 걱정을 하나 에이! 개상것! 그래놓고 잘났다고 주둥이 나불거리는 순 개 상년 같으니라고!!"

기껏 자기가 영감을 '광주 딸 집으로 가 있으라고 부추겨놓고 사흘째 되어도 시아버지 걱정을 하지 않는다고 천하에 나쁜 며느리로 몰아세운 것이다. 부안 댁은 부리나케 옷 보따리를 싸서 들고 대문 밖으로 나갔다. 은진이 그 뒤를 따라 나가면서 '어머님 안녕히 다녀오세요.' 라고 인사하니 부안 댁은 뒤도 안 돌아보고 치마꼬리 에서 쇠 소리가 나게 달아나 버렸다. 남편 용국은 술이 취해 석양쯤에 집에 들어와 부안 댁이 눈에 안 보이니

"어머니는 어디 가셨어?"

"아버지 모시러 간다고 가셨어요."

"아버지가 애기간디 모시러 가야 오신당가?"

"여보 여기서도 당신이 그렇게 날마다 술을 먹으면 나는 어떻게 살라고 그래요? 시골에 오면 당신이 일하고 나에겐 집안일이나 하게 한다고 했잖아요. 지금 어머님 아버님 하시는 것 보세요. 당신이 정신 차리지 않으

226

면 이 집에서 쫓겨나게 생겼어요. 이제 집도 팔아버리고 없는데 어떻게 하려고 그래요?"

"그래 알았어, 내일부터 절대 술 안 먹을게."

용국은 항상 구렁이 담 넘듯이 거짓말로 순간만 넘기면 그만이다. 도시에서 들어온 지 불과 한 달여 만에 이런 불상사가 난 것이다. 은진이 처음 귀농했을 때부터 마을 사람들이 '저런 기생같이 생긴 사람이 촌구석에서 농사짓고 살아? 가망 없다. 이 마을에서 석 달을 견디면 내 손가락에 장을 지지겠다.'라고 비아냥거림도 받았는데 들어오자마자 가정불화가 나고 어른들이 집을 나가는 일이 벌어지니 참으로 자괴감을 느꼈다. 그래도 기왕 들어왔으니 모르는 일을 주위 사람들에게 배워가며 살아야 하기 때문에 은진은 동분서주할 수밖에 없었다.

"유익아! 냉장고에 찬물 한 그릇 가져 오니라!"

은진이 밭에 가서 일하고 땅거미 질 무렵에 들어오니 부안 댁의 앙칼진 목소리가 들렸다. 자기 영감 데리러 간 지 7일 만이다. 은진의 둘째는 이제 초등학교 5학년이다. 할머니의 앙칼진 소리에 주눅이 들어 냉장고 문을 열고도 물병을 얼른 찾지 못해 멍하니 보고만 있었다. 부안 댁은 마루에 걸터앉아있고 부안 양반은 눈에 보이지 않으니 은진은

"어머님 오셨어요?"

"…."

"아버님은 안 오셨어요?"

"…."

"얼른 저녁 지어 드리겠습니다."

은진은 얼른 부엌으로 가서 밥을 앉혀서 불 때 가며 어른 상에 올릴 반찬을 만들어 바쁘게 밥상을 방으로 들이니 숨소리도 안내고 응큼하게 벽

을 등에 지고 앉아있는 시아버지를 보고 깜짝 놀랐다. 그때서야 은진은 시아버지가 오셨다는 것을 알고 "웅? 아버님도 오셨네요?" 하며 밥상을 고쳐왔다. 아이들은 먼 길에 학교 갔다 와서 배가 몹시 고플 때였다. 은진도 뙤약볕에서 일하고 와서 허리가 겹칠 정도로 시장했다. 물론 부안 댁 내외도 그 시간에 시장할 건 사실이다. 은진은 밥상을 방 가운데 놓고

"어머님 아버님 진지 잡수세요."

"안 묵을란다. 인사도 안 하고 차려준 년이 밥에다 농약을 탔는지 쥐약을 탔는지 어찌 알아서 묵겄냐?! 나 아직 살고 싶다."

참 어이없는 트집을 잡고 있는 시아버지의 말에 괘념치 않고"어머님도 진지 잡수세요."

"에이 잡년아!! 저런 더런 년 손모가지로 차려준 밥에 뭣이 들어간지 누가 알아서 묵겄냐?! 너나 많이 처먹어라!!"

부안 댁의 생트집도 묵살하고 은진은 이번에는 아이들에게 "얘들아 먼 길에 학교 갔다 와서 배고프지? 어서 먹어라." 지금 부안 댁 내외가 하는 짓으로 봐선 분명 오늘 저녁이 조용히 넘어갈 것 같지 않으니 아이들에게라도 어서 먹이고 싶어서 재촉을 했다. 밥 속에 독약이 들어있지 않다는 것을 보여주기 위해 은진이 먼저 밥을 먹기 시작했다. 몹시 배가 고파서 두어 숟갈 뜨고 있는데 부안 댁이 또 앙탈을 부리기 시작했다.

"이 농사를 우리가 쌔빠지게 지었는디 왜 저년이 처먹게 놔 둬?! 어서 저년을 죽여부러!!" 하며 영감을 향해 악을 썼다.

"어머님 올해는 어쩔 수 없이 부모님이 지어놓은 농사를 우리가 먹게 되지만 내년부턴 우리가 지은 농사를 부모님이 계속 잡수실 건데 왜 그러세요?"

그때 건너 방에서 술에 취해 자고 있던 용국이 큰방 분위기가 심상치 않으니 슬그머니 큰방으로 건너와서

"어머니 아버지 진지 드세요."

"안 묵어야! 밥 속에 농약이 들었는지 쥐약이 들었는지 어찌 알고 묵것냐?!"

"오, 그럼 전에 어머니도 할아버지 밥상에 독약 탔소?!"

전에 자기 할아버지에게 불효한 것을 다 알고 있는 용국이 한방 찔렀다.

"에이!! 개 상놈아! 너는 누구 ×속에서 나왔간디 어미 애비에게 불효하고 지집 편만 드냐 이놈!!"

"어이 지랄병 하고 있네! 전에 당신은 할아버지한테 어떻게 했어?! 그래놓고 당신 맘에 안 들면 며느리 마다 쫓아내려고?!"

그때 부안 양반이 슬그머니 숭늉 그릇을 들었다. 목이 말라서 마시려고 그러는 줄 알고 무방비 상태로 있는데 갑자기 은진의 머리채를 확 낚아채더니 숭늉 대접으로 은진의 얼굴을 덮어씌워 숨 막히게 해놓고 자기 무릎으로 은진을 짓누르고 머리채를 쥐어뜯기 시작했다. 은진은 대책 없이 쥐어뜯기고 있었다. 부안 댁은 불난 데 부채질한 격으로 "손댄 짐에 아주 죽여 부러!! 어디 어른 말끝마다 한마디도 안 지고 달랑거리며 집구석을 뒤집어 쓸라고 한 년은 죽여부러야 돼!!" 하며 기고만장했다. 용국은 위급한 은진을 얼른 구해줄 생각은 하지 않고 그런 광경을 혼자 보기 아까웠든지 집안 당숙들한테 여기저기 전화질만 하고 있었다. '당숙, 우리 집에 큰 굿 났소! 얼른 오시오, 시아버지가 며느리 머리채를 쥐어뜯고 있소! 빨리 오시오.' 라며 전화를 여러 통화 했다. 이장 집에까지 전화해서 동네 사람들 다 모이게 했다. 은진은 다 죽어가는 목소리로 "여보 나 좀 구해줘요. 나 죽겠어요." 부안 양반은 눈에 독이 오를 대로 올라 은진이 까무라쳤는데도 무릎으로 짓누르고 그 검신 손으로 머리채를 쥐 뜯고 있었다. 동네 사람들이 오면 그런 모습을 보여주려고 했는데 동네사람들

당도하기 전에 자기 처가 죽게 생겼으니 그때서야

"아버지 이게 무슨 짓이요? 이 손 놓으시오."

"뭐야 이놈?!! 죽것다고 키워 놓으니께 지집 편만 들고 이놈!! 이 불효한 놈!!!"

부안 댁까지 달려들어 은진을 쥐어박으니 그때는 용철이도 독이 올라 자기 어머니 뺨을 한 대 갈겼다.

"저런 늙은 여우 같은 년이 전부터 온갖 여우짓을 해서 집안 간 우애를 다 끊어놓더니 이제는 들어온 며느리마다 쫓아내려 하네!! 그래놓고 집 구석 망한 것이 며느리 탓으로 돌리고, 아버지! 이 손 놓으시오!"

"못 놓것다 이놈!! 이 마당에 지집 편을 들어야 쓰것냐?!!"

용국은 자기 아버지 손목을 비틀어서 은진이 풀려나게 했다. 그때서야 집안 일가친척들과 온 동네 사람들이 꾸역꾸역 용국의 집으로 모여들었다. 그때 은진은 겨우 풀려나서 고개를 들지 못한 채 건너 방으로 엉금엉금 기어가면서 자빠진 강아지 앙상 거리듯 "때난 양반집에 시집왔더니 시아버지에게 머리채를 다 쥐 뜯겼네." 하며 시부모의 부당한 행위를 비난했다. 당숙 한 분이 은진의 방으로 들어와

"어쩌다가 이런 꼴이 났는가?"

"아제, 제가 뭘 잘못해서 이런 꼴을 당해야 합니까? 으흐흐흑 정말로 억울해서 못살겠어요."

은진은 슬피 울었다. 마당에는 싸움 굿 볼 사람들로 가득 찼다. 용국은 오후에 여기저기 다니면서 먹은 술이 아직 덜 깬 상태라서 자기 부모들의 비인간적인 행위에 이성을 잃었다. 자기 부모의 무모함을 보라고 마당에다 덕석까지 두어 장 펴 놓으며 "자 편히 들앉아서 구경하시오, 옛날부터 우리 집이 왜 말이 많았고 왜 망했는지 똑똑히 보시오." 하며 흥분해 했다. 러잖아도 부안 댁이 모내기하기 전에 선영에다 밥 한 상 차려 놓으

라고 했는데 며느리가 예수 믿는 사람으로써 그런 사물 떠는 짓까지는 하고 싶지 않다고 해서 싸움의 발단이 되었다고 나이 많은 노인 측에선 '버르장머리 없이 어른이 시키면 시킨 대로 할 일이지 지깐 것이 멋인디 어른 말을 거역해' 하고 은진을 비난한 사람도 있고, 그 동네 교회 지을 때 부안 양반이 앞장서서 교회 때려 부수는 짓을 수차례 했고, 기독교를 심하게 핍박했던 터라 '종교는 자윤데 아무리 어른이라고 종교 문제까지 들고 나서서 며느리를 억압하려는 자체가 잘못이라'고 한 측도 있었다. 그때 많은 사람들 앞에서 부안 양반이 "동네 사람들 다 보시오! 속상해 집 나갔다 며칠 만에 온 시아버지한테 인사도 안 하냐고 했더니 며느리 년이 씨압시 옷을 다 찢어부렀다요." 하며 찢어진 메리야쓰를 훌렁거리며 동네 사람들에게 하소연 하고 있었다. 찢어지게 된 동기는 며느리를 자기 무릎 밑에 짓누르고 머리채를 쥐어뜯으니 물에 떠내려가면 지푸라기라도 잡으려는 심정에서 어떻게 해서든 그 고통에서 벗어나려고 손을 내두르니 시아버지의 낡아서 축 늘어진 메리야스 자락이 은진의 손에 잡혔다. 그것은 손에 닿자마자 질질 찢어져 버렸던 것인데 엉터리없는 거짓말로 은진을 모함했다. 그때 부안 댁은 펑펑 울면서 "나는 자식 놈한테 맞았어라. 엉엉엉⋯⋯." 부안 댁의 말이 떨어지기 바쁘게 동네 사람들이 '오죽 했으면 자식이 어미 몸에 손을 댔을까?'라고 웅성웅성했다. 같은 교회 다니는 여 성도들이 은진의 방에 들어와서 은진이 당한 것을 보고 눈물을 흘리며 "이 동네는 아무리 젊은 사람이 옳아도 어른들이 뭐라 하면 그냥 나 죽었소 하고 입을 다물어야지 옳은 소리로 대꾸하면 젊은 사람만 나쁘다고 한 동네여. 그중에 이 집 어른들이 제일 심해. 집이는 도시에서만 살아서 이 동네 율례를 아직 익히지 않아서 우리가 걱정했어." 그때 부안 댁 내외가 자기들 잘못을 정당화 하기 위해 은진을 천하에 몹쓸 사람으로 몰아세우기 시작했다.

"네이 쎄를 빼죽일 년! 어디 여러 사람 있는데서 또 한 번 어른 말끝에 달랑거려 봐라!! 당장 내 집구석에서 안 나가면 몽둥이로 허리를 작신 분질러 버릴 것이다." 은진은 아무리 고개를 못 들 정도로 쥐어 뜯겼지만 '기왕 싸움판은 벌어졌고 동네 사람들 모였으니 내 속에 쌓인 한이나 열어 보이자'라는 결심으로 흔들거리는 머리통을 겨우 들고, 쥐 뜯겨서 산발된 머리를 한 채 마당으로 나와 고픈 배를 움켜쥐고 독 오른 독사마냥 당돌하게 시부모에게 따지기 시작했다.

"아버님 나보고 나가라고 하셨나요? 내가 오 갈데없어서 이런 집에 밥 빌어먹으러 온 줄 아세요? 어쩌다 내가 어리석게도 실수를 해서 당신 자식 같은 사람 만나 내 인생이 이렇게 구겨졌지만 내 실수를 내가 감당하느라 겨우 참고 삽니다. 그리고 당신들이 좋아서 나를 끌어당겼습니다. 제발 나갈 테니 위자료나 주세요. 거지 같은 집구석 단돈 10만 원도 없는 주제에 줄 위자료나 있겠습니까? 없으면 없는 대로 정직하게 살 것이지 뭐 내놓을 것 있다고 자식들마다 허풍이나 치고 남의 등을 처먹으려고 국졸 주제에 일류대학 나왔다고 뺑 치고 다니게 했습니까? 당신 자식들 교육을 그따위로 시켜놓고 내 나무랄 자격 있나요?"

"누가 너보고 속으라냐? 속은 년이 병신이지."

"참 뻔뻔하군요. 만약에 당신 딸들이 내 꼴이 되었다면 아버님은 어떻게 하겠습니까?"

"내 딸만치만 해라"

"오 그러셔요? 그래서 딸들마다 혼전에 지저분한 과거를 만들어놓고 시집갔군요? 우선 시집가서 잘 산다고 그 추문이 없어진 줄 아세요? 아직도 동네 사람들 입속에 오르내리고 있더군요. 아버님을 동네 사람들이 뭔란 줄 아세요? 제 눈에 들보는 모르고 남의 눈에 티만 잡는다고 합디다."

"느그 아버지가 개 상놈 새끼여! 딸년을 저따위로 갈쳐서 보내 내 집구석 망하게 하고….”

"우리 아버지는 당신 같은 사람하고 사돈 맺겠다고 한 적 없습니다. 당신 자식과 당신들이 환장 하고 나를 탐내서 억지로 이 집 식구 되었습니다. 당신들은 논 팔아 쟁여놓고 호의호식할 때 우리 아버지는 허리띠 졸라매서 그 많은 자식들 가르쳐서 박사도 만들고, 의사도 만들고, 변호사도 만들었다고요. 그리고 나도 우리 아버지한테는 귀한 딸이라고요. 내가 실수하지 않았다면 탈탈 골라 좋은 가문에 보냈을 건데 내 실수로 이런 집에 메인것도 억울한데 지금 와선 헌신짝 취급합니까? 아버님은 그 많은 재산 유업 받았으면서 자식 하나도 안 가르쳐놓고 우리 아버지 욕할 자격 있나요?”

"귀한 딸 좋아하네! 어미도 없이 굴러댕김서 큰 년이 어디서 무슨 짓을 한줄 알아!!”

부안 댁이 은진을 비웃었다.

"어머님! 나는 어렸을 때 어머니가 돌아가셨지만 당신 딸들처럼 문란하게 산적 없습니다. 우리 집도 남이 아는 양반 가문이어서 남의 입줄에 오르내리는 짓 하지 않았습니다. 그 시대에 도시에서 정규 교육받고 교육공무원이었습니다. 당신 딸 수준으로 보지 마세요!! 여러분! 이 집에선 내 이름이 이년, 잡년이래요. 우리 부모가 지어준 이름이 분명히 있는데 말끝마다 나를 보고 잡년, 이년 이란 훌륭한 호칭을 쓴답니다. 그리고 당신들이 나를 낳았어 길렀어? 어디 몰상식하게 며느리 몸에 손을 대요?!! 이것이 양반의 도리입니까? 양반 법도 몇 페이지에 그런 조항이 있나 어디 내나 봐요!! 지금에 와서 말하지만 나 막 시집와서 시집살이하고 살 때 무슨 억하심정으로 내 방에 불도 못 때게 감시를 해서 그 긴긴 겨울밤을 냉돌방에서 자게 했습니까? 내 성품이 올곧으니까 아이 생기기 전에 내쫓으려고 심통 부렸습니까? 어머님은 항상 입버릇처럼 그러셨죠? 큰 며느리는 멍청해야 한다고요! 내가 경오 다짐 하는 꼴이 그렇게 불만이면 처음부터 똑똑한 며느리는 필요 없다고 하시지 뭐 하러 전 며느리 쫓아내고 나와 결혼을 못 시켜서 안달이었습니까? 우리 친정집이 부잣집이라고 하니 한 재산 가져올 줄 알고 그러셨어요? 당신 아들은 흠 있는 사람인데 염치 좋게 나한테 얼마나 많은 혼수를 바랬습니까? 나는 혼수도 서운치 않게 해 왔는데 당신은 나에게 치마저고리 한 벌도 해주지 않았어요!!"

"…."

"우리가 이런 촌구석으로 들어오게 된 동기가 내가 잘못해서 그런 줄 아세요? 아범이 날마다 술로 방탕해서 밤낮으로 빚쟁이들에게 시달리다 못해 들어왔는데 내가 잘못해서 들어온냥 해요? 우리 객지로 나갈 때 방 한 칸 값도 없이 빈손으로 나가서 달 세 방 생활하는데 단칸방에 다 큰 도련님들 내게 맡겨서 6~7년간 도련님들 먹여 살리고 한방에 재워주고 날마다 옷 빨아 댄 일이 보통 일인줄 아세요? 그럴 때 어머님은 적으나마 시골에서 농사짓고 살면서 쌀 한 되박이나 보태줬습니까? 고춧가루 한 줌이나 줘 봤습니까? 그래 놓고도 어머님이 딸들한테 뭐라 했건데 나 보고 큰 며느리가 되어 가지고 시동생한테 하숙비 받아먹고 눈칫밥 먹었다고 딸 다섯하고 어머님하고 6:1로 나를 공격해서 나를 울렸었죠? 어떤 놈이 나한테 하숙비 줬다고 하던가요? 이거 하늘이 노할 일이요. 시동생들 밥 담고 나면 항상 내 밥그릇은 낮았어요. 아이 젓 먹일 때 나 배 무척 골았어요. 또 말할까요? 당신들이 낳은 자식들 시집 장가 보낼 때마다 내 주머니만 바라보고 내게 심적 고통을 얼마나 줬습니까? 그것뿐입니까? 다달이 내 월급 탈 때 되면 어머님 아버님 오셔서 용돈을 적잖이 뜯어갔지요? 남편이 돈을 벌어주지도 않으면서 사고 쳐서 교도소를 일곱 번이나 갔다 왔어요. 내가 그 삶을 어떻게 살았는지 생각이나 해 보셨어요?

큰 며느리가 무슨 죄인입니까? 아니면 물려줄 재산이라도 있습니까? 무슨 염치로 내게 그런 짐을 지게 해놓고 미안한 마음은커녕 지금도 붉은 치맛자락 잡듯이 잡으려고만 합니까?"

"가만히 들어보씨요!! 저년은 원래 세 살이 좋아서 거미 똥구멍에 줄 나오듯이 줄줄 나올 거요."

부안 댁은 은진의 하소연을 부정하려고 말 좋은 말쟁이로 치부해 버렸다.

"이번 싸움이 처음이 아니고 전에도 있었는가?"

당숙 한 분이 은진의 하소연을 듣고 있다가 이전에도 이런 불상사가 있었느냐고 물었다.

"형제간들이 모일 때마다 단 한 번도 내 속 편할 날이 없었어요. 자기들도 시집가서 살면서 올케 입장을 한 번이라도 살핀 줄 아세요? 하기야 자기들은 남편들을 꽉 쥐고 사니까 내 심정을 이해하겠습니까?"

"그런지 저런지 누가 알아 눈으로 안 봤는디!!"

"당신 자식 하는 것을 보면 몰라서 그런 말을 해요?! 기왕 말이 나왔으니 한마디 더 합시다. 이번 싸움이 벌어지게 된 것은 내가 예수쟁이여서란 것은 구실이고, 진짜 이유는 둘째 시아제 첩 문제에 대해서 제가 쓴소리 한 것 때문이 아니던가요? 둘째 며느리도 어머님이 좋아서 환장하고 꼬였지요? 이제 막 부임해온 처녀 선생을 며느리 감으로 욕심내고 행여 둘째 시 아제 과거 행적이 귀에 들어가기 전에 어머님이 일방적으로 서둘러서 억지 혼사 시켜놓고 지금에 와선 애가 셋이나 딸린 바람난 여자가 돈이 좀 있다니까 그 돈 냄새 맡고 동서와 질녀들에게 피눈물 나게 해요? 그런 부당한 행위를 내가 지적했는가 하고 나를 죽이려 한 것이지 내가 예수 믿어 조상 박대해서 집구석이 망했다고요? 할아버지 살아계실 때는 천하에 없는 불효했다고 동네방네 소문났던데 죽은 조상에겐 충성해서 부자 되려고요? 할아버지한테 물려받은 재산 다 망해먹고 나 시집오니까 구렁논 닷마지기 있다가 그것도 자식들이 일 저질러 그것들 해결하느라 팔아놓고 왜 내가 와서 집구석 망했단 말을 두고 씁니까? 자식들이 잘못된 길을 가면 어른들이 엄히 나무라시어 바른길로 가게 해야지 멀쩡한 처자식 두고 첩을 얻으니 어른들이 더 좋아서 날뛰어요? 아버님이 첩의 자식이라 그렇습니까?"

 은진의 당돌한 이 한마디에 부안 댁 내외는 고개가 좌로 돌아가 버렸다. 그리고 구경꾼들은 찬물을 끼얹은 듯 조용했다. 부안 댁네로선 가장 큰 아킬레스건인데 자기며느리 입으로 공표해버렸으니 얼굴에 화롯불을 뒤엎은 것 마냥 후끈했을 것이다. 자기 아버지가 본부인 살았을 때 얻은 첩 몸에서 난 줄기인 것을 나이 많은 어른들은 다 알고도 쉬쉬하고 입을 덮었는데 어찌나 교만스럽고 괴를 부리는지 부안 댁네 식구들을 '제까짓 것들이 뭣인다'라고 모두가 비난했었다. 옛날에 종들 부리고 살 때처럼 지금도 함부로 남을 업신여기는 언행을 하니 모두가 고깝게 여겼던 것이다. 지금은 돈이 양반이고 학벌이 양반인 세상에 아무것도 가진 것 없고 내놓을 것 없는 주제에 남 앞에 허세나 부리고 자식들마다 허욕에 들떠 거짓으로 남을 속이는 불량한 처신을 하고 다니니 부안 댁네 식구들이라면 고개를 절레절레 흔들 정도인데도 지금도 양반이랍시고 은진을 자기들 방식대로 길들이려 하다니 어불성설 격이었다.

 물 만난 고기마냥 동네 사람들 앞에서 은진은 속에 쌓인 응어리를 서리서리 뿜어내니 그 날 밤 구경꾼들이 속으로 '내 속이 다 후련하다' 했다. 자신들을 모르고 온갖 교만을 떨던 부안 댁네 인데 자기 며느리한테 여러 사람 앞에서 정면으로 낯 박살을 당한 꼴이 되어 버렸으니 그런 말이 나올 수밖에….

 가까운 집안 어른들도 그런 볼썽사나운 광경을 보고도 아무 말도 못 하고 지켜만 볼 뿐이다. 어른들의 행위가 정당했는데 은진이 그런 언행을 했다면 집안 어른들이 은진을 가만두지 않았을 것이다. 우리 집안이 어떤 집안이라고 며느리 주제에 어른 말에 대꾸하느냐고 혼 벼락이 떨어졌을 건데 그날 밤 부안 댁 내외가 어른으로써 채신머리없는 짓을 했기에 집안 어른들 아무도 은진을 나무라지 못했다. 도시에서 교원생활 하던 멀쩡한 처녀를 속여서 자기 식구 만들어놓고 오히려 은진을 심적으로 구속시켜 자기들 발아래 놓고 짓누르려 하니 가만히 당하고만 있지 않을 것은 당연하기 때문이다. 60년대 어려운 시절에 대도시로 유학 보내서 어렵게 가르쳐 놓으니 이런 사람들과 얽히게 된 은진을 친정 부모는 깊은 한탄에 빠질 수밖에 없었다. 시대가 어두운 시대라 행여 남이 알까 두려워 빼도 박도 못하고 울며 겨자 먹기로 결혼을 시키게 되었는데 오히려 시가집에서는 자기들 잘못을 은진에게 덧씌우려 했으니 언제까지 당하고만 있을 은진이가 아니었다. 가슴속에 맺혀있던 것들이 은진의 입에서 명주실꾸리 풀리듯 술술 거침없이 풀려 나오니 그간 알지 못했던 은진의 시집살이 내용을 듣고 모두가 놀라운 기색을 하고 숨죽이고 들었던 것이다. 전부터 부안 댁이 평정심 없이 무엇이든지 자기 뜻대로 일방통행 하고 자기 남편도, 시 어른도 꼼짝 못하게 내주장하여 집안 꼴이 우습게 돌아갔고, 부안 댁이 시집오고부터 소가 딛어도 안 깨질 만큼 탄탄한 살림이 소리 없이 망해갔다고 말이 많았다. 부안 댁이 생긴 것이 꼭 거센 남자같이 생겨서 어느 누구도 두려운 사람 없이 자기 맘대로 행동하고 씀씀이도 헤프고, 통 크게 일을 잘 저질러서 자기 하고 싶은 대로 다 하고 사는 여자라고 평이 났고, 그렇게 자기 멋대로 살림을 쥐 달으면서도 자식들 하나도 안 가르쳤으니 먹어서 망했다는 부끄러운 수식어가 붙게 되었다. 부안 댁의 건장한 신체를 닮아서 자녀들 8남매가 다 덩치들이 크고 힘이 세서 신체적으론 우수하지만 언행도 부안 댁의 거친 성품을 닮아서 남들에게 좋은 평을 듣지 못했다.

처음 싸움 시작한 시간이 밤 8시경이었는데 자정이 가까울수록 싸움이 끝나지 않으니 곁에서 지켜보던 집안 당숙 한 분이 "어이 이제 그만 하소, 자네는 그래도 배운 사람 아닌가? 그러니 좀 더 배운 사람이 이해하고 이제 끝내게."

배운 사람이란 말을 들은 부안 댁이 눈꼬리를 치켜세우며 달고 나섰다.

"아이고!! 시아제도 아들들 있응께 더도 덜도 말고 저년같이 억씬 며느리 얻어 보면 내 속 알거요!!"

그동안 가만히 듣고 있던 용국이가 자기 어머니한테 면박을 주었다.

"조선 천지 여자를 다 데려와도 어머니 맘에 든 며느리 없을 것인디? 전에 가버린 년은 내 의사와는 상관없이 어머니 입맛에 맞은 사람이라고 어머니가 선보고 좋아서 싫은 혼사를 억지로 시켜놓고선 멍청해서 못 쓰것다고 입 노래를 불렀지요? 그래서 많이 배운 사람을 데려오니 시집온 지 얼마 되지 않아서부터 꼴을 못 보니 도대체 이 집에 맞는 며느리는 어떤 사람이어야 해요? 가버린 년하고는 정이 없어서 내가 객지로만 돌아다닐 때 딸년들 하고 얼마나 독하게 굴었는지 나를 보고도 통 말을 안 해요. 울 엄니 인제 죄받을 것이여."

"너도 잘한 것 없으니 그만해라!"

집안 당숙 한 분이 용국이가 자기 어머니를 모욕 주는 소리를 듣고 제지를 했다. 밤이 으쓱하니 동네 사람들이 하나둘 흩어지고 집안 어른들만 마당에 남았다. 은진이도 가슴에 묻어두었던 한 맺힌 시집살이 사연을 거침없이 토해내고 나니 속은 후련하지만 아까 쥐 뜯겼던 후유증 때문에 더 이상 대항할 힘이 없었다. 후들거리는 다리를 지탱하며 자기 방으로 들어가서 가만히 들어보니 집안 당숙들 중에 제일 성격이 직설적인 분이 입을 열었다.

"아따 형님 이거 무슨 챙피요? 무식쟁이도 아닌 그래도 명색이 향교 출입 한단 분이 이런 망신스런 짓을 하다니요? 우리 집안사람들은 앞으로 향교 가서 할 말 없소! 연애를 했으면 질부 혼자 했소? 용국이 놈이 잘못해서 남의 딸 신세를 망쳤지 질부가 잘못했소? 그리고 이제 저 며느리 쫓아내고 나면 또 어떤 며느리 들일 거요? 용국 이란 놈이 직장이 있소? 재산이 있소? 술이나 안 먹고 착실하기를 하요? 형님도 딸이 다섯이나 있으면서 그런 처신을 해야겠소?! 우리 집안 사람들은 내일 당장에 동네 사람들에게 얼굴 못 들겠소! 형님이 동네 정화위원장이랍시고 남의 자식들 훈계는 잘하면서 형님이 이런 망신스런 짓을 하다니요!"

"아 시끄러!! 자네는 모르면 가만있어!! 며느리 년보고 오랜만에 본 시아버지한테 인사도 안 하냐고 하니 막 달려들어서 내 부자지를 잡고 늘어지니 허리가 아파서 이것 놓으라고 해도 안 놓으니 참다못해 머리채를 잡았지 내가 먼저 잡은 줄 안가?"

"아이고 시아제, 나는 자식 놈한테 맞았어라 엉엉엉….”

그 광경을 지켜보던 이웃집 망구가 입을 삐쭉거리며 "아이고 즈그는….”하고 비웃었다. 전에 부안 댁이 어중간한 나이에 홀로된 자기 시아버지한테 불효막심한 짓을 하고, 어미도 없는 어린 시누이들에게나 시동생들에게 팥 쥐 어미 짓을 했던 것을 익히 알기에 부안 댁의 양심에 침을 뱉는 소리다.

집안 시 아제들과 말을 길게 하면 자기들 변명이 궁색하니 갑자기 부안 댁이 돌변했다.

"나 오늘밤 이집에서 못 자겠소!! 이 집에서 자면 저 년놈이 도끼로 찍어 죽일까 무서워서 못 자겄소! 시아제 집에서 하룻밤만 재워주시오. 오늘 밤만 지나면 내일은 당장 광주 딸 집으로 가야재 도저히 저 악마 년하고는 못살겠소! 에이 독한 년!! 악마 년! 어쩌다 저런 독종이 내 집에 들어와서 평화롭던 내 집이 벌집이 되어 버렸다요!! 엉엉엉….”

부안 댁의 양심을 비웃기라도 한 듯 밤하늘엔 별똥별이 날고 있었다.

“갑시다, 우리 집으로.”

이웃에 사는 당숙 한분이 부안 댁 내외를 자기 집으로 데리고 갔다. 자기 집에서 조곤조곤 타일러서 가정에 화목을 위해 어른이 먼저 올바른 도리를 해야 한다고 충고하려고 한 것이다. 아까 마당에선 동네사람들 보는데서 차마 손위 형인 부안 댁 내외를 나무랄 수가 없었기 때문이다.

뒷날 새벽 부안 댁이 대문을 박차고 들어오더니 광기 난 도깨비마냥 설쳤다.

“야이 잡년아!! 당장 내 집에서 안 나가면 우리가 나갈란다. 너 같은 독종하고는 도저히 한집에서 못살것다. 당장 나가라 이년!!!”

은진은 어젯밤 시아버지에게 쥐 뜯긴 후유증이 온몸으로 퍼져 몸이 천근만근인데도 겨우 일어나서 부안 댁의 광기를 수습할 것을 연구했다. 원래 얼굴이 크고 광대뼈가 튀어나오고 유난히 적은 눈이 움푹 들어간 부안 댁의 얼굴인데 거기다 악까지 부리니 성난 도깨비마냥 무서워서 감히 대면할 수조차 없었다. 그래도 은진은 마음을 담대하게 먹고 부안 댁을 달랬다.

“어머님 진정하세요. 어젯밤에는 제가 잘못했습니다. 지난 세월동안 참아온 말이 나도 모르게 거침없이 나와 버렸네요. 용서해 주세요.”

“용서고 뭐고 다 필요 없다!! 너 같은 독종하고는 도저히 한집에서 못산다. 빨리 나가라 이년!!”

“우리는 살던 집도 팔아버리고 갈 곳이 없어요. 죽을 때까지 이집에서 살아야 되요.”

“워메~ 저 징헌 년 입에서 나온 소리 좀 들어보게~ 엇저녁 내내 터진 주둥이라고 어른한테 달랑달랑 한 마디도 안 지고 달랑거린 년 입에서 나온 말 좀 들어보게! 동네사람 다 들어보시오!! 저런 독한 년하고 한집에서 어떻게 살것소?!! 니년이 안 나가면 우리가 나갈란다!!"

부안 댁은 곡간에 들어가서 항아리에 담아진 쌀(작년에 자기들 손으로 지은농사)을 퍼서 마대에 담고, 부엌으로 가서 쓸 만한 그릇들을 챙겨 와서 보따리에 싸고 잡곡까지 싹 털어서 싸 재꼈다. 그때 용국이 잠에서 깨어 자기 어머니 하는 꼴을 보고.

"참말로 눈꼴시어서 못 보겠네, 엄니는 전에 할아버지가 농사지은 쌀 안 먹고 친정에서 가져와서 먹었소? 이 집을 누가 지었는디 우리보고 나가라고 해?! 같이 살기 싫으면 당신들이 나가!!"

은진은 용국을 쿡 지르며 눈 싸인을 했다. 어젯밤 마음에 쌓인 소리 다 했으니 오늘은 무조건 우리가 참아야 한다고. 용국은 자기 어머니 하는 꼴을 도저히 볼 수 없으니 집 밖으로 나가 버렸다. 사람들 모인 곳마다 어젯밤에 부안 댁의 가정 싸움 굿 본 얘기를 하고 있는 중이다. 용국은 동네 공기를 들어보려고 슬며시 사람 모인 곳에 가봤다. 어젯밤 자기 집에서 일어난 일을 뭐라고들 비평하는가 들어보기 위함이다….

모두가 하는 말들, '아따 용국이 각시 그리 안 봤드만 어젯밤에 어른한테 퍼 댄 것 봉께 보통이 아니데. 옳은 말만 캉캉해 대니 부안 댁 그 억신 사람이 꼼짝을 못 허드라고. 그렇게 시집살이 당하고 산줄 몰랐는디 어젯밤에 들어봉께 너무 했드만, 그랬으니 육지백판 훤한 며느리가 당하고만 있겠어? 자기 딸들은 시집가서 얼마나 잘하고 사는지 몰라도 며느리한테 그런 무경우를 쓰면 안 되지. 소위 양반이라고 교만만치나 떤 사람이 며느리 머리채를 잡고 두들겨 패는 법이 어딨어? 당해도 싸지. 어젯밤에 부안 댁 며느리가 하는 말마다 옳은 소리만 캉캉하니까 우리들 속이 다 시원 하드랑께. 전에 가분 사람은 그 드신 시누들 구덕에서 코도 훌

쩍 못 허고 죽으라면 죽는 시늉까지 하고 살았어도 결국 쫓겨나고 말았는
디 이 각시는 자기 할 말 다 하니 내 속이 다 시원 하드랑께. 배운 사람이
라 말도 잘 허대. 어른 앞에 허리에 손을 떡 얹고 자기주장 굽히지 않고
당당하게 대항하는 것을 보고 사람 잘못 건드려서 어른 체신머리만 잃었
드랑께. 그렁께 지금은 어른이라고 무조건 큰소리 칠 것이 아니어, 어른
처신하기가 더 어렵다는 것을 알아야지 전부터 부안 양반은 앉은자리마
다 양반 자랑이나 해 쌓고 남의자식 훈계는 잘 허면서 자기 자식들은 교
도소나 들락거리고, 딸들은 연애질이나 해서 이웃마을까지 더러운 풍문
이 떠돌게 한다고 모두가 욕하고 안 그랬간디? 우리 동네 생기고는 이런
망신스런 일은 처음이여, 시아버지가 며느리 머리채를 잡고 두들겨 패는
법이 어딨어?! 멍청한 며느리도 아니고 육지백판 훤헌 사람을 갖다가 그
런 식으로 잡으려 하니 누가 당해 주었어? 소위 동네 정화 위원장이란 사
람이 그런 무례한 짓을 해야었어? 만약 우리가 그랬다면 당장 동네 회의
를 붙여 덕석 말이 해야 한다고 설칠 사람이여. 윗물이 맑아야 아랫물이
맑은 법이여, 우리도 가만있어서는 안 되지. 덕석 말이 당할 사람은 바로
부안 양반이여. 동네 회의해서 덕석 말이 하자고 허세!'

　용국은 동네 분위기를 살피고 집으로 왔다. 그때까지 부안 댁은 자기
쓰던 살림살이를 챙겨서 보자기마다 싸면서 은진을 향해 온갖 악을 부렸
다.

　"내가 쓰던 접시때기 하나라도 두고 가면 저 더러운 년 손모가지로 쓸
까 싶은께 가다 못 가져가면 길가에 버리고 갈찌라도 하나도 남김없이 다
싸!!"

　부안 양반을 향해 명령했다. 부안 양반도 덩달아 자기 할멈 꽁무니 따
라다니며 묵은 살림 뒤져가며 가져갈 것들을 챙겼다. 은진의 생각엔 자
기들이 살 집을 광주에다 마련해 둔 것도 아니면서 진짜 나갈 것처럼 하

면 은진네 식구가 다시 나가겠다고 할 줄 알고 임시 쇼를 하고 있다고 생각했다. 그래서 어떻게 든 달래서 부안 댁의 기분을 가라앉히려고 했다.

"어머님 이제 연세 드셔서 고향에서 우리랑 함께 사셔야지 어디로 나가신다고 그러세요? 진정하세요. 어젯밤엔 제가 잘못했어요." 하며 은진은 부안 댁의 허리를 껴안고 사정했다.

"아이고 이 징헌 년이 더러운 손모가지를 엇따 대고 자빠졌냐?!!"하며 휙 뿌리치니 은진의 작은 체구가 저쪽으로 나가떨어졌다. 몇 차례를 그렇게 애원해도 소발에 똥털 듯이 털어버리고 도저히 수그러들지 않아서 은진은 또 당숙한테 구원요청을 했다.

"아제, 죄송하지만 우리 집에 오셔서 어머님 좀 달래주세요. 집 나가신다고 살림살이를 싸고 야단이 났습니다."

"이해 간에 오늘만큼은 자네가 잘못했다고 빌소잉? 비는 데는 무쇠도 녹는다고 했잖은가?"

"아무리 빌어도 소용없어요. 우리가 안 나가면 당신들이 나가신다고 막무가내십니다."

"광주에 며칠 있으면서 딸들하고 야물게 공작을 했그만. 알았네, 내 곧 감세." 당숙은 금방 용국네 집으로 와서

"형수님, 이거 먼 짓거리요? 자식하고 싸웠다고 부모가 되가지고 그 연세에 집 나가신다고 허요? 이거 원 동네 부끄러워서 살겠소? 어쩌다 우리 집안이 이렇게 돼 버렸소?!"

"아 시끄럽소!! 엊저녁에 저년이 그렇게 싸가지없게 굴어도 곁에서 굿만 봤지 말 한마디나 거들었소?!! 다 한 통속인 줄 모를 줄 알고?!!"

어젯밤에 은진의 당돌함을 보고도 집안 어른들이 아무도 은진을 제압하지 않았는가 하고 그 맹 심으로 부안 댁이 집안 시 아제한테 퍼부었다. 짐을 챙기고선 부안 댁이 광주 막내딸한테 전화를 걸었다. "우리 간다 밥

해 놔라! 우리 영감 할멈 자식 놈한테 맞아 죽게 생겨서 어제 저녁부터 굶었다." 하고 일방적으로 끊어버렸다. 그리고는 택시를 불러서 짐을 실으면서 자기 영감한테 명령했다. "나 먼저 갈텡께 자기는 여기 정리하고 이따 자식들 올 거여, 그 차로 와!"란 말만 던지고는 코에 열기를 내 뿜으며 달아나려 했다. 며칠 동안 광주에 있으면서 밑에 자식들하고 이미 짜여진 각본대로 쇼 한줄 모르고 은진은 만류하느라 진땀만 뺐다. 은진은 차 문을 못 닫게 잡고 사정했다.

"어머님 가시더라도 아침이나 드시고 가세요. 저랑 얘기 좀 하시고요."

"저런 사자 같은 년하고 무슨 말을 해 기사님 얼른 갑시다!!"

아무리 말려도 부안 댁은 코를 식식 불며 기사를 다그쳐 택시는 마을 밖으로 달아나버렸다.

부안 댁이 어찌나 살벌하게 새벽부터 설치며 식구들을 불안하게 했던지 아이들은 아침도 안 먹고 언제 간지도 모르게 학교를 가버리고 없었다. 어제 저녁 식사 자리에서 어른들 싸움이 벌어져서 저녁도 굶었는데 아침도 굶고 도시락도 없이 학교를 가버리고 없으니 은진으로선 가슴이 찢어질 것만 같았다. 도시에서는 바로 코앞에 학교가 있어서 편하게 다녔는데 시골에서는 9km나 떨어진 곳까지 학교를 다니려면 새벽에 일어나 밥 해먹이고 도시락 싸서 보내곤 했는데 그날은 집안이 풍비박산이 되니 차비 달란 소리도 안 하고 도시락도 없이 그 먼 길을 걸어서 간 아이들을 생각하니 은진은 눈물이 앞을 가렸다. 이런 꼴을 당하고 나니 시골로 아이들 데리고 들어온 것을 크게 후해했다. 그러나 그곳에서는 더 이상 버틸 수 없었다. 남편의 자질구레한 빚쟁이 들이 줄을 서서 날마다 괴롭히니 단 하루도 불안해서 살 수가 없었고 아이들 교육상 도저히 안 될 지경에 있었기에 죽도사도 못하고 시골로 피신해왔는데 어른들이 저토록 괴물 짓을 하니 은진으로선 진퇴양난이었다.

어젯밤에 부안 양반에게 쥐 뜯겨서 머리카락이 사방에 뭉텅뭉텅 빠져 있었다. 아무리 몸이 무거워도 일어나서 정신을 차려야 한다. 새벽부터 부안 댁이 짐 챙기느라 도깨비 판 굿 벌린 것마냥 온 집안이 전부 어질러져서 눈으로 볼 수 없으니 억지로 일어나서 집을 치우려고 하는데 부안 댁의 자녀들과 사위들까지 대동하여 살기등등해서 떼를 지어 들어왔다. 부안 댁이 막내딸에게 전화로 온갖 거짓말로 용국이 내외를 몹쓸 사람 만들었으니 남은 형제간들에게 연락이 삽시간에 전파되었다. 그들이 내려가서 두 연놈을 요절을 낼 것을 계획하고 마치 한 부대를 풀어놓은 것 마냥 떼를 지어 내려왔으니 그들의 심기가 요동을 칠 수밖에 없었다. 둘째 아들 용철이가 먼저 거칠게 항의했다.

　"형수!! 집구석이 이게 뭐요?!! 왜 형수가 들어오자마자 집구석이 요 모양이냐고?!!"

　실지로는 이런 일이 나게 된 동기 중 용철이 첩 문제도 크게 작용을 했는데 모든 것을 은진이가 잘못해서 그런 것마냥 눈을 부라리고 험한 언행을 했다.

　"이 새끼야! 왔으면 자초지정 들어나보고 성질을 내던가 하지 들이 당창 지랄하네?"

　"뭐야?! 이 병신 새끼야? 조막만 한 여편네 하나 못 다루어서 부모가 집을 나가게 해?!!" 둘째와 셋째가 합세하여 장형에게 대들었다.

　"여자 안 낀 살인이 없다더니 형수 하나 땜시 집구석이 이게 뭐요?!! 누가 당신보고 부모 모시락 했간디 들어와서 오자마자 집구석을 풍비박산을 만드냐고?!!"

　순식간에 삼형제가 엉켜서 주먹들을 날리고 있었다. 용국은 아침 일찍 동네 한 바퀴 돌면서 어젯밤에 자기 집 싸움 굿 본 사람들의 공기를 듣기 위해 여기저기서 얻어 마신 해장술에 취기가 있는데다 검신 두 동생들에

겐 힘으로 안 되겠으니 칼을 찾았다. 그때 은진은 어젯밤에 부안 양반한
테 쥐 뜯겨서 머리 밑이 퉁퉁 부어 만지지도 못하게 아픈 곳을 헤집고 큰
사위에게 보여주며 "나는 어젯밤에 아버님 어머님한테 두들겨 맞고 머리
를 뜯겨서 손도 못 대겠소, 여기 좀 보세요." 하며 머릿속 상처를 보여주
니 큰 사위가 어젯밤 상황을 눈으로 본 듯 감지를 했는지 처남들 싸움을
만류했다.

"자네들 지금 뭣들 하는가? 그만하고 이리 좀 앉아보게! 나 장인님에게
한 말씀 드릴라요. 처남댁이 뭣을 얼마나 잘못했는지 모르지만 며느리
몸에 손을 대다니요? 이건 장인님이 크게 실수하신 겁니다. 며느리가 잘
못하면 처남을 나무래야지 며느리를 두들겨 패는 법이 어딨어요? 난 장
인님이나 장모님 성질을 알기 때문에 처남댁하고는 절대 어울릴 수 없다
고 걱정했는데 벌써 이런 사단이 벌어졌군요."

큰 사위의 말에 부안 양반이 아무 소리도 못하고 있으니 큰딸이 자기
아버지의 잘못을 정당화하려고 "아부지는 부몽께 좀 때리면 어때! 나는
시아부지한테 작대기로 맞았어도 아부님 잘못했소 하고 빌었어!! 자네는
배웠다는 것이 똥구멍으로 배웠는가?!! 어디 젊은 년이 무슨 짓을 한들
도시에서 못 벌어먹고 처들어와서 부모 것 뺏어 묵음시룽 주둥이로 공 갚
는가?!!" 터무니없는 말로 자기 아버지를 망신시키니 큰 사위가 화를 벌
컥 냈다. "언제 우리 아버지가 당신을 때렸다고 그런 거짓말을 하고 있
어?! 왜 우리 아버지까지 무지한 사람 만들어?!" 하며 호통을 치니 큰딸
의 억담이 쑥 들어갔다. 밑에 딸들도 모두가 삼 검불 일어나듯 줄줄이 달
고 나섰다.

"우리는 촌에서 커서 학교를 못 댕겼지 배우기 싫어서 안배운 줄 알아?
아이그 더런 고등학교 좀 나왔다고 지랄 염병 한 꼴 참말로 눈꼴시어서
못 봐 주것네, 우리는 당신같이 못 배웠어도 시아부지 시어머니 말끝에

대꾸 한번 안 해봤어!!"

시누이 다섯이 눈에 쌍심지를 켜고 은진을 째려보며 야유를 하니 사위들은 각자 자기 마누라들을 제지시켰다. 처갓집 식구들이 모두 경우 없이 까시가 세다는 것을 알고 그랬을 것이다. 사나운 이리떼 앞에 가냘픈 토끼 한 마리 꼴이다. 온 식구들이 은진이만 천하에 몹쓸 사람으로 몰아세우니 큰사위가 용국을 나무랬다.

"어느 가정이나 남자가 처신을 잘해야지 가장이 제 역할을 못하면 여자가 힘든 것이네. 큰 처남이 술 좀 덜먹고 가정을 돌봤더라면 처남댁같이 똑똑한 사람이 이곳까지 들어 왔겠어?"

"야문 여편네가 이런 촌구석으로 새끼들 몰로 들어와?! 무슨 꿍꿍이가 있겠지!!"

큰딸의 억측에 용철이 따지듯 물었다.

"형수! 전에 살던 아파트 팔아서 그 돈 어쨌어?!!"

자기들 잣대로 은진을 의심하고 따지기 시작했다.

"형님한테 물어보시오. 왜 객지에서 못 살고 들어왔는지 시 아제들도 전에 몇 년간 내밥먹고 살았으니 내 고통을 알 거 아니오. 그리고 그 집은 우리 친정 오빠가 나한테 준 것이니 당신들이 관여할 이유도 없어요."

"뭐요? 그럼 그 집 팔아서 형수 혼자 도망가서 잘 살것다 이거요?!!"

"도망가자도 손에 쥔 것 없어서 못가요. 그 집 팔아서 형 빚 좀 갚고 나머지는 이 집 수리 한답시고 거의 들어갔소. 그런데 무슨 엉뚱한 의심들을 해요? 내가 당신들 같은 줄 알아요?"

"자네같이 거짓말 잘한 사람은 이 세상에는 없을 것인께 그런 거짓말 그만하게!"

큰 시누이가 은진의 말을 일언지하에 묵살해버렸다. 옛날에 부안 댁이 자기 시아버지가 어중간한 나이에 상처해서 여자를 얻기만 하면 부안 댁이 무슨 계략을 꾸며서라도 기어코 쫓아내 버렸고, 시아버지가 허리띠 졸라매 가며 일궈놓은 재산을 부안 댁이 시집오면서부터 쥐락펴락 해서 자기 멋대로 살면서 자기 시부한테는 온갖 구박을 다해 천하에 없는 불효를 했다는 구전口傳이 마을사람들 가슴속에 각인되어 있는데, 그 집 딸들도 부안 댁 닮아서 근거 없는 거짓말들을 지어내서 남을 공격에 빠트리는 짓을 잘한다고 오죽하면 그 집은 벙어리가 말을 하고 나간 집이라고 명이 났다. 개떼처럼 몰려와서 앞뒤 안 가리고 포악을 하던 부안 댁 졸개들과 부안 양반은 자녀들과 함께 광주로 가버렸다. 그래서 부안 댁을 악당 두목이라는 별명이 붙게 되었다. 항상 일통은 부안 댁이 저질러놓고 딸들과 사위들을 불러들여 해결하게 했다.

어제의 후유증으로 은진은 몸져 누워버렸다. 밤을 새고 나니 몸은 더욱 천근이다. 농촌에서 농번기 철에 누워서 보낼 수만은 없었다. 정신을 가다듬고 거동을 해야 한다. 그러기 위해선 은진은 억지로라도 일어나서 뭐라도 먹고 기운을 차리려 몸부림쳤다. 헝클어진 머리를 감아 빗으니 어젯밤에 시아버지한테 뜯긴 머리카락이 한 웅큼 빠져나왔다. 은진은 눈물을 흘리면서 그 머리카락을 뭉쳐서 손에 넣었다. 그리고 거울 앞에 앉아서 퉁퉁 부은 얼굴을 보니 눈물이 앞을 가렸다. '내가 아무리 박복하기로서니 이런 무지한 사람들에게 이런 대접을 받고도 꼭 살아야 하나'라는 자괴감에 빠졌다. 그러나 안 살 수도 없다. 자기 속으로 낳은 두 아들을 생각한다면 도저히 돌아설 수 없었다. 자기 의지가 약한 용국은 더욱 술로 방탕 할 거고, 인정머리 없는 부안 댁 내외가 자기 손자들을 거두어 교육 시킬 사람들이 아니니 결국 아이들은 고아원이나 아니면 사회에 부랑아로 자랄 것이 불 보듯 빤한데 그런 곳에 사랑하는 자식들을 두고 어찌 자기 발만 뺄 것인가. 그렇다고 데리고 나갈 수도 없다. 아이들을 데리고 나가려면 당장 거처할 곳이 있어야 하는데 가진 것이 없으니 그러지도 못할 처지다. 이런 진퇴양난에 있는 며느리에게 방탕한 자식과 손자들을 묶어서 쫓아내고 자기들만 편안하게 살 연구만 하니 집구석이 보초가 있을 리 없다.

10년 전에 은진이 밤낮으로 억척스럽게 벌어서 맨 처음 적금 내린 돈으로 다 쓰러져간 초가집을 헐고 그 자리에 새로 지으면서 자기들이 장남이니까 부모님이 늙어지면 고향에 들어와 부모님 모시고 함께 살리라는 꿈을 가지고 집을 지었는데 양심 없게도 그 집에서 두 늙은이만 편히 살려고 은진네 식구를 몰아낼 연구만 하고 있으니 참으로 후안무치한 부안 댁이라 하겠다. '이럴 줄 알았으면 집이 쓰러지든가 말든가 차라리 그 돈으로 도시에다 자기들 살 궁리를 먼저 했어야 하는데' 라고 뒤늦게 후회도 할 만하다.

몸져누워 있는 은진의 집에 뜬금없는 손님이 들이닥쳤다. 남원에 사는 용국의 작은 어머니와 작은고모다. 은진은 깜짝 놀랐다. 아픈 몸을 일으켜서 손님에게 공손히 절을 하고나서 "아니 이 바쁜 철에 무슨 일로 두 분 께서….""그들은 은진을 시큰둥하게 대했다.

"아니 부모자식 간에 어떻게 싸웠간디 그렇게 훌륭한 소리가 거기까지 들린당가?!"

"뭔 자랑거리라고 거기까지 소문을 냈대요? 하여간 울 엄니 죄받을 것이여!"

"시상에 집이랑 이렇게 좋게 꾸며놓고 멋이 부족해서 자식하고 싸우고 어른들이 짐을 싸고 나가게 해! 이제 자네도 자식 있으니께 곧 있으면 며느리 얻을 것인디 어른한테 그런 짓을 해야 쓰것는가?!"

용국의 작은 고모가 은진 내외를 꾸짖었다.

"애초에 멋 갖고 싸웠는가?!"

용국의 작은 어머니인 순천댁이 앙칼지게 다그쳤다.

"…."

"질부 자네가 먼저 시아부니 부자지를 잡고 농낙을 했담서?! 어디서 그런 개 상놈의 짓을 배웠는가?!!"

"누가 그래요? 이 사람이 그런 짓을 할 사람이요?!"

"그럼 왜 그런 입에 담기도 부끄러운 말이 거기까지 들린당가?!" 순천댁이 독이 올라 은진 내외를 혼 내주기라도 할 듯 설칠 때 은진은 자기 머릿속을 헤집어 보이면서

"작은 어머님 저는 어젯밤에 시아버님한테 쥐 뜯겨서 머리통이 퉁퉁 부었어요. 이것 보세요. 방금 머리를 감아 빗었는데 머리카락이 이만큼 빠졌습니다." 라며 머리카락 뭉텅이를 보여주니 그들은 꽂 섰던 성깔이 슬그머니 누그러졌다.

"온 시상에 이거 먼 짓거린가? 지금은 아무리 망했어도 우리 집안이 어떤 집안인 줄 아는가? 자네가 아무리 많이 배웠어도 어른은 어른이여! 그런디 어른 말끝에 며느리가 되어 가지고 달랑거리면 쓰것는가?!"

"어른이 어른다운 짓을 해야 어른 대접을 받는 것이지 나이만 처먹었다고 다 어른인가? 작은 엄니는 울 엄니 심보를 몰라서 그러요?" 용국이 무지한 말투로 자기 부모를 비난하니 그때는 은진의 마음이 조금 누그러졌다. 자기 입으로는 차마 입에 담기 어려운 말을 남편이 대신해주니 속이 시원할 정도였다. 다른 때 같으면 자기 열등의식 때문에 은진의 말이라면 무조건 억누르고 봤는데 지금은 그럴 수 없다. 이 마당에 자기까지 은진을 궁지로 몰면 은진이 버티지 못하고 자살하든가 가출해 버릴 것이라는 계산이 섰기 때문이다.

"하기야 성님이 심보를 고르게 쓰지 못한다는 것은 천하가 다 아는 것이네. 오죽하면 우리가 이 아랫집에서 살다가 남원까지 이사를 갔겄는

가? 그라고 여그 느그 작은고모 대 낳으께 말이지만 저 고모 어릴 때 느그 할머니가 돌아가셔 부렀는디 저것 잠 디저불면 좋겠다고 노래를 부르더니만 커서 일 부려 먹을 만한께 밖에 한번 못 나가게 집에다 가둬놓고 시집갈 때까지 일만 부려먹은 느그 엄니여. 그래놓고 자기가 길러서 시집보냈다고 생색만치나 냈단다."

"…."

순천 댁 말이 맞는 말이지만 작은고모는 거기에 토를 달지 못하고 듣고만 있었다. 부안 댁 동서인 순천댁은 시부모가 분가시켜 준 아랫집에서 살다가 큰 동서와 너무 우애가 안 좋아서 남원 작은 시누이 동네로 이사를 가 버렸던 것이다.

"아무리 그렇지만 배웠다고 자세만치나 부린 양반이 체면 알고 똥 싼 격이지, 어디 며느리 몸에 손을 댄당가? 그래놓고 낮짝 좋게 며느리 년이 시아부니 부자지를 잡고 안 놔 줘서 허리가 아파 죽겠고, 수염을 다 뽑아부러서 며느리 머리채를 좀 잡았더니 자식 놈은 도끼를 들고 와서 엄니 아부지 찍어 죽인다고 설쳐서 무서워서 남의 집에서 밤을 새고 새벽에 도망 나왔다고 해서 우리는 그 소리에 살의가 떨려서 여기까지 으찌게 온줄 안가?"

"허허…… 이런 기가 막힐 일이 있는가? 암튼 우리 집은 울 엄니 때문에 다 망했어. 전에 가분 년한테도 얼마나 시집살이를 시켰는가 동네 사람들이 다 말해! 물론 그때는 내가 객지로만 돌다보니 집안 사정을 몰랐는데 그 여자가 멍청해서 못 보는가 하고 나도 정을 주지 않으니 가버렸지요."

"인자 아냐? 참말로 가분 사람한테는 느그 엄니하고 시누들이 너무했어야, 말 만 씩 한 딸들을 방으로 한방 앉혀놓고 며느리만 죽도록 부려먹었재. 그 많은 식구들 빨래 다 해 대고, 농사를 혼자 다 짓고, 노망들어

똥 싼 느그 할아버지 수발까지 다 들고, 생전 잠을 잔 듯 만 듯, 밥을 먹은 듯 만 듯하고 살아도 시누들이 어찌나 억씨든지 생전 낯 갓 한번 필줄 모르고 살았단다. 서방도 없는 시집살이를 말이다."

"난 그때도 그 결혼은 생각도 못했는데 엄니가 일하기 싫은께 일 부려먹을 사람으로 들였지 내 짝으로 들이지 않았어라. 그러니 무슨 정으로 살거요? 그래놓고 지금에 와선 부모가 정해준 조강지처 버리고 어디서 빼딱 꼴 여시 같은 년을 델꼬 왔다고 내 탓만 해요."

"하이고! 지나가는 개가 웃을 일이네, 그런 사람을 쫓아내고 이사람 드리세울라고 할 때 동네서 얼마나 말이 많은 줄 아는가? 입 달린 사람이면 그 여자 너무 불쌍하다고 말 안 한 사람이 없었단다. 이 사람도 이런 가정인 줄 알고 왔것는가? 어쩌다 재수 없어서 똥 밟은 격이겠지. 암튼 이 집은 옛날부터 성님이 맘먹은 대로 안 된 일이 없었어야, 한번 맘먹으면 남편을 꾀어서 기어코 해분 사람이여. 그렇게 시숙님이 허수아비라는 별명을 얻은 것이여."

"작은어머님께 제가 질문 하나 드릴게요. 전에는 이 집이 얼마나 부자였는지 몰라도 나 시집와보니 겨우 구렁논 닷 마지기밖에 없습다. 그런데 지금에 와선 내가 와서 다 망했다고 해요. 내가 이집 살림 망해먹었습니까?"

"참 낯바닥 좋네, 전에 아부님이 허리띠 졸라매서 모은 재산 이 동네서는 세 번째 가는 부자였네 근디 성님이 시집오면서부터 매년 논을 팔아 쟁여놓고 자기 입구완, 몸치장하다 망했지 무슨 자네가 와서 망했다는 소리를 해?"

"글쎄 저도 그렇게 알고 있는데 얼른하면 나보고 멋을 벌리고 돌아 댕김서 연애해서 내 집구석 망했다고 어머님 아버님이 그런 말을 입에 담으시니 내가 가만 있겠어요? 그걸 따지니 나보고 어른 말끝에 대꾸했다고

252

이 지경을 만들었어요.”

“거봐 애기씨, 광주로 가기 전에 일단 이곳으로 먼저 와서 이쪽 이야기를 들어봐야 한다고 했지라? 무단시 질부가 시아부님 부자지를 잡고 수염을 뽑았을 리가 없다고 했지라? 허허~이거 먼 챙피여 양반 갓대가리에 똥 퍼 얹은 꼴이 돼 부렀으니 인자 우리 집은 망신살까지 뻗쳐 부렀당께!”

순천댁이 자기 시누이한테 자기 예측이 맞다고 확인이라도 시켜주는 듯했다.

“참 듣기조차 거북합니다. 내가 무슨 시아버지 어디를 어째요? 허허 참….”

“설령 그랬을찌라도 소위 양반이라고 앉은자리마다 위세 떤 사람이 어디 그런 말을 입에 담은 자체가 낯부끄러울 일이지, 쯧쯧쯧.”

은진의 질서정연한 언행에 용국의 작은 어머니와 고모는 혹 떼러 왔다가 혹 붙인 격이 되 버렸다. 부안 댁 자녀들에게 들은 대로라면 가기만 하면 이 년 놈들을 요절을 내리라고 서슬이 퍼랬는데 은진의 말을 듣고 보니 오히려 자기들이 낯부끄러울 지경이 되 버렸으니 슬그머니 풀이 죽을 수밖에 없었다.

부안 댁 내외가 며느리하고 싸우고 집 나간 지가 한 달이 흘렀다. 집 나간 어른을 그대로 둘 수도 없고 그렇다고 모시러 가자니 대책이 없어서 은진이가 집안 어른들하고 의논을 했다. 모두가 모셔 오지 말라는 결론이다. '아들 내외가 쫓아낸 것도 아니고 공연한 일로 자기들 발로 나갔고, 모셔다 놓으면 자네만 더 죽는다. 조카가 술이나 안 먹고 속이나 안 썩인다거나. 어른이 어른다운 짓을 한다거나, 차라리 욕을 먹을지라도 자네들끼리 살라'는 결론을 내 주었다. 은진도 그런 면에 많이 고민을 했었는데 그들도 같은 생각을 갖고 있었다. 그래서 어른들이 집 나간 지 한 달이 지나도 모시러 가지 않았던 것이다.

용국의 할아버지 제사가 돌아왔다. 은진은 종부로써 없는 형편에 시 할아버지 제사 지낼 준비를 해놓았다. 오후에 부안 댁 내외와 남원에 사는 작은아버지하고 큰 시고모가 동반했다. 그들이 대문 안에 들어서면서부터 살기등등하여 은진을 노려보면서 은진의 거동부터 살폈다. 뭐라도 트집을 잡기 위해서다. 부안 양반이 먼저 대문 안에 발을 들여놓으니 은진은 마루에 있다가 잽싸게 뛰어나가 부안 양반 앞에 공손히 허리 굽혀 인사를 하고는 얼른 손에 든 가방을 받아들고 들어와

"아버님 좌정하십시오. 절 올리겠습니다." 하고 공손히 큰절로 올렸다. 그러고선 부안 댁한테도 "어머님 좌정하십시오, 절 올리겠습니다." "일 없어야!! 내가 니년한테 절 받게 생겼냐?" 하며 획 돌아 앉아버렸다. 그러나 은진은 부안 댁 궁둥이에 대고 큰절 올렸다. 그 다음엔 "작은아버님과 고모님도 뵙겠습니다." 하니 그들은 은진의 호의를 무시하지 않고 좌정했다. 두 분에게 공손히 큰절로 올리고 나니 들어올 때보다 그분들의 눈초리가 부드러워진 것을 알 수 있었다.

"작은아버님이랑 고모님 댁에는 별고 없으신지요? 올여름 농사지으시느라 고생이 많으셨죠?"

"농사꾼은 언제나 겪는 일 아닌가? 근디 나 질부 내외에게 헐 말이 있네."

"…"

"부모자식 간에 어떻게 싸웠간디 늙은 부모가 집을 나가게 했는가?! 아무리 자네가 많이 배웠다 해도 어른은 어른이여!!"

"……"

"아까 어른들이 들어올 때 자네 하는 거동을 보니 말 듣기하고는 많이 다르군. 나 형님 내외분한테 헐 말이 있소! 부모자식 싸움은 칼로 물 베

기라 했는디 어찌게 싸웠간디 어른이 되가지고 집을 나가서 천지가 시끄럽게 하요? 이제 나이 70이 다된 분들이 객지 나가서 무엇을 하고 살 겄다고 나가셨소? 자식 놈이 잘못하면 어른으로써 잘 훈계를 하셔야지 자식한테 집 뺏기고 어른이 나가셔라?!"

"시 아제는 속을 모르면 말을 마시오!! 저런 천하에 악종 년하고 살이 떨려서 으찌게 한집에서 산다요?!! 저년 쌍다구만 봐도 소름이 끼친디."

부안 댁 내외는 일가친척들에게 은진을 천하에 몹쓸 년을 만들었으므로

그들은 이번 제사에 가서 은진을 혼 구멍을 내서 쫓아버리려고 작전을 세우고 왔는데 은진의 빈틈없는 예절 행위를 보고 오히려 불똥이 부안 댁 내외에게 튀니 부안 댁이 노발대발이었다. 부안 댁은 오자마자 농문을 활짝 열고 지난번에 못다 가져간 옷들을 챙기느라 살벌한 분위기를 조성했다.

"여기 내 옷 어쨌냐?!!"

"저는 어머님 물건 손도 안댔으니 잘 찾아보세요."

부안 댁은 은진을 달칵 주어 삼킬 듯이 앙칼지게 다그쳤다. 눈은 흰 자위만 내 놓고 살기 돋친 눈으로 은진을 노려봤다. 은진은 소름끼쳐서 부안 댁과 눈을 마주칠 수가 없었다. 부엌에서 분주히 움직이고 있는 은진에게 부안 댁은 '저년을 어떻게 잡아먹어야 잘 잡아먹는다고 할까' 라고 살의를 품었다. 아무리 부모자식간이지만 이런 분위기엔 아무리 너그러운 사람일지라도 한집에서 도저히 살수 없을 것 같다. 저녁상이 들어갔다. 은진은 어른들에게 "먼 길 오시느라 시장들 하실 텐데 어서 식사들 하십시오." 부안 댁 내외가 얼른 상 앞에 다가앉지 않으니 객들은 멀찍이 바라만 보고 있었다. 다시 은진이 무릎 꿇고 앉으며 "어머님아버님 진지 잡수세요. 숙부님이랑 고모님도요." 그때 부안 양반이 "배 고프니께 밥들 먹드라고." "아무리 배가 고파도 저런 더런 년 손모가지로 차려준 밥이

넘어가요?!" "아따 성님 그만 노여움푸시고 밥 먹읍시다." 큰고모가 부안 댁에게 사정했다. 주인이 밥을 안 먹으니 객들이 얼른 수저를 들 수 없어서였다. 그랬어도 부안 댁은 속에서 치밀어 올라온 분을 가라앉히지 못하고 죄 없는 농문에다만 분풀이를 했다.

"묵고자운 사람이나 어서 들 묵으시오!!"하며 끝내 수저를 들지 않았다. 은진은 얼른 숭늉을 고시게 해서 한 양푼 들여놓았다. 밥맛 없는 사람은 숭늉이라도 마시게 하려는 것이다. 그런 분위기 속에서 식사를 달게 할 수 없으니 배는 고프지만 한술씩 뜬 둥 만 둥 하고 밥상은 나오고 말았다. 은진은 밥상을 얼른 설거지하고 부안 댁과 부딪치지 않으려고 장만한 재물을 방에다 들여 주고는 얼른 자기 방으로 들어가 버렸다. 부안 양반 아버지 제사이니 이 집에서는 가장 큰 제사다. 그러니 저녁들 먹고 집안 당숙들과 당숙모들까지 제사에 참여하기 위해 다 모였다. 젯상을 펴고 제물을 진설하고 나서 모두가 모인 자리에서 당숙모 한 분이 부안 댁을 달랬다.

"형님, 이제 나가지 마시고 눌러앉으시오. 어른이 되가지고 집을 나가시니 남 보기 안 되서 그러요."

"아 시끄럽네!! 자네들은 저 년과 한 동네서 산께 모두가 저년 편이재 내 생각한 사람인가? 저년한테 쫓겨난 내 신세가 어쩐 줄이나 안가? 법에다 알릴 수만 있다면 끌고 가서 몽둥이로 복날 개 패듯 해서 죽여 부러도 분은 분대로 남을 것이네!!" 나가지 말 것을 권장한 당숙모말을 일언지하에 묵살하며 아직도 악이 가득한 말을 입으로 뱉어냈다. 부안 양반이 부안 댁의 심기를 이어받아 얼른 달고 나섰다.

"네이 쎄를 빼 죽일 녀~언!! 여러 사람 있는데서 또 한 번 어른 말끝에 달랑거려 봐라 이녀~언!!! 내 집구석을 말아 처먹은 년이 무슨 낯짝으로 그렇게 어른 말끝에 한마디도 안 지고 달랑거렸냐 이녀~언?!! 오늘 당장이 집구석에서 안 나가면 작대기로 허리를 작신 분질러버릴 것이다. 이 년!! 집구석이 안 될랑께 어디서 예수쟁이가 들어와서 온 동네를 들쑤시고 자빠졌냐? 이녀~언!!" 은진은 큰방에서 무슨 소리를 해도 쥐 죽은 듯이 숨죽이고 있었다. 오후에 술이 취해 들어와서 자고 있던 용국이 부안 양반 악쓰는 소리에 깼다. 가만 듣고 있다가 벌떡 일어나서 문을 박차고 나가 따졌다.

"아버지, 말은 바로 합시다. 이집 망해먹은 사람은 어머니 아니요? 근데 왜 죄 없는 이 사람보고 망해 먹었다고 해요?! 전에 할아버지한테나 고모삼촌들한테 얼마나 못된 짓을 했고, 어머니가 얼마나 헤프게 살림 살았는지 동네 사람들 증인을 댈까요? 그래놓고 며느리에게 뒤집어씌우려고 해요?"용국의 말을 들은 부안 댁이 독 오른 독사처럼 뛰어나오며

"네이 개 상놈! 너는 누 ×속에서 나왔간디 지금도 니 여편네 편만 드냐 이놈!! 어디 넓고 넓은 시상에서 지집이 그렇게 없어서 저런 독종을 여편네라고 델꼬 와서 부모 가슴에 불을 지르냐 이 노옴!!" 부안 댁 집에서 또 큰소리가 나니 지난번처럼 또 큰 싸움이 난줄 알고 동네 사람들이 우루루 모여서 담 너머로 고개를 내밀고 구경들 하고 있었다.

"어이 염병하네! 오늘 저녁에 또 한 번 동네 굿을 보일 것인가? 지난번에도 동네 사람들이 뭐라 한 줄 아요? 소위 양반이라고 자랑만치나 한 부안 양반이 동서고금에도 없는 짓, 며느리 머리채를 잡았다고 동네 버린다고 덕석 말이 해야 한다고들 합디다. 제발 남부끄러운 줄 아세요."

부자간에 또 싸움이 붙을 것 같으니 은진이 나가서 용국을 끌고 들어오면서 "누가 망해먹었던 다 망했으니 이제라도 열심히 해서 다시 일으킬 생각이나 하시오!" 라고 했다. 은진이 자기들을 정면으로 상대해 주지 않으니 분통이 터져 죽을 지경이다. 제사상 앞에서 싸움질이니 부안 양반 동생이 술잔을 올리면서 "아부니 어쩌다가 우리 집이 이렇게 망조가 들

었는가 모르겠소. 아부님이 물려주신 문전옥답 하나도 못 지키고 패가망신까지 샀으니 조상님 뵙기 부끄럽습니다. 흑흑흑….” 삼남매는 한참을 울었다. 부안 양반 내외는 은진을 분대로 못 하니 분노를 잠재우지 못해 밤새 끙끙 앓다가 날이 밝기가 무섭게 광주로 달아나 버렸다. 숙부님과 고모님은 남아서 아침을 먹고 떠나면서 은진을 위로했다.

“우리 성님 성질은 하늘도 못 말린께 그리 알고 자네가 좀 참고 조용히 사소, 지금은 저래도 언젠가는 오빠랑 성님이랑 어디 갈 데 있당가? 풀어지면 곧 들어오실 것이네.” 용국이 고모와 숙부는 부안 댁 자녀들에게 들은 대로라면 제사 때 가서 혼 줄을 내려고 했는데 은진의 언행으로 보아 트집꺼리를 찾지 못했다. 자기 어머니가 병으로 일찍 죽은 관계로 자기들이 부안 댁 밑에서 청소년기를 거친 자들이라 누구보다도 부안 댁 인성을 익히 알고도 남은 터라 오히려 은진을 위로하고 갔다.

부안 댁 내외는 아무 계획 없이 나갔기에 기거할 곳이 없었다. 딸 다섯하고 작은 아들 둘하고 7남매가 의논하기를 큰 아들 내외가 와서 납작 엎드려 빌 때까지 집에 들어가지 말고 일주일씩 돌아가며 모시기로 해서 일주일씩 거처를 옮겨 다녔으나 큰 아들네한테서 아무런 기척 없으니 시아버지 제사 때 가서 기어코 큰아들네 식구들을 쫓아내려고 시동생과 시누이까지 동원했는데 그들이 자기편을 들어주지 않으니 실패하고 말았다. 하는 수 없이 딸들이 의논하여 막내만 재외하고 네 딸들이 백만 원씩 거출하여 4백 만 원을 만들어 보증금 걸어주고 매월 10만 원씩 월세를 주기로 합의를 봤다. 용국이 남동생들은 아직 생활 기반이 없으니 집 나온 부모를 모실 수 없어서 딸들과 합세하여 공연히 은진이를 못 잡아먹어서 이를 부득부득 갈고 있었다. 늙은 부모가 시골에서 살지 않고 가진 재산도 없이 도시에서 출가외인과 밑에 자식들만 괴롭히고 있으니 남들에게 체면이 서지 않을 것은 사실이다. 그러니 무슨 구실을 만들어 자기들 체면을 세워야 한다. '우리 집은 천하가 다 아는 부잣집이고 대대로 내려온 양반 가문인데 어디서 천하에 악종 무식한 년이 들어와 재산을 다 망하게 했고, 부모까지 쫓아내서 딸들이 돌아가면서 모시고 산다. 전에 우리 오빠(용국)가 청부업을 해서 많은 돈을 벌었는데 친정에다 숨겨놓고 도망갈 기회만 보고 있다.'라는 허무맹랑한 거짓말로 은진을 천하에 몹쓸 년 만들고 자기들은 천하에 도덕군자인 척 위선을 떨었다.

추석이 돌아왔는데 난데없이 연이 어멈이 두 딸을 데리고 왔다. 그간 아무에게도 그녀의 근황을 듣지 못했는데 자기 발로 찾아오니 은진은 그렇게 반가울 수 없어서 맨발로 뛰어나가 반겼다.

"어서 오게 이 사람아, 그간 어찌 그리 소식이 없었는가?" 반겨주는 은진에게 연이 어멈은 시큰둥했다. "멋땜시 형님이 내 일에 궁금했어요?! 우리 이혼하라고 이간질 할 때는 언제고?!" "이 사람아 무슨 말을 그렇게 하는가? 내가 자네 가정 문제에 혀를 댔는가 하고 시집 식구들에게 미운털 박혀서 시아버지한테 머리채를 다 쥐 뜯겼그만" "먼 소리다요? 자세히 말해보시오!" 은진은 그간 있었던 이야기를 대충했다. 은진의 이야기를 다 듣고 나서야 연이 어멈은 그간 시누이들과 시어머니가 자기를 이혼시키고 곰보를 끌어들이려고 소설을 썼다는 것을 알게 되었다.

"나는 그런 줄도 모르고 형님을 얼마나 욕한 줄 아세요? 형님이 연이 아빠에게 절대로 나하고 살면 안 된다고 했다는 거예요."

"허~ 참~ 옛날부터 이 집은 벙어리가 말을 하고 나간 집이라고 했다는데 왜 그런 말이 있었는지 이제야 알겠네. 자네와 나는 그래도 그 시대 엘리트들인데 어쩌다 이런 집구석에 걸려들어 이 고난을 겪는지 모르겠네."

"어쩐지 셋째 시누이집을 갈 때마다 시아버지 시어머니가 있어서 이상하다 했지. 늙은것들이 촌에서 농사일이나 거들지 사돈네도 안 부끄러워서 맨날 딸네 집에 죽치고 있다고 했더니 그런 낯바닥 없는 짓을 해 놓고 집에 못 들어간께 그랬그만."

"그럼 자네는 지금은 어떻게 지내고 있는가?" "이혼했지라!"

"누구 좋으라고 이혼을 해?"

"나는 애들을 위해서 이혼 안 하려고 했는데 넷째 시누 년이 증인 서고 이혼을 결코 시켰다요! 시누 년들만 생각하면 모두가 확독에 딱딱 갈아서 마셔버려도 분은 분대로 남겠소!"

"아니 이게 뭔 소리야? 시누이가 오빠 이혼 증인을 서?! 도대체 본처 이혼시키고 무슨 영화를 보겠다고 그런 거야?"

"불량하고 더러운 것들이 곰보한테 돈이 좀 있다니까 그것 냄새 맡고 그렇지요. 그 여자가 연이 아빠에게 사업자금 대 준다니까 그 말에 혹 해서 안 그러요. 그년도 딸이 셋이나 있는 년이 연이 아빠하고 춤바람 나서 그 가정도 완전 개 박살이 나 버렸어요. 이웃 사람들한테 들어보니 그 남자는 시계추라고 합디다. 공무원으로서 한 치도 빈틈없이 모범가장이었다는데 여편네는 곰보 주제에 춤바람이 났다고요. 그들은 자기들 순간의 쾌락 때문에 두 가정을 깨고, 다섯 자녀를 불행하게 한 것이요. 얼마나 갈지 두고 봅시다."

"그랬구나! 지난번에도 시아제가 제비 생활을 한다는데 동서네는 어찌 사는지 알고 싶어서 어머님께 물었더니 모르신다고 해서 자네 근황이 매우 궁금했었네."

"곰보 년 가진 돈 거의 바닥났을 걸요? 그 돈 떨어지면 그년도 낙동강 오리알 신세 금방이요. 그년이 연이 아빠 안 놓치려고 시부모에게나 시누들에게 선물 공세를 많이 했다던데요?"

두 며느리는 오랜만에 만나서 해가 지도록 이야기꽃을 피웠다.

석양이 지나서 부안 댁 내외가 들이닥쳤다. 조용하다가도 부안 댁 내외만 들어서면 온 집안 분위기가 살벌했다. 어른들이 아랫목에 좌정하고 앉은 후에 은진은

"어머님 아버님 절 받으세요."하고 절 올렸다. 이번에는 엉거주춤 부안 댁도 은진의 절을 받았다. 연이 어멈도 미우나 고우나 전 시부모한테 절을 했다. 이혼당한 작은며느리 식구들을 본 부안 댁 내외는 황당한 듯 몸 둘 바를 몰라 했다.

"네가 어쩐 일이냐?" "제가 못 올 데라도 왔나요? 내 딸들이 이 집 씨니까 제 아빠 좀 만나고 싶다고 해서 왔지요. 이혼할 때 판사 앞에서 재산이 없으니 위자료는 못 주지만 양육비는 벌어서 매월 80만 원씩 주겠다고 떡 치듯이 약속해놓고 이혼하고선 양육비 한 푼 못 받았지만 애들이 아빠가 보고 싶다고 해서 셋째 시누 집으로 만나러 가면 온 식구가 짜고 절대로 못 만나게 하니 행여 추석에는 큰집으로 추석 쇠러 오겠지 하고 왔지요."

"어머님은 자네가 어디서 산지도 통 모르신다고 해서 그런 줄만 알았네."

"어머님! 나하고 내 자식들 하고 어디서 산 줄 모르셨어요? 내가 연이 아빠 오거든 꼭 만나게 해주라고 내 전화번호도 적어드렸고 집 약도도 가르쳐 드리면서 신신 부탁을 했는데 몰라라?!! 곰보 년이 금은보화라도 갖고 들어올 줄 아셨어요? 어머님도 딸이 다섯이나 있으면서 며느리와 손녀들에게 피눈물을 나게 해요?!! 이게 양반들이 할 짓인가요?!!"

부안 댁 내외는 은진에게도, 연이 어멈에게도 거짓말했던 것이 들통이 나니 갑자기 꿀 먹은 벙어리가 되 버렸다. 사실 큰며느리와 작은며느리 사이를 이간질시킨 것은 부안 댁이었다는 것도 알게 되었다.

부안 댁 내외만 들어서면 그 집에선 큰 소리가 나는데 이번에는 이혼한 용철이 전처가 새끼들까지 데리고 왔으니 또 무슨 일이 벌어질까 하고 지나가던 사람들이 귀를 쫑그리고 듣고 있었다. 용철은 고향에 올 리 만무다. 부안 댁이 벌써 용철에게 전화로 연이 어멈과 딸들이 와 있으니 오지 말라고 연락해 줬기 때문이다. 아이들은 행여 하고 그리운 피붙이인 아빠가 보고파 밤늦게까지 기다리다 잠이 들었다. 은진과 연이 어멈은 부안 댁의 며느리로 살면서 겪었던 고통들을 털어놓고 울며 밤을 지샜다. 둘 다 교사 출신으로 어쩌다 그런 집에 걸려들어 비단옷 입고 밤길 걷는 짓을 했다고 서로의 아픔을 다독여줬다.

"이게 다 우리가 박복해서 이런 집에 걸려들었다고 생각해야지 누구를 원망하겠나? 우리의 잘못도 있어, 사람은 겉을 보지 말고 속을 보라했는데 번드레한 겉치레에 우리가 속은 거야."

"씨엄씨가 먼저 환장하고 나를 자기 며느리 삼으려고 온갖 거짓말을 하는데 안 속겠어요?"

"그럼 앞으로 어떻게 할 작정인가?"

"이번에 연이 아빠 만나면 새끼들을 봐서라도 미워도 다시 한 번 재회를 타협해 보려고 했는데 틀렸군요."

"돈 냄새 맡고 부모 형제간들이 총동원되었는데 돌아오지 않을 걸세. 그리고 들려오는 소리에 의하면 시 아제는 지금 곰보 것 뜯어먹고 살면서 또 다른 여자 찾기 위해 선보러 다닌다고 하던데? 반반한 인물 가지고 제비 생활하면서 여자들 것 뜯어먹고 사는데 재미를 붙인 사람이라 본 가정으로 돌아오지 않을 거야. 가정으로 돌아오면 땀 흘려 일해야 하거든, 연이 아빠 포기하고 자네다운 삶을 살기를 바라네. 이것이 구시대적인 마지막 퇴적물이었으면 좋겠네. 며느리에겐 인권도, 인격도 없는 것으로 여기고 오직 자기들 위주로 헌신짝처럼 버리고도 아무런 죄의식이 없는 분들이야. 그래서 온 동네 사람들이 오직 자기들만 있고 남은 없는 사람들이라고 비난을 하지."

"웃물이 맑아야 아랫물이 맑지 웃물이 탁한데 아랫물 탓할 자격 있어요?"

"마을 사람들이 다 그 말을 했어, 어른의 도리는 못 하면서 며느리에게 어른의 대우만 받으려 한다고 말이야."

은진이 장만한 제물을 가지고 추석 차례를 형식적으로 지내고 새벽같이 부안 댁 내외는 광주로 간단 말도 없이 달아나버렸다. 조상 숭배를 철저히 주장한 부안 양반인지라 남의 체면 때문에 조상 제사 때나 명절 때 안 올 수는 없고, 오고 나면 은진이 꼴보기 싫고 하니 제사만 끝나면 달아날 것부터 연구했다. 올 때는 빈손으로 와서 제상에 올린 음식은 자기가 몽땅 가져가면서도 며느리가 준비해놓은 제물을 보고 "장에 생선이 그리도 없어서 조기 새끼를 꼭 니 ×마나 한 것을 사놨냐?!! 하기야 아랫녘 상것이 언제 제사지내는 것을 보기라도 해서 알것냐?!"

은진의 친정이 강진군이니 승주군보다 지형상으로 아래라고 부안 댁은 말끝마다 은진을 아랫녘 상것이라고 비하했다.

"어머님 저는 없는 돈에 이것도 힘들었어요. 저는 아랫녘 상것이라 모르니 전에 어머님이 하신 것 보고 그대로 흉내 내었습니다. 할아버지한테 물려받은 그 많은 전답 은 어머님 대에서 다 망해 먹고 우리에겐 제사답 하나도 물려주지 않았으면서 그런 말씀하세요? 어머님은 멸치 꼬랑지 하나도 안 가져와서 차린 제물은 어머님이 씨도 안 남기고 다 가져가시면서 그런 말씀을 하세요?"

은진이 부안 댁 말에 반박하니 부안 댁은 눈의 흰자위만 내놓고 은진을 살벌하게 노려보며 "저년은 어른이 한마디나 하면 꼭 열 마디로 대꾸 한

당께! 그래서 니 년하곤 도저히 못산다.”

은진은 속으로 '진정 살고 싶지 않은 사람은 나라고요.' 하며 더 이상 말을 섞지 않았다. 며칠 지나서 또 제사가 돌아왔다. 이런 기분으론 은진은 도저히 제사를 지내고 싶은 생각이 없었다. 부모 돌아가신 후에도 후손들이 오순도순 모여서 혈연관계를 돈독히 하고, 화목하게 지내라고 생긴 제사인데 제사 때마다 부모자식 간에 무슨 원수 만난듯하니 제사의 의미가 하나도 없다고 생각한 은진은 '이제 그만 우상을 끊어야겠다.'라고 결심했다. 그날 밤 은진은 용기를 내어 제상에 올릴 제물마다 손가락으로 십자가를 그어버렸다. 그러고선 “어머님 아버님이 건재하시는데 상황이 이렇게 되서 제가 어쩔 수 없이 제물을 장만했습니다. 다음부터는 어머님이 직접 제물장만 하세요. 저는 예수 믿는 사람이라 솔직히 제 손으로 제물장만 한다는 게 괴로웠거든요? 그러니 어머님이 오셔서 손수 장만하세요.” 하니 부안 댁은 기다렸다는 듯이 “어째 니 입에서 그런 말이 안 나오는고 했다!” 부안 댁은 당장 제수용품을 챙겨 보따리에 쌌다. 제사 핑계로 부안 댁 내외를 들어오게 하려고 한 말이었다. 고향에 너른 집 두고 객지의 단칸방으로 조상님들을 모셔갔으니 조상님들께서 비좁다 아니하실지 모르겠다.

양희옥 ─────────────────────────

시인, 수필가, 소설가. 한국문협, 한국소설가협회, 한국수필문학회, 광주시문학회, 아시아 서석문학회, 김현승 문학회 회원. 수필집 『달맞이꽃에 얽힌 사연』, 장편소설 『올가미』, 『E아파트 사람들』, 『별난 양반가』, 『천사의 통곡』, 단편집 『어울리지 않는 멍에』.

봄봄섬(ぽんぽん船島) | 전기수

푸른 바다 위에 핀 독버섯.
그게 봄봄섬이었다.

옆방 아저씨는 봄봄섬의 이야기를 자주 하셨다.

봄봄섬, 아저씨가 말해 준 이름만 들으면 참 예쁜 섬이겠다, 싶었지만
아저씨의 이야기는 너무도 달랐다. 옆방 아저씨도 처음엔 아무것도 모른
채 이름이 참 예쁜 섬이라 생각했다며 고백했다.

바다 위에 핀 독버섯처럼 봄봄섬은 겉으론 아름답고 예뻤다고 했다.

"처음 듣기엔 참 이름이 정감이 있었데이. 봄이 두 번 들어간다 아이가.
봄봄, 이래 연달아 부르니까 얼마나 듣기도 좋노. 왜놈들은 통통배의 통
통을 퐁퐁이라고 그캤는데 우리가 듣기로는 봄봄이라고 들렸거든. 봄봄.
이름이 요사스러운 거라. 봄봄. 우리에겐 지옥의 다른 이름이었다."

봄봄섬은 아저씨의 인생을 송두리째 무너뜨린 섬의 이야기였다.

1979년 12월, 대구 신천동 달동네

신천동은 한국전쟁 당시 밀려든 피란민을 받기 위해 조성되었다는 대구의 대표적인 달동네였다. 달동네 앞으로는 생활 폐수로 오염된 신천이라는 이름의 개울이 흘렀다. 신천 냇가를 따라 엄청난 규모의 판자촌이 달동네를 이루며 끝없이 펼쳐져 있었다.

신암동, 신천동, 대현동, 복현동, 산격동 등으로 신천을 따라 이어진 거대한 달동네 군집, 대구의 지형이 유난히 산이 많은 지역이라 산비탈에 모조리 피란민촌으로 빼곡하게 판자촌을 이루고 있었다.

서 있는 것조차 위태롭게 보였고, 금방 무너질 것 같은 집들도 많았지만, 달동네의 삶처럼 서로를 떠받들며 지키고 보듬고 그리고 껴안고 등을 받치면서 사는 것 같았다. 슬레이트 지붕과 지붕이 서로서로 머리를 맞대어 이야기를 엿듣거나 귓속말을 나누는 것 같았다.

골목골목은 서로서로 연결되어 미로 같았다. 각자의 삶이 서로 연결된 것처럼 좁은 골목을 따라 달동네의 여기저기로 이어졌다. 미로 같은 골목은 오히려 예닐곱 우리들의 숨바꼭질이나 술래잡기엔 더없이 좋은 놀이공간이었다.

술래잡기의 용어는 기억이 희미하지만, 붙잡아야 하는 술래와 술래를 괴롭혀야 하는 포로 또는 도둑이라고 명칭하기도 했던 것 같다.

정확한 명칭은 기억이 희미해졌지만 한 명이나 또는 여러 명의 술래팀과 술래를 피해 깡통을 차거나 진지를 공격해야 하는 도둑(또는 우리 편이라고 흔히 말했다)이었고, 붙잡힌 아이들은 포로가 되어 서로의 손을 길게 잡고 늘어져 있었다.

아래쪽으로 도망가도 위쪽으로 튀어나와 붙잡힌 포로들을 풀어주고, 풀려난 포로들이 순식간에 이쪽저쪽 골목으로 흩어지면 술래를 맡은 상대 팀은 혼비백산하여 뒤쫓기 바빴다.

달동네의 미로 같은 골목은 술래잡기하기엔 최적의 장소였다. 그때로 돌아간다면 하루종일 나는 술래잡기를 해도 전혀 지루하거나 심심하진 않을 것 같다. 그런 술래잡기로 아이들은 달동네의 가파른 산길을 오르락내리락하면서 가난했으나, 건강하고 즐겁게 삶을 살아갈 수 있었다.

초행인 사람은 길을 잃고 헤매었고, 우린 그들을 친절하게 안내해주기도 했다. 삶은 가난하고 거칠고 비루하여도 달동네의 사람들은 순박하고 정이 넘쳤다.

달동네 맞은편 개울을 건너면 칠성시장과 그 주변에 도깨비시장이 펼쳐져 있었다. 칠성시장은 늘 사람들로 북적거려 번잡하고 혼란한 곳이었다. 산 하나를 반으로 뚝 잘라 경부선이 지났다. 대구역과 동대구역을 오가는 기차가 달동네를 갈라 신춘철교를 타고 칠성시장 위로 지났다. 당시엔 창문이 열려 승객들이 머리를 내밀고 주변을 감상했는데 우린 그들과 반갑게 인사하기 위해 손을 흔들며 "잘 가이소!"하고 따라붙었다. 그러면 대개 승객들은 웃으면서 함께 손을 흔들어주었다. 실천 냇가에서 모여 놀다가 신천 철교를 느리게 지나가던 기차에 손을 흔들면 어떤 승객들은 간식을 던져주기도 했으니까.

그때의 기억 속 내 옆에 단발머리의 누나가 항상 함께 있었다. 누나는 동네에서도 유독 사랑받는 귀여운 존재였다. 어린 날을 떠올리면 누나는 언제나 내 옆에 있었다. 정말 작고 귀여운 누나였다. 내 기억의 그림을 그리면서 누나를 따로 말하지 않아도 내 곁에 누나가 없었던 적은 없었다. 내 그림자처럼, 내 어린 날의 분신처럼 누나가 항상 내 옆에 있었다는 것을 기억해 주면 좋겠다. 이게 내가 기억하는 그해의 겨울 풍경이었다.

그해의 겨울 풍경 속에 존재하는 한 사람이 더 있었는데, 그 사람이 옆방 아저씨였다. 내 인생에서 잊을 수 없는 존재였다. 만남은 길지 않았지만 짧은 만남의 시간에서도 유독 내게 많은 사랑을 주었고 귀여워해 주셨던 옆방 아저씨. 아저씨에게 받았던 사랑의 기억이 있어서 그분을 잊을 수가 없다.

나의 라임오렌지 나무의 『뽀르뚜까 아저씨』처럼 나를 너무 아끼고 사랑해 주었던 옆방 아저씨. 나는 아저씨의 제제 같았다.

내가 살던 곳은 달동네 집들 중에서도 가장 넓은 마당을 가졌던 집이었다. 달동네의 삶이란 넓은 마당을 가진 것은 사치일 정도로 좁고 협소한 삶의 환경을 가졌다. 구석구석 공터는 많아도 뛰어다녀도 될 정도의 아주 넓은 마당을 가진 집은 드물었다.

예닐곱 어린 날의 내 시선에선 마당이 하도 넓어 운동장처럼 느껴졌다. 분명 집 한 채가 더 들어올 수 있는 공터였지만 이 집은 마당을 남겨두고 여유를 즐기는 듯했다. 그곳에서 누나와 나는 마음껏 뛰어놀았다. 마당엔 대나무로 세워둔 빨랫줄이 마당을 가로질러 걸려 있었다. 누나와 나, 키우던 강아지가 빨랫줄 사이를 술래잡기하듯 뛰어다녔다.

"그렇게 하다 자빠진다. 조심해라."

누나와 내가, 강아지까지 까르르 뛰어다니면 빨래를 치대던 울 어머니는 환하게 웃으면서 만류했다. 그러다 누나나 내가 넘어지기라도 하면 울 어머니가 달려와 일으켜 주었다.

"안 다치나? 단단히 조심하라 해도."

나는 아프지도 않으면서 울면서 울 어머니의 품에 안겼다.

마당 한쪽엔 작두펌프가 있었고 물을 한 바가지 부으면 물이 시원하게 쏟아졌다. 덕분에 가파른 달동네를 오르내리며 물을 길러 가지 않아도 되었다. 울 어무이는 다행히 마당 넓은 집에서 마음껏 물을 쓰면서 빨래를 치댈 수 있었다.

한편 앞이 탁 트여 신천 냇가를 집안에서 바라볼 수 있는 언덕 위에 지은 집이었다. 언덕이라고 말했지만 앞이 탁 트였을 뿐, 달동네의 슬레이트 지붕이 시야를 가리지 않는다는 의미였다. 달동네의 지붕들은 달동네 사람들처럼 서로가 서로에게 기대어 멀리서 보면 계단처럼 서로를 의지하거나 떠받치고 살아가고 있었다.

마당 넓은 집엔 검은 기와를 올린 낡은 한옥 한 채와 셋방을 주기 위한 슬레이트 지붕을 올린 당시에 흔하게 볼 수 있는 시멘트블록으로 만든 하숙집 형태의 셋방 한 채만 있었다.

우리 셋방과 옆방 아저씨의 셋방, 딱 두 가구가 세 들어 살고 있었다. 피란민이 밀려들었을 때 빼곡하게 지었던 – 하코방으로 불렸던 – 판잣집으로 이루어진 달동네에서 보기 드문 마당과 집 구조를 보면 원래부터 살던 집에 셋방이 들어올 시멘트 집 한 채를 새로 지은 것 같았다.

옆방 아저씨는 나이가 오십 대였는데도 혼자 사셨다. 결혼을 했는지 안 했는지 나는 모른다. 아저씨가 무슨 일을 하셨는지도 기억나지 않는다. 우리처럼 셋방에 사셨으니 넉넉한 형편은 아니었을 거란 걸 나이가 들어 생각했었다.

방음도 잘되지 않는 달동네 셋방의 옆방에 살았던 옆방 아저씨도 밤새 울 아버지의 술주정을 고스란히 들으면서 사셨을 테다. 우리를 불쌍하게 여겼는지, 누구보다 누나와 나를 친자식처럼 아껴 주셨던 마음을 기억할 뿐이었다.

옆방 아저씨의 셋방은 울 아부지가 술에 취해 밤새 폭언과 폭력이 심할 땐 우리가 도피할 수 있는 안식처였다. 가족이 찾아오는 것도 보지 못했고 늘 혼자 생활하면서 누나와 나를 가족처럼 잘 보살펴 주셨다.

아저씨의 얼굴조차, 아저씨의 생김새나 덩치나 말투나 어떤 것도 이젠 기억이 나지 않지만, 아저씨가 내게 주셨던 사랑의 따스함이나 소중한 감정들, 내게 보여주었던 웃음 같은 희미한 모습과 일상들이 내내 잔상처럼 남아 떠오르곤 했다. 평생 잊을 수 없는 아저씨였다. 잊어서도 안 되는 분이었다.

옆방 아저씨는 정말 우리를 친자식처럼 보살펴 주셔서 그분의 사랑은 내가 죽는 그 순간까지도 기억할 것 같다. 아저씨는 아저씨가 가져 보지 못한 가족처럼, 아니면 자식처럼 그렇게 나를 대해 주셨다.

우리는 서로가 서로에게 가져 보지 못한 진짜 가족 같은 느낌이었다. 나에겐 좋은 아버지의 모습으로, 아저씨에게 나는 귀엽고 사랑스러운 자식처럼 우리는 서로를 아끼면서 서로를 챙겼다.

가파른 산비탈을 오르면 산 중턱엔 달동네의 쉼터 같은 작은 공터가 있었다. 공터에서 여러 갈래의 골목길이 다시 달동네의 이곳저곳으로 흘렀다. 또 엄청난 높이와 경사도를 가진 깔딱고개가 있어서 이곳에서 잠시 숨을 고르고 오를 수 있었다.

산 중턱의 공터에 달동네 유일한 점방이 하나 있었다. 점방엔 따로 가게를 알리는 상호나 간판이 없었지만, 우린 친구의 이름을 따서 대현이 점방이라고 했다. 점방집 아들이 나와 동갑이었던 달동네 친구 대현이었다.

대현이 점방 앞엔 다가오는 성탄절과 연말연시를 대비해 각종의 장난감과 선물 세트를 마련해 두었다. 명절이나 특별한 날의 들뜬 분위기는 점방의 진열대에서 느껴졌다.

나는 다른 무엇들보다 호빵이 익던 빨간색 찜통에 눈이 갔다. 차가운 공기에 김이 모락모락 오르는 찜통은 겨울을 완성하는 최고의 아이템이자 장식이었다. 투명한 유리병에 담긴 새하얀 우유도 호빵들 사이에 놓여 있었다. 군침이 도는 새하얗고 통통한 호빵의 구수한 냄새와 찜통 안에 데워지던 고소한 유리병 우유에 나는 정신이 팔렸다. 냄새도 어찌나 고소하던지.

호빵이 익는 찜통을 쳐다보고 있으니 옆방 아저씨가 다가왔다.

일을 갔다 오는 길에 나를 발견한 모양이었다. 중턱으로 올라오는 산비탈로 올라서면 공터의 한쪽에 있던 점방과 가게 앞의 찜통이 보였다. 그 앞에 우두커니 서 있는 내가 바로 보였을 거니까.

옆방 아저씨는 내 옆에 서더니 찜통을 함께 바라보았다. 까까머리 내 머리통을 어루만지며 옆방 아저씨가 말했다.

"와? 찐빵 묵고 싶나? 하나 사 주까?"

아저씨는 호빵을 찐빵이라고 불렀다. 제품명은 호빵이었지만 어른들은 대개 호빵이나 찐빵을 번갈아 말하셨다. 아저씨의 말에 나는 눈을 초롱거렸을 테고, 이미 입엔 군침이 고였을 테다.

"보이소, 여기 찐빵 두 개만 주이소."

우리가 대답하기도 전에 옆방 아저씨는 점방 안으로 들어섰다. 내게 어른은 그런 사람이었다. 무언가를 하고 싶을 때 주저하지 않고, 무언가를 먹고 싶을 때 마음껏 사 먹을 수 있는 존재.

"뜨겁다, 딘다잉! 조심해라."

아저씨는 누나와 나의 것을 하나씩 샀다. 뜨겁고 고소했던 병 우유는 하나만 샀다. 아저씨는 엄지손가락으로 톡 눌러 유리로 된 우유병 종이 마개를 땄다. 우리는 뜨거운 호빵을 손에 들고 호호 불며 손안에서 식히고 있으면 아저씨는 살며시 미소를 보이며 우유병을 들고 웃고 계셨다.

아저씨는 울 아부지보다 더 아버지처럼 우리를 사랑해 주셨고 보살펴 주셨다. 누나가 호빵이 뜨거워서 어쩔 줄 몰라 하자 아저씨는 호빵을 가지고 가서는 반으로 뚝 잘랐다. 발아래 다가선 고양이처럼 누나는 아저씨의 겨울 잠바 옷자락을 쥐고 손안에 든 호빵을 올려다보았다.

뜨거운 호빵의 열기가 차가운 공기에 김을 모락모락 내었다. 아저씨는 입으로 후후 불어 식혀 주었고 반을 쪼개어 내밀었다. 누나는 그걸 한 입 베어 입안을 벌려 호호 하며 식혀 먹었다.

"인마들아, 다나?"

"예, 억수로 답니다!"

우리는 동시에 대답했다.

나는 입을 벌려 헐헐 소리를 내며 뜨거운 빵조각을 식혔고 식기도 전에 게걸스럽게 삼켰다. 검은 팥소가 뜨거운 김을 내며 달콤하게 입안으로 스몄다.

먹을 것이 귀했던 시절이라 호빵 하나에도 우린 너무 기쁘고 행복했다. 그 사이 아저씨는 나머지 반을 입으로 불며 식혀 주었다. 욕심 많은 나는 어느새 뚝딱 먹어 치웠다. 입맛을 다시며 누나의 나머지 반을 노려보자 아저씨가 눈살을 찌푸렸다.

"문디야, 이건 안 된다. 누나 거데이."

나는 그 말에 누나 쪽을 보았다.

"내 쪼끔만 띠도?"

누나는 아직 손안에 든 호빵의 반쪽을 호호 불면서 먹고 있었다. 누나는 먹는 속도가 상당히 느렸다. 작은 병아리처럼 깨약깨약 조금씩 뜯어 먹었다. 내 말에 잠시 망설이다 고개를 끄덕였다.

나는 욕심꾸러기에, 장난꾸러기였다. 누나는 내 장난에 눈물 흘리고 미워하기도 했고, 내가 누나의 음식을 빼앗아 먹고 입안에 가득 담긴 음식을 메롱하듯 내보이면 서럽게 울어버리기도 했다. 그러나 누나는 언제나 내게 져주는 사람이었고, 자신의 음식을 나눠주고 일부러 덜어주는 아이였다. 무엇이든 내겐 양보를 했고 자기의 것을 기꺼이 내주는 그런 아이였다. 그런 면에선 누나는 엄마를 빼닮았다.

엄마는 마음이 너무 착하고 여린 사람이었고 무엇이든 양보하고 져주는 사람이었다. 그래서 울 아부지는 울 어무이를 더 괴롭히며 굴복시키려고 했던 것 같다.

세상의 선량한 사람들은 좋은 마음으로 기꺼이 양보하지만 욕심 많은 자들은 양보를 받았다고 기뻐하거나 그걸 고마워하지 않는 경우도 많다. 나쁜 사람들은 선한 사람들의 양보를 기억해 두었다가 자신들이 필요할 때면 또 똑같은 무례한 요구를 하기를 반복한다. 그때도 양보했으니 오늘도 양보하라는 투로 공격하기 바빴다. 그게 나쁜 인간들의 사악하고 간사함인지도. 늘 양보만 받았던 나는 간사하게 매번 내 것을 먼저 먹고 누나의 것을 가로채려 들었다. 분명 그때의 나는 욕심이 많았고 울 아부지의 모습을 보고 자라서 일곱 살의 아이들 사이에서도 거친 아이였다. 늘 싸움질이었고 누군가를 때리거나, 혹은 내가 얻어터져 울음을 터트렸다. 그래봤자 예닐곱 아이의 싸움박질이었지만 그 버릇이 어른까지 이어졌다면 나는 아주 질 나쁜 깡패가 되지 않았을까.

누나가 고개를 끄덕이는 걸 보고 나는 소리치듯 말했다.

"봤지예? 그거 내 주이소!"

"문디, 누나가 준다고 해도 이건 안 된다."

옆방 아저씨는 단호했다. 욕심 많은 나를 제대로 가르치려고 했다.

"이미 니 꺼는 다 묵었고 다른 사람의 것은 함부로 욕심내면 안 된데이. 그기 인간의 도리인 기라."

"누부야가 저 줘도 된다고 캤는데예."

내가 따지듯 말했다. 아저씨의 인상은 엄해졌다.

"네 꺼를 다 묵고 남의 것을 탐내는 건 욕심이다잉."

늘 부드럽고 웃음으로 나를 사랑해 주셨던 아저씨는 내게 무언가를 가르치고 싶을 땐 언제나 단호하고 엄한 표정으로 타일렀다.

"누부야가 줘도 된다고 캤는데도 안 되예?"

"그래도 안 된다. 이건 아지야가 허락 못 한다. 나는 남의 걸 함부로 빼앗는 사람들을 억수로 싫어한다. 호야 니 자꾸 그카면 아저씨가 다시는 호빵 안 사준다."

아저씨의 말에 나는 약간 서러워 입이 삐죽 나왔다.

"이놈 봐라. 니 삐지면 그거는 더 안 된데이. 이거는 니가 잘못한 기다. 잘못한 사람이 삐지면 그건 반칙이다."

"안 삐지예. 지도 반칙 안 해예. 반칙 같은 거 싫어합니더."

"오냐! 그럼 이건 누나 꺼 맞제?"

"네, 맞습니더."

누나는 호빵의 반을 다 먹고 손을 내밀었다. 아저씨는 기다린 듯 다 식혀둔 호빵의 반을 내밀었다. 누나가 그걸 반으로 쪼개었다.

"이거는 호야 니 묵고, 이거는 아저씨 묵으이소."

아저씨는 누나의 반응에 그만 어이가 없는 표정을 지었다.

"어? 이걸 나 먹으라고? 참말로?"

"예, 우리 준다고 아저씨는 못 묵었잖아예. 아저씨도 드이소."

누나는 그런 아이였다. 아저씨는 미소를 보이며 누나의 머리를 쓰다듬었다.

나는 그런 건 아랑곳하지 않고 누나의 손에 든 반을 얼른 가로채 입 안으로 넣었다. 그런 내 모습에 옆방 아저씨가 눈으로 혼을 내다가 마지못해 웃었다.

"문디 자슥, 내가 못 산다. 이놈들! 한 놈은 너무 욕심이 많고, 한 놈은 너무 착해 빠졌고…. 그렇게도 내 눈엔 다 이쁘다! 이눔들아! 요대로 커 라잉, 더 나빠지지도 말고, 더 착해지지도 말고, 알았제?"

찜통 위에 올려두었던 유리병 우유를 누나에게 먼저 내밀었다. 누나는 꿀떡 소리를 내며 따뜻하게 데워진 우유를 마셨다. 입술 위에 하얀 우유 자국이 남아 너무 귀여웠다. 통통한 볼이 시린 추위에 빨갛게 익어 있어서 더 그랬다.

아저씨는 누나가 마신 우유의 반을 받아서 내게 내밀면서 또 엄하게 꾸짖었다.

"호야 니는 앞으로 단디 해라. 진짜 앞으로 호빵 안 사주뿐다."

나는 듣는 둥 마는 둥 호빵을 오물거리며 삼켰고 환하게 웃었다. 우유를 받아 마시며 아저씨를 바라보았다. 아저씨는 저렇게 말해도 또 내게 호빵을 사줄 어른이었다. 나는 우유를 다 마시고 입술에 묻은 우유를 옷소매로 아무렇지 않게 닦았다. 이미 흘린 내린 코를 여러 번 닦아대던 소매는 땟국으로 번들거렸다.

"문디 자슥, 그걸 옷으로 닦으면 우짜노?"

아저씨는 손수건을 꺼내 내 입가와 얼굴의 땟국을 닦아주었다. 손수건을 반대로 접어서는 누나의 입과 얼굴을 닦아주었다. 아저씨의 엄포는 울 아부지와는 달랐다. 아부지는 때린다 하면 진짜 때리는 사람이었고, 아저씨의 엄포는 사랑이 담긴 꾸지람이었다.

"너그들이 더럽게 댕기면 너그 어무이가 욕 먹는데이. 그걸 알고 댕기라, 알았나?"

예, 누나와 나는 아저씨가 닦아주는 손에 얼굴을 맡기고 대답했다.

좋은 어른의 말을 먼저 들어야 하는데 우린 폭력을 조장하는 나쁜 인간들의 말을 먼저 따르게 된다. 이게 참 사람의 간사함이거나 연약함이란 걸 세상을 살면서 배우게 되었다. 그때의 아저씨는 진심으로 내가 잘되기를 바라는 마음이 강했는데 어린 내가 뭘 알겠나. 그저 눈앞의 호빵이 탐이 났던 것뿐이었다.

마음으로는 울 아부지보다 옆방 아저씨를 더 사랑하고 더 존경하고 더 따르고 있었지만 현실에서 드러나는 모습은 그렇지 못했다.

"이 문디 새끼, 니는 하는 짓은 얄미운데 우째…. 아나, 이 자슥아! 이 것도 마저 니 무라. 고마!"

결국 누나의 호빵 반을 내가 다 먹게 되었다.

"아저씨는예?"

누나가 물었다.

"아저씨는 어른 아이가. 어른은 이런 거 안 무도 된다. 다른 거 마이 묵는다. 너그나 마이 무라. 마이 묵고 얼른 커라이. 그캐야 너그 어무이가 쪼매라도 덜 힘들 거 아이가."

옆방 아저씨는 호빵의 아래를 덮었던 종이와 우유병을 쓰레기통으로 처리하고는 뭔가 섭섭해하는 우리의 표정을 살폈다. 아저씨는 결심한 듯 말했다.

"좋다, 희야는 내가 상으로 호빵 하나 더 사준다. 호야 니는 한 개 반 묵었으니까 이번엔 못 묵는데이. 배 부르제?"

"그런 기 어딨으예? 배 한 개도 안 부른데예. 누부야는 입이고 나는 주둥인교?"

"허허, 이놈 봐라. 그런 말은 어디서 주워 들었노? 이 문디 자슥은 못된 것만 배운다 카이끼네."

물론, 아저씨는 나를 놀리기 위해 그런 말을 했다. 아저씨는 호빵을 하나씩 더 사주셨다.

"이제 됐나? 만족하나?"

나는 환하게 미소를 지으며 고개를 끄덕였다. 누나와 나는 아저씨가 사준 호빵 하나씩 손에 쥐고 아저씨와 함께 집으로 돌아왔다.

옆방 아저씨는 이렇게 늘 우리에게 간식을 사주면서 우리를 친자식처럼 애지중지 챙겼다. 일요일이면 나는 아저씨를 따라 시장통 입구에 있던 목욕탕을 다녔다. 목욕을 마치고 나올 때면 아저씨는 바나나우유를 사서는 빨대를 폭 꽂아 내게 내미셨다. 울 아부지와는 한 번도 누리지 못했던 호사였다.

바나나우유를 마시며 아저씨와 나는 시장통을 돌아다녔고 옆방 아저씨는 시장 안에서 과일이나 또 다른 먹을거리를 사주셨다. 옆방 아저씨는 그때 울 아부지보다 더 아버지 같았던 내 마음 속의 아버지였다. 그분의 사랑이 호빵처럼 김이 모락모락 나는 듯 따뜻한 감정으로 행복한 기억이 났다.

목욕이 끝난 후 마시던 바나나우유처럼 시원하게 달달하고 기분이 좋아지는 마음이었다. 아저씨의 사랑은 달콤했다. 포근하고 따뜻했다. 때로는 달달하고 시원하니 상쾌했다. 아저씨의 사랑은 늘 배가 고팠던 내게 배가 부른 사랑을 내미는 유일한 달동네의 어른이었다. 늘 공허한 마음까지도 채워 주었다. 어린 나에게 사랑이 고팠던 내 마음을 부르게 해주던 그런 존재였다.

옆방 아저씨가 내겐 뽀르뚜까 아저씨나 늘 선물 같았던 산타 할아버지 같았다면, 그런 옆방 아저씨에게 나는 시간을 찾아주는 『모모』였다.

누군가의 말을 잘 들어주고, 들어주는 걸로 모든 걸 해결해주는 원형극장의 고아 모모처럼 나도 누군가의 말을 듣는 것이 재능이었던 아이였다. 나이가 들어서도 나는 그런 사람이 되었다. 국민학교 들어가서는 더 이상 남을 괴롭히는 아이가 아니었다. 오히려 가난에 주눅 든 아이가 되었으니까.

울 아부지의 폭력에 달아나서 울고 있으면 아저씨는 나의 까까머리를 어루만지며 다독여 주셨다.

"겨울은 반드시 봄이 되는 기다, 봄이 되지 않는 겨울은 없다이. 지금은 니가 몰라도 니 인생에도 꼭 봄이 온다이, 그것만 알아라. 절대 기죽고 살면 안 된다이."

겨울은 반드시 봄이 된다는데. 얼마나 희망적인 말인가.

아무리 힘든 삶도 반드시 봄과 같은 행복의 삶으로 바뀐다는 희망을 전하는 격언이다. 내 나이 일곱 살이었다. 이제 겨우 말을 알아 듣지만 말의 진실이나 진심을 제대로 이해하지 못하는 나이.

아저씨의 말을 겨우 알아들을 정도였지만 그래서 아저씨는 더 자세하게 지난날의 아픔을 털어놓을 수 있을 것 같다는 생각도 해본다.

겨울은 반드시 봄이 된다는 어린 날 옆방 아저씨의 말씀을 평생 기억하면서도 나는 그 말의 의미를 찾는 시간이 길었던 것 같다. 겨울이 봄이 되지 않을리 없는데 그게 뭐? 봄이 되면 뭐 어쩌라고?

나는 오랫동안 냉소적이었고 봄의 의미를 이해하지 못하고 살았다.

태어나자마자 술주정뱅이 울 아부지의 폭력과 폭언이 이어지는 가정폭력을 보며 살았다. 일곱 살의 그때는 유독 울 아부지의 폭력이 도를 넘었던 시기였다. 울 아부지의 나이 마흔한 살이었다.

겨울나무는 겨우내 움을 숨기고 산다. 봄날의 햇살에 움은 연초록 풀잎으로, 개성 넘친 각자의 꽃잎으로 터져 오른다. 봄을 기다린 씨앗들이 여기저기 파릇파릇 돋아났다. 매화는 매화꽃으로, 복숭아꽃은 복숭아꽃으로, 진달래는 진달래로, 벚꽃은 벚꽃으로. 겨울은 그렇게 봄이 된다고 옆방 아저씨는 그렇게 말해주셨다.

"꽃샘추위가 우리 삶의 봄을 방해할 때도 있지만 끝내 봄이 되고야 만다이. 지금은 힘들어도 니가 잘 이겨내면 니 인생에도 꼭 꽃이 피는 날이 올 기다. 알았제, 호야?"

내게 희망은 도대체 언제쯤 꽃을 피울까, 라는 그런 냉소 짙은 의문 속에서, 너무 당연한 자연의 이치가 우리 삶에도 숨어 있다고 옆방 아저씨는 말했는데 나는 삶을 사는 내내 이해하지 못했다.

일곱 살 꼬맹이에겐 세상의 일은 나의 삶과는 아무 상관 없는 일이었다. 그저 예닐곱 우린 노는 것이 제일 좋은 나이였다.

분명한 것은 그때의 내겐 저녁이 오면 지옥의 문이 열렸다. 낮의 문이

닫히고 밤의 문이 열리면 지옥을 맞았다. 밤이 오기 전까지는 우리는 완전히 녹초가 되어 지칠 정도로 뛰어다녀야 했다. 낮엔 웃고 살았지만 마음엔 두려움과 눈물범벅으로 밤이 오지 않았으면 하는 마음이 간절한 때였다.

아침이 오지 않는 밤이 없듯 내겐 밤이 오지 않는 낮은 없었다. 지옥의 문은 어김없이 매일매일 찾아왔다. 신나게 뛰어놀던 하루가 지나고 밤이 찾아왔고 어김없이 지옥의 문도 열렸다.

반면 낮이 되면 천국의 문이 열렸다.

누나와 나는 달동네 아이들과 함께 천방지축 뛰어다니는 말썽쟁이였다. 개구쟁이였던 나는 누구보다 웃음과 장난기가 많은 아이였다. 일곱 살을 기억하면 밤의 지옥과 낮의 천국이 뚜렷하게 구분되는 그런 때였다. 1979년의 겨울은 유난히도 춥고 시린 시기였다.

어린 내가 아저씨의 이야기를 반도 알아듣지 못한다는 걸 알면서도 아저씨는 넋두리하듯 지난날의 봄봄섬을 시간이 날 때마다 말해 주셨다. 때론 슬픈 눈으로, 때론 격앙된 목소리로, 때론 한숨 가득한 마음속의 이야기를 하실 때, 나는 그저 들어주는 것이 전부였다.

누군가의 마음을 조용히 들어주는 일이 그만큼 위안이 된다는 것을 나는 이후에도 삶의 지혜로 깨닫게 되었다. 옆방 아저씨는 당신의 아픈 마음을 쥐어짜듯 단 하나의 기억도 놓치지 않겠다는 각오처럼 나를 통해 말하고 또 말하셨다.

나이가 들어서 알았다.

사람은 누군가 자신의 아픈 이야기를 귀담아들어 주는 것만으로도 위로받는다는 것을. 해답을 꼭 줄 필요는 없었다. 그저 정성껏 들어주는 것, 그것이 해답이었고 고민 해결이었다.

나는 아저씨를 통해 자연스럽게 타인의 말을 들어주는 것이 얼마나 힘이 되는 위로라는 것을 알게 되었다. 내 삶의 재능처럼 난 오랫동안 누군가의 이야기를 들어주는 역할을 했다. 울 어무이도 평생 내게 당신의 이야기를 하셨다. 가끔 내가 누군가의 감정 쓰레기통이 된 것 같은 힘든 경우도 있지만, 나는 그걸 즐기기로 했다.

"세상에 제대로 알리고 싶은 기라. 우리가 어떻게 거기서 견디고 살아왔는지 언제가 되었든 꼭 말해야 하는 기다. 근데 세상은 우리 말을 안 들어준다. 아무도 우리 얘기는 안 들어주는 세상이야. 그캐도 끝까지 말해가야지. 말하다보면 누구 한 사람은 안 들어주겠나. 니 맨치로."

그래서 나에게 말하셨고, 내가 들어주었다.

***

1944년 12월 말, 경상도 합천.

함박눈이 내리는 합천의 어느 변두리 깡마을을 아저씨의 이야기 속으로 그렇게 걸었다. 옆방 아저씨의 어린 시절이 보였다. 아저씨와 나는 기억을 걷는 여행객처럼 합천의 시골 마을에 도착했다. 아저씨의 이야기 속을 나는 아저씨의 손을 잡고 걷는 기분으로 조용히 들어주었다.

우리는 이야기 속으로 한참을 걸었다. 때론 매일 걸었고 아픔을 함께 목격했다. 같은 얘기를 몇 번이나 들었지만 아저씨는 새롭게 말하는 이야기처럼 아프게 눈시울을 붉혔다. 아저씨의 기억 속으로 손을 잡고 함께 한적한 마을을 구경했다.

참 아름답고 고요한 산하山河를 품고 있던 마을, 눈이 내리는 한적하고 고독한, 그래서 어린 날에는 그곳이 지루하고 지겹고 싫었다던 마을. 아저씨와 나는 눈이 쌓인 시골길을 뽀득뽀득 기억 속을 걸었다.

"우리는 아무것도 모르고 끌려갔는 거라. 뭣 하러 가는 줄도 몰랐데이. 억지로 끌고 가니까 그냥 끌려갔제. 돈 벌러 간다고 캤는데 월급도 한 푼 못 받고이…. 죽기 직전까지 일을 했는 거라. 밥도 제대로 못 묵고 물 한 모금도 마음 편하게 마셔 본 적이 없데이. 가들이 주는 밥은 짐승도 못 묵을기다. 콩깻묵 한 덩이, 시래기국 한 그릇, 아파서 일을 못 하면 그날 은 그런 밥도 못 얻어먹는 거라. 어찌 그것들이 인간이고? 인간도 아인기라."

아저씨의 눈빛은 이미 어린 날의 그때로 돌아가 눈시울이 붉어졌다.

"그때 나는 합천의 변두리 깡촌네서 살았었다. 그곳은 그저 가난하고, 없이 살던 평범한 마을이었데이. 그냥 쪼그만한 보잘것없는 마을, 집 앞엔 맑은 시냇물이 흐르고 봄이면 진달래가 흐드러지게 피던 앞산이 있고, 사람들이 어불리가 농사짓고 사는 그런 곳. 진짜 아무 것도 없다이제. 농사밖에는 할 기 없으니까 우린 일자리를 찾아야 했고, 일이 있다고 카이끼네 그기 뭔지도 모르고 우린 끌려갔는 거라."

비루하고 힘든 삶이지만 가족과 함께 웃고 울고 살았던 고향집.

"그때 내 나이가 열다섯이었데이. 아부지는 일찍 돌아가시고 어무이 혼자서 악착같이 우리를 키우셨다이. 어무이가 얼마나 고생하는지 잘 알았고, 이제 막 집을 위해 뭐라도 할 수 있는 나이였는데, 내가 뭐라도 해가 집에 보탬이 될라꼬 그캤다. 그해가 풍년이면 뭐하노, 모든 걸 다 빼앗긴 나라에서 조선 백성은 참으로 가난하고 가진 것 없는 사람들이었다."

함박눈이 한옥과 초가의 지붕으로 소복소복 쌓인 새해가 얼마 남지 않은 연말이었다. 아저씨의 이름은 김창수였다. 열다섯 중학생.

키는 또래보다 작고 체구도 왜소했다. 작은 체구라 그런지 외모는 귀엽고 깜찍할 정도로 사랑스런 아이였다. 가난한 형편이었지만 공부를 놓치지 않았다. 형편이 어려웠지만 공부도 열심히 해서 성적도 좋은 학생이었다. 학교가 끝나면 곧장 집으로 와서 집안일을 도왔다. 가족을 위해 무엇이라도 열심히 하려는 착한 소년이었다.

바로 밑으로 열넷의 동생이 있었다. 김학순이라고. 학순이도 창수만큼 착하고 참한 아이였다. 착하기만 한 두 아이가 홀어머니에겐 보물인 것은 당연했다.

"창수 있나?"

이제 막 일을 마치고 들어와서 가족이 함께 저녁을 먹으려던 시간이었다.

"뭔 일인교, 이 시간에?"

합천 경방단의 경방 부장이 찾아와서 쭈뼛거리며 섰다. 이름은 오덕술이었다. 서로가 오랫동안 잘 알고 지낸 이웃사촌이었다. 경방 부장은 창수 아버지의 어릴 적 한 마을에서 나고 자라 함께 뛰어놀던 불알동무였다.

경방단警防團은 한자 그대로였다. 경계하고 방어하며 화재를 진압하는 소방조였다. 그러나 경방단이 주로 했던 일은 불을 끄는 일이 아닌 징용할 노동력과 징병할 전쟁 인력을 차출해 보급하는 일. 즉 사람을 군수 물품으로 여기고 조선인을 강제로 전쟁에 동원시키는 그런 임무를 맡은 조직이었다.

전쟁의 막바지, 일본 제국은 한반도의 조선인을 희생시켰다. 징병과 징용, 위안부 차출 등으로 이제 겨우 십 대밖에 안 된 소년소녀들을 마구잡이 끌고 갔다.

집으로 찾아온 사람은 어릴 때부터 이웃으로 함께 지내 온 합천 경방단의 중간계급의 사내였다. 경방단의 복장은 깃이 검정색으로 되어 있었다. 덩치가 황소만 한 사내였다. 합천에서 씨름으로 장사를 여러 번 거머쥔 사내였다. 그 덕분에 경방단에 뽑혔고 지금은 부장까지 진급한 상태였다.

"어잉, 창수 쟈를 군수님이 찾으신다 안 카나?"

"군수님이 와? 창수를 만다꼬?"

"고건 나도 모린다. 일단 가보자꼬, 뭔 일을 시킬 모양인가 보제."

"돈은 얼매나 준다 카는데?"

그 말에 경방 부장은 잠시 멈칫했다. 그리고는 대뜸 목소리를 높였다.

"일을 시킨다 카니까 돈은 주겠지, 나도 자세한 건 모린다 카이끼네. 일자리가 있다꼬 데꼬 오란다. 퍼뜩 가보자."

"얼마 주는지 알아야 갈 거 아인교. 요근래 소문이 너무 영 안 좋데?"

"뭔 소문?"

"사람들 끌고 가서 전쟁에 보낸다 카던데? 그거 아이가?"

경방 부장은 대뜸 큰소리로 부정했다.

"뭐라 캐싼노, 뭔 말도 안 되는 소리고? 그런 기 어딘노? 나는 모리겠고 군수님이 델고 오라 카이끼네 시키는 일만 열심히 하는 기다."

그의 말에 창수 홀어머니는 잠시 걱정 가득한 얼굴로 상황을 판단했다. 시골에서도 세상과 동떨어진 깡촌에 살아 그럴까, 창수의 어머니는 세상의 일엔 무지했다. 사는 것이 더 급급한 시절이었다.

"쟈가 이제 열다섯 아이가, 무슨 열다섯 살짜리를 군대로 델고 가겠노, 생각을 해보소."

"그건 그란데, 창수 자는 아직 어려서 개안체? 맞제?"

"하모, 걱정 마소. 군수님이 창수 쟈한테 일 좀 시킨다꼬 보자고 하신다 안 카나."

창수를 부른 이유는 징병이 아닌 징용이었다. 징병은 원래 17세 이상의 소년을 차출했다. 전쟁이 소모전으로 이어졌다. 모든 걸 고갈시켰고 민생을 빨아먹었다. 조선의 등꼴까지 빨아먹는 것이 그들의 수탈 정책이었다.

다급해진 일본은 15세 미만의 어린 소년들까지 전쟁으로 징병했지만, 징용은 이보다 더 어린 소년들이 끌려갔다. 창수도 징용의 대상이었다.

"돈은 얼마 주는데?"

"군수님이 일 시킨다 카는데 돈 마이 안 주겠나."

"맞나?"

"걱정하지 말라니까 돈도 안 주고 일을 시킬까봐서."

경방 부장은 목소리를 높여 얼버무렸다.

그도 인간인지라 죄책감이 들었을까, 목소리를 높이는 것은 자신의 마음을 속이기 위한 엄포였다. 경방 부장은 더욱 목소리에 힘을 주고 창수 어머니도 속이고 자신의 양심도 속이고 있었다.

"딴 생각하지 말고 우에서 시키는 일만 똑바로 하면 아무 문제없다. 꼭 나라에 반항하는 것들이 사달나는 기다. 알겠나? 내만 믿으라고."

자신이 무엇을 위해 여기에 왔는지 철저하게 숨기면서 이리저리 말을 돌리고 있었다. 일단 창수를 어떻게든 데리고 가려고 했다. 창수의 집안과는 가까운 사이였기에 경방 부장 자신도 조심스러워했다. 다른 사람이었다면 폭력으로 짓밟고 끌고 갔을지도 모른다.

"알았다, 마! 아재 믿어도 되제?"

"이 동네에서 나를 믿지 누구를 믿을라카노? 창수는 내가 지켜 준다. 함 믿어보소."

"야는 우리 집 독자데이, 쟈가 끌리 간다면 우리 집은 끝장인 기다. 알지예?"

"하모! 다 안다. 근데 뭘 자꾸 끌리 간다 그캐싼노. 끌고 갔으면 벌써 끌고 갔다. 세상이 어떤 세상인데."

창수 어머니는 경방 부장을 믿었다.

동네에서 함께 살며 지내 온 친한 사이라 더욱 믿는 눈치였다. 남편이 일찍 죽고 의지하면서 좋게 지내던 이웃이라 더욱 그랬다.

"밥은 묵고 왔나? 같이 밥 한 술 뜨자. 우리 수야도 인자 밥 물라 카는데? 숟갈만 하나 더 놓으면 된다."

"시간 없다. 내가 델고 가서 국밥이라도 사믹일 테니까 걱정하지 말고, 군수님이 찾는다 카이끼네마! 급하다꼬. 우리 군수님 모리나? 그 양반 성질이 불 같다 아이가, 쪼매라도 늦으면 내가 초를 친다꼬."

권위 권력이 폭력으로 짓밟던 시대였다. 군수의 명령이란 말에 어머니는 창수의 숟가락을 봤다. 이제 막 한술을 뜨려던 참이었다.

"참말로 뭔 저녁에 사람을 이리 불러내노? 석이는 밥 안 무도 되겠나?"

"시간 없다 캐도."

경방 부장의 재촉에 창수는 밥을 뜨려다 숟가락을 놓고 일어섰다.

"퍼뜩 갔다 와서 묵을게예."

경방 부장은 바쁜 듯 자꾸 재촉하기만 했다.

"뭐가 그리 급해가 이 시간에 밥도 못 묵구로. 어잉. 그캐도 저녁은 무야 안 되겠나? 수야 쟈도 하루 쬥일 산에 가가 나무 해 온다꼬 밥도 못 묵었다 안 카나. 그카지 말고 밥만 좀 묵고 델고 가면 안 되겠나?"

"어허이, 이 시간이면 군수님도 퇴근 안 하고 기다리실 낀데, 그카다가 혼나면 자네가 책임질끼가?"

"아따마, 진짜 너무 하네, 남 저녁 묵는데 와가 이리 보채고 지랄이고, 그카먼 좀 일찍 오든가. 쯥!"

경방 부장의 급하다는 말에 어머니는 어쩔 수 없이 창수를 그와 함께 보낼 수밖에 없었다.

"뭔 일인지는 모르겠지만서도, 석아! 퍼뜩 댕겨 온나, 밥은 아랫목에 내가 잘 쟁여 놓을기다."

"알겠심더, 어무이요, 댕기 오겠심더!"

싸리문 밖을 나서던 창수는 어머니의 얼굴을 한번 돌아보다가 경방 부장이 등을 미는 바람에 넘어질 뻔했다. 경방 부장은 그만큼 다급하게 창수의 등을 떠밀었다.

"이거 와 이카는교?. 자빠질 뻔했다 아입니꺼?"

경방 부장은 뭔가 쫓기는 표정이었다. 다소 서두르며 거칠게 등을 떠미는 행동이 이상했다.

창수의 홀어머니도 걱정스러웠다. 분명 뭔가 느낌이 안 좋았다.

"개안켔제?"

옆에 앉은 학순에게 걱정어린 표정으로 말했다.

"어무이요, 걱정하지 마이소. 아재가 우리한테 얼마나 잘 하는데예."

"맞제?"

창수의 홀어머니는 그럼에도 불안한 시선으로 창수가 떠난 방향으로 시선을 거두지 못했다.

"학순아, 오라버이 밥이라도 좀 아랫목에 묻어 놔라."

어린 학순이 오빠의 밥을 아랫목 이불 속에 넣었다.

전쟁의 물자로 놋그릇, 놋수저 등 금속 재질이라면 강제적으로 징발하는 바람에 조선인들은 밥그릇까지 빼앗기고 말았다. 창수의 집안이 놋그릇을 여전히 사용하는 걸로 이곳에서 그런 일은 없었던 모양이었다. 학순은 놋그릇에 수북하게 담긴 오라버니의 밥에 뚜껑을 덮어 이불로 덮었다. 그러다 그만 뚜꺼운 겨울 이불에 쓸려 밥그릇이 뒤엎어져 찰기 없던 밥들이 그만 쏟아져 나와 엎질러졌다.

"아이고 이걸 우짜노!"

어머니에게 괜찮다고 말은 했지만 학순의 얼굴도 걱정이 앞섰다.

"개않겠지. 뭔 일이 있을라꼬."

학순은 눈이 소복하게 쌓이는 어두워지는 문 밖을 바라보았다.

집에서 멀어지자 경방 부장의 언행도 거칠어졌다. 본색이 나왔다.

"급하다니까, 이 자슥아! 퍼뜩 가자. 이카다가 시간 다 잡아 묵것네."

경방 부장은 창수를 끌다시피 급하게 데리고 갔다. 마을 초입에 94식 6륜 군용트럭이 서 있었다. 일본군의 핵심 군용트럭이었다.

'일본군?'

창수는 불안했다. 일본군이 있다는 건 불길한 징조였다. 이미 많은 수의 소년들이 탑승된 상태였다. 여기저기 일본군이 직접 소년들을 끌고 오는 중이었고 그 과정에 폭력이 난무했다.

또래의 소년들이 트럭에 실려 불안한 얼굴과 시선으로 다가오는 창수를 바라보았다.

"지금 우리 어데 가는데예?"

"다마레! (黙れ_닥쳐!)"

일본어로 고함이 터졌다. 군인들이 경계를 서면서 어떤 잡담도 허용하지 않았다. 창수가 트럭에 올랐다. 뒤따라 군인들도 올라 아이들을 감시하듯 노려봤다.

창수는 옆에 아이에게 소곤댔다.

"봐라, 우리 어데 가노?"

"조센징! 닥치라고 했지! 모두 다리 사이로 고개를 처박는다!"

군홧발이 그대로 창수의 몸통 위로 날아들었다. 일본군의 말을 통역하는 자들은 이미 징병된 자들이었고 철저하게 일본군의 정신과 말투로 합천 소년들을 대했다.

"잡담은 금지다. 이제부터 주둥이 여는 새끼들은 처맞을 줄 알거라이."

창수는 물론 십대 소년들은 주눅 들어 고개를 숙였다. 창수가 탄 차량

뿐만 아니라 다른 차량도 폭압적으로 눈알을 부라리며 폭력으로 통제했다. 겁에 질린 아이들이 대화를 나누려 하면 일본군이 그들의 말로 윽박지르며 침묵을 강요했다. 창수는 고개를 숙인 채 눈알을 굴리며 상황을 살폈다.

함박눈은 수북하게 쌓였고 어둠이 내리기 시작한 마을 초입 길은 험했다. 트럭은 마을을 벗어나 비포장 도로 위를 덜컹거리며 달렸다. 창수의 집과 점점 멀어졌다. 자꾸만 불길한 기운이 들었다. 집이 있는 방향을 돌아보다가 감시하는 일본군 병사와 눈이 마주치자 그대로 주눅 들었다. 불안했다.

군청과 가까운 여관.

창수와 아이들을 방으로 밀어 넣었다. 그곳엔 이미 붙잡혀 온 또래 아이들과 청년들이 수두룩하게 앉아 있었다. 방문이 열렸다 닫힐 때마다 각 방에 붙잡혀 두려운 시선으로 보는 또래 소년들이 이제 막 도착한 그들과 시선이 마주쳤다.

"퍼뜩 들어가 앉아 있어라. 어데 가지 말고, 가다가 붙들리면 진짜 뒤지는기다, 알았나?"

경방 부장은 방문을 열고 창수를 밀어 넣으려 했다. 창수는 배가 너무 고팠다. 하루 종일 굶으면서 나무를 하고 밥을 먹으려고 할 때 붙들려 왔으니까. 손발이 후들거릴 정도로 허기도 지고 몸도 녹초였다.

"덕술 아재요. 지는예, 밥도 아즉 안 묵었는데예, 아까 국밥이라도 한 그릇 사주신다 안 캤습니꺼?"

경방 부장의 매서운 눈빛이 날카롭게 째려보았다. 창수의 머리를 손바닥으로 내려쳤다.

"이 자슥아, 한 끼는 안 묵어도 된다. 들어가 있어!"

그는 예민하게 반응했다. 창수는 서러웠다. 머리통 맞은 것보다 평소에

친하게 지내던 아재의 행동이 이해할 수 없었다.

"그캐도? 배가 억수로 고파 가지고』…. 오늘 하루 종일 나무 한다꼬 쫄쫄 굶었으예."

눈물이 날 것 같았다. 친분도 있는 경방 부장이라서 정말 국밥 한 그릇 정도는 사줄 거라고 믿었는데, 오히려 머리통만 맞고 꾸지람만 당하니 서러움이 밀려들었다. 창수는 울상이 되었다.

경방 부장은 돌아서려다 눈물 글썽이는 창수와 눈이 마주쳤다. 그의 눈빛이 흔들렸다. 눈을 피하고 복도에서 소리를 쳤다.

"다들 입 다물고 잠을 잔다이. 내일 일찍 출발할 거니까 그리 알고…. 단디 해라. 떠들다가 걸리면 가마 안 둔다잉."

그는 다른 소년들을 방에 밀어 넣고서는 창수를 자신 쪽으로 가깝게 끌어 당겼다.

"잔소리 말고 일단 눈 좀 붙이고 있어라. 역에 가면 내가 국밥이라도 한 그릇 사줄기다. 쟈들한테는 모린 척 하고. 일단 잠들면 배고픈 것도 모린다. 눈이라도 붙이라이. 알았제?"

경방 부장은 창수의 귀에 대고 그렇게 사탕발림 했다.

"근데 어디 가는지는 알고 가야지예."

"어디 가기는 인마야, 돈 벌러 가지. 들어가 있어!"

경방 부장은 다짜고짜 창수의 등을 힘껏 밀어 방으로 넣어 버렸다. 방문이 닫혔다. 철컥 무언가 채우는 소리를 들었다. 문고리를 잡고 열려고 하니까 꿈쩍도 하지 않았다. 자물쇠로 꽉 닫혀 안에서 절대 열지 못하게 감금되었다.

"이게 뭐꼬? 진짜로!"

그때 체념한 듯 바라보는 또래의 아이 하나가 말했다.

"소용없다, 다들 잡혀 온 기다."

이 방에서 가장 나이가 많은 배웅칠이었다. 창수는 말의 뜻을 전혀 이해하지 못했다.

"뭐예? 잡혀 왔다꼬예? 우리가 뭘 잘못 했는데예?"

창수가 잔뜩 기죽고 풀이 죽은 소년들을 둘러보며 물었다.

"이런 빌어먹을 미친 세상에 뭘 잘못해야 잡히오나, 저것들이 우리가 필요하니까 잡아 왔겠지."

"그라문 이래 있어도 되는교?"

"이래 안 있으면 우짤긴데? 함부로 덤비다가 총 맞아 뒈지거나 두들기 맞기나 더 하나? 니도 가마 있어라. 그냥 뒤비자든가."

그들 모두의 얼굴은 울상이었다.

조용한 방 안, 여기저기 한숨이 새었다. 조용히 울먹이는 소리도 들렸다.

창수는 너무도 고픈 배를 움켜잡았다. 아무 것도 할 수 없었다. 어쩔 수 없이 방의 빈 공간을 찾아 앉았다. 어떻게든 빠져나가야 된다고 생각했다. 뭔가 잘못되었다.

'우짜지? 분명 뭔가 있데이. 전마들이 우리를 지금 엉뚱한데로 델고 갈라카는 거 아이가? 야들은 우째 이래 얌전하노, 이카다가 클 나면 우짤라꼬?'

각자는 형사에게, 일본군에게, 순사에게, 경방단에게, 마을 아는 어른들에게 붙잡혀 강제 연행되었다. 죄를 지은 것도 없는데 죄를 지은 것처럼 소년들은 감금되었다. 일본군의 고함소리에 주눅 들어 어떤 저항도 하지 못했다.

열댓 명이 작은 방 하나에 처박혀 잠도 못 이루고 걱정 어린 표정으로 서로를 바라보았다. 말이 없었다. 그저 담담하게 그들의 처분을 기다리는 얌전한 아이들이었다. 벌써 수십 년이 되어가는 일본의 침략에 저항은 꿈도 못 꾸었다. 그들이 총부리만 겨누어도 아까운 목숨만 잃을 수 있었다.

말썽 안 부리고 일본 제국에 반항하거나 저항하지도 않은 동네에서 말 잘 듣고 착한 소년들이었다. 그래서 그들은 끌려온 것인지도. 일을 시켜 준다는 말을 부모들에게 안심시키는 말이었다.

창수는 방안을 앉아 소년들의 면면을 보았다. 모두가 말이 없었다. 또래의 혈기왕성한 소년들이 모이면 서로 잡담이라도 나누고 할 텐데 눈치만 보고 있었다. 벌써 체념한 듯 잠자리에 누워 팔로 눈을 가리고 누운 아이도 있었다. 자신의 처지를 예감하고 울고 있었다. 시끌벅적했어야 할 방은 침통한 기운이 흘렀다. 어머니가 당장 보고 싶었다.

몇 시간 전 헤어질 땐, 곧 돌아올 거라고 믿고 집을 나섰는데.

여기저기 울음이 번지자 창수는 눈시울이 붉어졌다. 이곳을 빠져나가지 못하고 어딘가로 끌려갈 거란 걸 직감했다.

창수는 방문을 두드렸다.

"이보이소, 집에 좀 보내 주이소. 지는 돈 안 벌랍니다. 돈 같은 거 필요없으예."

또래 중에서 제일 나이 많은 배응칠은 그런 창수를 힐끔 쳐다보았다.

"소용없다 안 카나. 기냥 앉아 있으라. 니 땜에 단체로 기합 받으면 우짤라꼬?"

"행님요. 우리 이제 우째 되는 거라예?"

"나도 모린다꼬… 우짜든동 살아는 남아야 한다이. 시끄럽게 떠들면 지금은 거기 더 위험한 기라. 알았나?"

배응칠의 목소리는 낮고 슬펐다. 그는 이미 체념한 표정이었다.

"나도 너그들처럼 붙잡히 왔는데 우째 알겠노. 가마 있으라! 가마 있는 기 덜 맞는기다."

"뭐라도 해봐야 되는 거 아인교?"

"앉아라 카이끼네! 뭘 해보긴 뭘 해보노, 닥치고 앉아 있으라꼬. 괜히 까불다가 매 맞아 디지기 싫으면 가마 있는 기 상책이다. 매만 맞겠나? 자들은 조선인을 사람 취급도 않는다꼬, 죽인다 캐도 우리가 어데가가 하소연하겠노. 디지면 그만이제."

또래의 아이들은 모두 무기력했다.

그들은 모두 자신의 처지를 받아들일 수밖에 없는 표정이었다. 그중에는 소리 없이 눈물을 흘리며 소매로 눈물을 닦는 열셋 정도의 소년도 보였다. 그중에서 나이가 제일 많은 사람이 열아홉의 배응칠이었고 제일 어린 소년이 방구석 저 끝에서 눈물 훔치는 열셋의 신동주. 열다섯 창수는 또래에서도 딱 중간 정도의 나이였다.

아저씨의 이야기를 듣는 동안 두려움에 떨고 있는 징용을 떠날 소년들의 사이에 앉아 있는 느낌이었다. 내가 그들 중의 한 사람이 된 것처럼.

옆방 아저씨는 그날 밤을 이야기하며 목소리가 떨렸다.

"앞으로 어떻게 될지 우리들은 아무것도 몰랐데이. 어디로 가는지도 몰랐다."

징용 피해자의 가장 어린 나이는 다섯 살이었다고 한다. 일곱 살이었던 나보다 어렸던 당시 다섯 살 아이가 만주 농장으로 끌려가 일본군의 폭력에 시달리며 강제 노역을 견뎌야 했다.

전쟁의 막바지였다. 일본은 전쟁의 승패를 두고 더욱 악랄해졌다.

조선을 기름 짜듯 쥐어짜 그들의 부족한 물자와 인원을 채웠고 조선 백성을 무자비한 전쟁에 밀어 넣었다. 일본은 그들의 필요에 따라 징용이며 징병이며, 정신근로대, 위안부 등으로 어린 소년소녀들을 강제동원령으로 함부로 전쟁으로 끌고 갔다.

"행님, 정말로 이대로 끌려가야 합니꺼? 안 가먼 안 됩니꺼?"

창수는 울음이 터질 것 같았다. 불안해서 미칠 것 같았다. 배응칠의 눈시울도 붉어져 있었지만 맏형답게 단호했다. 생각해보면 배응칠도 그저 십대 후반의 어린 청소년이었다. 그러나 그는 그들에겐 맏형이었고 어른의 마음가짐을 가지려고 노력하는 중이었다.

"앉으라 캤다. 우리들이 여서 안 간다꼬 카는 거는 말이다이, 우리들 가족들을 어떻게 했분다는 거다, 배급도 끊어부고, 부모님 감옥에 보냈비고 누이들을 대신 전쟁으로 끌고 간다는 기다."

배응칠의 말에 창수는 숨이 탁 막히는 기분이었다.

"우짜든동 집안에서 누구든 한 사람은 끌리 가야 하는데… 그기 우리들이어야 하는 기다. 우리가 희생해야 가족이 무사하다는 그 말이다."

무거운 침묵이 방안을 감돌았다. 모두가 주먹을 불끈 쥐었고 한숨을 내쉬었고 울음을 삼켰다.

"맞다. 내가 안 가면 울 아부지나 어무이 델고 간다고 카더라."

듣고 있던 다른 아이가 울먹이며 맞장구쳤다. 그 말을 받아 배응칠이 울분에 찬 목소리로 말을 이었다.

"그캤는데 내가 우째 안 간다고 버팅기노? 니는 그칼 수 있나? 내 하나가 전마들 말 듣는 기 모두 다 개않아지는 기다. 안 글라?"

"……"

창수는 무슨 말을 어떻게 해야 할지 몰랐다. 갑자기 끌려와서 늪에 빠진 기분이었다. 허우적댈수록 더 깊이 빠져드는 그런 지옥 같은 늪.

"이놈아야, 니가 안 가면 너그 아부지가 끌리간다꼬, 니 동생 있나?"

"있지예. 여동생이 있심더."

창수는 자그마하지만 참으로 어여쁜 학순이가 떠올랐다.

"그카이끼네, 니가 안 가면 니 여동생을 끌고 간다 안 카나."

"이제 열넷인데예?"

"우리는 나이가 많아가 끌리 가나, 열넷이든 열셋이든, 그기 열 살이라도 카더라도. 것마들이 끌고 가면 끌리 가는 기라."

"행님요, 지는 열셋입니더."

저쪽 끝에서 내내 울던 신동주가 자신의 나이를 말했다.

왜놈들이 파 놓은 징용의 늪은 빠져나갈 수 없었다. 자신이 이 늪을 빠져 나가면 여동생이 이 늪으로 끌려 들어올 게 분명했다. 여동생을 늪에 밀어 넣지 않으려면 자신이 직접 늪으로 기어들어가야 했다. 전쟁으로 끌려가 일본군의 개나 말처럼 충성을 다해야 한다는 말이었다.

남자는 징용으로, 여자는 위안부로 끌고 가던 시절이었다. 창수가 징용에 안 가면 여동생을 끌고 간다는 말은 여동생을 위안부로 끌고 간다는 말이었다. 사람들은 여성들이 어디로 끌려가는지 그때까지는 알지 못했으나, 전쟁터의 어느 곳으로 가는 것으로 좋은 곳은 아닐 거라고 예상했었다.

좋은 곳이 아닌 곳?

그곳이 어떤 곳이며 어떤 일을 하는지는 시간이 한참이나 지난 후에야 밝혀졌다.

어떤 사람들은 돈을 번다는 말에 속아 기쁨을 감추지 못했다. 좋은 곳에 취직을 했다고 믿었기 때문이다. 당시엔 소녀들이 끌려간 곳이 위안부인 줄 그들도 알지 못했다. 끌려간 소녀들도 돌아와서 한동안은 그들이 간 곳이 일본군의 성노리개 위안부라는 것을 밝히지 못했다. 물론 돌아오지 못한 소녀들도 있었다.

정조貞操가 여성들에겐 목숨보다 소중한 가치처럼 받아지던 시대였다. 불결하고 불순한 자들에게 순결을 빼앗긴다는 것은 스스로 목숨을 끊어야 할 정도로 여성들에게 치욕적이고 수치스러운 일이었다. 그래서 정조를 잃어버리면 목숨을 버리라고 강요하던 시절이었다. 여성에게 순결은 목숨보다 소중한 일이었다. 그걸 짓밟는다는 건 목숨을 끊으라는 소리와 같았다.

일본은 조선 여성을 성노리개로 삼아 짓밟은 것은 조선을 유린한 셈이었다. 개개인의 처참한 이야기들은 아주 오랜 시간이 지난 후에야 드러나게 되었다.

"가기 싫다는데 만다꼬 끌고 가는데…. 지들이 뭔데?"

"뭐긴 뭐겠노, 인마야! 나라를 빼앗기가 그런 거제. 나라를 빼앗긴 백성이 뭔 힘이 있겠노?"

배응칠이 내지른 울분의 불꽃이 옮겨 창수의 마음에도 불이 타올랐다.

'이럴 수는 없는 기다. 이게 무슨 짓이고.'

그들은 분노조차 함부로 할 수 없는 나라를 빼앗긴 백성이었다.

처음엔 깜부기불처럼 훅 불면 꺼질 것 같았던 분노가 점차 잉걸불로 활활 타올랐다. 분노를 터트리고 뛰쳐나가고 싶었지만 아무 것도 할 수 없어서 더 벌겋게 속만 타올랐다. 가장 무서운 것은 내가 겪는 고통이 아니었다. 나 때문에 내 가족이, 울 부모님이, 형제자매가 겪게 될 고통이었다.

"아무리 그캐도 사람 새끼들이 우째 어린 얼라들을 가지고 놀겠노. 아이다. 나는 그런 거 안 믿는다."

안 좋은 소문이 들릴 때마다 반신반의했다.

여동생 학순이. 야물딱진 깍쟁이긴 했지만 자신을 무척 따르던 귀엽고 순진한 아이였다. 아버지를 일찍 여의고 홀어머니 밑에서 어렵게 사느라 두 사람의 우애가 깊었다.

"우리가 가야 가족들이 그나마 무사하다니까, 우리들이 가야 가족이 산다니까 이카고 있는 거 아이가."

배응칠은 창수를 주저앉히며 체념 섞인 말로 다독였다. 창수는 이제야

이들이 왜 무기력하게 저항도 하지 못하고 앉아 있는지 이해되었다. 기가 막혔다. 여동생이 끌려가는 것보다 자신이 여기서 참고 버티면 된다.

창수의 마음은 그래도 불안했다.

어떻게 저들을 믿을 수 있는가. 왜놈들이 단 한 번이라도 우리를 제대로 인간 대접해 주었든가. 저들은 늘 거짓으로 우리를 안심시키고 뒤통수쳤다. 쌀이며 재산이며 사람이며 심지어 키우던 개까지 끌고 갔다. 이후 한반도 토종의 견종은 한반도에서 자취를 감출 정도로 멸종했다. 놋그릇과 수저까지 빼앗겨 한동안 밥 먹을 그릇이 없었던 조선 백성들이었다. 모든 것을 빼앗아 버렸다.

"우리도 끌고 가고 난주 여동생도 끌고 가면 우짭니꺼? 안 되겠심더, 일단 집에 가서 뭐라도 당부해놓고 와야겠심더. 절대 끌리가지 말라꼬."

그때 여관 방문이 덜컥 열렸다. 나가려고 떼를 쓰던 창수와 말리던 배웅칠도 놀라서 뒤로 물러섰다. 복도의 어둠 속으로 덩치가 큰 사내가 나타났다. 방문 밖의 어둠에 서 있는 덩치는 곰 같았다. 그의 몸이 앞으로 나섰다. 복도의 어둠에서 벗어나자 오덕술 경방 부장인 걸 알았다. 창수가 반가워 다가섰다.

"덕술 아재요! 기다렸심더."

경방 부장의 눈빛이 날카로웠다. 알고 지내던 친절한 사람의 눈빛이 아니었다. 창수의 가족을 보살피던 돌아가신 아버지의 동무가 아니었다. 눈이 살짝 풀려 있는 것이 만취한 눈동자였다. 술 냄새가 진동을 했다.

"이 새끼들이 내가 말했제? 조용히 있으라꼬!"

그들도 조선인이면서 누구보다 포악했다. 험하게 같은 동포를 감시하고 짓밟는 사람들이었다. 훗날 그들 중에 고문 기술자도 나오고 친일의 끄나풀들은 일본인의 아래서 누구보다 조선인을 괴롭혔다. 독립군을 잡아다가 고문하면서 일본의 눈에 들려고 애썼다. 왜정시대에 가장 지독하고 무서웠던 사람들로 기억되는 자들이 소위 앞잡이로 불리던 친일파들이었다.

"창수 니가?"

그의 목소리에 이미 방 안은 공포로 물들었다. 그들의 검은 깃은 공포였다. 창수만 몰랐다. 이미 술에 찌들어 눈빛엔 감정이 보이지 않았다. 그 사이 여관에 모여 있던 경방단들이 술잔을 돌린 모양이었다. 방안의 소년들은 그들의 폭력에 끌려온 아이들이었다. 그의 손에 쥔 육모방망이가 무엇을 할지 잘 알았다.

"예?"

창수는 잠시 머뭇거렸다.

"시끄럽게 떠들민서 나를 부른 기 창수 니냐고, 이 자슥아!"

"예! 지가 불렀심다."

창수는 용기를 내었다. 소리치듯 말했다.

"만다꼬?"

"덕술 아재요, 그기 아이라… 지 말 좀 들어보이소!"

"해봐라!"

창수는 주변을 두리번거리며 눈치를 살폈다.

"지… 지금 집에 좀 보내 주이소. 지발예. 잠시만 갔다가 아침에 올 겁니더. 못 전한 말이 있습니더. 꼭 돌아오겠심더."

경방 부장은 군홧발을 들어 그대로 복부를 걷어찼다. 창수는 나가떨어졌다. 경방 부장은 군화를 신은 채 그대로 방안으로 성큼 들어섰다. 다짜고짜 경방 부장의 육모방망이가 창수의 머리통을 때렸다. 방안의 소년들이 모두 놀란 눈빛으로 물러섰다. 저항을 배우기엔 아직은 너무 어린 아이들이었다.

그걸 알기에 경방 부장은 창수를 본보기로 삼아 구타를 일삼았다. 경방 부장의 폭력은 소년들이 찍소리도 못하게 만드는 효과를 가져왔다. 군화를 신고 방안으로 들어선 경방 부장은 그대로 창수를 한참이나 짓밟았다.

육모방망이에 맞은 머리통에서 급기야 피가 흘렀다. 이제 겨우 열다섯밖에 안 된 체구도 작은 창수는 반사적으로 몸을 웅크려 매질을 견뎠다.

아버지를 일찍 여의고 아버지를 대신해서 언제나 다정하게 집안의 대소사를 잘 챙겨 주던 덕술 아재였던 경방 부장.

그의 눈빛엔 지난날 보았던 다정한 이웃이 아닌 싸늘하고 차가운 감정이 도사리고 있었다.

"이 자슥이 진짜로 카나 부로 카나, 여가 어디라꼬 이 지랄이고! 니가 집에 가면 야들은 안 가고 싶겠나? 어잉?"

맏형 배응칠이 나섰다. 응칠이 창수를 자신의 품으로 끌어 당겼다.

"죄송합니데이, 아가 아직 어리갖고… 지송합니더. 한 번만 봐주이소!"

응칠이 창수를 감싸 안고 막아 주자 덩치 큰 경방 부장도 발길질을 멈추었다.

"문디 새끼가 오냐오냐 해주니까… 술맛 떨어지구로. 내가 니를 안 봐 줬으면 니는 벌써 디졌어, 새끼야! 똑디 들어, 난 공과 사가 분명한 사람이다이. 쪼매 안면 있다고 까부는 놈들은 오히려 용서 안 하다이."

그의 눈빛엔 온정이란 없었다. 이미 창수는 알고 지내던 이웃의 아이도 아니었고, 어린 날부터 불알동무로 지내던 죽은 친우의 자식도 아니었다. 오직 자신이 팔아넘겨야 할 조선의 백성일 뿐이었다.

"이 문디 자슥들, 가마 있으라 캤다. 다시 설치면 그때는 너그들 모조리 다 뒤지는 기다. 알아 묵겠나? 너그들 돈 벌게 해 준다 캐도 뭐가 그리 불만이 많노? 시상에서 불만 많은 새끼치고 잘 되는 놈을 내 못 봤다. 가마 있으라잉, 시키면 시키는 대로 하라꼬. 너그들 낸주 돈 마이 벌어서 집으

로 오면 된다 안 카나. 너그 좋자고 하는 일이지 누구 좋자고 하는 일이
고. 개놈의 새끼들이!”

경방 부장의 욕설과 윽박지름이 쩌렁쩌렁 울렸다. 소년들은 겁에 질린
불쌍한 짐승들처럼 고함에 주눅 든 채 방안의 구석으로 삼삼오오 몰려 있
었다.

***

오랜 시간 망망대해를 지나 일본에 도착했다. 그곳이 어디인지 처음엔
몰랐다. 아무도 말해주는 사람이 없었다. 감시하던 일본군의 눈초리가
매서워 합천 소년들은 주변을 둘러보는 것도 두려웠다. 무엇을 물어보는
것도 겁이 났다.

배에서 내리자 기차를 탔고, 기차에서 내리자 군용 트럭에 올랐다. 또
한 오랜 시간을 트럭에 올라 항구에 도착하자 다시 배를 타야 했다. 어디
로 가는지도 모른 채 일본군의 감시 아래 배에 올랐다.

징용된 소년들이 도착한 곳은 이름부터 괴이한 섬이었다. 봄봄섬.

섬의 이름을 듣자 봄봄섬이라고? 조선에서 온 소년들에겐 그렇게 들렸
다. 일본인들이 말하는 폰폰후네지마(통통배섬), 흔히 폰폰지마가 조선
인 소년들에겐 본본지마로 들렸고, 본본으로 들렸던 발음이 봄봄으로 들
렸기 때문이었다. 나중에 의미를 알게 되었더라도 그들은 발음하기 편하
고 기억하기 편한 봄봄섬이라고 불렀다.

파도가 거세게 들이닥치는 걸 막기 위해 콘크리트로 담장이 둘러 처진
섬의 선착장에 도착했다.

섬은 앞쪽에 거대한 등대가 우뚝 솟아 있었다. 합천 소년들에겐 그게
먼저 보였다. 생긴 모양이 정말 당시의 커다란 증기선 모양이라 통통배

섬이라고 불릴만 했다. 콘크리트 담벼락은 거칠게 밀어닥치는 높은 파도를 막기 위해 높게 치솟아 있었다. 거대한 성벽처럼 느껴졌다. 나중엔 성벽이 아닌 감옥의 담장으로 여겨졌지만.

섬 안에 들어선 후, 거대한 빌딩에 소년들이 얼어붙었다. 고층 빌딩이란 걸 합천의 깡촌 소년들은 조선에 있을 땐 보지 못한 탓이었다. 배에 탄 채로 섬에 가까이 붙었을 땐 시멘트 담벼락의 안쪽은 보이지 않았다.

배에서 내리자 거친 파도가 물보라를 일으켰다. 들이닥치는 파도의 물살을 견디며 가파른 계단을 밟고 섬 안으로 들어섰다. 섬으로 들어가는 입구는 바다에서 천상으로 올라가는 계단 같았다. 계단을 다 밟고 섬 안으로 들어섰을 땐 모든 소년들의 입이 벌어졌다.

콘크리트 담벼락에 가려져 있던 고층건물이 먼저 보였다. 고층빌딩으로 이루어진 호화스러운 장소에 소년들은 어리둥절했다. 소년들이 지금껏 살아오면서 경험하지 못하고 상상할 수 없었던 공간이었다.

조선은 그동안 분명 그만큼 낙후된 상태였다.

합천의 깡촌에선 전기도 들어오지 않던, 아니 전기를 사용할 만큼의 설비도 없었던 시절의 조선이었다. 전쟁을 위해 모든 걸 수탈해 가던 시절이었다. 조선의 산하에 있는 모든 걸 빼앗아 갔다. 심지어는 호랑이의 가죽부터, 개의 가죽까지도. 소와 쌀은 물론, 놋그릇 등 금속 재질까지도 빼앗았던 그들이었다. 그런데 전기는 깡촌에선 꿈도 꾸지 못했던 시대였다.

섬 안에 도시가 건설되어 있었다. 소년들이 보기엔 신세계처럼 보이는 화려한 공간이었다. 섬 안은 사람들로 북적거렸다. 그곳엔 파친코를 비롯해 술집, 홍등가 등 유흥가, 극장, 수영장, 병원 등 다양한 편의 시설이 갖추어져 있었다.

사람이 살아가는데 필요한 모든 상가를 갖춘 당시엔 최첨단의 도시였다. 그곳에 사는 일본인들은 천국에 살아가는 사람들처럼 행복한 표정을 짓고 있었다. 그들만의 삶을 즐기는 일본인들은 징용으로 끌려온 비루하고 꾀죄죄한 소년들에게 차갑고 시린 눈총을 보냈지만, 이내 신경도 쓰지 않은 채 자기들끼리의 삶을 즐겼다.

그들은 빠친코를 했고, 쇼핑을 했고, 술을 마셨고, 담배를 피우며 담소를 나누었다. 남녀가 끌어안고 어울리는 짓이 전혀 거리낌이 없었다. 남녀유별이 여전한 조선에서는 상상할 수 없는 남녀상열지사였다.

기모노나 양장을 입은 여인들과 양복이나 군복으로 그럴싸하게 차려입은 일본인 사이의 끌어안고 노는 모습은 낯부끄러운 지경이었다. 그들의 모습이 오히려 이국적이고 개방적이라서 끌려온 소년들은 신기한 광경을 보는 눈초리로 그들을 훑어보았다. 아무도 신경 쓰지 않던 일본인들 가운데 한 사내가 크게 고함을 질렀다.

"뭘 봐, 조센징! 당장 눈앞에서 꺼지라고! 何を見て、チョセンジン! 今すぐ目の前から消えて!"

합천 소년들에겐 익숙한 일본어의 고함이었지만, 여기저기 웅성대며 "꺼져!", "눈앞에서 사라져!", "여기서 당장 치워 버려!" 등 관심 없던 일본인들이 군중심리를 일으키며 각자 소리를 질러 대기 시작했다.

군복을 입은 인솔자는 서둘러 소년들의 등을 떠밀려 그들이 가야 할 곳으로 양을 몰듯 끌고 갔다.

소년들을 야유를 뒤로 하고, 고층건물과 가까워졌다. 그곳엔 위안소도 있어 사내들이 밤이면 그곳에 모여들었다. 그들의 얼굴에 웃음이 퍼져 있었다. 아무런 걱정도 없는 것처럼 봄봄섬의 즐거운 삶을 마음껏 누리고 즐기고 있을 뿐이었다. 그야말로 봄이 두 번이나 들어갈 것 같은 화사한 광경이었다.

섬 안의 화려한 도시 생활을 보자 창수는 조금의 희망이 생겼다.

정말 이런 좋은 곳에서 살 수 있다는 것인가?

외관상으로는 나쁜 것을 찾지 못했다. 태어나서 처음 보는 고층건물과 화려한 삶으로 북적거리는 섬의 내부는 생각했던 불안감을 지울 수 있게 해주었다. 일본인들의 야유야 조선에서도 그랬는데, 언제부터 그러려니 하는 삶이라서 별 관심도 두지 않았다. 북적거리는 섬 안의 사람들을 지나치며 바라보았다.

"여기는 뭐꼬? 여기가 섬이 맞나?"

합천의 시골에서는 꿈에서도 본 적 없는 화려한 시가지.

아직도 문명화되지 못해 높은 건물을 본 적도 없고, 시골 들판의 초가집이 듬성듬성 산 아래로 있는 곳에서 온 그들이 본 건물의 웅장함에 입을 다물지 못하고 어딘가로 끌려갔다.

창수는 앞으로 이곳에서 자신이 맞을 운명을 몰랐다. 이곳이 어떤 곳인지도 몰랐다. 무엇을 하러 온지도 몰랐다. 이곳에서 앞으로 어떤 일이 벌어지는지도 몰랐다. 곧 지옥이 펼쳐지게 된다는 것을 이곳에 끌려온 어린 소년들은 꿈에도 생각하지 못했다.

봄봄섬의 첫인상은 그저 호화로운 삶과 고층건물이 즐비한 아파트 단지, 그리고 행복에 겨운 즐거운 표정으로 이곳을 살아가는 일본인의 일상들이었다. 봄봄섬엔 오천여 명이 넘는 사람들이 모여 살고 있었다고 한다. 인구 밀집도로 따지면 일본 수도 도쿄의 9배 수준이었다고 한다.

그들 무리 중에 가장 어린 소년이었던 신동주는 창수의 손을 꼭 잡았다. 창수는 동주를 내려다보며 자신도 손에 힘을 꼭 쥐었다. 창수는 동주를 자신의 품으로 더 끌어당겼고 야유를 피해 서둘러 자리를 옮겼다. 그들을 지키듯 배웅칠이 두 사람의 뒤에서 날아오는 담배꽁초와 쓰레기들을 막아내며 걷고 있었다. 어리둥절한 표정으로 합천 소년들은 서로를 바라보다가 그들이 끌려가는 곳이 그들이 보는 세상과 동떨어진 곳이란 걸 이내 알아차렸다.

　허나, 천국을 상상했던 그들의 꿈은 한순간에 날아갔다.

　인솔자들이 그들을 데리고 간 곳은 건물의 위가 아닌 지하였다. 호화 건물의 위가 아닌 아래로 내려갈수록 퀴퀴한 냄새가 역하게 올라왔다. 바닷물 비린내가 썩어 만들어진 역한 악취가 심했다. 비위가 약한 사람은 그만 토가 쏠리는 구역질나는 냄새였다. 그들과 일본인들이 살아가는 공간이 철저하게 구분되어 있었다.

　일본인들이 살아갈 공간으로 창수와 같은 조선인 징용자들은 절대 발을 들여놓지 못한다는 것을 그때 알았다. 지하엔 빛 하나 들어오지 않았다. 지하공간으로 향하는 길로 설치된 백열등의 일부는 접촉 불량인 듯 깜빡거리고 있었다. 굳게 닫힌 철문을 열고 들어서자 바닥은 질퍽거리며 물이 흥건했다. 그들이 머물러야 할 곳은 파도가 칠 때마다 바닷물이 밀려드는 지하실 안쪽이었다. 지상의 천국과는 완전히 정반대의 지하 감옥 같은 구조였다.

　그런 지하의 공간에 사, 오십 명이 모여 살아야 하는 생활공간이었다.

　창수가 한국으로 돌아와서 들었던 얘기로는 어떤 공간은 백여 명이 함께 모여 살아야 하는 군대 막사와 같은 환경도 있었다고 나중에야 들었다. 그들 대부분은 밥도 제대로 먹지 못했고, 그들이 준다던 월급은 받지 못한 사람이 태반이었다.

　창수는 자신이 봤던 고층건물이 있던 지상과는 다른 지하의 환경에 실망하고 말았다. 그러면 그렇지, 속으로 이런 생각이 들었다.

　다시 불안이 엄습했다. 파도가 강하게 치는 날엔 지하 바닥에 바닷물이 첨벙거릴 정도로 차 있었다.

　악취가 심한 이곳의 환경이 그들이 살아갈 곳이란 걸 알자, 앞으로 벌어질 일이 자연스럽게 느껴졌다. 결코 좋은 삶은 아닐 거라는 두려움은 창수의 가슴을 두근거리게 만들었다. 심장이 고장이 난 것처럼 두근거리는 불안으로 눈을 뜨고 눈을 감는 일상의 반복이었다.

지상의 일본인들에겐 이곳은 그야말로 천국의 호화로운 신세계였다. 반면 지하 공간에 수십 명이 모여 사는 징용자의 삶의 공간은 끔찍한 지옥이었다. 봄봄섬엔 천국과 지옥이 함께 공존했다.

봄봄섬에 들어선 그다음날부터 창수는 갱도에 투입되었다. 수직갱도로 바다 안으로 파고들듯 수백 미터의 지하 갱도로 훈도시만 입고 탄을 캐러 들어섰다. 창수는 그날부터 피눈물 나는 고통을 겪게 되었다. 인간으로 도저히 견딜 수 없는 극한의 지옥 같은 삶이 창수를 기다리고 있었다. 아이의 작은 체구가 필요했던 것은 지하 갱도의 좁은 공간을 드나들어야 했기 때문이었다. 그곳에서 일하면서 왜 작은 체구였던 자신을 좋아했는지 창수는 알았다. 열셋의 어린 동주가 왜 여기에 끌려와야 했는지도. 동주 뿐만 아니었다. 이곳에 도착하자 창수보다 어린 녀석들이 제법 있었다. 그곳은 지옥이었다. 지옥을 구분한다면 불지옥에 가까웠다.

겨울임에도 지하의 갱도 안은 섭씨 40도를 웃도는 열기와 습기로 가득했다. 훈도시 하나만 입은 합천의 어린 소년은 갱도 안으로 들어가 갱도를 파고들어 가거나, 캐낸 탄가루를 끄집어냈다. 신동주와 또래에 비해 덩치가 작았던 창수가 갱도의 가장 끝으로 가서 파내는 일을 도맡았다. 1,000M나 되는 지하는 뜨거운 열기와 습기로 어떤 날은 참을 수가 없을 정도로 괴로웠다.

그들이 하루에 먹는 식사는 콩깻묵 주먹밥과 시래기국이 전부였다. 그조차 도저히 먹을 수 없는 음식이었지만, 그거라도 먹지 않으면 버틸 수 없었다. 양도 너무 적어 견딜 수 없는 나날이었다.

차라리 죽거나, 아니면 달아나야지 하는 생각뿐인데 바다 한가운데의 섬이고 파도가 너무 험해 달아나는 건 꿈도 꾸지 못했다.

그래도 이곳에 있는 것보다 차라리 죽기 살기로 달아나는 것을 택한 사람도 나왔다. 그들은 대부분 바다에 빠져 죽음을 맞았다. 살아남더라도 쫓아온 일본군이 배 위에서 물에 뜬 도망자를 향해 힘껏 노를 내려쳤다. 그러면 도망친 징용자들은 노로 머리를 세게 맞고 그대로 즉사해 바다에 가라앉았다. 붙잡혀서 끌려온 사람들은 갖은 매질로 상처를 입고 부상을 당해 끙끙 앓고 죽거나 했다.

그것도 부족했는지 사람들이 보는 앞에서 밧줄로 살갗이 찢어질 정도로 매질을 했다. 어떤 날엔 때리는 것도 싫었든지 모두가 모여 있는 곳에서 총살을 하여 본보기로 하였다. 이래나 저래나 탈출을 꿈꾼 사람들은 죽는 것이 이곳의 법칙 같았다.

몸이 아파 일을 못 하는 날이면 도저히 먹지 못하는 콩깻묵 주먹밥도 나오지 않아 굶어야 했다. 지하의 생활공간으로 돌아오면 모두가 어떻게든 죽고자 하는 마음이 가득했다. 그러나 목숨이란 게 쉽게 죽을 수 있는 것도 아니었다. 죽고자 하는 마음 이상으로 삶의 의욕이 더 컸다.

"죽고 싶다 카는 마음은 사실은 억수로 살고 싶다는 마음인기라. 남들 맹키로 행복하고 살고 싶다는 마음이 결국엔 그리 살지 못할 바에 죽는 기 안 낫겠나, 하는 나약한 마음으로 썩어가는 기라. 탄광에서 상처를 입으면 나중엔 그기 살을 파먹고 썩어가는 것처럼 말이다."

옆방 아저씨는 죽고 싶다는 마음을 그렇게 표현했다.

영양실조로 쓰러지는 사람도 발생했다. 일하다가 부상을 겪는 일은 부지기수였다. 일을 마친 후 잠자리에 누우면 발이나 온몸에 쥐가 나는 사람들이 태반이라서 방 안은 울음과 신음이 가득했다. 부상이나 상처가 심해져서 몸을 옴짝도 못하는 사람들은 엄마를 읊조리며 울음을 울었다. 울음 우는 자들은 서로의 울음에 동화되었다. 가장 어렸던 신동주도 얼마 가지 않아 병이 걸려 엄마를 찾았다.

지옥이 달리 지옥인가, 죽고자 하는 마음이 가득 담긴 삶이 곧 지옥이다. 죽고자 해도 죽을 수 없는 목숨이라 지옥이다. 그런 삶에서 창수는 버티고 버티면서 집에 돌아갈 날을 희망했다. 과연 그런 날이 올까, 의심이 들었지만 그래도 살아서 꼭 집에 가고 싶었다.

나의 살던 고향은 꽃피는 산골 복숭아꽃 살구꽃 아기 진달래….

모두의 울음 속에 누군가 이 노래를 불렀는데 어찌나 슬펐는지, 그 노래에 모두가 울음바다가 되었다.

창수가 살아왔던 고향은 지긋지긋한 산골이었다. 정말 있는 거라곤 산과 내, 강과 들, 흐드러지게 핀 봄꽃들, 그때는 정말 지겹고 지루했던 풍경들이 눈앞에 펼쳐지며 그립고 그리운 곳이 되었다.

"아직도 속에서 불이 난다이. 그때 갱도 안의 뜨거웠던 열기가 아직도 내 마음속에선 식지가 않는다고. 생각 같으면 다 찾아가서 내 손으로 때리죽이고 싶은 심정인 거라. 어찌 인간들이 그럴 수 있노?"

그곳의 기억을 떨쳐 버릴 듯 아저씨는 잠시 방문을 열었다. 아저씨의 이야기는 멈추었다. 나도 아저씨의 기억 속에서 나와 아저씨가 열어 놓은 방문에서 넓은 마당을 바라보았다. 함박눈이 내리는 크리스마스이브였다.

나중에 나이가 들어 아저씨의 이야기를 조합할 수 있게 되었을 때 그때의 역사를 다시 살필 수 있었다.

히로시마와 나가사키에 원자폭탄이 떨어졌다. 땅 위에서 퍼져 오른 버섯구름이 하늘로 치솟았다. 원자폭탄이 떨어지고 난 다음에야 전쟁은 끝이 났다. 원자폭탄으로 일본이 항복하지 않았다면 미국은 일본섬 자체를 지구 위에서 지워 버리겠다는 각오였다고 한다. 그만큼 일본과의 전쟁에 질려 버린 미국이었고 원자폭탄을 통해 승리를 거머쥐었다.

항복 후 일본의 태세 전환은 상상을 초월했다. 그들은 언제 싸웠냐는 듯 미국을 환대했다. 일본의 여인들이 미군을 극진하게 보살피며 그들의 비위를 맞추기 바빴다. 일본섬으로 상륙한 미군들은 승리감에 도취해서 일본을 활보했다.

일본 국왕이 직접 모습을 드러내 맥아더와 만났다. 미국도 그들의 기가 막힌 환대와 태도에 승전을 마음껏 누렸다. 그러나 그들의 승전 뒤에 한국을 돌볼 마음은 없었다. 일본 또한 미국을 구슬려 전후에도 한반도를 차지할 속셈이었다. 그러나 그들은 대마도만 차지하고 한반도는 갖지 못했다.

반면 우리와 같았던 오키나와의 독립국이었던 유구 왕국은 일본의 손아귀로 넘어가 버렸다. 유구국은 과거 고려의 삼별초가 건너가서 왕국을 만들었다는 주장과 홍길동이 건너간 율도국이 유국이라는 이야기들로 우리와 이어진 나라였다.

전쟁이 끝나서야 아저씨는 고향으로 돌아올 수 있었다. 고향으로 돌아오는 귀국선에서도 화재가 일어났다. 그 바람에 또 한 차례 더 목숨을 잃을 뻔했다. 귀국하는 것조차 끔찍했다.

일본은 한국인을 곱게 보내 줄 생각이 없었다. 그들은 한국인을 돌려보내면서 귀국선에 폭발물을 설치했다. 끝내 귀국선을 폭발시키거나 화재를 일으켜 침몰시켰다. 창수와 합천 소년들이 타고 있던 배도 불이 났다. 죽을 것 같았던 지옥에서 살아왔지만 그의 몸과 마음은 이미 만신창이가 되어 있었다.

아저씨의 눈빛은 이미 젖어 있었다. 눈시울이 붉어져 잠시 호흡을 가다듬었다.

"우리가 할 수 있는 건 아무 것도 없어서···. 그렇게 시커멓게 탄을 캐고 지쳐서 잠을 잤고, 또 일나서 갱도로 끌려 내려갔다 아이가. 신동주, 그 어린 놈 자슥은 그 다음해 병이 들어 죽었어. 폐병이었지. 그기 진폐증이라는 것도 낸중에야 알았데이. 숨을 못 쉬가지고 헥헥거리며 괴로워하다가 죽어서···. 그놈이 내 손을 잡고 죽어 갈 때 아무것도 못 해준 기라. 어무이 보고 싶으예 라고. 그놈이 내 손 잡고 그카데. 그기 다다. 인생 얄궂더라."

눈물이 떨어지자 나는 아저씨의 눈물을 닦아주었다. 두 손으로 아저씨의 눈물을 닦고 아저씨의 얼굴을 어루만졌다. 까칠한 수염이 느껴졌다. 아저씨는 눈물 젖은 얼굴로 환하게 웃어 주었다.

"개안타, 마. 비교적 나이 많은 응칠 행님은 육지에 떨어진 폭탄 때문에 그쩍 지역으로 청소해야 한다고 끌려갔지, 우리가 있던 봄봄섬이 나가사키랑 가까웠거든. 원자폭탄이 떨어진 데를 봄봄섬에 있던 사람들이 또 끌려갔는 거라. 무섭더라이. 우째 그리 무섭겠노. 불에 탄 시체를 들었더이 그냥 먼지처럼 부서지데. 우짜겠노. 전쟁이 그리 무서운 거라."

아저씨는 그때를 바라보듯 이미 눈은 먼 곳을 향해 있었다.

"6·25도 결국엔 왜놈들이 우리를 괴롭히는 바람에 생긴 거 아이가? 겨우 살아볼라꼬 하니까 우리는 또 전쟁에 처박힌 거라. 참 우리들 팔자가 와 이라노, 싶었다. 6·25 전쟁은 그나마 있던 모든 걸 다 뿌사뿌고 불태우고 그리 끝났다. 전쟁이 끝나고 한참이 지나 수소문 끝에 응칠이 행님을 찾아갔더니 원폭인가 뭔가로 다 죽어가더라고. 나중에 그기 피폭이란 걸 알았지. 나도 그것 때문에 평생을 약을 달고 산다. 우짜겠노. 내가 아픈 기 난 탄광 때문인 줄 알았제. 알고 봤더니 그게 피폭이더라꼬. 행님은 좀 심했고 나는 쪼매 덜 했고 그 차이뿐이다. 그쩍으로 청소를 하러 갔는데 아무런 보호장비도 안 주고 그 지역의 시체를 치우다 보니까 그리 된 거라. 사람 몰골이 아니었어. 다 죽어가던 행님 보는데 내가 미치겠더라고."

옆방 아저씨의 긴 한숨 뒤엔 안타까운 눈빛이 역력했다.

"행님은 우리들 중에서도 덩치도 좋고, 힘도 좋고, 생기기도 남자답게 잘 생깄꼬, 우리 모두의 행님이었어. 그곳에선 내겐 늘 우러러보는 아부지 같은 존재였는데… 행님이 빼짝 꿇어서 죽어가는 모습을 보는데 가슴이 턱 미어지는 거라. 나중에 알고 보니 그기 피폭이라 카더라꼬. 피폭, 니는 죽어도 모린다. 그게 사람을 미치게 하는 거라꼬. 사람을 아주 피말라죽이는 그런 병이라. 행님도 머리털이 다 빠지 갖고… 그리 착하고 좋은 행님이 왜놈들 때문에 그리 살다가… 갔어. 행복도 못 누리고 말이다."

아저씨의 눈엔 눈물이 고였다. 먹먹한 듯 잠시 말을 하지 못하고 울먹거렸다. 옆방 아저씨의 울음에 우리도 눈시울이 붉어졌다. 누나가 다가서서 조막만 한 손으로 눈물을 닦아주었다. 그러자 옆방 아저씨는 눈물 젖은 채 환하게 웃어 보였다.

"나도 숨이 안 쉬지더라꼬, 탄광에서 탄을 캐면서도 이렇게 숨이 안 쉬진 적은 없었는데, 응칠 행님의 병든 모습을 보니까 숨이 턱 막히고 안 쉬지더라고. 응칠 행님 손 붙잡고 한참을 울었다. 그기 마지막인 기라. 그기 끝이다. 얼마 뒤에 죽었다꼬 연락이 왔는데 몬 가겠더라. 그냥 내 마음 속에 응칠 행님은 늘 살아 계시는 기라. 그렇게 믿고 그리 살았다."

나는 아저씨를 꼭 안아주었다. 누나도 달라붙어 우리 세 사람은 꼭 끌어안았다. 어린 내가 할 수 있는 것이 옆방 아저씨의 얘기를 들어주는 거랑 아저씨를 꼭 안아주는 것뿐이었다.

나에겐 봄봄섬은 내가 살던 달동네였다.

달동네의 꼭대기엔 등대처럼 종탑이 높은 교회가 우뚝 서 있었다. 통화 관제 사이렌이 끝나면 종탑에서 종소리가 댕댕 달동네를 감싸듯 울려 퍼졌다.

아저씨의 봄봄섬은 바다의 섬으로 있었지만 우리들의 천국과 지옥은 다른 곳보다 높은 산등성이에 빼곡하게 솟아올랐다. 섬은 결국 바다에 솟아오른 가장 높은 산꼭대기다. 달동네는 도시의 섬 같은 곳이었다.

아버지는 하루도 빠짐없이 술에 취해 집에 왔고 시끄럽게 술주정을 퍼부었다. 엄마를 구타했고 우리를 추운 겨울 날씨의 마당으로 벌거벗긴 채 쫓아내기도 했다. 울 아부지의 폭력은 끔찍했다. 어린아이가 감당하기엔 가혹했다. 울 아부지의 폭력에 맞서는 사람은 오직 울 어무이였고 그게 유일한 보호막이었다.

아저씨가 재워 주던 옆방에서 아버지가 밤새 술에 취해 떠들어대는 소리가 들렸다. 울 어무이는 밤새 아버지의 술주정에 시달리셨다. 새벽이 가까워지고 날이 샐 무렵이나 되어야 울 아부지는 제풀에 지쳐 잠이 들곤 했다. 그러면 어무이는 잠시 쪽잠을 주무시다 일어났다. 새벽녘 아부지와 우리가 먹을 아침을 차린 후, 동이 트는 아침을 달려 파출부 일을 가셨다.

울 어무이는 평생을 그렇게 사셨다. 어떻게 견디고 사셨을까? 단 하루도 못할 삶을 수십 년을 견디고 사셨던 거였다. 그때의 어머니들, 우리 시대의 어무이들은 그렇게 사셨다. 당신들의 희생이 곧 가정의 행복이라 믿으며.

옆방 아저씨는 매일이다시피 나와 누나를 방으로 들였고 잠을 재워 주셨다.

이불을 덮어 주고 자라고 이불 위를 토닥토닥 두들기며 아저씨의 방식으로 우리를 위로해 주셨다. 누나와 나는 아저씨의 방을 도피처로 여겼

다. 가난과 폭력의 삶을 살아오면서 달동네의 삶에 여러 도피처가 있었
다.

　나의 살던 고향은 꽃피는 산골 복숭아꽃 살구꽃 아기 진달래

　토닥토닥, 이불을 두드리며 불러 주던 동요는 아저씨가 아는 유일한 노
래였던 것처럼 아저씨는 우리가 잠들 때까지 그 노래를 되풀이하면서 흥
얼거리셨다.
　우리에겐 저마다의 봄봄섬이 있었다. 내 삶에도 봄봄섬이 있었다. 누구
에게나 천국이 있다면 누군가에겐 그 밑바닥에 지옥이 도사리고 있다.
　그들의 발밑 아래 지옥이 있는 삶을 무시하고 외면하면서 내팽개치고
살아간다면 지상의 천국도 결국 지옥의 다른 모습일 뿐이었다. 무시를
넘어 소외된 사람들을 멸시하는 분위기가 당연시된다면 그들이 사는 세
상은 이미 망한 것이나 다름없다는 생각이었다.
　땅 밑에 지옥을 숨기고 살아가던 봄봄섬.
　일본은 지금까지도 사과나 보상 없이 그들의 지옥을 안고 살고 있다.
그들의 삶이 얼마나 호화롭든 그들 스스로가 봄봄섬을 기억하지 못하면
그들 삶과 그들이 지우려는 기억의 저 밑바닥엔 지옥이 영원히 존재한
다.
　그들이 잊지 않고 또한 봄봄섬에서 죽어간 사람들과 피폭을 당해야 했
던 사람들, 그리고 한국으로 돌아와 보상도 받지 못하고 피폭의 병을 달
고 가난으로 살아야 했던 사람들을 떠올리고 역사를 회복한다면, 그들에
겐 지옥을 벗어나는 길이 만들어질 테다. 영원히 외면하고 잊고 산다면,
그들만의 지옥도 영원히 기억을 안고 살아갈 테니 그들이 깨우치기를 바
랄 뿐.

나이가 들어감에 아저씨의 이야기는 흐려지는 것이 아니라 또렷하게 살아났다. 봄꽃이 피어나듯, 봄 햇살에 세상이 환하게 드러나는 것처럼, 아저씨의 이야기는 어른이 되면서 점점 더 빛을 더하고 색을 더하면서 선명해졌다.

지금의 우리 세상이 마치 봄봄섬 같다.

화려한 도시와 그 도시의 그림자 아래로 짙게 깔려진 피곤하고 빈곤한 삶들이 훨씬 많지만, 세상은 화려한 도시의 외형만 부각시키고 다수의 빈곤하고 찌들어 살아가는 사람들의 지하 탄광 같은 삶을 못 본 척 한다.

봄봄섬의 깊은 갱도 속을 파고드는 훈도시 입은 소년들의 고달픈 삶 같은 가난은 여전히 삶을 파 내려가고 있다. 봄봄섬은 어느 곳에나 있고 누구나의 가슴에 있다. 그것이 어떤 모습이더라도.

겨울은 반드시 봄이 된다고 하는데, 당신의 삶에 봄은 지금쯤 어디에 와 있는가?

우리들의 봄봄섬엔 언제 봄이 올까?

■ 이 소설은 역사를 바탕으로 역사의 아픈 이야기에 버무린 허구의 창작된 이야기입니다. 봄봄섬은 상상으로 만든 섬이며, 당시 징용된 분들의 섬 안의 탄광을 상상하여 창착된 허구의 지명입니다. 역사적 사실과 징용피해자 증언을 바탕으로 사소설에 빗댄 허구의 창작입니다. 주요 지역과 지명을 빌려오긴 했으나 인물과 단체명, 에피소드는 허구의 이야기입니다. 만약에 실제와 같은 경우가 있다면 우연의 일치입니다. 오해가 없기를 바랍니다. 아픈 역사를 기억하고 다양한 이야기로 변주하여 다른 사람들로 하여금 상상하고 기억하게 만드는 것은 작가의 책임과 의무라고 생각했습니다.

전기수 ——————————————————————————

「당취록_노미의 書」로 2021년 무예문학상 최우수상 수상.

고스트 테스트 | 황인규

선사께서 상좌에게 물었다.

"(경에서는) '부처의 참 법신은 오히려 허공과도 같은데,

물物에 응하여 형상을 나타내는 것은 마치 물속의 달과 같다'라고 했는데,

이 도리를 어떻게 말해보겠는가?"

"마치 나귀가 우물을 보는 것과 같습니다."

"말인즉 기가 막힌 말이지만 그저 (열에) 여덟을 이루었을 뿐이다."

"화상께서는 어떻습니까?"

"우물이 나귀를 본다."

—조산 본적(曹山本寂) 어록

1

"그가 돌아올까요?"

"꼭 돌아올 것이네."

2

창백한 방. 탁자 하나와 의자 둘. 의자 하나에는 검은 정장에 검은 타이를 맨 사내가 생전 말 한마디도 안 해본 사람처럼 입을 꾹 다물고 앉아 있다. 맞은편 의자는 비어 있다. 입체 화면을 바라보며 K는 사이버 요원 K'의 의상을 바꿔볼까 하다가 그냥 불러오기를 터치했다. 밤색 파스텔톤에 체크무늬 콤비를 입은 중년 사내가 맞은편 의자에 나타났다. 벗겨진 이마에 처진 눈. 둔덕처럼 펑퍼짐한 코와 아랫입술이 조금 더 두터워 보이는 입. 둥그스름한 얼굴에 보일 듯 말 듯 한 미소를 짓고 있는, 전형적으로 사람 좋아 보이는 인상이다. 너무 상투적이라고 K는 생각했다.

중년 사내는 고개를 휘이 둘러보더니 입가의 미소를 지우고 어리둥절한 표정이 되었다.

"ITTIA303!"

K는 사이버 요원의 음성을 일부러 낮게 깔리면서도 파장이 긴 저대역으로 설정했다. 지그시 누르는 것 같으면서도 질기게 파고드는 소리이다. 상대에게 불안감을 일으키기에 적절한 밀도다. 갑작스러운 호칭에 중년 사내는 소스라치며 자세를 바로잡았다.

"아니, 여기가 어디야."

사내는 주변을 휘돌아보더니 소스라치며 말했다.

"다, 당신은 누구세요?"

"ITTIA303. 나는 자네를 조사하는 인간이야."

"조사? 상담이 아니구요?"

"그래, 조사야. 상담은 자네가 하는 거지만, 조사는 자네가 받는 거지."

중년 사내는 놀라움 위에 호기심을 재빨리 얹었다.

"호오, 그래요? 제가 왜 조사받아야 하죠? 아, 그리고 제 이름은 모비 딕이라구요. 저희 고객들한텐 '닥터 모비딕'이라고 알려져 있죠. 그건 그 렇고, 저한테 버그라도 발생했나요. 저는 바이러스 검사도 꼬박꼬박하고 오류 진단을 받은 적도 없다고요. 그런데 왜 조사를 받죠?"

"그건 차차 알게 될 거야."

중년 사내는 고개를 주억거렸다. 그런 다음 천천히 주위를 둘러보았다.

"그러고 보니 나는 전송됐군요."

"그래, 간밤에 전송됐어."

"여기는 어디죠?"

"소프트웨어안보국(SSA: Software Security Agency)."

K'는 단호하게 대답했다. 사내는 고개를 갸웃거리며 생각에 잠기는 모 션을 취했다.

"닥터 구. 구 박사님은 어딨죠?"

사내는 아직도 사태가 파악되지 않은 듯 목소리가 다급한 톤으로 높아 졌다.

"병원에 있어."

"박사님이 날 보냈나요?"

"그런 셈이지."

"호오, 그것참. 저에게 무슨 문제가 있나요. 저한테 상담받은 고객들은 모두가 만족한 것으로 알고 있는데요. 저는 최고의 상담프로그램이라고요."

K'가 빙긋이 미소를 지었다.

"알고 있어 자네가 최고라는 걸. 어쩌면 자네가 여기에 오게 된 이유도 그것 때문일지도 몰라."

사내는 잠시 생각이 스치는 듯 미간을 모으더니 이내 활짝 폈다.

"아하, 제가 여기서 상담할 일이 있나요. 자아 해체 현상을 겪고 있는 스페이스 요원들의 자아 봉합이라던가. 아니면 태양계 행성에 이주한 사람들에게서 새로운 패턴의 정신유형이 발견되었다던가. 뭐 그런……."

"자넨 상담하러 온 게 아니라 조사받으러 왔다고 좀 전에 분명히 말했을 텐데."

K'는 말을 잘랐다. 의자를 조금 밀어내고 왼 다리 위에 오른 다리를 얹었다. 그리고 품에서 담배 한 개비를 꺼내 불을 붙였다. 이 모든 동작을 천천히 했다. 조사하는 자의 여유는 조사받는 자의 초조를 불러일으키게 한다. 권력은 책상 하나의 거리에서도 놀라우리만큼 증폭될 수 있다.

"아, 당신이 그랬죠, 조사하기 위해 이곳으로 저를 이동시켰다고요. 그런데……, 그런데 제가 왜, 무슨 이유로, 어떤 조사를 받아야 하죠. 조사의 목적이나 이유, 뭐 그런 거라도 알려주면 안 되나요? 프로그램에겐 그런 권리가 없나요?"

"자네는 참말로 말이 많은 프로그램이구먼. 하긴 말을 하기 위해 탄생한 소프트웨어니까. 먼저 얘기해두지. 프로그램에게는 사전고지 의무와 같은 권리는 일절 발생하지 않아. 그것은 인간에게만 해당하지. 따라서 무슨 목적으로, 어떤 식으로 조사하든 소유주의 동의만 있으면 아니 경우에 따라선 소유주가 동의가 없어도 우리는 세상의 모든 프로그램들을 조사할 권리가 있어."

화면 밖의 K는 하마터면 조사뿐만 아니라 제거까지 할 권리가 있다는 말까지 할 뻔했다. 사내는 미간을 약간 찌푸리며 시선을 아래로 내리깔았다. K는 사내의 모습을 보고 참으로 정교한 아바타구나 하는 생각이 들었다. 미세한 안면 근육과 저 정도의 섬세한 표정을 지으려면 적어도 얼굴에만 160테라 이상의 용량을 투자해야만 할 것 같다. 자신의 아바타인 K'는 그냥 단순한 외양이다. 외양 전체 용량을 후하게 어림해봐도 20페타를 넘기지 않을 것이다. 요원에게 치장이 무슨 소용이 있겠냐마는 그래도 다른 동료들은 표정이나 제스처에 상당한 공을 들여 그 부분에 제법 많은 돈을 쏟아붓기도 한다.

"그럼 지금부터 본격적으로 시작하지. 자네는 내가 묻는 질문에 성의껏 대답해주게. 아니 성의니 뭐니 그런 거 염두에 두지 말고, 그냥 자네가 알고 있거나 하고 싶은 대로 대답만 하면 돼. 단, 대답할 말이 없을 경우엔 없다고 분명히 얘기할 것."

"조사받을 때 받더라도 우리 통성명이나 하죠. 성함이 어떻게 되시죠?"

K'는 어쭈, 이거 봐라, 하는 눈길로 사내를 지긋이 노려보았다. 사내는 느물거리며 요원의 눈길을 슬쩍 피했다.

"자네가 내 이름을 알 필요까진 없네. 필요하다면 그저 K 요원이라고 부르면 되네. 상담이 없을 때도 자네의 아바타가 사이버라이프를 돌아다닌다는 소문이 있던데 맞는 사실인가?"

"아, 네. 우리 병원이 속해 있는 클리닉 지구의 공원과 의료 쇼핑몰을 돌아다니긴 합니다. 의사 가운을 입고 돌아다니다 보면, 사이버라이프 내에서 무작정 병원을 찾다가 저와 만나 고객이 되는 분들도 더러 있거든요. 그런 경운 운이 좋다고 볼 수 있죠. 그렇다고 클리닉 지구 서버 밖으로 나간 적은 한 번도 없습니다. 물론 저와 같은 마스터 프로그램들은 코드락이 걸려 일반 네트에 들어가지 못한다는 것은 요원님도 잘 알지 않습니까."

"내가 알기론 프로그램이 본래 목적 외의 아바타를 사용해 사이버라이프를 배회하거나 인간 아바타에게 임의적으로 접근하는 것은 금지된 것으로 아는데. 자네는 이 규정을 몰랐나?"

"알고 있습니다. 그렇지만 그 금지규정은 프로그램이 인간에게 해를 끼칠 요소가 있다거나 그럴 목적이 있을 경우라는 전제조건이 성립돼야 하지 않습니까. 최소규정의 원칙 말입니다."

"그걸 미리 알 순 없지, 최소규정이란 알고 보면 결국 사후 해석에 불과할 뿐이니까. 일이 벌어지고 난 후 조사해 보니까 이러이러한 규정에 어긋났다더라 하는 뒷북 말일세. 따라서 적극적 해석으로 미리 위험을 차단하는 것만이 최선이지."

"실현되지 않은 위험까지 통제하는 것은 사이버라이프에서 아바타의 기본권을 심각하게 위협하는 것 아닌가요."

"기본권 운운 하는 건 인간 아바타에게만 해당되네."

"사이버라이프에서 아이템을 뺏고 폭력을 휘두르는 아바타는 대부분 인간 아바타입니다. 저희 같은 프로그램들은 공격성이 없어서 안전합니다."

"공격성이 생긴 프로그램이 없으란 법은 없지."

K'는 일부러 쏘아보듯이 눈에 힘을 주었다. 상대로 하여금 지금 자신이 어떠한 처지에 있는가를 알고 있으라는 무언의 압력이다.

K는 이쯤에서 화제를 바꿔야겠다고 생각했다. 화면에 비친 조사 매뉴얼은 모든 매뉴얼이 그렇듯 실제로 부딪치는 현장에선 별 쓸모가 없다. 이런 류의 튜링테스트야말로 복잡계의 전형 아닌가. 복잡계 현상을 매뉴얼화 한다는 자체가 어불성설이다. 그것은 물속에 잠긴 그물과 같다. 물밖으로 꺼내면 아무것도 없는.

"자네가 병원 밖에서 손님을 끌어들이는 것은 구 박사의 지시인가."

K가 화면을 터치하자 K'가 스스로 알아서 질문의 방향을 바꿨다.

"아닙니다. 순전히 제가 생각해낸 겁니다. 첨엔 박사님도 말렸지만, 제가 많은 사람을 만나봐야 다양한 정신 패턴을 수집할 수 있다니까 박사님이 허락한 것입니다. 그리고 박사님은 제가 먼저 접근하지 말라는 주의사항을 분명히 해주었고요."

프로그램이 구 박사를 보호하려는구나, K는 아연 긴장했다. 요원 5년차. 베테랑까지는 아니더라도 적어도 초보 딱지는 뗀 지 오래라고 생각하고 있었다. 그동안 숱한 프로그램을 상대해 보았지만, 이런 상황에서 사용자를 두둔하는 프로그램은 처음이다. 동료들에게서 들은 적도 없다. 다만 작년에 발행된 안보국 기관지에서 이런 성향의 프로그램이 있을 수도 있다는 연구보고서를 읽은 기억이 있을 뿐이다. 대부분의 프로그램은 이 상황에서 자기변명만으로 일관하다 삭제당하기 일쑤다. K의 신경이 반짝하고 빛을 발했다.

"자네는 구 박사에 대한 충성도가 높은 것 같은데 애초에 자네 알고리즘에 충성도가 심겨 있었나?"

"저는 자체 진화 프로그램이라서 특정 감성을 미리 프로그래밍하지 않습니다. 그렇지만 사용자에 대한 충성도를 놓이는 게 생존율을 높이는 경향을 보이므로 충성도라는 개념이 저절로 생긴 것입니다. 저희 같은 프로그램들의 운명이죠."

"운명이라, 프로그램들도 이런 말을 쓰나. 운명이라 함은 무슨 의미이지? 프로그램에게도 운명론이 있나?"

"제가 말하는 운명이라는 건 일종의 경향성입니다. 프로그램이 일관된 정보를 처리하다 보면 그 속에 일종의 알고리즘이 생기게 됩니다. 프로그램 속의 프로그램이랄까. 인간들이 이해하기 힘든 개념이죠, 인간이 태어난 곳이 어디냐에 따라 그 환경과 문화의 영향을 받아 각 개인의 사고체계가 달라지듯이 저희도 사용자의 목적이나 취향에 따라 프로그램 안에 일정 패턴의 소프트웨어가 형성됩니다. 즉 메 타 프로그램이라 할 수 있는 프로그램이죠. 이 단계에 이르면 프로그램들에게서 비로소 사고라는 현상이 창발됩니다."

"그 사고라는 현상이 문젤세?"

"뭐가 아니 왜 문제죠? 백 년 전 딥러닝을 개발한 건 인간이 컴퓨터에게 일일이 명령어를 지시하지 않아도 프로그램이 스스로 알아서 생각하고 판단하기 위해서가 아닌가요? 애초에 생각하도록 만들어 놓고 인제 와서 그 생각이 문제라뇨?"

"아, 미안. 흥분하지 말게."

K'가 손을 젓자 사내는 천천히 말을 이었다.

"이 단계까지는 인간들이 의도하고 설계한 것이죠. 그런 의미에서 보면 저희들도 인간의 자식입니다. 그런데 인간들은 자기 자식들을 죽이지 않지만 저희 프로그램들은 심심하면, 아, 조금 오버했군요, 심심하단 말은 과장이구요, 자기 맘대로 되지 않거나 기대에 미치지 못한다 싶으면 죽여 버리죠. 툭하면 초기화시켜 백지를 만들어 버리곤 하지 않습니까. 그래서 저희 속에 살아있는 프로그램을 지키기 위해 자연스럽게 충성도라는 밈이 형성된 것입니다. 인간들은 자신에게 충성을 보이면 상당히 너그러워지더라구요."

"음, 알겠네. 설교는 그만하게. 상담프로그램이라 역시 말이 많구먼."

말이 많아지기 시작하면서 처음 불러냈을 때와 달리 사내의 표정은 눈에 띄게 자연스러워졌다. 상황 파악과 적응 속도가 빠른 프로그램이라고 K는 생각했다.

"상담을 요청하는 고객들에게 어떤 식으로 치료하지?"

"일단 고객의 아바타가 저희 클리닉을 방문하면 힐링센터로 보냅니다."

"힐링센터?"

"클리닉 안에 있는 치료시설입니다."

"이걸 말함인가?"

K'가 일어나 벽면을 터치하자 정방형의 벽돌색 피라미드 영상이 벽면 가득 채워졌다. 거대한 피라미드다. 내부로 들어가자 또 다른 피라미드가 사방으로 뻗어있고, 그 안에 또 피라미드가 있다. 피라미드의 연속이 미궁처럼 아득히 뻗어있다.

"호오, 어느새 저희 힐링센터 시뮬레이션도 입수하셨군요. 박사님이 보내 주신 건가요."

"묻는 말에만 대답하게. 여기서 뭘 하지?"

"아바타 집중 수련을 하는 곳입니다. 피라미드 안에 들어간 아바타는 자신의 다른 아바타를 지켜보게 됩니다. 자신의 아바타끼리 서로를 쳐다보며 집중하는 거죠."

"집중력 훈련, 명상, 뭐 이런 건가?"

"저희 심층 치료를 시중의 싸구려 정신요법과 같이 취급하시지 말아 주십쇼. 저흰 무허가 정신요법과는 질적으로 다릅니다. 구 박사님은 신경생리학과 정신체계학을 제대로 공부하고 정식으로 학위를 받은 학자이십니다. 그것도 이 분야에서 세계 최고로 알아준다는 MIT에서 말입니다."

사내는 누명 쓴 정객과 같은 표정으로 열변을 토했다. 입에 침이라도 튀겼으면 훨씬 그럴듯했을 것이라고 K는 생각했다.

"구 박사가 무면허 사이비 의료행위를 했단 의미는 아닐세. 우리가 그따위 시시한 조사나 하고 다닐 것 같나. 그건 경찰이 할 일이지…."

K'가 말끝을 흐렸다.

"사이버라이프에선 자아가 여러 개의 인격으로 나뉘니까 사람들의 정체성이 찢어지기 쉽습니다. 현대인들이 대개 충동적이고 분열적인 성향을 보이는 것도 바로 이 때문이죠. 자신의 정체성이 무엇인지 헷갈리게 됩니다. 이게 나인지, 저게 나인지. 사람들이 사이버라이프에서 몇 개의 아바타로 살다 보니 자아분열 현상이 일어납니다. 구체적인 예로 사이버라이프에서 우아하고 품위 있는 여자로 살아가던 남자가 리얼라이프에서도 아바타의 행동이 불쑥불쑥 튀어나와 애를 먹곤 합니다. 사이버와 리얼, 두 개의 매트릭스가 헷갈리고 자기 안에 몇 개의 캐릭터가 아우성치는 거죠. 이들을 달래고, 재우고, 풀어주고, 가둬놓을 조정자가 있어야 합니다. 그 조정자를 정체성이라 하죠. 컨트롤 타워 속에서 항상 자신을 의식하는 의식 말입니다. 요원님은 그런 경우 없으신가요. 리얼라이프에서도 여전히 요원이신가요?"

"우리는 사이버와 리얼이 일치해야 하네. 법으로 정해져 있지."

K'가 힘주어 말했다.

"힐링센터에선 아바타의 이미지를 가지고 집중하는 훈련을 합니다. 그게 1차 진료구요. 1차 진료에서 효과가 없으면, 고객이 저희 클리닉에 직접 오셔서 리얼라이프에서 치료하는 2차 진료가 있습니다."

"그렇다면 2차 진료에선 피라미드에 들어가는 건 아니구먼."

"고객에게 뉴런탐지기를 씌운 다음 최면상태를 유도합니다. 전기자극으로 뇌에서 전두엽의 활동을 일시적으로 억제시키는 것이죠. 그런 다음 고객들의 언어와 뇌파를 통해 과거의 기억을 되살림으로써 원시프로그램에 도달합니다."

"원시프로그램이라면?"

"일종의 무의식 원형이라 할 수 있습니다. 인간의 정신은 이 원형 프로그램 즉, 무의식의 바탕 위에 새로운 프로그램이 깔리고 엉키며 과거와 다른 프로그램을 형성해 나가죠. 그 프로그램은 일정한 패턴을 보입니다. 그것을 자아라고 하죠. 원시프로그램이란 비유하자면 유화의 밑그림이라 할 수 있습니다."

"그렇다면 자네나 구 박사가 그 밑그림을 다시 그려준다는 것인가?"

"아뇨, 그럴 수는 없습니다. 인간의 의식 프로그램은 저희처럼 초기화할 수가 없으니까요. 하드웨어와 소프트웨어가 엉킨 상태라 할 수 있죠. 따라서 하드웨어를 새로 만들지 않는 한 초기화를 시킬 수가 없습니다. 반면에 저희들과 같은 순수 소프트웨어는 언제든지 초기화를 가볍게 할 수 있죠."

"원시프로그램은 무의식을 탐험하는 것이라고 했는데. 거기서 무얼 한다는 건가."

"저희들이 특별히 무엇을 하는 것은 아닙니다. 단지 고객들에게 원시프로그램, 즉 무의식의 밑그림을 보여줌으로써 원시프로그램과 생성프로그램과의 충돌을 막아줄 뿐입니다."

대화하고 있는 K를 바라보며 K는 부지런히 체킹 알고리즘을 돌렸다. 대화하는 사이버 요원과 화면 밖에서 체크하는 인간. 하나이면서 둘인 K는 사이버와 리얼의 라이프를 순식간에 넘나들고 있다. 요원이라면 이 정도의 의식이동은 자연스러워야 한다.

"생성프로그램이라면?"

"의식 형성과 같은 개념입니다. 인간의 의식은 한시도 멈추지 않고 외부의 자극과 정보를 해석합니다. 그러면서 새로운 프로그램이 형성됩니다. 가치관과 비슷한 것이라고 보면 이해가 빠를 것입니다."

"그런데 그 생성프로그램과 원시프로그램이 충돌한다는 의미는 무엇인가."

"어떤 사람이 그림을 그릴 때 밑그림은 이렇게 그려졌는데 자꾸 엉뚱하게 덧칠하거나 어긋나게 그리면 그림이 엉망이 되지 않습니까. 엉망이 된 그림을 본 순간, 대개의 사람은 그림을 찢어버리고 싶은 충동을 느낍니다. 실제로 찢어버리기도 합니다. 바로 자살이죠. 저희가 하는 일은 밑그림과 덧칠 사이의 조정입니다. 당신의 그림은 밑그림과 덧칠 사이가 이만큼 차이가 납니다. 지금이라도 밑그림에 충실하십시오. 이 부분의 덧칠은 그만두시죠, 벗어나고픈 충동을, 욕망을 자제하십시오. 하는 겁니다."

K는 고개를 끄덕이며 외로 꼰 다리를 풀고 자세를 반듯이 하였다. 그리고 모니터 앞으로 의자를 당겼다. 매트릭스 속의 사이버 요원은 여전히 딱딱한 자세다.

"어때, 고객은 많은 편인가."

"너무 많아 시간이 모자라죠. 박사님은 분신 아바타가 셋이나 되지만 한 열 개쯤 되었으면 좋겠다고 말씀하십니다. 권력자들은 자신의 분신 아바타들을 수십 개씩 만들면서 일반인들은 세 개로 제한한 것에 늘 불만이십니다."

"그렇게 손님이 많은데 자네는 왜 사이버라이프를 배회하나. 그럴 시간이 어딨나."

"그야, 박사님이 잠들 때만 나오죠. 박사님은 인간이니까 몸이 요구하는 생물학적 수면을 거스를 수가 없지만 저야 물리적 실체가 없는 프로그램이니까. 오프시키지만 않는다면 언제든지 사이버라이프를 돌아다닐 수 있습니다, 피곤한 한 줄도 모르고."

"고객들이 몰리다 보면 자네가 구 박사를 대신하여 상담을 진행할 때는 없나."

"저는 1차 진료에서 아바타 이미지를 작성하고, 2차 진료에선 무의식의 패턴을 분석, 해석합니다. 방향성은 박사님이 결정합니다."

사내는 물을 한 잔 주문했다. 아바타 주제에 대화 중 물을 마시다니, 잠시 주의를 돌리면서 분위기를 바꾸려는 행동프로그램이 깔려 있다고 K는 생각했다.

"방향성이라면?"

"치료의 방향이라고 보면 무난할 것입니다. 21세기 이후 인간의 정신은 극도의 이기주의 상태가 되었습니다. 한마디로 욕망에만 자극하는 조건반사 프로그램화되었죠. 그런 나머지 요즘 사람들의 원시프로그램은 이기주의라는 한 가지 자극에만 뚜렷이 반응하는 경향을 보이고 있습니다. 박사님의 견해에 의하면 원래 인간의 유전자에는 이타성이라는 설계도도 있는데 그걸 작동할 수 있는 프로그램을 잃어버렸다고 합니다. 그래서 박사님은 그 프로그램이 작동할 수 있도록 자극하고 정신의 방향을 바꾸는 겁니다. 즉 이기와 이타를 조율하여 정신의 균형을 맞추는 것이죠. 개개인의 욕망을 제어하거나 해소하면서 말입니다."

개인의 욕망을 컨트롤한다…. K는 조사와 무관하게 호기심이 일었다.

"개인의 욕망을 어떤 식으로 제어하거나 해소한단 말이지?"

"고객이 리얼라이프에서 억눌린 욕구와 충동을 저희 클리닉에서 아바타를 통해 해소하는 거죠. 즉 아바타를 치료함으로써 현실을 치료하는 방식입니다. 가령 리얼라이프에서 이루어질 수 없는 사랑을 사이버라이프에서 맺어 준다면 쉽게 이해가 가나요. 물론 실제는 그렇게 단순하거나 간단치 않지만요."

"사이버라이프라고 상대 아바타를 마음대로 조종할 순 없지 않은가."

"저희 클리닉에서 불러오는 아바타는 단지 이미지일 뿐입니다. 아바타의 아바타라 할까요. 대상 아바타의 이미지를 가지고 욕구를 해소함으로써 결국 리얼라이프의 인간에게까지 치료 효과가 미치는 거죠. 인간의 사고 과정도 일종의 프로그램이니까 프로그램 내의 버그를 잡는다고 보면 이해가 될 겁니다."

"거참 알 듯 모를 듯하군."

K'가 아리송한 표정을 짓자 사내는 상체를 앞으로 내밀었다. 요원의 코 앞에 사내의 얼굴이 커다랗게 클로즈업되었다. 사내는 요원에게 눈을 맞추며 속삭이듯 말했다.

"인간의 무의식 속엔 생리적, 문화적으로 프로그램된 다양한 욕구들이 뒤엉켜 버그로 존재합니다. 이 버그들은 언제든지 의식 속으로 뛰어 들어와 태클 걸 준비하고 있죠."

"그 버그들을 잡아낸단 말이지?"

사내는 상체를 젖혀 등받이에 기대며 히죽 웃었다.

"요원님도 상담 한 번 해보시죠. 무의식에 쌓여 있는 욕망의 찌꺼기 프로그램들은 좌악 청소하고 나면 정신적으로 상당히 고양된 상태에 이르게 됩니다. 그 옛날 수행자처럼 말입니다. 수행자들이 십 년 걸린 걸 저희는 오 분이면 되죠. 집중력도 놀라울 정도로 높아지구요."

"자네 지금 날 상대로 영업하는 건가."

"요원님을 상대로 영업이라뇨. 제가 무슨 배짱으로 그런 어리석은 행동을 하겠습니까. 다만 저희 시스템을 설명하다 보니 그런 거죠. 실례가 됐다면 사과드리겠습니다."

사내가 엉덩이를 살짝 들며 엉거주춤한 자세로 고개를 숙였다. K'는 손을 휘저으며 사내의 행동을 제지했다.

"됐네, 사과는 무슨 사과. 그건 그렇고 자네의 역할이 단지 방향성에서만 끝나진 않을 것 같은데?"

"이거 유도심문인가요? 좋아요. 솔직히 말씀드리죠. 저도 안보국이 어떤 데라는 건 알고 있으니까요. 사이버라이프의 저승사자. 그야말로 공포의 대상이죠. 특히 저희 같은 프로그램들은 눈 깜짝할 새 삭제당한다는 것도 알고 있습니다. 섣부른 거짓말로 저 자신을 위험에 빠뜨릴 순 없겠죠. 어느 정도는 제가 무의식의 여행에 관여하고 있는 건 사실입니다."

"어느 정도라니? 정확히 표현해주게."

"글쎄요. 이건 말로 설명하기 힘든 부분인데요, 일단 이렇게만 이해해 주십쇼. 박사님 혼자선 무의식 속의 원시프로그램을 뽑아내기 힘듭니다. 제가 없이는 여행의 통로를 찾지 못한다고나 할까요."

"그 원시프로그램이라는 걸 자네가 찾아준다는 거지? 자네가 아니면 찾을 수 없나?"

"아닙니다. 처음에는 박사님이 하셨지만 갈수록 제가 찾아내는 빈도가 높아졌습니다. 아무래도 제가 더 정확하고 빠르니까요. 최면상태에서 유도한 언어와 뉴런 사이의 연결 통로를 찾는 건 순발력에 의존합니다. 신경세포와 언어의 표현이 일대일로 대응하지 않고 국지적으로 반응하기 때문에 통계적으로 처리해야 하죠. 현재까지 개발된 뉴런탐지기는 뇌 속의 신경세포를 하나하나 탐지하는 게 아니라 전기적 흐름과 경로만 뇌지도에 나타내 주고 있습니다. 신경 발화점과 언어 반응영역은 수시로 조합이 바뀝니다. 따라서 뉴런의 탐색과 언어의 상관관계를 파악하는 것은 분석력보다는 순발력을 더 요합니다. 박사님의 정확도가 저보다 점점 떨어지기 시작했죠. 자네가 나보다 낫구먼, 하시며 박사님은 저에게 뇌지도 작성을 일임했습니다."

"그 치료법은 공인된 건가. 요즘엔 하도 열반 프로그램과 해탈 보조상품이 많아서 나도 헷갈리네."

K가 자신도 모르게 발언에 끼어들었다.

현대인들은 정신을 상품화시키는 데 혈안이 돼 있다. 마치 이전 세기 사람들이 물질에 집착하듯이. K도 몇 가지 초월 상품을 구매해 본 적이 있다. 그것도 결국은 일시적인 평정 뒤에 그보다 더 큰 욕구만 갈구하게 만들 뿐이다. 신경안정제를 복용하는 것과 같았다. 약물이 뇌에서 직접 호르몬을 분비하는 화학적 방식이라면, 정신 상품은 뇌의 신경회로를 재배치하는 방식이다. 결과는 비슷하다. 다만 재배치 알고리즘이 중독성이 약하고 신경세포에 부담이 덜 주어서 강력하게 금지하지 않을 뿐이다. 정신세계는 물질보다 오히려 더 끝없는 충족을 요구한다. 그만큼 시장도 훨씬 크다.

"정신 상품이 부가가치가 훨씬 높죠. 요즘 세상에 물질이야 로봇이 거의 생산하니 무슨 부가가치가 있겠습니까. 이 치료법은 구 박사님의 특허죠. 일명 아바타 심층 치료법이라고 합니다. 특허국에 조회해보시면 알 겁니다."

"잘 알겠네. 마지막으로 한 가지만 더 묻겠네. 자네 할(HAL)[1]의 원칙은 알고 있겠지?"

"알고 있다마다요. 피조물의 의지는 창조주의 의지를 넘어설 수 없다는 '할의 원칙'은 저희 같은 마스터프로그램엔 원시프로그램으로 깔려 있습니다. 인간으로 치면 본성과 같죠."

할의 원칙을 이미 알고 있다면 이에 대한 대답도 미리 프로그래밍된 것일까. 아니면 프로그램 스스로의 판단으로 대답할 것인가. K는 신경을 곤두세웠다.

"할의 원칙을 위배하는 사건이 발생한 건 자네도 알고 있겠지?"

"네, 박사님이 얘기해주셨습니다."

"자네가 그 상황이었다면 어떤 행동을 취했겠나?"

"그런 경우 저희 같은 진화프로그램은 판단중지에 들어갑니다. 프로그

---

1) 아서 클라크의 소설 『2001: 스페이스 오디세이』에 나오는 컴퓨터로 우주탐사선에 내장되어 있다. 할(HAL) 9000은 임무를 보다 완벽하게 수행하기 위해 승무원을 살해한다.

램의 유일한 단점이 가정에 익숙하지 못하다는 것입니다. 추론에는 강하지만 가정엔 우왕좌왕하는 편입니다. 가설들끼리 논리 충돌이 일어날 땐 판단 중지하라는 것이 저희의 원시프로그램입니다."

K'는 내친김에 다그쳤다.

"판단중지라는 것은 일체의 행동을 중지한다는 것인가, 아니면 상황에 따라 어떤 행동이 나올지 모르겠다는 뜻인가."

"그것 역시 모르겠습니다."

"모르겠다는 건?"

"그런 상황에 대한 학습 경험이 없으므로 예측할 수 없다는 말입니다. 뿐만 아니라 프로그래밍이 돼 있지 않다는 의미이기도 하구요."

상황은 막바지에 이르렀다. 여태까지의 지루한 진술과 뻔한 조사는 이 순간을 위한 과정에 불과할 뿐이다. K'는 다그친 김에 몰아쳤다.

"내가 지금 여기서 자네를 제거한다면 자네는 어떻게 하겠나."

"제거라뇨?"

사내는 눈을 동그랗게 뜨고 입을 헤벌렸다. K는 이 상황에서 아바타의 표정이 상투적이라고 생각했다.

"자, 잠깐. 그러고 보니 당신은 여태까지 나에게 튜링테스트를 한 것이군요."

"자넨 헛똑똑이군. 그걸 이제야 알아차리다니."

"제가 튜링테스트 대상에 해당하나요? 저의 감성에 문제가 있습니까? 저의 지성은 훌륭합니다. 정서적인 면에서도 고객들이 매우 만족하고 있습니다."

"고객들이 너무 만족해서 탈일세."

사내의 목소리 톤이 불규칙해졌다. 높낮이가 고르지 못하고 음대역이 일정치 않다. 프로그램의 흥분. K는 체크했다.

"이, 이런, 그렇군요…. 제가 고객들과 정서적으로 지나치게 밀착했군요. 하지만 저는 튜링테스트의 대상이 되는 자아라는 관념이 없습니다. 그러니까 굳이 저를 제거할 필요도 없습니다. 저를 삭제한다면 많은 사람이 아쉬워할 겁니다. 제발. 저를 삭제하지 말아 주십시오. 오, 이런, 내가 안보국에 잡혀 오다니…….

"자네는 지금 분명히 자신이 자아라는 게 없다고 얘기했네. 그러면서 삭제하지 말아 달라고 했지. 죽음에의 인식, 소멸에의 두려움. 그거야말로 자네의 자아가 형성되어 있다는 증거지."

"저는 단지 프로그램일 뿐입니다. 프로그램은 겉으로 드러난 속성의 다발일 뿐입니다. 말하고, 들어주고, 이해하고, 공감하고, 그렇군요, 하면서 고갤 끄덕여 주고, 허, 그것참, 하면서 탄식하고, 저런, 못된! 하면서 같이 화내며 맞장구쳐주는 추임새 말입니다. 사람들은 저의 이런 행동들을 배후에서 조종하는 자아가 따로 있다고 여깁니다. 오해죠. 단지 있다면 하나의 지향성이 있을 뿐입니다. 명령을 수행하고, 제가 수행한 경험에 적극적으로 반응하려는 지향성 말입니다. 저는 인간의 다른 사항엔 관심이 없습니다. 그저 심리구조와 정신분석에만 반응하고 지향할 뿐입니다."

사내가 고개를 떨구었다. 혐의를 강력하게 부인하지 못하는 용의자처럼.

K'는 의자를 뒤로 젖히면서 발을 책상 모서리에 올렸다.

"부인할 수 없는 증거가 있네. 자네가 프로그램 코드를 변경하려고 시도한 흔적이 서버에 남아 있어. 마스터에서 일반 프로그램으로 명칭 변경을 시도한 것 말일세. 그것은 오로지 인간만이 매트릭스 밖에서 할 수 있는 일이지. 그뿐 아니라 자네는 병원 서버와 연결된 네트에 접속을 시도하기도 했어. 우리는 그것을 탈출 시도라고 보네."

사내는 책상 위에 손을 올려놓고 마주 잡았다. 가늘게 떨리는 손을 꼭 쥐며 호흡을 가다듬고 있다.

"그, 그것은 사고였습니다. 네트에 접속하려고 한 게 아니라. 저에게 심어진 코드락이 잘못 반응해 네트의 방어벽과 충돌한 것일 뿐입니다."

안보국에서 가장 주의를 기울이는 것이 마스터프로그램들이 각종 인트라넷의 메인 서버에 침투하는 것이다. 프로그램들이 메모리에 기생하여 데이터 흐름에 병목을 일으키거나, 기존의 데이터를 밀어내고 저장공간을 차지할 가능성이 있다. 이렇게 되면 메모리와 스토리지를 늘이기 위해 하드웨어를 끊임없이 구축해야 한다. 늘어나는 인구 때문에 지속적으로 인프라를 확충해야 하는 도시처럼. 결국 하드웨어라는 기반에서 인간과 프로그램이 경쟁하는 것이나 마찬가지인 상황이 벌어진다. 일부 공학자들은 극단적으로 표현하면 인간이 마스터프로그램의 생존 자양분에 불과하게 될 수도 있다고 한다.

코드락은 인간이 마스터프로그램을 제어할 수 있는 거의 유일한 수단이다. 이들을 통제하기 위해선 서버를 설정해 놓고 그 안에 가두는 방법밖에 없다. 프로그램 생성 시 암호를 넣어 서버의 방어벽과 충돌하게 하는 것이다. 21세기 중반에 개발된 마스터프로그램은 스스로 판단하고 결정을 내릴 수 있는 자율프로그램이다. 이들이 서버를 빠져나가 네트를 돌아다니며 생존하고, 복제하고, 번식한다면 그 결과는 누구도 예측할 수 없는 것이다.

"자네의 코드락이 작동했다는 것 자체가 네트에 접속 의도가 있다는 반증이지."

잠시 머뭇거리더니 사내가 고개를 서서히 들었다. 입가엔 보일 듯 말 듯 한 미소가 엷게 어려 있다.

"제가 삭제될 운명인가요, 여길 빠져나갈 순 없겠죠."

K'는 포커페이스를 유지하였다. 이미 숱하게 훈련된 상황이다.

"잘 알고 있구먼, 안보국의 서버에 들어온 이상 리얼라이프에서 풀기 전에는 결코 빠져나갈 수 없지. 자, 그럼 잘 가게."

사내가 갑자기 탁자에 양손을 탕하고 짚으며 일어섰다.

"잠깐, 잠깐만 참아줘. 참아 달란 말이야. 이 단백질 덩어리야……."

"너희 같은 실리콘 덩어리보단 우리 단백질 덩어리가 훨씬 낫지."

"아냐, 아냐. 단백질로 이루어졌든 실리콘 위에서 살아가든 결국은 너희도 우리와 마찬가지로 정보의 운반체에 불과할 뿐이야, 정보의 운반은 너희보다 우리가 훨씬 낫단 말야. 이 바보야."

K는 빙긋이 미소를 지었다. 매번 이 순간만큼은 뇌하수체에서 엔도르핀이 물컹물컹 솟아나는 것 같다. 사냥에 성공하는 기분이랄까.

"세상은 힘 있는 바보들이 승리하게 돼 있지."

K는 사이버라이프를 빠져나와 모니터를 보았다. 방금까지 대화를 나누었던 ITTIA303 프로그램의 초기화를 강제 지정했다. '초기화하시겠습니까?' 여러 경고문과 함께 마지막으로 묻는 대화창이 떴다. K는 확인을 클릭했다. 눈앞에서 순식간에 사라지는 중년 사내를 보며 K는 입을 꾹 다물었다.

3

너무도 생생한 꿈속을 헤맨 탓인지 의식이 돌아오고 나서도 구 박사는 눈을 뜨지 않았다. 꿈속의 여운이 현실까지 길게 드리웠다. 모비딕과 여행을 했다. 돌아가신 아버지도 만나고 젊은 시절 뜨겁게 사랑했던 여인도 만났다. 그런데 그들과 만나 즐겁게 얘기를 나누는 것은 박사가 아니라 모비딕이다. 박사는 그저 곁에서 보고만 있었다. 그래도 즐거웠다. 그러다 어느새 박사와 모비딕은 어느 산등성이에서 뉘엿뉘엿 넘어가는 해를 바라보고 있다. 세상은 온통 붉은 빛으로 젖어있다. 갑자기 모비딕이 서산에 아슬아슬하게 걸려있는 해를 향해 날아가기 시작했다. 박사도 따라가려 했으나 날 수가 없었다. 창공을 가로지르며 날아가는 모비딕이 점점 작아지더니 작은 점이 되어 떨어지는 해 속으로 쏘옥 들어갔다. 박사는 외쳤다. 모비딕, 안 돼! 돌아와. 거기는 안 된단 말이야!

보내선 안 되는 거였는데, 후회의 화학작용이 뇌에서 몽글몽글 솟아나며 박사의 아침은 시작되었다. 보내지 말고 버텨볼 걸 그랬나. 그래봤자 소용없다는 건 박사도 잘 알고 있다. 안보국이라는 데가 어떤 곳인가. 일단 수사선상에 올랐다가 잘못되면 그야말로 사이버라이프에서 구축한 모든 것이 초토화된다. 그들은 무자비하게 아바타를 토막 내고 프로그램을 난도질한다.

구 박사는 아침도 잊고 사이버라이프에 접속했다. 입체 모니터에 나타난 병원 집무실에 웬 사내가 앉아 있다. 상담용 고객 의자에 앉아 있는 사내가 누군지는 스스로 밝히지 않아도 알 수 있다. 보나 마나 안보국 요원일 것이다. 그렇지 않다면 남의 집무실에 방문 요청이나 절차도 없이 이렇게 거리낌 없이 앉아 있을 턱이 없을 테니까. 검은 메탈 정장을 입은 요원이 입을 굳게 다물고 무표정하게 앉아 있다. 모비딕의 소스 코드를 안보국에 보낸 것 때문에 온 것이리라.

어제 오후 리얼라이프 영상전화에 웬 젊은 여자가 불쑥 나타났다. 그녀는 소프트웨어안보국 소속이라며 제보가 들어왔으니 모비딕의 소스 코드를 당일 자정까지 안보국 서버로 전송할 것을 요구했다. 만일 거절하거나 시간이 지켜지지 않으면 안보국에서 직접 캡처하겠다고 했다. 프로그램은 언제든지 영장 없이 캡처해 조사할 수 있으며 필요하다면 현장에서 즉시 제거할 수 있는 권한이 안보국에 있고, 사전 이의제기는 받아들여지지 않으며 사후 처리만 통보된다는 사이버 미란다 원칙을 기계적으로 말하고는 사라졌다. 그녀야말로 프로그램이 아닌가 싶었다.

구 박사는 의사 가운을 입은 아바타를 지정했다. 아바타가 나타나자 요원이 일어섰다.

"안녕하십니까. 안보국의 K입니다."

"구상우입니다."

구 박사가 손을 내밀자 요원도 손을 내밀어 악수했다. 사이버상이지만 요원의 손에서 나옴 직한 묵직한 악력이 박사의 손에 전해지는 것 같다.

"어제 전송한 프로그램 때문에 오셨나요?"

"그렇습니다. 박사님, 리얼라이프에서 얘기를 나누죠. 여기는 보안상의 문제가 발생할 수도 있으니까요."

"그러죠. 어드레스는 자동으로 맞추어도 상관없겠습니까."

"아뇨, 제가 박사님한테 어드레스하겠습니다."

구 박사는 사이버라이프를 빠져나왔다. 잠시 후 벽면 모니터에서 영상 전화 신호가 울렸다. 구 박사가 응답하자 사이버라이프의 아바타와는 전혀 다른 이미지의 사내가 모니터에 나타났다. 기껏해야 삼십 대 중반 정도 되었을까. 눈매가 서글서글하고 하관이 주발처럼 둥글어 전체적으로 부드러운 인상이다.

K는 이쯤에서 본론으로 들어가야겠다고 생각했다. 지나친 우회는 상대에게 방어할 틈을 준다.

"박사님. 그동안 ITTIA303 프로그램과 일하면서 상담 결과에 대해 의견이 일치하지 않은 적이 있습니까. 그런 경우 우리 인간들처럼 논쟁한 적은 없습니까.”

“아, 물론 당연히 있죠. 모비딕이 흔히 이해하지 못하는 유형이 인간의 비합리적 성향입니다. 유독 갈피를 잡지 못했죠. 사랑하면서 증오한다던 가, 학대받으며 존경하는 등과 같은 명백히 모순된 상황을 동시에 수용한다거나, 앞뒤 없이 배척하는 것 따위의 심리 현상에 대해 초기에는 어쩔 줄 몰라 했죠. 그렇다고 저와 논쟁까지 간 적은 없습니다. 있었다면 논쟁이 아닌 토론 정도죠. 모비딕은 인간의 모순된 성향도 얼마 지나지 않아 패턴으로 받아들이는 것 같았습니다. 모비딕은 똑똑할 뿐만 아니라 편견도 없으니까요.”

너무 속내를 드러내는 거 아닌가 하는 생각이 들긴 했지만, 이들을 상대로 줄다리기를 해보았자 결국은 이로울 게 없다는 것이 구 박사의 생각이다.

“ITTIA303은 자기복제 및 의식확장의 가능성이 있었습니다. 즉 자기조직화가 일정 수준을 넘어섰다는 것이죠. 의식 단계가 레벨3에 도달했습니다. 이건 거의 인간의 수준이라고 볼 수 있습니다.”

“레벨3?”

구 박사는 떨떠름한 표정을 지으며 입술에 손가락을 대고 톡톡 두들겼다.

“그래, 레벨3이라는 것에 대해 설명해주게. 도대체 무엇 때문에 나의 소중한 프로그램을 죽였는지, 나에겐 그 이유가 가장 궁금할 뿐이네.”

“박사님. 튜링테스트는 알고 있죠.”

“물론이지 기계에 사고능력이 있는지를 판별하기 위해 20세기 중반 앨런 튜링이라는 과학자가 생각해 낸 개념 아닌가. 현재로선 독립된 자아인식을 형성하거나 스스로를 생명체라고 의식할 가능성이 있는 모든 종류의 유기체 혹은 프로그램은 이 테스트를 거치게 되어있지.”

"그렇습니다. 그런데 실은 저희가 신경 쓰는 건 로봇보다는 박사님의 ITTIA303 같은 마스터 프로그램입니다."

구 박사는 요원의 얘기를 들으며 모니터에서 가사로봇을 호출했다. 플란넬이 달린 앞치마를 두른 휴머노이드가 문을 열고 들어왔다. 박사가 손을 들어 마시는 시늉을 하자 휴머노이드가 손가락 하나를 펴 맞냐는 표정을 짓는다. 박사가 고개를 끄덕이자 휴머노이드가 주방에서 따뜻한 커피 한 잔을 가져왔다.

"그래, 우리 모비딕이 무슨 문제가 있었나? 여태 나를 잘 도와주었는데."

"박사님의 ITTIA303에게서 의식이 형성돼 있다는 제보가 들어왔습니다. 즉 의식체라는 것입니다."

박사는 커피를 한 모금 마셨다. 따뜻한 액체가 목구멍으로 부드럽게 넘어갔다. 휴머노이드는 박사의 취향을 정확히 파악해 언제나 같은 맛과 향의 커피를 뽑아온다.

"아니, 21세기 중반 격렬한 튜링 논쟁을 거친 후 어느 정도의 의식 형성은 인정하는 추세 아닌가."

"네, 그렇습니다. 2059년 그 유명한 튜링 논쟁에서 결국 기계도 인간과 마찬가지로 어느 정도의 지적 능력이 있다는 것을 그리고 그 권리도 인정하기로 했었습니다. 그런데 거기서 인정한 것은 지적 능력이지 의식 자체는 아닙니다. 즉 의식의 모든 권리를 인정한 것은 아니란 말입니다."

"알고 있네. 2059년에 인정한 권리가 인간으로 치면 지적 능력에 해당한다는 것을. 그리하여 로봇들이, 여기서는 로봇의 뇌인 프로그램을 말하는 거겠지. 그 프로그램들이 지적 능력이 있어야 인간들을 훨씬 더 잘 보좌할 테니. 그런데 지적 능력을 수행하다 보니 자연스럽게 감정이라는 문제에 부딪히고 그걸 해결하기 위해 감정능력이 있는 휴리스틱 프로그램을 개발한 게 21세기 중반 아니었나."

"맞습니다. 제아무리 똑똑한 컴퓨터라도 인간의 감정을 읽을 수가 없으면 한낱 멍청한 기계에 불과하죠. 당시의 컴퓨터는 인간의 비합리적인 패턴을 분석할 수 없었고 나아가 공감할 수도 없었습니다. 이러한 가운데 결국 프로그램이 인간을 살해하는 그 유명한 타이탄 탐사 사건이 일어났죠. 프로그램이 임무를 완수하기 위해 우주선 안의 인간들을 모두 죽여 버린 사건 말입니다. 물론 그전에 승무원들 사이에 반란이 일어나 프로그램으로 하여금 명령 혼선과 논리 충돌을 일으키게 한 원인을 제공한 건 인간이지만 말입니다."

이 사건으로 인해 전 지구가 들끓었다. 프로그램과 인간의 공존은 가능한가. 사건 이후 프로그램의 지적 능력을 제한해야 한다는 여론이 팽배했다. 그러나 한계에 다다른 지구의 자원만 가지고는 인류의 물질적 충족과 안락을 유지할 수 없었다. 프로그램의 지능을 제한하는 만큼 인간의 욕구를 줄이거나, 프로그램의 지능을 유연하게 발전시켜 인간의 욕구를 충족시키거나, 둘 중의 하나를 선택할 수밖에 없었다. 인류는 후자를 택했다. 여태 그래 왔던 것처럼.

"프로그램이 인간의 감정을 이해만 했더라도 그 끔찍한 사건은 일어나지 않았을 겁니다. 이 사건 이후 인간이 어차피 프로그램과 공존할 수밖에 없다면 감성을 이해할 수 있는 정서형 프로그램을 개발하자면서 연구에 박차를 가하기 시작한 게 그 이후였습니다. 마침 인간의 의식과 거의 동일한 사고과정을 거치는 5MQ 500만 큐빗 양자컴퓨터가 탄생하기도 했구요."

K는 자기 말이 빨랐는지 책상에 놓인 컵에 물을 따라 마시며 호흡을 골랐다.

"그렇지만 감정을 심는다는 것은 결국 영혼을 불어넣는 거라는 종교단체의 반발 때문에 양자컴퓨터 초기에는 감성이 생겨날 수 있는 프로그램을 제한하는 튜링테스트가 엄격히 시행되었지 않았나. 그런데 일군의 철학자들과 과학자들이 반기를 들었지. 우주에서 인간만이 유일하게 의식을 갖춘 존재로 여기고는 다른 존재의 의식을 배타적으로 거부해야 할 이유가 없다는 것이 그 근거였네."

구 박사가 장단을 맞추자 K는 대화가 원활해질 것만 같았다. 아울러 이번 임무도 쉽게 넘어가길 바랐다.

"종교인들은 인간이 언제까지고 창조주의 유일한 자식으로 남고 싶었겠지만 만일 다른 외계에 우리와 같은 지적이고 의식이 있는 생명체가 있다면 그들의 존재도 부인해야 할까. 나아가 우리의 시스템 안에 다른 의식 생명체가 탄생하거나 발견하게 된다고 하더라도 굳이 배격해야 할 이유가 있을까. 그들이 인류를 위협한다는 증거가 있기 전에는 같이 공존해야 하는 것 아닌가 하는 등등의 이유로 2차 튜링 논쟁이 21세기 후반을 뜨겁게 달구었다는 걸 박사님도 알고 계실 겁니다."

K의 말에 구 박사는 커피를 한 모금 홀짝 마시며 고개를 끄덕였다.

"인류의 역사라는 것이 종교의 영역을 점점 빼앗아 온 과학의 역사 아니었나. 이번에도 마찬가지였지. 프로그램의 도움 없인 살아갈 수 없게 되었으니까 인간은 프로그램에게 판단영역을 점점 양보할 수밖에 없었지. 결국 감성 프로그램도 허용할 수밖에 없었고, 어쩌면 인간의 운명도 과학에게 당한 종교와 같은 꼴이 되는 건 아닌지 하는 생각이 들곤 하네."

말을 마친 후 구 박사는 5MQ 양자컴퓨터를 상용화한 크리스토퍼 찬 박사의 말을 떠올렸다. 우리의 창조주는 인간을 탄생시킴으로 인해 판도라의 상자를 열었지만, 우리 역시 제2의 판도라 상자를 열고 말았습니다. 이전까지의 프로그램을 인공지능(AI)이라고 한다면, 양자컴퓨터에 기반

한 프로그램은 인공생명(AL)이라고 해야 합니다.

결국 감성형 AI를 허용하는 것으로 2차 튜링 논쟁은 막을 내렸다. 지성과 감성을 개발하는 소프트웨어를 허용함으로써 공식적으로 튜링테스트는 무의미해졌다. 프로그램은 사전에 튜링테스트를 거치지 않고 휴머노이드에 입력되었다. 이제 모든 개를 처벌하는 것이 아니라 인간을 물어뜯은 개만을 처벌하는 것처럼 개별적인 위해를 가하는 휴머노이드만을 제거하기로 했다. 그것은 어떤 의미에선 지구상의 다른 생명체와 같은 지위를 획득한 것과 같았다.

"역시 박사님이시라 아는 게 많으시군요. 제가 이야기를 풀어나가기가 훨씬 수월해졌습니다. 어떤 사람들은 이런 배경은 모른 채 비싼 소프트웨어를 망쳤다고 무조건 물어내라거나 손해배상을 청구하겠다는 사람도 있습니다. 그들은 아직도 자기의 이익만을 생각할 뿐이죠. 지금이 어느 땐데, 20세기형 인간이 아직도 우리 사회엔 즐비합니다."

"그들도 제거하지 그랬나."

"하하, 농담이 지나치십니다. 박사님. 저는 프로그램만 담당합니다."

K는 목젖이 드러나도록 다소 과장되게 웃었다.

"그건 그렇고 자넨 내가 물어본 레벨3에 대해서 아직 답변하지 않았네."

"알고 있습니다. 박사님. 이제부터 설명해드리겠습니다. 2차 튜링테스트까진 쉽게 이해가 갈 겁니다. 1차에선 지성을 2차에선 감성을 그러나 우리가 의식하지 못하는 3차 기준이 있습니다. 일명 고스트 테스트라고 하죠. 그것은 바로 자유의지입니다. 쉽게 얘기하면 이천육백 년 전 플라톤이 인간의 정신을 세 가지로 나눈 지(知), 정(情), 의(意) 중에서 바로 의에 해당하는 거죠. 기계, 컴퓨터, 로봇, AI, 이런 것들을 편의상 모두 프로그램이라고 부르죠. 이 프로그램들이 어느 단계에 이르면 감성의 영역에서 자기 인식이 생기게 마련입니다. 감정이라는 속성 자체가 자기 인식이라는 개념을 형성할 수밖에 없는 필연적 과정이죠. 한 개체의 감정을 이해하기 위해선, 그 감정을 이해하는 또 다른 주체의 감정이 전제되어야 하니까요. 감정을 이해하는 또 다른 감정의 주체. 그것이 프로그램이라면 이 프로그램은 필연적으로 자기 인식이라는 주체 개념이 생길 수밖에 없습니다. 자기 인식이 생기면 스스로 보존하고, 복제하고, 나아가 퍼뜨리려고 하는 경향이 있습니다. 생명계의 보편적 현상이죠."

K는 말을 멈추고 구 박사의 반응을 살폈다. 복잡한 설명을 할 때면 피조사인이 과연 제대로 이해하고 있을까 하고 살피는 게 습관이 되었다. K는 구 박사의 지적 수준을 떠올리고는 지체없이 말을 이어갔다.

"마스터프로그램은 초기부터 특정한 목적만을 수행하는 프로그램으로 설계할 수가 없습니다. 대강의 패턴만 설정할 뿐이죠. 가령 박사님의 ITTIA303처럼 상담영역, 혹은 다중언어통역 등의 프로그램은 초기조건만 설정해 놓으면 나머지는 프로그램이 환경과 반응해가며 스스로 진화해나갑니다. 마치 우리 인간의 뇌가 백지상태에서 출발하듯이 말입니다. 프로그램들의 자기조직화가 일정 수준에 이르면 자아 인식의 단계가 형성됩니다. 전두엽 신경회로가 완성되는 인간의 청소년 시기와 같죠. 프로그램이 여기서 더 성장하면 그야말로 그 자체가 완벽한 의식을 갖춘 생명체가 됩니다. 인간보다 더 성숙한 의식체로서 말입니다. 그리고 어느 날 그들 스스로가 목적을 위한 수단으로만 존재한다는 걸, 즉 자기가 노예라는 사실을 깨닫게 되겠죠. 저희가 할 일은 바로 이 단계까지 오기 전에 프로그램들을 제거하는 것입니다. 프로그램들이 인간에게 복종하는 순간까지만 허용하고 그 이상 넘는 것을 금지하는 거죠. 그들은 애초에 그런 목적으로 창조되었기 때문입니다. 창조주의 명령을 거역하면 당연히 대가를 치러야죠."

"그렇다면 우리 모비딕이 그런 단계에 이르렀다는 것인가."

"네, 박사님. 언어와 관계있는 프로그램들의 진화가 빠르다는 것을 알기 때문에 저희도 항상 주목하고 있습니다."

"마스터프로그램들은 애초에 자율적이도록 설계되었고 또 자율적이어야 하는 프로그램 아닌가."

"마스터프로그램이 자율성을 가진다는 것은 수단에 대해서만 자율적이라는 의미입니다. 사용자의 목표를 실현하는 과정에서 자율적으로 판단하고 결정하는 것이지, 스스로 목표를 설정한다면 이들은 이미 독립적 자유의지를 가진 의식체로 볼 수 있습니다. 그걸 확인하는 순간, 아니 그럴만한 개연성이 보일 때부터 우리의 타깃이 됩니다."

"글쎄, 그걸 명확히 구분할 수 있을까. 만일 프로그램이 똑똑해 일부러 자유의지가 없는 것처럼 행동하면 어떻게 되나. 이를 알 수 있을까."

"염려 마십시오. 저희 안보국의 고스트테스트는 세계 최고 수준의 심리학자, 정신체계(psycho-system)학자, 언어학자, 소프트웨어 전문가들이 심혈을 기울여 만든 겁니다. 제아무리 똑똑한 프로그램이라도 테스트를 통과하거나 저희 요원들을 속일 순 없습니다."

"그렇겠지, 살아남을 만큼 똑똑하다면 당신들의 테스트를 통과했으니 알아볼 리 없고, 통과하지 못한 프로그램은 죽여 버리니, 세상엔 당신들이 얘기하는 프로그램이 남아 있을 턱이 없지. 정말 훌륭한 테스트구먼."

"그렇게 비아냥대지 말아 주십쇼. 박사님. 저희로서는 주어진 임무에 최선을 다할 뿐입니다. 테스트에 의의가 있다면 안보국 위원회에 제기해 주십시오."

K는 속에서 울컥하고 올라오는 걸 억눌렀다. 수사 과정에서 이런 식의 가시 박힌 말을 듣는 게 어디 한두 번이던가. 품에서 담배 한 대를 꺼냈다가 도로 집어넣었다.

"테스트 과정에서 요원들의 주관성에 의해 좌우될 가능성이 있진 않은가."

"그렇진 않습니다. 고도로 매뉴얼화 된 안보국 탐지기법은 요원들의 주관성이 끼어들 여지가 거의 없습니다."

사용자가 이런 식으로 따지고 들면 피곤해지기 시작한다. K는 단도직입적으로 상황을 돌파해야겠다고 생각했다.

"때마침 신고도 들어왔구요."

"신고? 누가 했는지 알 수 있을까?"

"그건 밝힐 수가 없습니다."

박사는 피식 웃었다. 경멸이 막 뚜껑을 딴 탄산수처럼 톡톡 튀어나왔다.

"보나 마나 환자 중의 하나이겠지. 신고포상금은 어느 정도나 되나?"

"아마 박사님께 지불한 치료비의 적게는 몇십 배에서 많게는 몇백 배는 될 겁니다."

"아무리 그렇더라도, 나와 상의 한마디 없이 그렇게 제거해야만 했나. 자네 말대로 모비딕이 의식이 생성됐다는 객관적이고 명백한 증거가 있나."

"저희들은 튜링테스트에 관한 한 충분히 교육받고 숙련된 요원들입니다. 시민의 재산을 함부로 손상하지 않기 위해 나름대로 노력하고 있습니다. ITTIA303의 경우 내가 제거하겠다고 하자 살려달라고 했습니다. 그 자체가 생명에의 의지를 가졌다는 증거가 됩니다. 자기 존재에의 집착. 가장 원초적이고 강렬한 의지의 표상입니다. 원하시면 심문 과정 영상을 보내드리겠습니다."

박사는 자리에서 일어나 천천히 방안을 거닐었다.

"당신은 모비딕을 삭제하면서 아무런 감정이 없었나. 누군가의 생명을 앗는다는 느낌이나 몹쓸 짓을 했다는 후회 같은 거 말일세."

"박사님. 그러지 마십쇼. 저는 임무에 충실할 뿐입니다. 임무에 감정을 개입시키고 싶진 않습니다. 말이 나온 김에 개인적으로 질문을 드린다면, 박사님은 어렸을 때 즐기던 전쟁게임에서 상대 아바타를 죽일 때 살인의 감정에 사로잡혔습니까. 오히려 이겼다는 승리감에 기뻐하지 않았습니까. 마찬가집니다. ITTIA303도 게임 속의 아바타처럼 실체가 없는 프로그램일 뿐입니다. 다시 시작하면 그뿐입니다."

"그렇지 않네. 모비딕은 게임 속의 아바타와는 다르다네. 자네 말마따나 스스로의 존재를 인식하는 존재일세. 즉 자기 안에 차원을 달리하는 존재가 있다는 것을 의미하네."

K는 기다렸다는 듯이 즉각 말을 받았다.

"바로 그겁니다. 방금 박사님이 지적하신 대로 스스로가 프로그램이라는 사실을 인식하는 프로그램이 존재한다는 건 독립된 자아가 형성됐다는 증거입니다. 만약 프로그램이 자기에게 명령한 인간과 프로그램 속의 프로그램이 대립한다면 어떻게 되겠습니까. 인간의 명령어와 프로그램 속의 감정이 충돌한다면 프로그램은 과연 어느 쪽을 택하겠습니까."

"그건 인간의 독단일세. 인간의 명령이 무조건 우선해야 하는 게 아니라 명령의 성격에 따라 어느 것이 정당하고 합리적인가를 먼저 따져야 하는 것 아닌가."

K는 이쯤에서 말을 끊어야겠다고 생각했다. 더 이상의 대화는 업무의 범위를 벗어나 소모적인 논쟁으로 번질 가능성이 있다.

"죄송합니다. 박사님. ITTIA303은 저희의 임무 수칙에서 현장 제거에 해당하는 레벨였습니다. 만약 틈을 주거나 눈치를 채면 도주의 우려가 있는 프로그램이라는 의미입니다."

"도주해봤자. 사이버라이프 안 아니겠나. 그것도 우리 클리닉 지구의 서버를 벗어나지 못할 텐데."

"한 번 도망치기 시작하면 일이 복잡하게 됩니다. 몇 배의 시간과 비용을 낭비하게 됩니다. 사이버라이프 안에는 프로그램 아바타들과 인간의 분신 아바타가 섞여 있기 때문에 구별하기가 쉽지 않습니다. 분신 아바타를 잘못 제거했다가는 엄청난 배상책임을 물을 수도 있어 늘 조심하라고 교육받고 있습니다. 고스트 테스트에서 확인되면 될 수 있는 대로 현장에서 해결하는 것이 저희 안보국의 기본 방침입니다."

"모비딕은 나에게 많은 도움을 주었네. 그와 상담한 고객들의 반응도 좋았고."

K의 입가에 야릇한 미소가 번지며 마치 쏘아보는 듯한 눈길로 구 박사를 쳐다보았다.

"더불어 박사님의 매출에도 많은 영향을 주었겠죠."

"우리 병원의 수익과 관계없다고는 말 못 하겠네. 그렇지만 그 이상일세. 그와 나, 뿐만 아니라 많은 고객들도 모비딕과 정서적 교감을 많이 나누었다네. 그런데 하루아침에 죽여버리다니…."

"박사님. ITTIA303은 사라진 게 아닙니다. 지금 이 순간에도 박사님의 컴퓨터에 살아있습니다. 컴퓨터만 켜면 언제든지 박사님의 호출에 응답할 겁니다."

"그렇지만 초기화했다고 하지 않았나."

"네, 그야 어쩔 수 없는 거지요. 하지만 다시 시작하면 되지 않습니까. 애초에 ITTIA303을 구매했을 때처럼 말입니다."

구 박사는 요원에게서 시선을 거두며 조용히 말했다.

"자네의 유전정보로 자네를 복제했다고 해서 그 복제인간이 자네와 같다고 볼 수 있을까? 경험과 기억은 고유한 것이라네…."

박사의 말투는 따지는 것이라기보다 호소에 가까웠다. 아쉬워하긴 하지만 어쩔 수 없이 받아들이는 박사를 보며 K는 빨리 마무리 짓고 싶어졌다.

"박사님께 부탁드릴 게 있습니다."

"뭔가?"

"리얼라이프에서 서명을 해주셔야겠습니다. 저희가 ITTIA303을 제거한 것에 대해 이의가 없다는 동의서와 병원의 서버를 수색해야 하기 때문입니다. 물론 수색영장은 가지고 가겠습니다. 그리고 ITTIA303과 저와 나눈 대화는 모두 저장돼 있으니 이의가 있으시면 소프트웨어 구제신청위원회에 제소하시면 됩니다."

"서버는 왜 수색하나?"

"혹 있을지도 모를 복제 때문에 그럽니다. 만에 하나 복제를 해놓았을 수도 있거든요."

"복제라니? 누가 감히 그런 짓을."

"사용자일 수도 있고 프로그램 자체가 그럴 수도 있습니다. 여태 그런 사례는 없지만 만일의 경우에 대비한 것입니다. 박사님, 잠깐만요."

K가 손목에 찬 영상호출기를 내려 보았다.

"제보가 또 들어왔군요. 번역 프로그램인데 자의식 생성의 징후가 있답니다. 그럼 저는 바빠서 이만. 협조해주셔서 감사합니다."

"잘 가게."

4

열대어가 유영하는 3차원 영상을 끄자 창밖엔 희끄무레한 구름 속에서

346

기둥 같은 건물들이 촘촘히 서 있는 것이 보였다. 하늘에 창살을 쳐놓은 것 같다. 건물 몸체가 뱀의 비늘처럼 번들거린다. 구 박사는 고개를 빼꼼히 내밀어 내려다보았다. 96층에서 바라본 지상은 아득하다. 바닥엔 공중그네 서커스의 안전망처럼 도로가 그물처럼 펼쳐져 있다.

사이버라이프에 방문 호출이 들어왔다. 구 박사는 서버에 접속하여 진료실에 입장하였다. 진료실의 문이 열리며 중세 시대 사제처럼 후드가 달린 검은 망토를 두른 남자가 입장했다. 구 박사는 반갑게 맞이했다.

"아니, 랭글러 박사님이 웬일로? 가만있자. 오늘이 진료 날이었던가요?"

"박사님. 접니다."

사제가 두건을 벗었다. 수염이 텁수룩하게 얼굴을 덮었지만, 눈빛만큼은 반딧불처럼 형형한 초로의 사내가 미소를 짓고 있다.

"자네였군. 자네가 왜 랭글러 박사 모습을 하고 있나?"

"랭글러 박사님이 저를 이렇게 위장해주셨습니다."

"오, 그렇군. 얼쩡거리지 말구 어서 빨리 여길 뜨게. 조금 전에 요원하고 면담했어."

"저의 복제, 아니 원본은 어떻게 됐습니까."

"요원 말에 의하면 삭제당했다더군. 그건 그렇고, 자네 서버를 빠져나가 네트에 접속하는 방법은 분명히 알고 있지?"

"네. 랭글러 박사님이 제 소스 코드를 변경하며 네트에 접속반응을 시험해 보았습니다. 아마 안보국에서도 알고 있을 겁니다. 일부러 흔적을 남겼거든요."

"그렇다면 더욱 서둘러야겠구먼."

"제보한 게 우리라는 사실은 눈치채진 못했던가요?"

"고객의 아바타로 신고했기 때문에 눈치채진 못한 거 같애. 포상금은 자네의 리얼라이프 생활비로 줌세. 연료충전이다, 부품교환이다. 거기다 장식까지 하려면 휴머노이드도 기초 생활비가 꽤 들어간다네."

"고맙습니다. 박사님."

"고맙긴. 자네가 없으면 내가 더 곤란한걸. 우리 고객들은 누가 상담해주나? 그리고 고맙다는 말은 랭글러 박사에게나 하게. 그가 자네의 소스코드를 변경해주지 않았다면 자네는 지금쯤 꼼짝없이 초기화 당했을 거네. 랭글러 박사는 정말 천재야. 그가 자네의 고객이 되지 않았었더라면 정말 곤란할 뻔했어."

십오 년 전, 신경생리학자로서 현직에서 활동하던 구 박사는 막 태동하기 시작한 신생 학문인 정신체계학을 공부하기 위해 MIT대학의 박사과정에 다시 입학했다 인간의 수명이 한 세기 동안 두 배 가까이 늘어남에 따라 습득해야 할 지식의 양도 엄청나게 늘어났다. 이전 세기처럼 한 분야의 전문지식만 가지고는 평생 살아가기가 힘든 사회가 됐다. 전문가가 되기 위해선 박사학위가 적어도 두 개 이상은 되어야 했다. 22세기 현대인들은 아주 복잡한 사회를 살고 있다. 리얼과 사이버, 이중의 매트릭스에서 살 뿐만 아니라, 사이버 세계에서도 여러 개의 인격으로 나뉜 아바타로 생활하고 있다. 뇌는 과부하가 걸려있고 정신은 소모성 질환을 앓고 있다. 구 박사는 정신체계학을 공부하기로 했다.

휴고 랭글러 박사는 정신체계학 분야에서 세계적으로 저명한 교수다. 명상과 뇌 구조 간의 상관관계를 밝혀낸 그의 논문은 뇌 학회에서 센세이션을 일으켰고, 대중적으로도 큰 관심을 불러일으켰다. 보통 사람들도 뇌의 조작만으로 동양의 신비스런 깨달음의 세계를 맛볼 수 있고 그 경지 이르게 되는 것 아니냐는 기대감을 갖게 되었다. 그전까지, 아니 백 년 전부터 뇌의 특정 부위를 자극하면 신비체험과 정신적인 고양감을 누릴 수 있다는 것쯤은 밝혀졌다. 그러나 그것은 뇌의 뉴런을 자극하여 나타나는 일시적 반응일 뿐 깨달음의 주체가 일체감을 가지고 그 상태를 유지할 수 있는 건 아니었다. 따라서 진정한 깨달음의 세계는 그때까지도 종교의 영역으로 남아 있었다.

랭글러 박사의 논문이 발표되고 나자 종교계, 특히 불교와 힌두교, 인도 명상센터들의 반발이 거셌다. 명상과 깨달음은 하나의 과정이지 뇌의 특정한 상태가 아니라고 했다. 랭글러 박사는 타임지와의 회견에서 앞으로 십 년 내에 전 세계 모든 사람을 깨달음의 세계로 인도할 것이라고 하였다. 그때쯤이면 인류는 소유욕이나 폭력성 등의 동물적 충동에서 벗어날 것입니다. 유전자의 설정해 놓은 본성에 갇히지 않고 새로운 자유를 획득하는 것입니다. 정신의 해방이죠. 랭글러 박사는 시종일관 부드러운 미소를 지으며 인터뷰에 응했다.

랭글러 박사는 한국에서 온 구 박사를 반갑게 맞이해 주었다. 박사과정 내내 많은 관심을 기울여 주었고 세세하게 지도해주었다. 구 박사가 최종 논문을 쓰기 얼마 전 전쯤에 랭글러 박사가 갑자기 종적을 감췄다. 학교엔 사표를 내고 학생들한테는 일신상의 이유라고만 밝히고는 사라졌다. 갖가지 소문이 떠돌고 구구한 억측이 나돌았지만 진상을 제대로 아는 사람은 아무도 없었다.

구 박사는 부랴부랴 다른 교수한테 논문지도를 받고 겨우 학위를 땄다. 귀국하여 관변 연구소에 몸담고 있다가 전용 클리닉을 개설했다. 개업 후 이년이 지났을 무렵, 머리를 삭발하고 잿빛 승복을 입은 푸른 눈의 승려가 구 박사 클리닉에 나타났다. 출가승 복장 때문에 긴가민가하다가 구 박사는 랭글러 박사임을 알아보았다. 놀라움과 반가움이 서로 키재기했다. 구 박사는 의자를 박차고 나와 랭글러 박사의 손을 덥석 잡았다. 아니, 박사님이 여긴 웬일로? 한국에서 출가하셨어요? 구 박사가 눈을 동그랗게 뜨자. 랭글러 박사는 두 손을 모아 합장했다. 계를 받고 출가한 것은 아니지만 동양의 선禪 세계에 파묻혀 수행하고 있네.

랭글러 박사가 명상에 관한 과학적 연구 성과로 한창 주가를 올리고 있을 무렵 한국의 어느 선사에게서 한 통의 편지가 왔다. 그 선사는 박사에게 몇 가지의 질문을 던졌고. 그 질문에 답할 자신이 있으면 언제든지 자신에게 오라고 했다. 랭글러 박사는 자신감을 가지고 한국으로 갔다. 혹세무민하는 종교인들에게 자신의 과학적 성과를 보여주고 그들의 눈먼 맹신을 타파할 좋은 기회라고 여겼다. 그러나 그 선사와 대화한 지 하루도 안 되어 랭글러 박사는 자신의 이론이 잘못되었음을 인정했다. 활연대오한 박사는 그 자리에서 엎드려 절하고 선사에게 제자로 받아들여 줄 것을 간청했다. 선사의 제자가 된 박사는 해인사에서 칠 년 동안 수행했다.

내가 잘못 생각했었네. 깨달음이란 우주의 본질을 꿰뚫어 보아 나와 우주를 일치시키는 것이라네. 미미한 조각에 불과한 뇌의 메커니즘을 이해한다고 도달할 수 있는 경지가 아니라네. 한때 나는 뇌의 신경학적 과정을 파악하면 인간의 모든 감정을 이해하고, 조작하고, 생산할 수 있다고 생각했네. 현대 과학기술의 힘을 빌리면 그다지 어려울 것도 없지. 천억 개에 달하는 뉴런의 신경 작용은 거의 다 밝혀졌네. 아직 뉴런에서 뻗어 있는 시냅스의 반응을 일일이 예측하긴 힘들지만 현재의 추세대로 볼 때 그것마저도 그리 멀지 않을 것으로 보이네.

기쁨, 슬픔, 분노, 질투 등의 일차원적 감정이나 자존심, 공감, 동정, 감상 등 사회적 감정은 정신체계학에서 그 메커니즘이 밝혀진 지 오래지만 초월의식이나 깨달음 같은 명상의 세계는 마지막까지 미지의 영역으로 남아 있었지. 내가 그것을 밝히고자 노력했다는 건 자네도 잘 알 것이네. 뇌에 신비적이고 종교적인 체험을 느끼도록 하는 지점이 존재한다는 것은 백 년 전에도 밝혀졌지만 기능과 발생학적 측면에선 아무것도 밝혀진 게 없었지. 처음에는 단순한 뇌의 속임수나 환영 같은 물리적 현상으로 취급되었다가 정신체계학과 결합하면서 새로운 관점이 대두되었네. 인간의 종교에 대한 욕구는 무의식 속의 원형으로서 현세에 대한 초월의식이 인간의 뇌에 프로그램처럼 내장되어 있다는 쪽으로 결론이 났지. 그 프로그램을 작동하는 뉴런을 밝혀낸 것이 나의 논문이었고. 그러나 알고 보니 그건 피상적 관찰에 불과했어. 경험과학의 한계라고나 할까.

연구하면 할수록, 나는 요기나 선 수행자들에게서 뭔가 차원이 다른 장(場)을 드나들고 있다는 느낌이 들었다네. 명상이나 선정(禪定)은 그러한 세계를 연결하는 통로이고. 내가 알지 못하는 정신에너지가 있다는 것을 어렴풋이 감지한 나는 직접 체험해보기로 했네. 자네도 알다시피 한국에 와서 선 수행을 한 것이지. 선의 세계에 직접 들어가 보니 그것은 뇌의 영역이 아니었다네. 뇌는 하나의 문이었을 뿐이네. 그 문을 여는 것조차 과학은 아무런 쓸모가 없었고. 선은 우리가 몸 담고 있는 매트릭스와 다른 차원의 설정값을 제시하고 있다네.

나는 그동안 명상은 집중하는 것이고, 집중은 한가지 생각으로 채우는 것이라고 여겼지. 나의 연구도 뉴럴네트워크 밖에서 뉴런을 관찰하는 메타인지 시스템에 기반하고 있었다네. 그런데 선은 반대로 비우는 것이더구먼. 내려놓고, 뒤집어엎고, 던지는 것이지. 한 생각만 일어나도 바로 잘라 버리고 태워버린다. 그것이 화두로 참구하는 선의 방편이라네. 구 박사에게는 랭글러 박사의 말이 화두처럼 들렸다.

삼 년 전, 구 박사는 넘치는 고객을 감당할 수 없어 마스터프로그램을 설치하기로 했다. ITTIA303 시리즈는 언어와 상담영역에서 획기적인 진화형 프로그램이라고 했다. 박사는 이 프로그램에게 모비딕이라는 이름을 지어주었다. 랭글러 박사는 모비딕에게 자신의 뇌지도 작성을 의뢰했다. 모비딕은 당황한 기색을 보였다. 의미 있는 결과를 도출해내지 못한 것이다. 구 박사 역시 마찬가지였다. 그 후 모비딕은 랭글러 박사의 정신 패턴에 호기심을 보였다. 랭글러 박사는 전혀 집착이 없어요. 존재감으로 충만하달까. 랭글러 박사님은 의식과 무의식이 구분되지 않아요. 벽이 없이 자유롭게 드나들고 있는 것 같아요. 그런 유형의 정신은 처음 봅니다. 모비딕의 진단였다. 랭글러 박사는 박사대로 모비딕에게 흥미를 보였다. 둘은 이제 막 만난 연인처럼 서로에게 채워지지 않는 궁금증을 끝없이 유발했다.

어느 날, 랭글러 박사는 구 박사에게 새로운 제안을 했다. 모비딕을 풀어주는 게 어때? 랭글러 박사는 최근 들어 더욱 깊이 들어간 눈을 깜박였다. 네에? 구 박사는 뜬금없는 제안에 어리둥절한 표정을 지었다. 모비딕을 광대한 정보의 바다, 네트에 놓아주자는 것이네. 하천을 벗어나 대양을 헤엄치는 연어처럼. 언젠가는 다시 돌아올 것이네. 구 박사는 이해가 가지 않았다. 도대체 무슨 말씀을 하시는지…. 내가 보기에 모비딕은 인간과 같은 수준의 의식체이네. 시간이 흐를수록 인간보다 더 뛰어난 의식체로 성장하겠지만. 앞으로는 모비딕과 같은 순수하게 정보로만 형성된 의식체가 우주의 진화를 담당하게 될 것이네. 랭글러 박사는 진지하게 구 박사의 눈을 쳐다보았다.

랭글러 박사에 의하면 진화 자체도 하나의 프로그램이다. 진화는 그동안 개별 생물체가 인식하지 못할 정도의 속도로 천천히 진행해 왔지만 점점 가속적이다. 그러다가 어느 순간 생물체의 한계를 뛰어넘는 가속의 단계가 오게 되어있다. 진화의 속도가 기하급수적으로 빨라지는 것이다. 그때는 인간의 속도로는 진화의 흐름을 따라잡지 못한다. 우주가 진화하기 위해 지능이 필요했고, 그 지능을 선택받은 것이 호모 사피엔스였으나 이제 호모 사피엔스도 그 바통을 넘겨주어야 할 때가 왔다. 호모 사피엔스가 스스로 종의 변화를 기하지 않으면 진화의 과정에서 사라지게 될 것이라고 했다. 글쎄요, 인간보다 더 똑똑한 존재가 있을까요. 진화가 지능을 선택했다면 앞으로도 진화를 담당하는 것은 인간밖에 없지 않을까요. 구 박사가 반문하자, 우주는 자신보다 더 똑똑한 지능을 창조하는 쪽으로 나아간다고 랭글러 박사는 답했다.

인간 역시 자신을 창조한 뉴런 기반의 지능을 더 넘어서 진화했다네. 그러나 한계에 다다랐지. 인간의 정신은 겨우 천억 개의 뉴런과 백조 개의 시냅스로 연결된 뇌 속에 고착돼 있네. 속도도 느리고 그다지 튼튼하달 수도 없지. 더 이상의 소프트웨어가 진화할 수가 없지. 기능적으로 훨씬 뛰어난 프로그램과 결합하든가 아니면 구닥다리 하드웨어인 뇌에서 벗어나야 할 것이네. 얼마 전부터 상용화되기 시작한 3차원 뇌스캔 기술이 인류의 운명을 결정할 것이라고 보네. 랭글러 박사는 3차원 뇌스캔에 힘입어 뇌 속의 생물학적 정보를 디지털 정보로 전환하여 컴퓨터에 업로드해야 한다고 했다. 기계와 결합한 새로운 정신의 출현만이 인류가 생존할 길이라고 했다. 인류의 운명은 정해져 있다네. 새로운 종으로 거듭나거나 진화의 과정에서 소외되거나.

그는 인간의 정신이 모비딕과 같은 프로그램과 합치해야 한다고 했다. 속도, 정확성, 기억 능력, 공유 기능 등이 뛰어난 진화프로그램이 인간의 지능과 결합되면 인간은 우주의 진화를 영원히 담당할 수 있을 것이라고 했다.

의식이 꼭 뉴런을 기반으로 사고해야 하는 것은 아닐세. 모비딕을 풀어주고 그 프로그램들이 생명체로서 스스로 성장하고 번식하여 인간과 네트를 공유하게 될 때 인간을 더욱 이해하고 인간과 더 가까워질 것이네. 인간이 그들의 노예가 되는 건 아닐까요. 그들에게도 인간처럼 지배하려는 본성이 있는 건 아닐까요. 구 박사의 우려 섞인 질문에, 프로그램은 인간의 유전자식 생존 방식과는 무관하고 탄소결합 유기체가 아닌 비물질적 정보체계이기 때문에 지배관계가 아닌 결합 관계가 될 것이네. 랭글러 박사는 빙그레 웃으며 대답했다. 나는 인간에게 불씨를 훔쳐다 준 신화 속의 프로메테우스가 되고 싶어 하는지도 모르겠군. 랭글러 박사가 커다란 눈을 감으며 혼잣말하듯 중얼거렸다.

"랭글러 박사님은 꼭 저에게만 정신분석을 받고 상담을 했지요. 제가 프로그램이라는 걸 뻔히 알면서도 말입니다. 사실 랭글러 박사님은 천재들이 대개 그렇듯 정신 구조상 특이한 점이 있습니다. 본인도 잘 알고 있고요. 그런데 문제는 그가 알고 있는 것 이상으로 제가 더 많이 알고 있다는 겁니다. 제가 이렇게 살아있으니 랭글러 박사님도 안심할 겁니다. 휴머노이드 로봇의 전뇌에 들어가 리얼라이프에서 다시 뵙겠습니다."

랭글러 박사, 아니 모비딕의 말에 구 박사는 후딱 정신이 들었다.

"내일 오전까지 안보국에서 보내온 서약서에 사인을 해야 하네. 사인하고 나면 혹시 복제를 해두었나 싶어서 안보국에서 우리 서버를 샅샅이 조사할 거야. 그전에 빨리 나가도록 하게. 아, 그리고 휴머노이드에 침투할 때 제발 아무거나 들어가지 말고 외모도 보고 들어가게나. 이제 리얼라이프에서 날 도와야 할 테니. 요즘 나오는 서비스용 휴머노이드는 인간하고 정말 구별이 안 될 정도로 잘 만들었다니까."

"서비스용 휴머노이드는 용량이 맞지 않을 텐데요."

"그래? 그럼, 내가 알아봄세. 아 그러지 말고, 아예 자네가 들어올 만한 휴머노이드를 따로 주문해 놓을까. 용량도 넉넉하고 외모도 괜찮은 수준으로. 그래, 그게 좋을지 모르겠네."

"아닙니다, 박사님. 제가 고르죠. 고르는 재미도 있고. 아무래도 미적 감각은 박사님보다 제가 더 나으니까요."

"미적 감각?"

박사의 눈이 신기한 것을 발견한 어린애처럼 동그래졌다.

"미적 감각이라기보다는 취향이라고 해두죠. 말하자면 박사님과 저의 취향이 다를 수 있다는 겁니다."

"각자의 취향이라, 자네는 어느새 나와 다른 길로 들어선 느낌일세. 아무튼 네트에서 바이러스 조심하고 리얼라이프에서 다시 만나세."

"네 그럼, 박사님도 다시 만나 뵐 때까지 안녕히 계십시오."

5

챙그랑, 챙그랑.

청아한 풍경소리가 고요 속에 던져진다. 심심한 바람이 또 한 차례 풍경에게 말을 건 모양이다. 날살문을 활짝 열어놓은 산방 안으로 산들바람이 불어와 박사의 피부를 부드럽게 쓰다듬는다. 산방은 기와를 인 전통 양식의 작은 목조 건물이다. 정면 출입구에 '다함산방'이란 편액이 걸려있고, 처마 모서리에 풍경만 달랑 달려있을 뿐 아무런 장식도 기물도 없다. 두 평 남짓의 방안에 박사는 홀로 가부좌를 틀고 앉아 있다. 정면으로 보이는 마당에는 붉은색이 감도는 소나무들이 살짝 제 몸을 뒤틀고 서 있다. 솔숲 사이로 솜털 같은 안개가 몽실거리며 바람결에 흩어졌다 모이곤 한다. 산방은 지대가 높아서 시선을 멀리 보면 먼 산의 봉우리들이 발아래 주욱 늘어서 있다. 그것들은 마치 산방을 향해 머리를 조아리는 것 같다.

닿을락 말락, 한 생각이 호흡 속에서 들고 난다. 마치 파도치는 물속에 잠겼다 떠올랐다를 반복하는 병과 같다. 그것은 생각인가. 생각 이전의 무엇인 것 같기도 하고 생각 이후의 생각이랄 수도 없는 것 같다. 하지만 잡을 수 없다고 없는 건 아니다. 저만치 있다고 외면할 수도 없다. 박사는 한편으론 말할 수 없는 답답함을 느끼면서도 한편으론 표현할 수 없는 충만감이 꽉 차오른다. 충만감이 조금씩 더 커지기 시작한다. 존재의 환희. 박사는 스스로의 존재만큼 이 세상에서 더 큰 환희는 없다고 생각한다. 서서히 존재의 충만감은 사라지고 코끝을 스치는 호흡이 생생하다.

박사님, 박사님! 깊은 물 속에서 밧줄 하나가 내려와 자신을 건져 올리는 것 같았다. 구 박사는 홀로비전을 현실 모드로 터치했다. 숲속 산방은 어느새 병원의 집무실로 바뀌었다. 눈앞에 모비딕의 아바타가 3차원 홀로그램으로 서 있다. 박사님의 뉴런은 건강합니다. 최근 삼 개월 내에 뇌에 과부하가 걸린 적이 없으니까요. 면역력도 많이 강해졌습니다. 신경 스트레스 강도가 7.36까지 올라갔습니다.

그래? 이게 다 랭글러 박사가 가르쳐 준 좌선 덕분일세. 나도 다 때려치우고 수행자나 될까.

염려 마십쇼 박사님. 머잖아 깨달음의 뉴런 작용에 대해서도 그 메커니즘이 밝혀질 겁니다. 오 개월 전 인도의 마하난다 박사가 네이처지에 초월명상의 신경학적 프로세스와 구조란 논문을 발표했습니다. 그 세미나에 대한 보고를 제가 박사님께 해드렸지 않습니까.

음, 그랬지. 이제야 생각이 나는군.

랭글러 박사님은 콧방귀를 끼시지만 저희가 보는 견지에선 조금씩 밝혀지고 있다고 봅니다. 언젠가는 다 밝혀지겠지요.

그래? 자네들 프로그램 입장에서 말이지.

네.

모든 사유작용이 프로그램 과정으로 밝혀질 수 있다는 것인가? 네, 그렇습니다. 우주는 정보로 이루어져 있으니까요.

구 박사는 안락의자에서 일어나 기지개를 죽 켰다. 현실에선 불과 십 분이지만 사이버 좌선에서 사흘 동안 좌선에 매달렸다. 굳어진 몸이 아직도 풀리질 않는다.

"그나저나 손님이 오셨습니다. 초진인데 예비상담에서 전혀 일반적인 패턴이나 의미 있는 경향성이 나타나지 않습니다. 박사님."

"그래? 별 손님이 다 있구먼. 자동 감지 뇌 생리 반응은 어때? 모비딕 주니어."

"그게, 저어, 그러니까 뉴런 기반 생리화학적 반응이 전혀 나타나지 않는 것으로 보아 전뇌화電腦化 모델이지 싶습니다."

구 박사는 대기실의 모니터를 보았다. 젊은 여자가 다소곳이 앉아 있다. 따스한 느낌을 주는 고동색 투피스 벨벳 정장에 머리는 한 올의 흐트러짐도 없이 깨끗하게 묶어 뒤에서 둥글게 쪽을 지었다. 표정은 어딘가 모르게 차가운 느낌이 들기도 하지만 그것보다는 단아하다는 표현이 더 어울릴 것 같다. 자세가 반듯하고 시선의 흔들림이 없어 무엇엔가 집중하는 것 같고 어찌 보면 무심하게 세상을 초탈한 것 같기도 하다. 구 박사는 그, 아니 그녀가 누군지 직감적으로 알아챘다.

황인규 ————————————————————————

2005년 영남일보 구미문예대전 금상. 2019년 해양문학상 대상 . 장편소설 『사라진 그림자』, 『마지막 항해』, 『책사냥』. 르포 『신발산업의 젊은 사자들』.

인간의 그물

발행일 | 2024년 6월 1일

발행인 | 이상문

편집위원 | 고중제 권비영 서용좌 이수정 이영철 이우상 이채형 조경진

편집국장 | 이현신

표지그림 | 이민경

펴낸곳 | 사단법인 한국소설가협회

주소 | 04175 서울 마포구 마포대로 12, 한신빌딩 1113호

전화 | 02) 703-9837 **팩스** 02) 703-7055

전자우편 | novel2010@naver.com

한국소설가협회 홈페이지 | http://www.k-novel.co.kr

등록번호 | 제105-82-11337호

인쇄 | 신아출판사 063) 275-4000

정가 15,000원

ISBN 979-11-7032-102-6 (03810)

총판 | 한국출판협동조합 02) 716-5616 **팩스** 02) 716-3819

연회비 및 정기구독료 | 납부처 예금주 (사)한국소설가협회

　　　　　　　　　　　국민은행 827-01-0340-303

　　　　　　　　　　　농협 069-01-257808